叙事文本的语用学研究

王晓阳／著

吉林大学出版社
·长春·

图书在版编目（CIP）数据

叙事文本的语用学研究 / 王晓阳著. -- 长春：吉林大学出版社, 2021.10
ISBN 978-7-5692-9406-4

Ⅰ.①叙… Ⅱ.①王… Ⅲ.①叙事文学—文学研究 Ⅳ.①I0

中国版本图书馆CIP数据核字(2021)第225092号

书　　名：叙事文本的语用学研究
XUSHI WENBEN DE YUYONGXUE YANJIU

作　　者：王晓阳　著
策划编辑：张宏亮
责任编辑：田茂生
责任校对：殷丽爽
装帧设计：雅硕图文
出版发行：吉林大学出版社
社　　址：长春市人民大街4059号
邮政编码：130021
发行电话：0431-89580028/29/21
网　　址：http://www.jlup.com.cn
电子邮箱：jdcbs@jlu.edu.cn
印　　刷：长春市中海彩印厂
开　　本：787mm×1092mm　1/16
印　　张：19.5
字　　数：350千字
版　　次：2023年8月　第1版
印　　次：2023年8月　第1次
书　　号：ISBN 978-7-5692-9406-4
定　　价：78.00元

版权所有　翻印必究

本书为国家社会科学基金项目"叙事文本的语用学研究"（12CYY069）的最终成果及吉林省哲学社会科学基金项目"'句法零位'的叙事研究"（2019B172）的阶段性成果。

目 录

绪 论 ··· 1
 一、本课题研究的背景 ··· 1
 二、叙事学研究述评 ·· 5
  （一）叙事学研究概述 ·· 5
  （二）国内叙事学研究的不足 ······································ 8
 三、本书的主要研究内容和方法 ·································· 11
  （一）本书的主要研究内容 ······································· 11
  （二）本课题的主要研究方法 ···································· 14
 四、本书的创新之处 ·· 15
 五、本书涉及的几个概念 ··· 18
  （一）语用学与语义学 ·· 18
  （二）叙事策略 ·· 21
  （三）自我中心成分 ·· 21
  （四）文本和篇章 ·· 26
 六、本书研究的语料 ·· 27
 七、本书的章节结构 ·· 28

第一章 叙事文本的语用学特征 ······································ 31
 一、叙事文本的交际特征 ··· 31
  （一）典型交际情景和非典型交际情景 ····················· 32
  （二）叙事文本的交际特征 ······································· 37
  （三）叙事交际和日常交际的异同 ····························· 40
 二、语用学视角下的叙事研究 ······································ 41
  （一）叙事研究诸方法 ·· 41
  （二）涉及语用学的叙事学问题 ································ 42

　　　　（三）叙事文本分析的语用层面 …………………………… 50
　　三、文艺学中的语用学方法 ……………………………………… 54
　　　　（一）阅读现象学 ………………………………………………… 55
　　　　（二）文学行为理论 ……………………………………………… 55
　　　　（三）阅读史 ……………………………………………………… 56
　　　　（四）叙事语用学 ………………………………………………… 57

第二章　叙事文本中的主体问题 …………………………………… 58
　　一、文艺文本的主体问题 ………………………………………… 58
　　　　（一）文艺文本中的人类中心主义 …………………………… 58
　　　　（二）"文学创作中的人"的问题 ……………………………… 61
　　二、作者和现实的情态关系 ……………………………………… 62
　　　　（一）叙事者、作者和读者形象 ……………………………… 66
　　　　（二）读者、作者和人物的互动 ……………………………… 69
　　　　（三）"作者—读者"对话的特殊性 …………………………… 73
　　　　（四）第一人称叙事中的语义现象 …………………………… 82

第三章　叙事文本中自我中心成分的特征 ……………………… 86
　　一、自我中心成分研究 …………………………………………… 86
　　　　（一）自我中心成分概述 ………………………………………… 86
　　　　（二）表达情态主体"我"的方法 ……………………………… 91
　　　　（三）自我中心成分的类别 ……………………………………… 95
　　　　（四）自我中心成分的句法功能类别 ………………………… 111
　　二、自我中心成分的解释机制 …………………………………… 116
　　　　（一）区分解释机制的标准 …………………………………… 116
　　　　（二）对话解释机制 …………………………………………… 121
　　　　（三）叙事解释机制 …………………………………………… 122
　　　　（四）主从解释机制 …………………………………………… 123
　　　　（五）同一词汇的不同解释机制 ……………………………… 124
　　三、自我中心成分和"句法零位" ………………………………… 133
　　　　（一）句法零位与主体语义类型 ……………………………… 134
　　　　（二）句法零位和自我中心成分 ……………………………… 137

（三）句法零位的主观性 ·············· 143
　　　（四）句法零位的功能分类 ············ 147
　四、自我中心成分与叙事模式的判定 ········ 157
　　　（一）早期创作中的主观性分析 ········ 158
　　　（二）中期创作中的主观性分析 ········ 162
　　　（三）后期创作中的主观性分析 ········ 164

第四章　自由间接话语研究 ···················· 167
　一、自由间接话语的研究历史和现状 ········ 167
　　　（一）自由间接话语研究的历史 ········ 168
　　　（二）自由间接话语研究的现状 ········ 172
　二、叙事形式的划分方法 ·················· 174
　　　（一）叙事和抒情 ···················· 176
　　　（二）经典叙事 ······················ 181
　　　（三）自由间接话语 ·················· 186
　　　（四）叙事形式的判定 ················ 187
　三、自由间接话语的语用层面 ·············· 192
　　　（一）自由间接话语的误导功能 ········ 192
　　　（二）语言自我中心成分与文本的隐含意义 ·· 198

第五章　叙事文本中的事件 ···················· 205
　一、文本解释中的"事件" ·················· 205
　　　（一）观察者的叙事视角 ·············· 211
　　　（二）叙述事件和文艺事件 ············ 213
　　　（三）事件的主体特征 ················ 215
　　　（四）主体视角与事态转变 ············ 223
　二、叙事文本中时体形式的解释 ············ 239
　　　（一）叙事现在时 ···················· 239
　　　（二）叙事将来时 ···················· 249
　　　（三）叙事过去时 ···················· 251
　三、句法解释机制中时体的解释 ············ 252
　　　（一）从句和主句的时间关系 ·········· 252

（二）主句中的时间形式的解释 ·············· 254
第六章　言语行为理论与叙事文本研究 ·············· 256
　一、言语行为理论 ·············· 256
　二、叙事学视角下的他人话语 ·············· 258
　　（一）他人话语在文本中的表达 ·············· 259
　三、言语行为理论视角下的间接引语 ·············· 263
　　（一）言语行为理论及其不足 ·············· 263
　　（二）言语行为理论对引语形式的解释 ·············· 265
　　（三）间接引语中语用成分的保留 ·············· 267
　四、阅读契约与文本解读 ·············· 269

第七章　叙事文本中的真值问题 ·············· 277
　一、科学中的真值问题 ·············· 278
　二、叙事的外部语用学 ·············· 279
　　（一）从叙事语言学到语言语义学 ·············· 279
　　（二）外部语用学的概念 ·············· 281
　　（三）外部语用学的特征 ·············· 283
　三、无法亲知条件下文本的生成 ·············· 285
　四、叙事文本的真值标准 ·············· 290

参考文献 ·············· 293
主要人名对照表 ·············· 305

绪　论

叙事学（narratology）是兴起于20世纪60年代的结构主义思潮，主要研究对象为叙事文本，"研究所有形式叙事中的共同叙事特征和个体差异特征，旨在描述控制叙事及叙事过程中与叙事相关的规则系统"[1]。

叙事文本可以从不同的角度进行研究，例如从语用学的角度，可以研究文本的陈说和情态层面及其交际特征，包括交际情景、交际渠道、交际参与者和交际效果等。叙事文本研究中的语用学范式（交际范式）的形成，是人类中心主义的趋势以及研究客体扩大（从句子到文本）的结果。叙事文本的特征包括自我中心性、多义性、多情态性、多主体性、对话性和可解释性等。此外，语言形式具有美学价值和信息价值，同时语言符号的意思在文本中产生附加意义，它们在一定程度上都与语用学相关。

一、本课题研究的背景

20世纪下半叶至今，人文科学中"人类中心主义"的思想日益盛行。语言中人的因素、主观性成分以及说话主体的各种表现形式等，成为很多研究者[2]的关注中心。语用学[3]研究的日益深入，就是充分考虑到语言中说话人因素的结果。

---

[1] Prince G. A. Dictionary of Narratology[Z]. Nebraska: University of Nebraska Press, 1987: 65.

[2] 参见赵爱国, 20世纪俄罗斯语言学遗产[M]. 北京: 北京大学出版社, 2012; 李洪儒. 试论语词层级上的说话人形象——语言哲学系列探索之一[J]. 外语学刊, 2005（05）: 43-48; 李洪儒, 王晶. 说话人意义及其结构的研究维度——语言主观意义研究（一）[J]. 外语教学, 2011(05): 16-20.

[3] 俄语中在狭义地表示语言学研究领域内的"实用学"（прагматика）的时候，经常采用术语"语言实用学"（лингвистическая прагматика），以区别于哲学、政治学和法学等方面的研究。为了行文方便，在表示语言学领域的相关研究时，本书采用国内约定俗成的术语"语用学"——笔者注。

20世纪末到21世纪初在人文知识领域内的整合研究趋势，引起了整体性的"语言转向"（linguistic turn），并且这种整合研究的趋势使得在广泛的研究中都迫切需要语言学知识，这不可避免地影响到语言学自身范式的改变。这一过程整体的认识论前提是"语言学家对传统语法范围内以及'纯粹的'结构主义范围内对语言进行的机械的—枯燥的、规定性的并且是毫无语用内容的描写感到不满，以及语言学家尽力在研究语言的过程中采用解释策略"[1]。语言学家采用大量的经验性的语言材料，形成了语言学分析的一些新的方法，更为深入地研究语言的实质以及语言的功能机制。

语言学中新的范式结合了功能—交际方法和认知的方法，并且在"语言和人"这一概念框架内扩展了研究领域。这些都说明了语言学研究对象发生了变化，证明了语言中人的因素所扮演的特殊角色，成为现代语言学研究的方法论基础。语言学中范式的改变也证明了语言学成为"关于人之中的语言和语言之中的人的科学，一门人文科学"[2]。对语言中主观性内容的兴趣逐渐转变为对人的兴趣（将自己认同为"我"、"自我"的人），并且在一些著作中逐渐勾勒出语言自我中心主义理论的框架，关注中心是"我"（能认知到自我的人）与"非我"的相互关系问题，包括"我"与"他我"（他者）之间在对话过程中生成的相互关系。

对话的情景究其实质来说是以自我为中心的，在现代人文科学的背景下，各种形式的对话占据着极为重要的位置。对话的不同层面、条件、因素和机制需要进行全面的分析，解释两个"自我"（在现实的对话中的说话人和听话人；通过书面文本进行间接交际的作者与读者）的人际言语互动。说话人—听话人、作者—读者的直接对话是一个整体，这不仅仅表现在文本—篇章层面，也表现在功能—句法层面，通过各种语言手段表现出来。当前，社会文化急剧变化，信息社会日益形成，在这种背景下，与文本的互动问题显得十分迫切。当今社会交际的范围前所未有地扩展，显而易见的一个事实是：交际中的很多问题不仅没有受到科学研究，甚至还没有被提出。例如，对话互动的

---

[1] Сигал К. Я. Сочинительные конструкции в тексте: опыт теоретико-экспериментального исследования (на материале простого предложения)[M]. М.: Гуманитарий, 2004: 14.

[2] Степанов Ю. Эмиль Бенвенист и лингвистика на пути преобразований[C]// Бенвенист Э. Общая лингвистика. М.: Наука, 1974: 15.

实质、结果和有效性的判断标准等问题，传统修辞学并不能提供令人满意的解释，而这些基本概念都有鲜明的文化特征，需要在新的文化—历史条件下进行认真的反思。不同的语言文化传统中对"对话性"的解释并不相同，并且交际双方进行交际互动的两种模式是相反的——主体—客体模式（"形式层面的对话"）和主体—主体模式（"内容层面的对话"）。这些模式相应地构成了在独白文化（反映了纯理性的、唯科学主义的范式，这一范式已经被否定）和对话文化（新型的、信息性的范式）条件下具有原则性区别的交际模式。

对话模式具有显而易见的普遍人文价值，逐渐成为统一的、现代的作者—读者对话的统一体形式，包括书面文本中发生的叙事交际。对叙事交际的兴趣在"后现代"获得了新的动力，人类认知的"文本化"发展为"叙事化"，这是人类认知的文本特征的"艺术性"和"诗学性"的进一步发展。[1]叙事文本是一个特殊的单位，将人的主观经验融合成为一个整体。

从语言学层面而言，叙事学通过研究叙事文本的叙事结构而揭示叙事文本语法和语义结构的某些特征。叙事文本是一种特殊类型的篇章，其中最主要的特征是针对接受者的"作者的声音"[2]以及作者描述事件的"视角"，而揭示视角的四个层面（即思想意识层面、熟语层面、时间—空间特征层面、心理层面）是具体言语主体视角的标记。

作者时时刻刻地存在于自己的文本中，叙事文本的另一个特征是由于作者的存在而形成的文艺文本的"整体对话性"。早期对叙事主体问题的研究是和"作者形象"这一范畴联系在一起的，它保证了叙事文本在语义和结构层面的整体性。

在后现代主义的文本中，作者和读者的互动通过积极的人际对话而构成一个整体。读者在作者—读者对话中具有对等的地位、并且读者和作者的共同创作、读者在生成文本新的思想时候的积极作用等，都是重要的美学原则，这也是巴赫金（М.М. Бахтин）、维诺格拉多夫（В.В. Виноградов）和洛特曼（Ю.М. Лотман）等学者重点关注的问题之一。相关思想在欧洲和美国哲学、美学和现代文艺学中演化为后现代主义中的艺术感知（接受美学）理论。

---

[1] 海德格尔. 世界图像的时代: 林中路[M]. 孙周兴译. 上海: 上海译文出版社, 2008: 66-99.

[2] Шмид В. Нарратология[M]. М.: Школа "Языки Славянской Культуры", 2003: 11.

从发生学的角度来说，文艺接受理论都和作者问题相关，而作者是作者—读者对话的另一极，所以，揭示作者在文本中的存在这一问题同样在巴赫金、维诺格拉多夫、利哈乔夫（Д.С. Лихачев）和洛特曼等学者[1]的著作中受到研究。在作者—读者的对话中，作者在叙事文本中的出现规则、以及揭示作者存在方式的规则都有所不同：作者在言语活动中的地位上升，并且文本的交际诉诸性增强，作者有意识地以读者为对象建构文艺形式，为了正确地理解文本，读者需要付出额外的努力，并且文艺形式也只是适合于那些受过训练的、有经验的读者的解读。

伊利因（И.П. Ильин）认为，现代作家并不确信（用后现代主义的术语来说，这是"面对不可靠读者时候的恐惧"），是否能够用"微不足道的""肝胆相照"的人物的极为有限的情节、思想和行为来吸引读者[2]，作者试图抹杀善恶之间界限的意图是否能被接受，传统价值是否可以得到反思和曲解等。由于上述原因，作者尽力帮助读者解读文本（同时帮助自己摆脱"恐惧"）："作者的声音"或者"作者的面具"不仅仅常常出现在文本中，直接和读者进行互动，解释作者的意图，说明采用特定表达式的根据，同时还引导着阅读的进程，甚至暗示"读者应当成为什么样子"或者"读者应当寻求什么"[3]。在提出问题、作出颠覆性的判断议论的时候，作者尽力用各种手段引起读者的回应，将读者吸引到与文本的积极互动过程中。事实上，作者已经成为作品中一个真正的、内容丰富的核心，读者可以和作者交流。这样，对叙事文本进行语用学研究、对作者—读者对话进行全方位的分析就变得尤为迫切。

通过书面文本进行的交际在当今时代的人文背景下占据着特殊位置，其原因还有一个。尽管信息社会为人际交往提供了更多的便利，但是人际疏远和拒绝交流、"人群中的孤独感"变得更加强烈等问题也日益突出，整体而言，这并不符合人的个性、人的社会属性。"害怕进行深入的人际交流是现代

---

[1] 参见Бахтин М. М. Вопросы литературы и эстетики[M]. М.: Художественная литература, 1975: 46; Лотман Ю. М. Структура художественного текста. Лотман Ю. М. Об искусстве[M]. СПб: Искусство, 1998: 285等.

[2] Ильин И. М. Постмодернизм от истоков до конца столетия: эволюция научного мифа[M]. М.: Интрада, 1998: 165.

[3] Эко У. Роль читателя—Исследования по семиотике текста[M]. СПб: Симпозиум, 2007: 625.

社会的主要缺陷之一，人们更喜欢表面性的、泛泛的、仪式性的谎言来进行交流"[1]。在类似的情境中，现实交际经常要让位于虚拟交际（即与书、文本的交流），因为这种交流中人际接触的机会较少，也较少地受到礼仪的约束。通过文本而进行的作者—读者对话过程是一种人际互动，构成了文本的语用维度。从查尔斯·皮尔士（Charles S. Pierce）时期开始，学者已经意识到人在符号化空间的存在，因此也存在着语用维度，这也提出了人的交际有效性的问题、解释成功性的问题和解释者的问题。

交际有效性、理解某一符号表述的正确性，与对文本的认知加工深度有关，但是，通过文艺文本而进行的交际有自己的特征，这些特征源于文本内部结构的特殊性。诗学效果与文艺层面对文本的接受、对文本的解读相关。这种方法有助于确定修辞学中的一个普遍概念"言语交际的有效性"，并且有助于将它解释为"言语交际对人与世界、人与人关系和谐地相互作用的度量"[2]。

二、叙事学研究述评

叙事文本是一个复杂的现象，对它的研究也有多个维度。以往研究大概可以分为两个方向：意义层面的研究，分析叙事文本的内容、主题思想、叙事文本的隐喻等；结构层面的研究，例如结构语言学影响下的传统叙事学研究，尤其是俄国的形式主义文论和法国的结构主义叙事学等。上述研究的优点自不必言，从动态的角度、将作者和读者之间的交际与日常交际相对比，从而揭示叙事交际的特殊性，仍是目前研究中的薄弱环节。

（一）叙事学研究概述

叙事学（narratology）是20世纪60年代在结构主义基础上发展起来的对叙

---

[1] Цветкова О. Л. От интерпретации к пониманию: коммуникативное поле современности[J]. Вестник Вятского государственного гуманитарного университета, 2015(07): 12–15.

[2] Михальская А. К. Русский Сократ. Лекции по сравнительно-исторической риторике[M]. М.: Издательский центр Academia, 1996: 56–57.

事文本进行研究的理论。[1]它"研究所有形式叙事中的共同叙事特征和个体差异特征,旨在描述控制叙事及叙事过程中与叙事相关的规则系统"[2]。

英语中的"叙事"(narrative)借自拉丁语Narrare(讲述),与拉丁语中的Gnarus(知道,有能力)是亲属词。"叙事"这一概念的词源本身就包含了将已有的"知识"转化为"讲述"的意思。一个人在讲述的时候,他不仅仅遵循不同事件的先后顺序,同时还解释和认识自己以及周围的客观现实。

古希腊时期,亚里士多德和柏拉图等哲学家已经注意各种叙述的区别。古罗马修辞学家曾试图对叙述形式作系统的研究,区别了虚构叙述和历史叙述,并提出了不同的叙事模式:叙事者完全不干预的模仿式(例如戏剧);完全是诗人在发表意见的阐述式(例如说教诗);混合式(例如史诗)。当时已经认识到干预和叙述实际上是两种不同的声音。[3]

俄国形式主义、索绪尔(F. de Saussure)的语言与言语的区分和普罗普(В. Я. Пропп)关于故事形态学的研究[4]等,是现代结构主义叙事学的真正起点。20世纪60年代,罗兰·巴特(R. Barthes)的《叙事作品——结构分析导论》和托多罗夫的《〈十日谈〉语法》是结构主义叙事学的代表作。运用语言学的理论,研究叙事作品的结构、叙述方式,通过对作者与作品叙事者、作品所描述的事件与现实中发生的事件以及叙述行为对故事的影响关系之间的研究,建立起一套能说明"谁来讲故事"和"怎样讲故事"的叙事系统模式。叙事学以小说为主要研究对象,后渐扩大到电影、戏剧及整个人类叙事行为的哲学研究。[5]这一学派在法国十分盛行,代表人物是阿尔都塞(L. P. Althusser)、托多罗夫(T. Todorov)、巴特、热奈特(Geard Genette)和格雷马斯(A. J. Greimas)等。随着法国语义学文论研究的深入,批评学的日益流行,叙事学逐渐沉寂。叙事学"自身的弱点也暴露得很充分:不能解决文艺叙

---

[1] 法语"Narratologie"一词有两种中文译法:"叙事学"和"叙述学"。术语"叙事学""不仅涵盖了叙述和故事两大方面,而且突出了叙事的性质。"参见:胡亚敏. 叙事学[M]. 武汉:华中师范大学出版社,2004: 2. 本书采用这种观点——笔者注.

[2] Prince G. A Dictionary of Narratology[Z]. Nebraska: University of Nebraska Press, 1987: 65.

[3] 乐黛云. 世界诗学大辞典[Z]. 沈阳:春风文艺出版社,1993: 645.

[4] [俄]普洛普. 民间故事形态学[M]. 贾放译. 北京:中华书局,2006.

[5] 朱立元. 艺术美学辞典[Z]. 上海:上海辞书出版社,2012: 251.

事的创作规律，缺乏文艺创作和欣赏应有的创新精神和审美感受"[1]。

叙事视角问题为现代叙事学提供了新的动力。叙事者在文本中出现与否是小说美学的重要原则，也是叙事技巧的重要标志，18世纪法国作家福楼拜（G. Flaubert）、19世纪末20世纪初美国作家亨瑞·詹姆斯（Henry James）和法国作家普鲁斯特（M. Proust）等为叙事技巧的实践做出了重要贡献，同时叙事学在视角研究方面的成果也可以用来分析电影等其他形式的艺术作品。[2]叙事者在文本中的出现是不可避免的，虽然莫泊桑（H. de Maupassant）、海明威（E. Hemingway）等作家尽可能保持冷静、客观，拒绝进入人物内心，只记录似乎是表面化的观察，这种受限叙事视角依然保留了叙事者的位置。美国批评家玻西·勒博克（P. Lubbock）的《小说技法》（The Craft of Fienon）中首先提出了此后很盛行的术语"视点"（即视角，Point of View）。

罗曼·雅各布森（R. Jakobson）倡导"文学性"（literariness）研究，强调诗学应该探索语词结构，并且根据索绪尔所谓的组合关系和聚合关系推导出了"对等原则"（the principle of equivalence），以此阐明语言因素的结构规律。此外，乔纳森·卡勒（J. Culler）的《结构主义诗学》（1975）、罗伯特·斯科尔斯（R. Scholes）的《文学结构主义导论》（1974）、特伦斯·霍克斯（T. Hawkes）的《结构主义和符号学》（1977）等均是结构主义的代表作。[3]

小说的时空形式问题是叙事学的另一个重要问题。例如英国文论家爱德温·缪尔（E. Muir）的《小说结构》（The structure of the Novel，1928）对小说的时空形式的讨论和法国让·布庸（J. Pouillon）的《时间与小说》（Temps et roman，1946）中对叙事时间的探讨。至于作者和叙事者之间的关系，虽然有不少相关研究，例如美国文论家鲁宾（L. Rubin）的《故事中的讲故事者》（The Teller in the Tale，1967）、凯普勒（C. F. Keppler）的《第二自我文学》（The Literature the Second Self，1972）和罗伯特·艾略特（R. Elliott）的《文学面具》（The Literary Persona，1982）等，但是这一问题至今依然众说纷

---

[1] 邹贤敏. 西方现代艺术词典[Z]. 成都:四川文艺出版社,1989: 20.
[2] 王晓阳.《城堡》的电影性特征:主人公视角的建构功能[J]. 名作欣赏,2016(09):47-50.
[3] 周发祥. 西方文论与中国文学[M]. 南京: 江苏教育出版社,1997: 255-280.

坛。

20世纪70年代初，结构主义开始向后结构主义转化。如果说结构主义关心的是叙述形式，那么后结构主义文论更关心的是叙述形式如何影响作品的意义，如何使作品的意义变动不居。这与巴赫金等后期俄国形式主义者的形式——意识形态分析很接近。苏联符号学派中不少学者致力于叙述学研究，其中洛特曼和乌斯宾斯基（Б.Успенский）等属于叙事学研究中最出色的学者。现代叙事学在近几十年内已经发展成一门很重要的独立学科。20世纪60年代前，叙事学实际上与一般小说技巧研究合在一起，60年代之后，大部分著作都是叙事学的专著。因此，叙事学作为一门独立学科，已经开始进入成熟期，虽然许多问题至今尚待进一步研究。[1]

对现代叙事学作出了最大贡献的是法国结构主义—符号学文论学派。结构主义叙事学最重要的特点有二：以语言学为模式，把叙事学作为句法学的扩展；弱点是过多移用语言学术语和过分关注方法论。结构主义约定俗成的分析方法通常包括两个步骤：第一步，将作品分解成若干基本因素，并分析它们的功能；第二步，重新组合这些基本因素，归纳出一个概括性较强的结构模式。[2]

文艺学分析表明，最近的二三十年，在不同的学科中，对叙事研究的积极性高涨，目前叙事研究的一个典型特征是跨学科性，而叙事自身则被视为将科学知识不同领域结合起来的成分。

在本课题研究中，我们将叙事视为"叙述"，即用词汇的方式展现情景和事件，叙述这些事件时候的形式比较自由，并不总是符合事件真实的事件顺序。

（二）国内叙事学研究的不足

叙事学理论从20世纪80年代后期开始引入中国，90年代中期达到高潮，国外经典叙事学著作相继在国内翻译出版，相关专著和论文也层出不穷，但是，国内叙事学研究的不足也显而易见：大部分侧重于对国外学术思想的翻译

---

[1] 乐黛云. 世界诗学大辞典[Z]. 沈阳：春风文艺出版社，1993: 645–647.
[2] 周发祥. 西方文论与中国文学[M]. 南京：江苏教育出版社，1997: 255–280.

介绍，但是缺少必要的反思和批判；对叙事学的方法和技巧比较侧重，而在学理探讨方面仍显得不足。申丹的研究在国内外引起巨大反响，但是其基础仍然是西方的叙事学理论。我国自20世纪后半期即1978年以来，在文学理论中引入了大量的西方学术思想及其概念体系，但是对这些理论的反思和吸收仍显得薄弱。[1]杨义的《中国叙事学》"填补了一项学术空白，第一次建立了具有中国特色的、与西方体系可以对峙互补的叙事学体系，因此，该书在理论上和实践上具有重要的价值，具有开创性的意义"[2]。国内20世纪90年代中后期的一些中国叙事学学者将研究对象转向汉语叙事文本，"都在不同程度上消灭了形式与内容的对立，拆除了内部研究与外部研究的藩篱"[3]，这构成了中国叙事学研究对西方叙事学，尤其是结构主义叙事学的超越。[4]

同时，叙事学研究中仍然存在着一些基础性的、至今悬而未决的问题，解决这些问题有助于叙事学的良性发展，也可以为叙事学开辟更为广阔的研究领域。鉴于叙事文本的复杂性，我们认为，在叙事学研究中采用交叉学科的方法势在必行，同时叙事学研究也需要更为客观的语料支撑，对叙事文本的研究广度和深度有待拓展。

第一，语言学研究和文学研究各自为战，与邻为壑。叙事学是文学研究中借入结构语言学的成果，20世纪六七十年代，语言学（主要是语法学）中的一些术语被应用到叙事学研究中，研究者认为叙事文本和句子结构具有同构性，因此可以使用研究语法的概念体系来研究叙事文本。这种研究揭示了叙事文本的一些结构特征，甚至形成了所谓的"叙事语法"。但是，它们的不足也同样明显：生搬硬套的术语体系在叙事学研究中显得方削足适履，句子结构和文本结构之间的很多差别无法解释，叙事文本的深层结构特征并没有被有效揭示。

现代语言学的发展为文学研究、描写叙事文本的语义提供了丰富的可能性，包括概念机制、研究方法，同时也可以揭示叙事文本的语义。语言学在最近几十年中，在描写语言单位（无论是词汇单位还是词法—句法单位）的语义

---

[1] 胡亚敏. 西方文论关键词与当代中国[M]. 北京：中国社会科学出版社，2015.
[2] 杨义. 中国叙事学[M]. 北京：人民出版社，1997: 425.
[3] 施定. 近20余年中国叙事学研究述评[J]. 学术研究，2003(08): 131.
[4] 徐岱. 小说叙事学[M]. 北京：商务印书馆，2010.

方面，实现了跳跃性的发展，但研究语言单位的主要上下文依然是个别的、孤立的句子，在较好的情况下是一些个别的、孤立的表述。语言学的研究成果可以用于描写叙事文本中语言单位的语义。

第二，文学中没有在语言的具体表现层面来说明叙事文本的结构、内容特征。20世纪80年代，《小说叙事学》等经典叙事理论著作被引入国内，其中涉及到叙事文本中一些比较具体的语言现象，例如动词的人称、时和代词的用法等，但是这些只言片语的研究不成体系，需要一个理论框架，统筹语言学和文学研究的结合，深入细致地进行文本分析，同时也结合文学理论的相关概念，以达到对文学文本的深入解读。

第三，书面文本和日常话语是语言的两种不同的使用形式，不同的交际情境制约了语言单位的使用。这有助于加深对语言学理论的理解和认识。

语言中很多词汇具有典型的语体色彩，例如书面语、口语和中性语体的区分。很多词汇多用于书面语中（例如"谨此""此致"），而不少词汇多用于日常交际的口语中（例如汉语中的语气词"这不"，它通常用于日常交谈话语中，并经常伴随有手势）。

一些动词通常要求主语为第一人称形式，有些动词则多以第三人称作为主语；一些动词的时间形式在口语和书面语中各有侧重，例如英语、俄语中的施为句的典型特征是：第一人称代词+动词的现在时形式；而所谓的"伪施为句"中的动词则通常是过去时形式。

可见，语言单位的语言学属性，其中包括语用学属性，毫无疑问地会影响到它们在叙事文本中的使用频率、意义和结构等方面的特征。深入研究日常交际话语和书面文本之间的差异，有助于我们发现语言更深层的一些细节和本质特征，加深对语言规律的认识，推动语言学研究的深入。

第四，包括叙事文本在内的文学作品是一种综合现象，其中融合了社会文化、政治和经济等方面的许多特征，但它首先是一种语言现象。语言自我中心成分体现了语言的主观性特征，是叙事文本中各种主体的表现形式，它们在文本中的出现非常明显，并且语言自我中心成分的基本属性在文本的投射也显而易见，但是，直到目前，还没有对语言自我中心成分在文艺文本中的性状进行系统的、全面的研究。这为研究叙事语言自我中心成分提供了极为广阔的领域。语言自我中心成分关系在交际中发挥着举足轻重的作用，使交际符合一定的情景要求。同时，文本的语言自我中心成分属性还没有得到系统的科学的说明。

第五，随着语言学研究的深入，对语言现象的认识深化，发现了语言使用的一些深层次制约因素，对语言现象的描写更为全面深入。叙事学的一些核心概念可以通过语言学的研究成果得到更为充分的说明。有大量的文献研究叙事文本的结构，但是，它们主要是文艺学领域内的研究，语言学、尤其是语用学视角下的叙事文本研究仍比较少见。例如，通常认为自由间接话语是最典型的文学形式，但是这种现象如何判定、它的结构特征和语义特征等问题一直悬而未决。

此外，国内外关于叙事语言学的主要著作[1]通常以印欧语系的语言（如英语、法语、俄语和德语等），很少采用汉语作为语料。鲁迅、余华和苏童等中国现当代作家没有受到系统的研究，俄语中也有不少文学作品，如契诃夫（А.П.Чехов）、托尔斯泰（Л.Н.Толстой）和纳博科夫（В.Набоков）等作家的创作和他们的叙事创新，也没有从语言学的视角进行系统的描写。这都为本书的研究提供了广阔的空间。

三、本书的主要研究内容和方法

根据上文提出的研究任务，本书的主要研究内容是叙事文本，并采用了目前比较成熟的一些研究方法。

（一）本书的主要研究内容

本书是文本语言学方向上的研究。本书主要采用语用学的概念、方法和理论体系研究叙事文本，尤其是文艺叙事文本，相当于文艺理论中三种体裁（小说、散文、诗歌）之一的小说。

本书研究的重点是叙事学一些核心概念的语用学基础，展示现代语言学

---

[1] 例如: Banfield A. Unspeakable sentences: narration and representation in the language of fiction[M]. Boston etc: Routledge & Kegan Paul, 1982; Ehrlich S. Point of View[M]. Boston etc: Routledge & Kegan Paul, 1990等——笔者注。

所提供的、描写叙事文本语义的可能性（概念机制、研究方法，以及实际的意义）。语言学成果可以用于描写叙事文本中语言单位的语义，尤其是巴赫金所提出的"多声部"现象。

本书研究是词汇学、语法学中语言自我中心成分研究的自然发展，也是言语情景中各种语言单位中自我中心性现象研究的自然扩展。语言自我中心成分问题引起了学者经久不衰的兴趣，其奠基人是奥地利心理学家彪勒（K. Bühler），其他学者包括奥托·叶斯柏森（Otto Jesperson）、法国语言学家埃米尔·本维尼斯特（Emile Benvenist）、俄罗斯语言学家阿普列相（Ю.Д. Апресян）、科拉夫琴科（А.В.Кравченко）、阿鲁秋诺娃（Н.Д.Арутюнова）、帕杜切娃（Е.В. Падучева）和美国语言学家菲尔墨（C.J.Fillmore）等。

现代语言学发展的特征是侧重研究语言的现实功能层面，强调了语言研究的人类中心主义方法，同时考虑到称名过程和说话人的言语意向之间的相互关系，也就是说，这都是一些语用学方面的因素。由于语言学研究的这一整体趋势，作为语言体系核心的词汇的语用学研究，就变得非常必要而迫切。

叙事文本的书写、以及日常交际使用的是同一语言。但是，在日常交谈话语中，语言的功能和叙事文本中并不完全相同。我们的任务是揭示叙事文本中语言单位的使用和解释的环境和特征。我们的出发点是：语言单位的文本功能和文本意义的描写并不能局限于其自身，而是被视为由如下单位所派生的：（1）从它们在单独的表述中的意义而派生；（2）从变化的交际上下文中派生。在此，鲜明的例证之一是俄语动词体的功能，它和在孤立的表述中的功能并不一样（在文本中，动词体的主要功能是表达在先关系和同时关系；这种功能在孤立的表述中并不存在），但是，显然是从这一功能中派生出来的。

为了明确起见，我们将这一出发点分为两个。第一，我们论述叙事文本的语义，使用的是语用学和语义学已经知道的、单独的词汇单位和语法单位的语义；第二，我们根据维特根斯坦（L. Wittgenstein）的观点，仅仅描写现在使用足够明确的术语能够描写的叙事文本的语义，并不奢望全面地描写叙事文本的语义。

这样，我们谈论的是语言单位语义的描写，并且更为明显地考虑到它们在叙事中所处的新的、非全价交际情景的上下文，此时许多语言单位的解释和日常交际情境中明显不同。

本书的总体研究方案的特征是语言学方向。关注的中心是"叙事"和"叙事形式"的概念。本书中对叙事文本的定义是从符号学角度作出的，也就是由任何符号构成的、具有一定意义的符号序列，它能够从作者向接受者传递一定的信息，具有文艺价值并且通过词汇手段或者非词汇手段来表达。

由于语言自我中心性体现在有意义的语言单位中，因此文本中、包括叙事文本中出现自我中心成分也顺理成章。对自我中心成分的文本功能进行研究是本书的重点研究方向。

叙事文本的语用参数——作者和接受者的对话环境，该对话是借助于书面文本进行的，在叙事文本接受（即解释）过程中产生的冲突、差异，以及揭示文本中作者出现的语言学表示手段。

具体而言，本书的研究内容包括以下几个方面。

第一，对语用学的研究对象进行拓展，尤其是从日常交谈话语转向文本（叙事文本）；叙事文本是言语产品的一种形式，其中包括说话人、受话人和言说对象之间的关系，这正是语用学的研究核心对象。本书的研究表明，语用学的研究对象包含文本。

第二，叙事文本的研究方法包括语用学。叙事文本的研究有多种方法，例如结构主义、认知主义和心理分析等。作为对言语现象进行研究的学科，语用学适用于对叙事文本的研究。

第三，研究叙事文本的交际特征。通过对比日常交谈话语和叙事文本，揭示典型交际情景和非典型交际情景的差异，以及这一差异对语言单位使用方法的影响。

第四，说明语言自我中心成分在叙事文本中的属性。这涉及到语言整体属性之一——主观性、句法零位现象、语言学中的主体问题、叙事文本中的视角和声音问题等。在此基础上，说明语言自我中心成分在研究叙事文本视角和声音、判定叙事形式等问题中的作用。

第五，言语行为理论在叙事文本中的体现形式。在书面文本的条件下，言语行为实施的条件受到限制，典型言语交际情景中的对交际行为的展示成为非典型交际情景中的转述，这影响到了语言功能。奥斯汀（J. L. Austin）和塞尔（J.R.Searle）提出的言语行为理论在叙事文本中得到了重新的审视，说明了这一理论对叙事学研究的借鉴价值。

第六，本书还涉及到叙事文本的真值问题。语言哲学中对句子或语词真值的判断标准并不适用于叙事文本。在真值条件无法满足时，叙事文本的真值可以是文本内部的和谐一致，自圆其说是叙事真值的一种体现形式。

文本理论和揭示文本结构的著作是以句法作为出发点的，而本书采用语用学方向——研究的对象是一些原则上相互独立的语言现象。这可以使得在文本中划分出一些具有语用学意义的层面和单位，并不像结构主义那样认为文本拥有类似于句子句法的结构，我们的知识还证实不了这一点。

20世纪60至70年代以来出现的"文本语言学"，其目的是为了寻找文本的"基本单位"（段落、超句统一体），以句法作为参照，并且试图参照句子描写文本。本书中所采用的方法与此有很大的差异。第一，如上文所言，更为直接地定位于语用学，也就是说是为了揭示那些对读者而言具有某种意义的、作者和读者之间进行交际的文本层面。第二，我们的目标是研究文本的语义解释。我们感兴趣的是文本解释的普遍规则，所以可以单独审视文本的个别的层面，而不是在文本各个层面的相互联系中研究它们；简单而言，我们甚至不需要文本的整体结构的完整性作为前提。

以文本解释为目的，也就是说为了理解文本的意思，我们可以全新理解文本结构的概念：理解是一个动态的过程；在阅读的过程中，新的形象并不是"叠加"在旧的形象之上的，而是对旧的形象做出某种改变。

我们的分析对象是叙事文本。但是，我们的研究对象并不是叙事，而是在叙事文本语料中观察到的、语言中的某些现象。因此，在我们的视野中，有时出现的是非常知名的文本，或者是相反，是一些并没有特殊文艺价值的文本。我们的主要目的是展示语用学机制解释叙事学范畴的可能性。

（二）本课题的主要研究方法

根据上述研究任务，本书主要采用了如下的研究方法。

对比法。把两种事物加以对照、比较，从而推导出它们间的差异点，使结论映衬而出的论证方法。亦称比较法。

在将语言现象与其他的、尽管不是完全相似的语言现象进行对比的时候，它们的实质体现得更为明显。例如名词回指和时间回指之间的对比、在

"事件"与"事实"之间的对比等。本书研究的基础是指示和插入语之间的类似性，它们是两种非常重要的、尽管是差别巨大的自我中心成分，它们的语义在本质上要参照于说话人。本书进行了典型交际情景与非典型交际情景的对比；叙事交际与日常交际的对比；同一语言单位在不同交际情境中的用法对比；俄语、汉语和英语相似语言现象的语法语义对比；作者与说话人、读者与受话人的对比；说话人和观察者的对比等。

交叉学科的方法。如果将单学科研究的不同结果在该方法论框架内进行对比，那么就会发现一些新的、所研究对象的一些尚未被发现的共性内容，而这有利于学者们开展新的交叉学科研究。本书采用语用学和叙事学相交叉的方法进行整合研究，其优势有两个方面：一方面，这将会加深我们对叙事学、叙事文本的阐释的理解；另一方面，这将会扩大语用学的研究范围，扩大语用学概念体系的使用领域。

列举法。在解释交际类型、叙事类型的时候，为了明确这些概念的外延，同时列举几个能够说明它们的概念性质的事物，并对它们进行描述。

图解法。利用韦恩图、线性示意图和表格图表的形式，将不同概念之间的关系形象直观地表示出来。

归纳法和演绎法。由一般推论到特殊的逻辑推理，由大前提和小前提推出结论。演绎推理只要前提正确，推理的过程合乎逻辑规则，即可得出正确的结论。演绎法和归纳法在人们认识过程中的作用是相辅相成的。演绎以归纳得出的一般原理为基础，同时又检验归纳所得结论的正确性。

四、本书的创新之处

本书的主要创新之处在于采用了交叉学科的方法，将叙事文本视为"作者—读者"在非典型交际情景中的交际形式和结果，以"人、时间、空间、情态"为语用学和叙事学的结合点，采用语用学的概念机制来解释叙事学的主要范畴。这既说明了语用学的解释力，又拓展了语用学的研究范围，有效说明了叙事学中相关概念的内涵，为叙事学的研究奠定了坚实的语言学基础，从而丰富了语用学和叙事学这两个学科。

和一些比较宽泛的理论研究不同，本书研究主要采用了相对细致入微的方法，也就是说，具体到语言层面来研究叙事文本，研究对象包括词汇的语义和使用特征、句法结构和句法范畴等。文艺理论和文艺批评不能脱离对文本的语言学分析：如果在文艺分析之前并没有进行更为"初级的"，但是与此同时更为基础性的（客观性的）语言学分析的话，那么文艺分析就并不完整。在阐释文本的时候，首先应当在文本中寻找那些由于"书写"这一特征而产生的意义，在此基础上，可以"解读"文本中的另外的、由大量的上下文所生成的意思——社会意义、历史意义和文艺意义等。本书的研究更具有操作性和可验证性，以及对不同语言的叙事文本研究的适用性。

本书扩展了语用学的研究范围，将通常认为是静态的文本纳入语用学研究。语言学的传统研究对象是日常交际语言，日常语言也被认为是语言的首要存在方式。但是，语言的存在方式不仅有日常交际，同时还有书面文本；语言中存在着一些只能用于书面、很少或者几乎不用于日常交际的语言单位（包括词汇、语法结构），如果没有这方面的研究，对语言的认识就是欠缺的。本书通过新的、经验性的材料，重新审视目前关于叙事交际相互影响的语用条件以及它们的取效因素。从作者—读者对话的世界观相关性层面审视对话的认知—情感基础，这有助于明确并且区分现存的关于人际相互影响的现象，有助于解释不同范畴的读者对文本的意义效果以及语用效果产生不同理解的事实。

本书丰富了叙事学研究的方法。传统叙事学中将叙事文本看作是一个静态的、有固定结构和语法的、孤立存在的语言产品，本书将叙事文本置于作者、读者和人物的交际过程，从一级交际和二级交际的角度，动态地研究叙事文本，这既符合语言的交际功能，也可以揭示叙事文本的更深层次特征。

语言学的研究，经历了从形式到意义、从语言本体到语言使用的过程，相应地体现为从结构主义语言学向语用学的转变。叙事学的研究也可以遵循这一从静态到动态的路线。如果说结构主义视角下的文学研究遵循文本中心论或者文本本体论的思想，排斥文本之外的内容对文本的影响，那么从语用学的角度研究叙事文本，或者从语用学的角度对传统的叙事学进行改造，那么就必须考虑到叙事（"对事件的叙述"）过程中的各种影响因素。

从解释学角度来看，文本研究应当包括对叙事文本产生之前的"前叙事"阶段的研究；叙事文本的撰写、生成过程；叙事文本的接受，即叙事文本的理解问题。这三个阶段，分别涉及到叙事文本所描述的客观世界（或者作者的创作构思、想象）、作者与叙事文本的关系（作者的创作过程，或者叙事过程，这相当于对叙事文本内部结构的研究，也是传统叙事学研究的核心内容）以及叙事文本与读者之间的关系，即叙事文本如何被读者接受和理解（这是德国"接受美学"所研究的重点内容）。所以，从语用学角度对叙事文本进行研究，相对于传统研究而言，具有更广阔的涵盖范围，理论而言，可以更为翔实地解释叙事文本的前提、生成过程和理解等整个过程。

虽然语言学和文学"联姻"的思想早已被提出，并且在一些研究中被贯彻，但是不容忽视的是，目前两门学科之间仍然存在巨大的鸿沟，各自为政的情形十分普遍。这两门学科都在朝着自己纵深方向发展，广度上似乎有所欠缺。将语言学和文学研究结合起来的重点是找到两门学科的共性，它们共同的研究对象、学科概念之间的联系和通约，从而将两门学科有机融合起来。文学作品是一种言语产品，是人对语言的一种使用形式。所以，"人"成为文学作品、语言和言语结合起来的最重要的纽带。人对语言的使用，正是语用学的研究对象。这样，两门学科可以通过"人"在特定交际环境中对语言的使用而结合在一起。

本书深化了语言自我中心成分研究。区分出了它的主要特征，确定了它在叙事文本组合层面和聚合层面的表现形式；确立了语言自我中心成分在文本中的地位；说明了语言自我中心成分和叙事范畴之间的相互关系。

本书扩展了文本语言学的研究领域。发展了文本中关于组合层面和聚合层面的知识；揭示了叙事文本的另外一个重要的、必需的单位：语言自我中心成分，它也是文本构成的一个条件；确定了文本的某些规律，这些规律对于语言性叙事文本或者是非语言性的叙事文本来说都是适用的。

本书发展了语言理论。从语言单位中所包含的语言自我中心性的角度对语言单位进行描写，尤其是发展了语言共性理论，提出了对于语言性叙事文本或者是非语言性的叙事文本来说都是适用的语言自我中心成分的共性特征。

笔者进行该研究的现实意义在于：其材料和结论可以用于大学教学实践（可以优化研究文本的方法以及形成学生的语言能力，尤其是句法能力），在授课过程中解释某些有争议的问题的时候（例如，普通语言学、功能句法、俄语标准语历史，社会语言学，以及专题讨论和讲座）。[1]本书中的一些例证材料可以在撰写学期论文或者是毕业论文的时候使用，也可被用作编纂现代俄语句法教材的材料。

五、本书涉及的几个概念

在本书中涉及叙事学、语用学和语义学的一些概念。

（一）语用学与语义学

语用学（源自希腊语Pragmatos，表示"事情""行为"）又称语言实用学[2]，是美国哲学家莫里斯（C.W.Morris）提出的，当时只用于逻辑学，后随着语言研究的发展而成为语言研究的学科之一，用以解释语法学与语义学无法解释的语言现象。根据皮尔士的思想，莫里斯将符号学划分为语义学（关于符号相对于客观现实客体的关系的学说）、句法学（关于符号之间相互关系的学说）以及语用学（关于符号和它们的解释者关系的科学，解释者就是使用语言体系的人）。简言之，三者的区别为：句法学研究语言的规则，语用学研究语言的功能；语义学研究"X"是什么意思，语用学研究说出"X"表示的是什么意思。这样，语用学就是研究符号在现实的交际过程中的性状，研究语言与使用者的关系、语言运用及交际功能，研究人们在特定情景中、不同的语言交际环境下如何理解和运用语言，并且找出使自己的话语能够恰当地表达出来并被对方所正确地理解的方法，包括所产生的字面意义和蕴涵意义，以及可能产生的效果。言语交际是双向的，语用学既注重研究说话人的表达，同时又注重研究听话人的理解。这样，"说话人"逐渐变成语用学中核心的研究对象。语用学研究言语情景中的意义（也就是说，意义与说话人和听话人的关系、他们的目的、知识等），以及意义与言语情景上下文的关系。语用学的客体是语用

---

[1] 例如，叙事学中的某些理论成果可以指导外语教学中的写作类课程，参见王晓阳. 文本理论视域下的外语实践能力培养[J]. 东方教育, 2015(06): 38-48——笔者注.

[2] 汉语中"语用学"经常狭义地表示"语言语用学"。俄语中的语用学是广义的理解，另有"лингвопрагматика, лингвистическая прагматика"表示汉语中狭义的"语言语用学"。为了遵循汉语习惯以及行文方便，本书亦将"语言语用学"简称为"语用学"——笔者注.

意义，即说话人不同类型的命题意向——初始的假设、意图、思想和情感等。

语用学发展早期阶段出现的是萨多克（J. Sadock，1977）和盖士达（G. Gazdar，1979）等学者提出的"自主语用学"，可以归结为功能—真值语义学的语用学（例如蒙塔古语用学）。逻辑学研究语义这种方法尽管在提出的问题和解决途径方面十分准确，它仍然引起了广泛的质疑。词汇语义中可能会出现不同的成分，一些成分可以根据真值条件而得出，这是语义学的成分（例如"并"表示合取关系：痛并快乐着）；另外一些则无法从真值条件中推导出来，它们是语用学的成分（例如"并"还可以表示先后关系："他结婚并有了孩子"）。况且，不能将语言单位的一部分指称性的意义、通过真值条件来表达的语义成分，在一门学科（例如在语义学中）进行研究，而另一部分、语用性的、主观性的和表达力性的语义成分在其他学科（例如在语用学中）研究。例如汉语中的"而""和"以及"但是"的意义都包含有一个、即所有的成分中共同包含的语义成分，它们是通过真值条件而表达的（逻辑合取关系），以及其他相互区别的、具有语用学属性的意义（例如"而"表示前后两部分内容相对立）。也就是说，它们表达说话人的期待以及其他的认知状态。这也适用于对数量词的描写，例如"任何的""所有的"等。对语言语义全面的描写，应当包含有所有的语义成分。

对于逻辑学家而言，语义是符号与外部世界之间的关系。但是，自然语言中词汇和结构的意义，并不能完全归结为语言与世界之间的关系。自然语言中的意义具有人类中心性，它反映了人类自然属性的普遍特征；它也具有民族中心性，以该民族为参照中心。[1]所以，无法借助于语言来描写"世界本来的面目"：语言从最初就给自己的母语使用者提供了各自不同的世界图景。说话人是符号与外部世界之间的第三者，尽管他的出现在很多情况下出人意料。

从原则上说，语言意义具有语用性：语言中涉及到人和言语情景的成分并不是某些特殊的、具有表达力的元素，而是泛泛的、绝大多数的词汇和语法单位的意义。指称和语用学之间显然存在着联系：自然语言中并没有量词或者是指称算子，而这些成分存在于逻辑语言之中；存在着类似于"某

---

[1] Wierzbicka A. Cross-cultural pragmatics. The semantics of human interaction[M]. Berlin: NY-Mouton de Gruyter, 1991: 16.

些""某个""哪个"的词汇，它们都包含有大量的语用学成分，例如说话人的"已知/未知"；从说话人的视角而言，平均数或者是数量（试比较"有点不满"——'既不多也不少'；"某些证据"——'中等数量的证据'）。所以，即使粗浅地分析语言现象，也不能忽视语言和使用者之间的关系。通过真值条件表达的意义，在自然语言中和语用意义有着密不可分的联系。

不仅仅是语用学与语义学之间的界限变得模糊，语义学和句法学之间的界限也同样变得模糊。句法无法脱离语义，因为句法具有语义性特征。

在语言中存在着词汇、语法（句法和词法），以及不同种类的表达言外之力的手段——韵律、语调和词序等，每一种成分都具有自己的语义。这样，描写语言意义的任务就可以划分为不同的部分：词汇语义学；语法语义学（或者是莫里斯所言的句法语义学或组合关系学）以及语用语义学（即语用学）。语义元语言适用于词汇学到语用学的各个层面，这可以保证语义学的统一性。

语法意义和词汇意义之间的界限在于表达意义的方式。但严格而言，词汇意义和语法意义之间并没有实质的区别：它们都可以通过同样的语义元语言进行描写。两种意义之间的界限仅仅在于：一部分意义通过词汇来表达，而另外一部分意义则通过词的形式、结构、词序或者语调等手段来表达。此外，两种意义的区分并不在于形式，而在于意义的特征：语用学研究的对象是意向性成分（主观性成分、表达力成分等）要多于指称性成分的一些语言单位，词汇语义可以归结为真值条件，并且进行解释的时候不需要借助于说话人。

所以，我们仅仅将语义学的一部分纳入到语言语用学（лингвистическая прагматика）的研究范围，即那些在语义解释中，说话人因素在语义中占据着核心地位的语言成分。

可以认为，语用意义中除了上述成分之外，还有一些更为确定的、普遍的属性，即它们的交际地位。语用成分并不是表达出来的，也就是说它们并没有断言性的地位；它们要么作为说话人的情感被表达出来，要么具有预设、背景知识的属性。语用成分的交际地位比较特殊，这能够解释具有语用色彩的语言单位的用法特征。[1]

---

[1] 例如它们并不能受到否定辖域或者其他很多算子的作用：不能通过说"不是'几乎'！"来否定包含有"几乎"的句子"他几乎看完这本书了。"应当说"好一个'几乎'！"或者采用其他方式——笔者注。

（二）叙事策略

在典型交际情景中，语言才能完全体现自己的交际潜力，此时，存在着说话人和听话人，他们通过共同的时间和空间而联系在一起；具有共同的视野；他们能够看见对方以及对方的手势等。

这种环境也影响到了语言的结构：许多词、范畴以及语言结构的意思，都是为了在典型交际情景中理解的；其中包括一些上下文，其中并不知道谁是说话人。

这一点对于像"我""你""这里""现在"之类的词而言是非常重要的（如果不知道谁是说话人，那么就不知道"这里"在什么地方）。

但问题还不是如此简单。被称作自我中心成分的、参照于典型言语交际环境和现实说话人的词汇、语法范畴和结构等数量庞大。但是，语言并不仅仅在典型交际情景中使用。使用语言的策略有很多种，首先可以分为两种类型：第一人称叙事和非第一人称叙事。

（三）自我中心成分

"自我中心成分"这一概念源于逻辑学，罗素首先使用了这一术语。自我中心成分是那些参照于说话人和言语时刻的词汇："我"——那个现在位于这里的人。"你"也是一个自我中心成分，它也参与对话：是"我"的交谈对象。"我""你"和"它""他""她"等相对立，后者并不参与交谈，是陌生的、非本地的和非现在的存在物。和现在位于这里的"我""你"不同，"它""他"等那时位于那里。当"他"接近"我""你"、进而变成交际对象，"他"就会转变为第二个"你"。

"我"不能做很多事情，类似于"我在撒谎""我正在睡觉""我在欺骗你"等，被美国哲学家泽诺·万德勒（Z. Vendler）称作以言行事自杀。[1] "我"具有一个固定不变的功能：总是位于"这里"，"我在这里"是一个绝对的真理。

---

[1] Vendler Z. Illocutionary suicide[C] // Issues in the philosophy of language. Ed. A. F McKay, D. D. Merrill. New Haven; London: Yale univ. press, 1976: 135–146.

自我中心性是语法范畴的内在属性之一。如果说词汇具有人类中心性，表达朴素的世界图景，那么语法有助于将"无主的"（属于任何人的）词汇与确定的"我"联系起来，将陈说单位与说话人的情态结合起来。

　　语言学的客体是以客观的陈说内容为中心的各个场，其边缘部分是各种情态性成分。这涉及到词典学和语法学。词汇系统和语法系统的建构模式类似：距离中心越远，那么情态性成分就越多，"随着从某一语言体系或者是亚体系的中心向它的边缘的偏移，进入其中的语言单位的使用频率下降，它们的语义特殊性增长，并且它们通常会发展出或者是强化意义中的情态成分"[1]。这是主观化的语法手段，也就是能够表现出表述和文本的内容属于特定情态主体的成分，能够表现出陈述的句法结构的情态条件的成分，或者是能够表现出表述语义的语用构成条件等。

　　在所有的自我中心成分中，指示语是最重要的组成部分。指示（或者指向，源自希腊语Deixix——指向）是语用学的基础性范畴之一，它是语言单位的意义或者一种功能，通过词汇手段或者语法手段表达。[2]指示功能的表达手段为指示语，指示语通常表示并不是间接地、而是在交际过程中直接和自己的所指相一致的语言单位，也就是说，并不是在语言中、而是在言语中通过言语活动与自己的所指相一致。指示语和交际行为直接相联系，并且通过言语活动与某种客观现实或者是虚拟现实相一致。指示语并不具有绝对独立的、完全从交际行为中抽象出来的内容，由于交际是由说话人进行的，可以认为，指示现象以某种方式需要参照说话人，同时也可以参照听话人（他的位置和说话人的视角相一致）。[3]

　　指示语表示说话人的时间—空间定向，能够表现出观察者的时间—空间视点，也就是说，能够表现出间接见证性，例如直观性。指示定位系统由人

---

[1] Апресян Ю. Д. Понятийный аппарат системной лексикографии[C]// Исследования по семантике и лексикографии. TI. M.: Языки славянских культур, 2009: 20.

[2] Виноградов В. А. Дейксис[Z]. Лингвистический энциклопедический словарь. М.: Советская энциклопедия, 1990: 128.

[3] 参见: Успенский Б. А. Ego loquens: Язык и коммуникационное пространство[M]. М.: РГГУ, 2007: 12-14. 在更为狭义的理解上，指示被理解为指向表述的事件和地点，试比较 Падучева Е.В. Семантические исследования: Семантика времени и вида в русском языке. Семантика нарратива[M]. М.: Школа "Языки Славянской Культуры", 2011: 245-246等相关论述——笔者注。

称指示、方位指示和时间指示构成，表现为"我—这里—现在"的三位一体形式，与此同时，"我"是这一三位一体的中心，是参照点。指示语是自我中心的。它的语义基础是"我""自我""说话人"这一概念。说话人形象构成了表述的语义空间，建构了语言的指示语体系。一方面，说话人形象是交际行为对时间和空间进行计算的出发点。从另一方面而言，指向说话人形象构成了自然语言中"这里"和"现在"这两个基本的时间指示词和空间指示词的语义核心，而通过这两个词对所有其他词进行解释。属于指示概念的包括有一系列的反义词列："我—你""这里—那里""现在—那时""这个—那个""这—那"等。时间和空间的朴素的语言物理学也在这一体系的基础上形成。"……空间和时间的朴素物理学——这是相对论物理学，尽管不同于爱因斯坦的理解。空间和时间由于人看世界的目光而相关。……语言的这一属性在更大的程度上可以被称为'语言相对论'，而不仅仅是沃尔夫体系中的语法体系、词汇体系甚至是语义体系的民族特殊性。它（这一属性）可能是语言学已知的最为深刻的语言共性之一。"[1]

指示同上下文和言语情景之间的联系表明，指示语指示属于语用学的研究范围。[2]指示包括对言语活动构成成分的指向——指向言语活动的参与者、指向言语的对象、指向被表述事实的时间定位和空间定位，还指向所有的、能够直接作为和言语活动相关的成分而被描述的所有内容。[3]

尽管"指示"概念本身自希腊时代就为人所知，但是，语言学家对指示问题的关注首先是为了解决代词的语义特征。1940年皮尔士将指向性代词称作索引符号，索引符号在词汇和客体之间建立直接的联系。研究指示现象的另外一个传统的奠基人是奥托·叶斯柏森（Otto Jesperson），1922年，他提出了"变符"（shifters）的概念来描写那些使用方法和理解方法都依赖于说话人和受话人的语言单位，其中最典型的是指示语。"自我中心的"和"指示的"这两个术语之间存在着区别。雅各布森将两种语法主观性成分——指示和情态纳入到一个共同的范畴"变符"（shifter）中。

---

[1] Апресян Ю. Д. Дейксис в лексике и грамматике и наивная модель мира[C]. Семиотика и информатика. М.: ВИНИТИ, 1986(28).

[2] Арутюнова Н. Д. Типы языковых значений: Оценка. Событие. Факт[M]. М.: Наука, 1988: 5–6.

[3] Вольф Е. М. Грамматика и семантика местоимений[M]. М.: Наука, 1974: 6.

随后，指示的概念进一步扩展。除了代词之外，其他的一些词类也被包含到指示表达式中，包含在具有代词性语义特征（即这些词并不对事物进行称名，并不赋予它任何的特征，而仅仅指向它们）的词汇中。

　　指示可以表现在聚合层面和组合层面。根据指向语言上下文或者是指向言语情景，可以相应地区分出直指和回指。直指和回指具有共同的指向机制，它们之间的区别通过"所指向的客体"以及客体的位置而表现出来。

　　奥地利心理学家彪勒首先区分了这两种现象。纯粹的直指参照的对象是反映于表述内容之中的、语言外的客观事实，并且纯粹的直指在物质性的指示场内得以实现。回指则参照于文本的内部结构，并且在指示的上下文场中得以实现，同时保证了篇章的语义连贯。[1]回指表现为语言表达式（词汇和词组）之间的关系，这种关系的表现形式为：一个表达式的意思援引了另外一个表达式，例如：

　　（1）无人的大山上，常常能看到一座座孤零零的小石头房子。它们强烈地引诱了我，让我走近去看个虚实。

　　回指和直指的区别还在于：最为典型的指示成分"我""你""这里"和"现在"并没有回指用法。

　　但是，直指和回指之间的界限并非十分清晰。指示性指向中未表达的上下文或者是暗含的上下文符合回指的显性上下文。在许多情形中，同一个语言单位同时履行回指功能和直指功能。[2]

　　指示是语言的普遍属性，但是指示的类型和表达方式在不同的语言中各不相同。语言中并不总是有系统化的表达指示意义的手段。[3]在翻译包含有指示成分的语言单位的时候，这种语言差别就表现得特别明显。例如，俄语中有六种空间性指示单位的基本表达式：здесь－там（"在这里－在那里"），сюда

---

[1] Виноградов В. А. Дейксис[Z]. Лингвистический энциклопедический словарь. М.: Советская энциклопедия, 1990: 128.

[2] Вольф Е. М. Грамматика и семантика местоимений[M]. М.: Наука, 1974: 6–8; Падучева Е.В. Пресуппозиция[Z]. Лингвистический энциклопедический словарь. М.: Советская энциклопедия, 1990: 32.

[3] Борисенко В. А. Дейксис в речевом акте[C] // Личность, речь и юридическая практика. Ростов н/Д: ДЮИ, 2003: 25–29; 27.

– туда（"朝这里-朝那里"），вот – вон（"这边-那边"），与它们相当的指示单位在英语中只有两种：here – there（"在这里-在那里""朝这里-朝那里"）。一种语言中缺乏另外一种语言中对等的语言单位的现象叫做空缺。

语言中的礼貌范畴中存在着一种特殊的社会指示。例如，汉语中对第二人称代词的选择（"你""您"）部分地取决于说话人和受话人的社会地位。

叙事指示（нарративный дейксис）又称二级指示或指示投射（дейктическая проекция）[1]，这是转述的指示。这种指示形式和言语情景没有直接的联系。如果说在一级指示的条件下，指向是通过参照指示中心"说话人""这里"和"现在"而实现的，那么叙事指示和创建作品的时空框架有关，和从观察者的角度对事件和人物进行评价有关，因为观察者占据一定的时间位置和空间位置。

在叙事文本中，指示主体可能不是说话人也不是受话人，而在一定程度上是任何人，作者赋予他感知主体的功能。事实上，借助于其眼睛而对发生事件进行描述的任何人都可能成为说话人的"替身"。例如，"他进来了"需要一个观察者，该观察者并不是从行为主体（他）的视角感知情景的，而好像是位于主体进入的空间之内。[2]

所有的指示概念都表现为广义的代词形式，这意味着，它们都是位于语言整体之中的抽象意义的集合。作为代词，指示词可以代表某些由多个事物集体构成的全局性的存在概念，例如：这里——在森林里、在城市里，在家里等；那时——童年时期，两年前，以前，那时候等。

这样，"现在—那时""这里—那里""这—那"以及它们的不同的变体形式，描述了说话人在时间和空间的位置分布、移动等特征。对自我中心成分在非直接篇章中的人称形式的解释将人物、他的认知构成了一个参照点，该参照点有助于实现指示性指称（дейктическая референция）。

---

[1] Сребрянская, Н. А. Статус дейктических проекций в художественном тексте[J]. Вестник ВГУ, Серия «Лингвистика и межкультурная коммуникация», 2005(01): 24.

[2] 试比较："他进去了"通常表示说话人位于主体进入的空间之外——笔者注。

（四）文本和篇章

在语用学中，"篇章"（话语，discourse）指的是正在使用的语言（类似索绪尔所说的"言语"），而不是作为抽象体系的语言。应该指出，目前中外学术界正在颇为广泛的意义上使用着这一术语，并未加以严格限定，例如"理论话语""复调话语""小说话语"等。

在叙事学理论中，杰拉尔德·普林斯（Gerald Prince）从两方面区分了"篇章"。第一，篇章指一段叙述的表达层面，而非其内容层面；叙述着的东西，而非被叙述的东西。第二，篇章不同于故事。"约翰的妻子死了"是故事；而"他告诉她约翰的妻子死了"是篇章。

"篇章"概念和主体的认知—交际活动相连，是一个认知—交际事件，包含有表述的发话人和表述的受话人，以及表述的本身，还有生成表述和理解表述的条件，即"根植于生活的言语"。[1]篇章的前两种概念体系将注意力集中到交际的超人因素方面，交际反映了通过文本建构的方式而产生的集体经验的产生、积累和发展，并在一定程度上记录了主体（交际参与者）的交际活动。

文本在篇章的动态空间中占据着特殊的位置。无法否认的是，文本取决于篇章的主体：文本的内容完整性或者是整体性是在作者和读者的互动中形成的。

由于读者和作者之间存在着时空距离，双方的篇章都是以自我交际的方式而实现的。在创建文本的时候，作者的出发点是自己对所创建文本接受者的主观理解：对他而言，这并不是一个现实的人（或人群），而是某种理想形象，或者采用福柯的话来说，这是"典型读者"。作者自己的篇章活动的结果是文本，他将自己为现实读者所编制的解释方案包含到文本之中。而读者则基于文本，在自己对文本的内正在世界、作者的内心世界以及自己的内心世界等进行假设性解释的基础上，建构自己的具体化的意义形象。

读者的积极程度取决于他在多大程度上接近于典型读者的形象，因为作

---

[1] Арутюнова Н. Д. Дискурс[Z]. БЭС: Языкознание. М.: Большая Российская энциклопедия, 2000: 136–137.

者所诉诸的就是典型读者，但是，具体的读者和典型读者显然无法完全重合。正是读者阅读过程的自主交际过程中（在和作者的共同创作过程中），可能对已经阅读的内容产生美学感受：在阅读内容的影响下，读者改造自己的内心世界，认识到"自己在世界上存在的个性化特征"。所以，篇章可以被理解为生成中的文本。

众所周知的一个悖论是："已经形成的文本"具有物理性的边界，因此在结构层面是完整的，但是，其中某些元素可能从内部破坏这一封闭结构的界限。首先，因为这些元素具有自己分布策略，而这正是解释方案的组成部分，解释方案由作者自觉地或者潜意识地提供给自己的"理想读者"；其次，由于有些编码比较"深刻"，具有生成新意义的能力，引起那些具有超文本能力的读者产生一系列新的联想，这也有助于超出文本的界限，进而明显地增强了文本的语义整体性。上述因素使得"已经形成的文本"成为一个开放的意义系统，它在每次阅读文本的时候都和"当下的意义环境"相互影响，并成为"这一环境的一部分及其推动性的力量，成为一种像环境自身一样变动的单位"[1]。

六、本书研究的语料

本书研究的语料大部分来自中外作家的经典的文学作品，包括中文、俄文和英文作品，其中外文语料一般采用中外文对照的形式，其译文通常采用国内著名译者的译本，部分外文例证由本人翻译。一部分语料来自语言学或者叙事学著作。部分语料来自互联网和词典等。本书采用每节例证单独编号的形式，以便行文。

我们还使用了如下几个语料库：

北京大学中文语料库（网址: http://ccl.pku.edu.cn：8080）

国家语委现代汉语语料库（网址：http://www.cncorpus.org/）

现代汉语平衡语料库（网址：http://www.sinica.edu.tw/SinicaCorpus/）

---

[1] Гаспаров Б. М. Литературные лейтмотивы: Очерки по русской литературе XX века[M]. М.: Наука, 1995: 276.

俄罗斯国家俄语语料库（网址：http://ruscorpora.ru/）

为了压缩篇幅，下文涉及的语料不再标注出处。

七、本书的章节结构

本书由绪论、正文、结论、参考文献和主要人名对照表构成，其中正文分为七章展开阐述。

导言中介绍了选题的现实意义和创新点，确定了研究的目的和任务，提出了本书的中心论点，指出了本书的理论意义和实践意义。

绪论中说明了人文中心论思潮下的叙事学研究，表明对人的关注是叙事学研究发展趋势之一。作为理论基础，笔者在绪论中介绍了和本书相关的一些基础性概念，如语用学、叙事学和自我中心成分等。本书采用的语料主要是汉语（或者外国文学作品的汉语译文）、俄语和一部分英语语料。

第一章到第七章是正文部分，主要从叙事文本的本体性特征出发，说明叙事学主要概念、叙事文本的各个构成部分的语用学特征，说明了从语用学角度解释叙事文本的可能性和有效性。与哲学、语言学研究类似，叙事文本研究的核心是人，是人在叙事文本中表现出来的各种主体形式。

第一章奠定了全文的理论基础。本章首先从叙事学的概念本身出发，说明叙事文本的特征是"叙述事件"。这包括几个部分：谁在叙述、向谁叙述、如何叙述、叙述什么（即事件）。叙事的本质是一种交际形式，是作者和读者在特定的、"异时异地"的非典型交际情景中的交际，交际形式是讲述，这种交际和日常生活中说话人和受话人之间的现实交际具有同构性。非典型交际情景中并没有现实的说话人、受话人和共同的视野，这影响到了叙事文本中语言的使用。叙事文本的这一本质特征决定了可以从语用学角度对叙事文本进行研究，可以参照日常交际情景来研究叙事文本。本章分析了以往叙事研究中的各种方法，尤其是语用学方法在叙事研究中的历史和使用情况，分析了主要的语用学范畴（指示、人称、情态）和叙事范畴之间的相关性，说明了叙事学可以成为语用学的研究对象，而语用学也可以成为叙事文本分析的工具和理论来源。

第二章主要研究叙事文本中"谁在讲述、向谁讲述"的问题，同时也部分地涉及到了叙事文本中的人物。本书认为，所有的文艺文本（包括叙事文本）都具有人类中心性，即以人类作为出发点和归宿，文本同时具有自我中心性，即以叙事者（作者）为中心，讲述事件、描写空间和进行评价。作者和读者之间的互动中，作者是主导因素。在叙事文本中，作者表达了自己对所叙述事件、事件中的人物、对读者的期待等。作者、读者和人物之间进行着复杂的互动，这一特征是叙事文本形式和内容特征的根源。

第三章中分析了自我中心成分的语义和用法特征，以及它们在分析叙事文本过程中的作用。为了确定作者与读者、人物之间的交际形式，需要对各个主体进行定位，确定话语的主体。语言自我中心成分可以充当分析叙事文本中各种主体形式的工具。根据自我中心成分在语言中出现的位置以及使用环境，可以采用言语解释机制、叙事解释机制和主从解释机制进行解释，即确定它们的指称参照点，从而判断声音和视角的来源。自我中心成分是广义表意空缺的一种形式。本章还以契诃夫的创作为例，以语言自我中心成分作为分析工具，以自由间接话语的出现与否作为标准，研究了契诃夫创作的历史分期，揭示了契诃夫创作的"客观化"过程，即作品的主观性依次从异叙事者向主人公、次要人物的过渡。

第四章研究了叙事文本中典型的文艺形式——自由间接话语。传统上对叙事形式的分类是按照人称进行的，自由间接话语则融合了第一人称叙事和第三人称叙事的共同特征，从而获得了更大的形式灵活性和语义表现力。本章回顾了自由间接话语的研究简史，分析了自由间接话语的形式和意义特征，根据语言自我中心成分的特征说明了自由间接话语的判定方式，分析了自由间接话语在叙事文本中特殊的误导功能，或者说是文字游戏。

第五章重点说明"叙述什么"的问题。简单而言，叙事文本中的事件包括两类：叙事事件和文本事件。其中叙事事件可以被理解为作者的创作过程；而文本事件则是叙事文本中被描述的、由人物参与的事件。本章重点研究的是文本事件。本书分析了叙事文本中"事件性"的特征，说明了文本事件区别于日常事件的结构特征和本质属性，根据语言的时、体形式，从"时间""空间""主体"的角度描述了事件的解释方式。

第六章从言语行为理论的角度分析了叙事文本中的各种话语形式。研究表明，叙事文本中直接引语的引导语以及各种间接引语实际上都是叙事者对人物话语的一种解释和说明，体现了叙事文本的主观性。因为话语中的语用意义属于一级自我中心成分，远非所有的直接引语都可以保持意义不变的时候用间接引语表达。

第七章从外部语用学的视角出发，结合可能世界理论，主要论述了在无法亲知的条件下叙事文本的生成方式以及叙事文本的真值问题。通过对比传统的真值理论，可以认为，叙事文本内部的和谐一致可以被视为真值的一种体现形式，这也是叙事文本或其他虚构作品的标准之一。这是对传统真值理论研究的深化。

正文中，外国人名首次出现的时候，如果是俄语或英语人名，则提供相应语种的姓氏和名字的缩略形式；其他语种形式的人名通常提供英语转写形式。为了避免混淆，在书后附有"主要人名对照表"。

第一章 叙事文本的语用学特征

叙事文本是语言在特殊条件下的一种使用形式,它具有语言的普遍特征,即作为交际工具,是读者和作者之间在异时异地条件下的交际工具,也可以说是语言在具体情境中的一种使用形式,这就决定了叙事文本在交际主体、交际时间、交际空间和交际媒介等方面的特殊性。所以,叙事文本可以从语用学的角度进行研究。

一、叙事文本的交际特征

近年来,人文科学中对叙事(нарратив,narrive)的研究得到迅猛发展,这是第二次认知革命的结果,在哲学和心理学中被称作话语转向(дискурсивный переворот)或者叙事转向(нарративный переворот)。由于这场革命,对词汇和句子的注意力逐渐转移到文本和篇章,研究更高层面语言单位的建构原则。

"叙事转向"是"语言学转向"和"解释学转向"的一个阶段。随着人文学科的发展,它们也向人类中心主义、符号学、文学理论、哲学和美学等敞开,更加重视这些学科语言单位的语义,人文学科也日益深化,逐渐转变成为修辞学、解释学和叙事学问题。

"语言转向"的意义在于:既然语言构成了知识、思维的原则性条件,那么社会学问题、政治学问题、心理学问题和文化学问题领域内的研究就应当被转化为语言研究。但是,这一趋势的结果成为:语言分析的主要对象是句子,这成为语言转向的主导思想之一。人文学科发展的方向可以大概表示为"从符号到句子、从句子到文本、从文本到实践"。相当激进地审视篇章分析和文艺理论中的不同范式,也促进了这种现象的产生。

普罗普、托马舍夫斯基(Б.В. Томашевский)、巴赫金、洛特曼等学者的研究奠定了现代叙事理解的基础。由于对文本的兴趣增加，并且意识到文本结构分类的困难，语文学中产生了研究叙事文本语言的学科——"叙事语言学"（лингвистика нарратива）。如果说叙事学从文艺理论视角研究叙事文本，那么叙事语言学侧重于从语言学的视角研究文艺文本的叙事结构（叙事组织形式）。帕杜切娃（Е.В. Падучева）也将叙事语言学定义为一门研究"从叙事文本中提取出所有的、作为母语使用者能够从文本中获得的所有的语义信息的形式规则"的学科[1]。语文学的这门新学科的任务是揭示"叙事文本中语言成分的使用和解释的特殊性"[2]叙事语言学具有深远的发展前景，因为对文艺叙事的语言学分析无疑将获得它的意义。考虑到叙事特征来研究文艺文本，有助于推动文艺学和语言学在文本这一共同的研究客体层面相向对接。

（一）典型交际情景和非典型交际情景

在不同的文艺文本中，读者可以感觉到作者出现的程度并不相同。但是，文艺文本中，无论作者的痕迹多么模糊，不出现作者的文艺文本是不可能存在的。海明威、车尔尼雪夫斯基等作家都曾尝试创作完全没有作者声音的文本，但是这种意图最终全部落空。正如英国小说家、学者刘易斯（C.S. Lewis）所言："我时而听人讲，有人想从事一种完全摆脱语文学的文学研究，即完全摆脱对词语的爱好和关于词语的知识。也许这样的人并不存在。如果存在，那么他们要么是想入非非，要么是决计终生抱残守缺。"[3]

原因在于，作者（以及作者的视角）在叙事文本中的出现，是因为存在着说话人所造成的结果，相应地，任何文艺文本中说话人视角的存在是由于自然语言最为普通的词汇和语法范畴语义要求的结果，例如，十分普通的数范畴中都可以发现说话人和观察者的因素，并且观察者观察视角以及观察者距离观察客体的远近等因素可以影响语言的结构。[4]

---

[1] Падучева Е.В. В. В. Виноградов и наука о языке художественной прозы[J]. Известия ОЛЯ. Серия лит-ры и языка, т. 54, 1995(03): 41.

[2] Падучева Е.В. Семантические исследования: Семантика времени и вида в русском языке. Семантика нарратива[M]. М.: Школа "Языки Славянской Культуры", 2011: 198.

[3] 转引自周发祥. 西方文论与中国文学[M]. 南京：江苏教育出版社，1997: 91-119.

[4] 周淑娟. 俄语空间名词数范畴语义中的观察者[J]. 中国俄语教学，2015(04): 33-38.

语言正常功能是在典型交际情景中实现的。正如莱昂斯（J.Lyons）所言："语言结构中有大量的成分，只能在面对面交际的前提下才能被解释。"[1]莱昂斯所言的典型交际情景、即全价言语情景，包括如下条件。

①说话人和听话人处于交际过程中；

②统一的时间。说话人做出表述的时刻和听话人感知表述的时刻相重合；

③统一的地点。说话人和听话人位于同一地点；通常这也意味着，他们能够相互看见，并且具有共同的视野。

毫无疑问，只有当条件①具备的情况下，我们才能谈及条件②和条件③；但是条件②和条件③之间是相互独立的。言语情景中的如下成分是至关重要的：说话人和听话人；他们在空间和时间中的位置；他们现实的或者是想象的指示手势。

正是与言语情景的这种联系才保证了指称的单义性。罗素（B. Russell）断言道："毫无疑问，非精神世界能够不使用自我中心成分而得到全面的描写。"[2]我们认为，这一观点易于推翻却难以证实。因为自然语言中存在着许多指示成分，也就是语义中包含有指向交际情景、指向交际情境中某些成分和参数的词汇和语法范畴。传统上，指示和典型交际情景联系在一起，它在交际情境中履行指向言语情景中参与者、交际的时间和交际的地点的功能。"如果不使用完成指向功能的符号，那么任何一个问题都不能被解决。"[3]给陌生人指路的时候，如果不使用指示语，那么在非典型情景中非常难于证同空间客体和空间段。按照交际双方的时间、空间关系，我们可以将所有的交际情形划分为如下四种情形。（表1-1）

---

[1] Lyons J. Semantics[M]. London: Cambridge Univ. Press, 1977: 637.

[2] Russell B. An inquiry into meaning and truth[M]. London: George Allen & Unwin, 1940: 135.

[3] Пирс Ч. С. Логические основания теории знаков[M]. Санкт–Петербург: АЛЕТЕЙЯ, 2000: 94.

表1-1　说话人和受话人的时空关系

说话人时空 受话人时空	说话人时间	说话人空间
受话人时间	+ / −	∅
受话人空间	∅	+ / −

说明：符号+表示重合关系；符号−表示非重合关系，符号∅表示没有关系。

上表内容可以描述如下。

第一，说话人和受话人之间具有同时关系。此时，他们可能位于同一空间（a），也可能不位于同一空间（b）。

第二，说话人和受话人之间具有异时关系。此时，他们可能位于同一空间（c），也可能不位于同一空间（d）。

（a）是说话人和受话人在同一时刻、同一空间进行的交际。这实际上就是我们日常对话形式。在这种情况下，语言具有最大的表达能力。在典型交际情景中，指示成分参照于说话人；例如，"现在"的意思是"在言语时刻"，即"在说话人的当下时刻"；"这里"的意思是"在说话人做出该言语行为的地点"等。但是，这些定义都是假设存在着典型交际情景，该情景被视为已知的；实际上，指示单位的意义可能不仅仅考虑到说话人，同时还有听话人，以及整个交际情景。例如："这样的"＝"像我展示的那种样子的"（"这样大的西瓜"＝"就像我比划出来那么大的"），其中包含说话人的指示性手势，它要求最为完整意义上的典型交际情景：说话人和听话人应当能够相互看见。

全价说话人是典型交际情景中的说话人，也就是具有共时听话人、与听话人具有共同视野。言语时刻通常被定义为做出表述的时刻，也就是说话人的现在时。

（b）是说话人和受话人在同一时刻、但是位于不同空间的交际，即两人在无法见面的时候（例如隔着山谷、在不同的房间等）进行的交际，如网上聊天等。这种交际形式的典型代表就是电话交谈。在做出言语表述的时刻，说话人的地点和听话人的地点并不重合；也就是说并不具备条件③。这种情景可以揭示代副词"那里"的意义：通常情况下，"那里"＝"在做出表述时刻，说话人并不位于的地方"。但是如果在言语时刻，听话人位于这一地点的话，那么它不能被称为"那里"。例如，如果我在北京和位于上海的朋友交谈，那么我不能用"我马上到那里"来表示"到上海",应当说"我马上到你那里"。所以,"那里"的参照点并不仅仅是说话人,而是同时考虑到了受话人的地点。这样,由于电话交谈过程中说话人和受话人并不拥有共同的地点,这一交际情景凸显了地点副词的意义。

（c）是说话人和受话人在不同时间、在同一空间之内进行的非典型的交际。说话人和受话人并没有统一的时间,即此时并不存在条件②。这里可能存在着统一的地点,例如便条或者门上的留言（"我一个小时后回来。7月28日上午9点。小王"）或者是一些凭吊之作,其中充满历史沧桑感:"前不见古人,后不见来者。念天地之悠悠,独怆然而涕下。""自公一去无狂客,此地千秋有盛名。"在地点相同的情况下,时间的重要性得以凸显,不同时间发生于同一地点的事件产生了部分重合效果,此时此地的观察者具有较强的代入感,因此也是凭吊怀古类文本的典型交际形式。

这一情景可以揭示"现在"的意义:写信人用的很可能不是"现在",而是"现在,当我写信的时候",并且,"现在"的意义对典型交际情景的要求并不像"那里"一样严格。

在非典型交际情景中,指称的单义性毫无疑问受到破坏:在表述的发送和接受的非共时条件下,对当下时刻的引用并不能提供任何信息,此时可以使用莱昂斯解释指示成分的一种策略,即"指示投射":正常情况下指向说话人作为参照点的指示成分,变为以听话人作为参照点。[1]试比较菲尔墨（1981）的一个例证:门上的便条"I may be in room 2114"（"我可能在2114室"）中,现在时表示的并不是便条被书写的时间,而是书写者预期中的、受话人可能会读到这一便条的时间,也就是说,时间被投射到受话人。

古典拉丁语中的书信过去时是指示投射的典型例证。写信人在正常情况下将自己的现在时用过去时表达出来,因为这一时间在收信人收信时刻已经变成过去时。指示投射是理解不同的标牌、路标、口号和告示等交际符号中指示成分的一个基本策略。例如,在"这里禁止倒垃圾"中,我们将"这里"理解为"受话人所位于的地方",至于说话人的"这里",在此无关紧要。这种形式的表述几乎与说话人无关,并且参照受话人的当下时刻和当时的地点。

---

[1] Lyons J. Semantics[M]. London: Cambridge Univ. Press, 1977: 579.

对于不同的词汇和不同的语言，指示投射的适用条件并不相同。例如，莱昂斯指出，英语中这种投射适用于come（"来"），但是在类似的条件中，here（"这里，在这里"）却不能适用投射。

（d）是说话人和受话人在不同时间、不同空间的交际形式。这种交际形式的典型代表就是文艺交际，或者是读者和作者之间的间接交际。此时他们没有共同的时间和空间。书信交际也是这种形式。

可见，日常交际（对话交际，同时同地的交际）和文艺交际（异时异地）分别是交际的两种极端形式，位于中间的是说话人和受话人的同时异地交际以及同地异时交际。语言的不同使用方式、不同的使用环境影响到相应的特征。

自我中心成分的语义和指称依赖于交际情景。自我中心成分的语义对交际情景的典型性依赖程度越高，那么在非典型交际情景中它的意义发生变化的可能性就越大。非典型交际情景的价值之处在于：它们似乎是日常交谈言语和叙事文本之间的过渡地带。下文我们将研究叙事文本，将它视为一种用于在非典型交际情景中履行功能的表述。

随着研究的深入，发现了非典型交际情景的新类型。例如：

（1）按灯停走、按道行驶、按线通行、按位停放、按章驾乘、按规处罚。

这是一个令人困惑的句子（标语）。问题出在最后"按规处罚"。问题在于：同一文本中的这两句话具有不同的接受者：第一句话的接受者是驾驶员，最后一句话的接受者却是交警。在同一句话中交际对象发生变化，但是没有响应的句法标志。在这一交际情景中，交警履行着特殊的功能：他监督驾驶员的行为，是一种观察主体；在最后一句标语中则是行为主体，他从观察者身份转换为交通违规行为的执法者，从幕后的观察者转变成为现实的行为主体。

类似的非典型交际情景是大多数的口号类文本的特征。在此过程中，口号的制定者就像是交际参与者（司机和交警）之间的交际中介。交际中介在描写现代语言事实的时候同样具有重要的作用。例如通常所称的伪施为动词（quasi-performative verbs）通常出现在经由第三者转达的言语行为中。[1]在类

---

[1] Amrhein, P. C. The comprehension of quasi-performative verbs in verbal commitments: New evidence for componential theories of lexical meaning[J]. Journal of Memory and Language, 1992(06): 756-784.

似于"妈妈祝你一路平安"的句子中的现在时形式通常被认为是合适的,因为只有当这一表述有被传达给接受者的时候,这一言语行为才被认为是实现的。

有时,传话人自己决定是否认为言语行为是否已经完成(并且用过去时形式表达这一行为),或者是认为自己将相关话语传达给接受者的功能是至关重要的,在这种情况下他使用现在时的形式。试比较:

(2)校长现在要求您/要求过您撰写这份文件。

但是,在(3)a中,不能用过去时的形式来替换现在时,因为警告这一言语行为只有在警告意义被传达给接受者之后,才能被认为是完成的。(3)a和(3)b之间的区别在于,(3)b是一个由第一人称说话人做出的正常的表述,而(3)a则是一个由传话人所说出的伪施为句:

(3)a. Ваш доброжелатель предупреждает Вас об ответственности за свои слова;

b. Ваш доброжелатель предупредил Вас об ответственности за свои слова.

(4)努尔哈赤对使者说:"请转告你们两个寨主,明天咱在你们寨子前面等他。"

(5)历史老师要我转告你"等下上历史课,皮给我绷紧一点"。

(6)请转告你们姜局长,在外商来我市之际,你局把林雁冬同志抽调下乡,经我委李副主任电话催请,林仍未回城,对经委同外商的洽谈造成一定的困难。

类似的伪施为句中,采用原来说话人视角还是转而采用转述人的视角,是叙事文本分析中的重要问题之一。[1]

(二)叙事文本的交际特征

现代社会存在着大量的信息(这里的"信息"是以文本形式表现出来的知识体现功能的形式,并与具体的创建者个人或者是这一知识的载体无关),传递信息的过程被称作交际,而一系列用来实现这一目的的工具则被称作交际手段(交际体系)。文本是将意义组织起来、并将意义信息进行结构化的特定

---

[1] 参见本书第三章中的相关分析——笔者注。

手段，是个体积极能动的意向活动和思维活动的表现形式。文本中可以区分出两个相对独立的客体：作为智力—思维活动主体的个人的认知，以及作为将这一活动具体体现形式的文本。

文本的生成形式可能是书面的形式和口头形式，它们都具有"文本性"：外部的联系性、内部的意义性、以理解为目的。语言学研究文本的语音手段、词汇手段和句法手段；表示强调的书写手段、笔画突出强调、标点符号规则等。

人类活动的社会属性可以表现在交际过程中，由此，在实现某些交际活动的时候，作者和接受者都可以是一个集体。群体作者（例如《红岩》的作者罗广斌、杨益言）创作的文本和个体作者创作的文本之间并没有本质的区别。

文本中的各种符号是人完成交际—认知活动的手段。文本就其本质而言，是有理据性的，并且在其生成的过程中类似于活动，同时还是对其中包含的意义信息进行解码和理解的程序。文本中的符号一方面是根据语言组合规则建立的，另一方面取决于作者意欲完成某种实际的和/或者交际—认知的动机。

"作者—读者"的对话是通过文艺文本而进行的叙事交际，这种对话是现代在现代整合的人文知识的问题中占据着中心的地位。从一方面来说，和文本的互动被解释为人在文化—历史空间内存在的本体模式，从另一方面来说，作者和读者之间的新型关系模式可以被理解为人际互动。在叙事交际过程中，作者和读者之间的互动受到现代文艺文本的文艺形式的制约，这种限制表现在：作者的声音不断地出现在文本中，出现在作者积极实施的言语行为中以及叙事文本整体的对话性过程中。

文艺交际真正的效果可能被认为是作者和读者之间理智的、情感的、美学的以及精神的相互理解，这种相互理解是人际言语互动的结果。作者和读者之间的互动式按照主体—客体对话的对称模式展开的。

通过书面文本而进行的"作者—读者"对话表现为直接对话和间接对话两种类型。其中直接对话具有系统性特征，并且在叙事文本中表现为元语言性或者是主观情态性等形式。从语用学的角度研究文本，需要在具体的交际情景中理解文本中的各种符号，研究语言符号的具体任务以及它们面对的交际对象，以揭示交际机制、分析通过文本进行交际。这不仅仅是言语的交流，同时还是交际意图、思想、印象、形象和价值的交流。

对文本从交际的角度进行研究分析的时候，文本的形式—语言特征、文本中所使用的语言结构等，相对于其中的意向—思维活动结构而言，居于次要的地位。文本的生成，以及对文本的解释——这首先是在解决情感问题和意思问题，而此后才是语言学问题，因为在所有的活动中，作者的意图都先于具体的操作以及对它们实现手段的选择。文本自身是一个功能系统，在该框架中，语言学结构用于实现特定的交际—认知任务。

文本具有层级结构，是由不同层级的信息—意义模块构成的。作为一个交际单位，文本具有整体性的形式是因为文本的语言内因素和语言外因素都是为表述的特定目的、主要的概念、作者的意图而服务的，它们具有统一的交际功能。这不仅仅涉及到语言系统内部符号之间的组合关系（句法学），同时还在更大程度上涉及到语言符号和生成文本以及理解文本的人之间的联系（语用学），以及和客观现实的联系、客观现实在人的意识中的反映这一问题（语义学），也就是说，同样涉及到语言外的联系。叙事文本是根据意义（语义）和目的（语用）而建构起来的句子或者句子单位的整体。

所以，对叙事文本的语用学研究，应当从三个层面进行：结构、意义和交际。在对文艺文本进行解释的过程中，必须要考虑到语言内的因素，这些因素保障了句子之间的联系，体现了表述的主题。语言学的研究方法适用于外在表达的元素，通过它们可以确定，句子之间直接的语法关系和词汇关系是如何实现的，如何将句子联系成为一个相对完整的整体。这是对文本解释的第一个层面。叙事文本是在表达层面和内容层面的相互作用下产生的，就其形式和意义而言，受到了特殊的美学规律的影响。在揭示某一主题的时候，文本表达了作者的思想意识以及对社会关系的认识，因此，文本不仅仅是关于客观现实的信息，同时也是关于作者的个体的信息，还反映了特殊的主客体联系。语言外的因素被视为对文艺文本进行解释的第二个层面的因素。

以揭示文本信息为目的来分析文本的方法有助于在言语表述的"语用特征明显的属性"中研究冗余的言语信息。语用特征明显的属性与体现表述作者主要交际意图的语言体现方法有着直接的联系。而冗余的言语信息则并不必要，有时甚至是多余的，妨碍了正确的理解。从经验的角度而言，这样的手段偏离了表述的目的。

采用语用学的方法对言语交际的过程进行描述，对于不同意义解释的描写，不仅仅需要考虑到语言认知的内容方面，还要考虑到表达力方面。语言学因素和语言外因素的统一体，保证了叙事文本统一的交际目的。

（三）叙事交际和日常交际的异同

共时结构语言学已经提出了一套足够准确的分析文本语义的概念机制，它认为自己主要的研究对象是作为交际工具的语言，即日常交谈话语。但是叙事文本的语言具有自己的特殊性。这并不是违背了普通语言的规则，而是普通语言规则的某种变体：叙事文本的语言受到特殊上下文制约。

叙事文本的语言基本上也是由日常交谈话语中所使用的语言单位和句法结构构成的，同时具有自己鲜明的特征：日常语言中的某些成分并不能出现在叙事文本中（或者说是它们的某些形式不能出现在叙事文本中），而另外一些语言成分则改变了自己的解释。例如在"病人得类风湿八年了，到全国各地好些大医院都去过，病情却愈来愈重了，这不，连出租车都坐不了，靠担架抬来的。"这一典型的叙事语句中，"这不"与日常用法不同，在此它并不伴随有说话人的指示手势；从另一方面而言，过去时在此并不表示它常用的、表示距离远化的意义，所以并不和插入语"这不"相一致。在经典叙事中，它根本不可能出现：如果出现了"这不"的话，这意味着它并不是叙事文本的主干，而是"抒情性插笔"，并且"作者"本人通常会出现。例如：

①你别说，是这么回事，就连这坐在一块儿拌拌嘴的工夫都难得。这不，没说两句，门铃又响了。

上文中"你别说"是作者"现身"与读者进行交谈，该交际情景类似于日常对话交际。

叙事文本和交谈话语相比，交际条件（也就是语言发挥功能的特殊的交际环境）的变化引起语言单位解释规则的改变。在叙事文本中，语言单位解释方式的变化根源于作者和读者所处交际环境的不完整性（非典型性）。[1]日常交谈话语和叙事作品之间的语言学区别根源在于克服交际情景这一不完整性的不同的方法。由此，不同类型的条件以及对特定语言成分进行解释过程中，可以采用的不同的策略。

---

[1] 一定程度上，非典型性也是抒情诗所暗含的交际情景的特征——笔者注.

语言学家通常将履行交际功能的交谈语言视为一般性语言使用。但是，日常交际并不是语言的唯一目的，语言的某些使用领域不易适应于交际模型。这些用法中，最重要的是文学用法。叙事文本在使用和解释自我中心成分的时候有自己独特的规则。例如：

②Tomorrow was Monday.

③Now he crawled to her house.

④Where were her drawings now?

在日常交谈话语中，上述表述中时间和副词相互矛盾，但是，在叙事文本中它们却是允许的。为了理解在从交谈话语向叙事文本的转化过程中哪些语言成分的意义发生了变化，必须分析文艺文本的语言。由于解释方式的变化是在变化的交际情景的影响下发生的，所以，首先涉及到的是那些语义和交际情景之间有着原则性的联系的语言单位，即语言自我中心成分。

叙事文本的语言是一种退化的语言：日常交谈话语中的一些非常重要的单位并不能应用于叙事文本中，至少是不能用于它们的初始意义。叙事模式的更新或者发展，可以被视为克服非典型交际情景所造成的障碍的方法。叙事文本中语言成分的功能并不完全同于日常交谈话语的功能，只有对这一原因进行解释之后，才能理解语言单位的整体的、从不同的交际情景中所抽象出来的意义。所以，本书的研究不仅仅对于叙事文本研究、同时对于语言学本身而言，都具有重要的意义。

二、语用学视角下的叙事研究

如上所述，由于叙事文本自身具有交际特征，以往的叙事学研究中，多多少少地涉及到了语用学的概念和方法。但是，如果系统化地将语用学方法引入叙事文本研究，首先需要分析以往研究中的成就和不足。

（一）叙事研究诸方法

叙事文本是一种社会性相互作用和相互影响的手段，研究的视角则包括语义的生成、言语策略和技巧，叙事也成为不同研究领域饶有兴趣的研究对象。叙事的跨学科研究的蓬勃发展，标志着"叙事转向"这一新范式的出现。

叙事具有多层面性，所以它的研究方法和定义方法都有多种。梳理叙事研究的历史，有助于理解叙事对于现代不同学科的价值和意义。

任何一篇文本都可被视为某人的感知对象。因此，文本具有双向性：针对于作者-创作者或者针对进行感知的读者。在全面分析文本的时候，这种双向性能够产生大量的问题。

现代语言学的科学范式渐渐否定了系统—结构主义范式和静态范式，出现了动态的人类中心主义、功能主义和认知主义范式。对叙事研究的深化、叙事文本作为科学认知对象自身的复杂性，产生了大量的叙事理论，其中可以区分出叙事研究的结构主义方法、交际方法和语言文化方法。

在传统的叙事学框架内，试图将语言学表述分析的方法扩大到叙事研究中，以此使得语言学的方法的使用范围超出语言学分析的主要客体——句子之上，分析动词形式的语法方法被应用到文本的叙事学分析之中。

所以，文本可以从两个角度进行研究：作为一个由表达思想的显性语言层面和隐性语言层面所决定的结构，以及作为作者和读者之间的一种交际活动。"作者—文本—接受者（读者）"这一"交际三角"是言语产品的一个向度，其中可以划分出两种类型的言语思维活动：作者的（从思想到文本）以及接受者的（从文本到思想）。

（二）涉及语用学的叙事学问题

围绕叙事形式、叙事视角等方面的争论，在很大程度上与语言自我中心成分相关。这包括巴赫金的"对话主义"、维诺格拉多夫所提出的"作者形象"问题。例如：

——巴赫金在研究陀思妥耶夫斯基小说的过程中提出的多声部问题、狂欢化诗学理论以及超语言学；

——自由间接话语以及他人话语转述的问题；

——视角问题，以及视角在文艺作品结构中的角色问题；

——声音问题，以及声音和视角的相互关系问题；

——文艺空间的概念；[1]

---

[1] Лотман Ю. М. Типологическая характеристика реализма позднего Пушкина[C] // В школе поэтического слова: Пушкин. Лермонтов. Гоголь[M]. М.: Просвещение, 1988: 124–157.

——在对自然的描写中，观察者的出现等问题；例如文学作品中对风景描写，就经常包含有静止的观察者或者是动态的观察者等；[1]

——施米德（В. Шмид）、乌斯宾斯基等学者提出的"事件性"问题等。

所有这些问题都与自然语言的本质特征相关。在自然交谈话语中，文本无法脱离自己的创作者、自己的说话人，与此类似，作者出现于任何的文艺作品中。

巴赫金所言的多声部是另外一个极为重要的概念。巴赫金研究各种语言现象的方法，可以用"对话主义"（диалогизм）来概括。[2]对于巴赫金来说，首要的问题是"我"与"他人"的对立关系，即这两个主体之间的对话关系。

在巴赫金所描述的对话关系的不同形式中，文艺文本中作者和人物之间的关系尤为重要。在同一部叙事作品中，我们同时听到了数个声音，可以区分出数个言说主体——其中每一个都具有自己的思想意识，有自己的语言、感知和背景知识等，而作者仅是这种主体之一。

在不同作者的作品中，作者声音的地位并不相同，其中作者的对话性地位就与权威性地位相对立。例如陀思妥耶夫斯基的小说中，作者的声音总是对话中的声音之一，而托尔斯泰则像主审法官一样对人物和事件进行立场鲜明的评价。

巴赫金所需要的、作为理论支撑的内容实际上就是说话人使用语言的理论。但是巴赫金大部分论述面世于20世纪30年代，当时言语行为理论并没有出现。[3]巴赫金认为当时的语言学无法解释表述和句子的关系、表述与说话主体之间的关系。"只有表述才与客观现实以及活生生的说话人（主体）具有直接的关系。在语言中仅仅存在有这些关系的潜在可能性。"[4]

---

[1] 俄语空间客体分布动词未完成体和完成体之间存在意义差别，其中完成体动词语义本身包含"移动的观察者"这一语义成分，而未完成体动词则不然。该语义区别在一定程度上也包含了汉语的类似动词中，这体现了"观察者"在语义中的普遍存在。参见周淑娟. 俄语空间客体分布动词语法语义中的观察者[J]. 解放军外国语学院学报, 2016(04): 85-94.

[2] 但是，巴赫金本人却从未使用过这一术语——笔者注.

[3] 更准确地说，在这一时期，相关理论正处于萌芽期。现代语用学理论的先行者包括Gardiner(1932), Bühler(1934)和Bally(1932/1955)等——笔者注.

[4] Бахтин М. М. Эстетика словесного творчества[M]. СПб.: Невский простор, 2002:301.

巴赫金时代的语言学并没有很严格地将语言视为交际工具，结构语言学认为所有超出句子的内容都不是语言学的研究对象。为了研究叙事文本的语言（其中叙事文本采用了一些更为复杂的交际形式），需要认真地研究语言的交际层面。

现代语言学提出了言语行为理论、指称理论或者简单说是语用学理论，提出了用于分析语言中表达力手段的行之有效的方法。语用学已经成为语言学中一个成熟的学科，成功地解释了大量语言事实，并且对说话人在交际过程中的规律具有深刻的阐释。语用学和语义学之间的界限并不清晰。重要的一点是，在语言发展的当前阶段，关注的重心是语言中"人的因素"，并且研究对象是结构主义语言学所未曾关注过的一些问题。

这样，语言学就发展到一个新的时期：它已经能够不再局限于语言的结构模式和日常交谈语言。就像是乔姆斯基当年所言，语言学的任务是"模拟"母语者的语言能力，他生成并理解任何类型文本的能力，不仅仅是日常交谈话语的文本，同时还有文艺文本。唯一的限制在于，语言语义学将知识局限于母语者所拥有的知识。语言外的知识对于理解作者的思想意图来说至关重要，但是它们并不是语言知识。

这样，现代语言学在解决了交谈语言的问题之后，已经转向研究叙事问题，其中包括研究叙事形式的问题。但是，远不是文艺文本的所有特征都是由文艺文本所特有的非典型交际情景造成的，其中作者和读者之间存在着时空间隔。

在和叙事相关的语用学概念中，指示（дейксис）占据着尤为重要的位置。语言可以保证说话人指称无穷的客体和现象，自然语言中最重要的指称工具是指示语。指示语和指示范畴通过它们相对于言语情景的关系来证同客体、事件、时间段和空间段等。

指示语是"我""你""在这里""现在""这个"等代词；语法指示范畴的例证是时间范畴。词汇和语法中的指示现象已经得到了相当深入的研究。[1]词素中存在着指示现象并且指示现象履行一定的功能，指示可以通过派

---

[1] Апресян Ю. Д. Дейксис в лексике и грамматике и наивная модель мира[C]. Семиотика и информатика. М.: ВИНИТИ, 1986(28); Кравченко А. В. Язык и восприятие. Когнитивные аспекты языковой категоризации[M]. Иркутск: Издательство Иркутского государственного университета, 1996.

生词素来实现，词素在构成文本中整体预设中履行重要作用。[1]

文本中存在着指示现象的思想早已有之。菲尔墨、莱昂斯和列文森（S.C.Levinson）等学者对文本指示现象已经做出过相当详细的描写，文本指示和文本各部分的区分标记及各部分的相互关系相连，它们指向文本内部的某一部分，例如"上文""下文""接着"等都是这种类型的指示。这种指示和文本整体的结构相关。例如：

①高大头家原来是个连家店，前面是铺面，或者也可以叫做车间，后面是住家。抄家的时候（前文已表，他家是没有多少东西可抄的），高宗汉说："你家的房子也太宽，不行！"

②前面已经说过，我和现实关系紧张，说得严重一些，我一直是以敌对的态度看待现实。

菲尔墨等学者所理解的篇章指示或者文本指示并不是本书的研究对象。我们关注的是文艺叙事的指示，它涉及到从观察者的角度构建作品的时间—空间框架、对事件和人物进行评价等。观察者在叙事文本中占据着特定时空位置，和言语情景并没有直接的联系。这是二级指示，同时也被称作叙事指示，或者叫指示投射。[2]这是转述的指示，其中包括文艺叙事的指示。它的结构性特征是说话人的位置和空间参照点的位置并不一致。[3]叙事指示是文艺文本不可分割的一部分，并且参与文本建构。

叙事指示在文艺文本中通过一系列被称为"指示投射"的典型特征而实现。指示向文艺文本的投射通过一些普遍的意义（人、空间、时间）的词汇、通过占据一定的空间位置和时间位置的观察者的视角而实现的；通过观察者相对于文本的"远—近"关系而确定的；通过人类中心主义在文本中被聚焦的意义而实现的；通过参与创建时空体而实现的等。在文本建构中，叙事指示履行

---

[1] Сребрянская Н. А. Статус дейктических проекций в художественном тексте[J]. Вестник ВГУ, Серия «Лингвистика и межкультурная коммуникация», 2005(1): 24–27.

[2] 文本中的指示投射是指在文艺文本中单独出现或者是和其他成分一起出现的对人、客体或事件的时间、地点的指向；存在着参照点，或者是定位中心；存在着观察者；在空间和时间方面其位置的相关性；相对于客体或者事件而言在空间和时间上的"远近"对立——笔者注。

[3] Апресян Ю. Д. Дейксис в лексике и грамматике и наивная модель мира[C]. Семиотика и информатика. М.: ВИНИТИ, 1986(28): 7.

着十分重要的作用，和所有的文本范畴相联系。

叙事指示和文本指示有着原则性的区别。国内外对文本中指示现象的研究比较丰富，但是，这些研究者要么集中于代词性指示，要么仅仅涉及到指示在文本中的某些表现形式，例如指示和篇章的连贯和衔接范畴之间的关系[1]；观察者的空间位置和时间位置；从指示角度看待文本和读者之间的关系；文本和接受者之间的关系等。

篇章指示和文本的谋篇布局以及将各个部分合成为统一的文本相关。这种情况下，篇章指示或者文本指示等术语被用作同义词，尽管"篇章"和"文本"并不是严格意义上的同义词。

叙事指示，或者叫叙事投射，被用来描述世界、建构文艺文本。文艺文本中指示投射和许多概念范畴、语言范畴和文本范畴之间具有比较紧密的联系。确定它们在文本中的联系有助于确定指示以及指示投射在文艺文本中的功能和作用。

就其定义而言，指示和一些泛哲学的本体范畴紧密地联系在一起，如人、空间、时间。指示是对语言某些层面的称名，对它们的解释取决于表述的情景：表述的时间、表述前后的时间、说话人在表述时间中的位置以及说话人和听话人的关系特征等。究其实质而言，指示的所有其他定义可以归结为指向言语情景参与者、交际场景的时间和地点。人称、时间和地点是指示的核心参数。

哲学范畴是语言学范畴的基础。指示及其投射和主体、时空和定位等功能—语义范畴相联系。它们可以通过不同层次的、包含有指示义素的语言单位来表达。例如，时空场和人称场是通过一系列必须包含指示语的单位构成的，例如包含有指示人、地点和时间的派生性词素——指示语（《童年》《城南旧事》《在那遥远的地方》等）；词汇单位（代词、方位词"这里""那里""现在""那时"等，运动动词及其派生的动名词"来""去""进""出"等），还有一些语法范畴，例如时、体等。

指示及其投射和"确定性—不确定性"范畴相关。无论是在交际情景还是在文本中，指称都具有确定性。在确定性或者不确定性方面，证同言语客

---

[1] 文本中的这种现象经常被称作"回指"或者"复指"——笔者注.

体的主要因素是将上下文信息纳入到指称机制中,被指称对象是通过确定性—不确定性范畴而被引入到文本中的。代词性指称构成了确定性/不确定性的基础,后者既是功能—语法范畴,又是逻辑—概念范畴,相对而言,代词具有原型性特征。印欧语系的语言中,这一语言共性借助于代词性指称而获得了自己的表达手段。

文本建构的一个重要条件是作者的情态,而情态和指示投射有着紧密的联系。作者情态在整个文本中是统一的,从而将整个文本融合成了一个整体。在句子层面,情态通常被定义为说话人和表述内容、或者说话人和客观事实之间的关系。相应地,文本情态是作者相对于被表述内容的概念体系、视角和价值取向的位置,它们是针对读者而表达出来的。作者情态的结果是文本反映了作者视野中的世界。

通过情态范畴和确定性/不确定性范畴,文艺文本中的指示和指示投射和文本的语义—语用范畴相关,这些语义—语用范畴包括:诉诸性(адресативность)、信息性(информативность)、意向性(интенциональность)、可解释性(интерпретируемость)、文本间性(интертектуальная ориентация)和作者(автор)等。

确定性/不确定性范畴直接涉及文本的"指称地位"。所有的文艺性的"可能世界"在一定程度上和客观事实相关。如果没有这种相关性的话,它们就丧失了和客观现实的相似性。事件的时间—空间定位则发挥着决定性的作用。准确的定位有助于最大程度地感受现实,保障了文艺文本高度的指称地位。

作者情态性范畴、确定性/不确定性范和指示投射相连,它们可以构成文艺文本的另外范畴——事件真实性范畴。读者是真实性/非真实性的接受者。对于读者来说,文艺文本中的所有关系,包括空间关系、时间关系和意义关系,以及将人周围的世界进行浓缩,创造出了文本的"美学现实"。[1]文艺交际的中介是文本,交际的两个主要参与者是作者与读者。在读者的理解过程中,文本现实得以最终形成。读者是叙述中必不可少的参照点,是文本情态的实现者,是文本确定性和行为现实性的体现者。作者和读者都通过自己的心智

---

[1] Бахтин М. М. Антрополингвистика: Избранные труды[M]. М.: Лабиринт, 2010: 206.

来审视文本。文本是作者和读者主观化的结果。如果作者的时间——空间定位和接受者的时间——空间位置相互接近的话,那么作者输出的文本和读者理解的文本就非常接近。如果作者和接受者在时间和空间上相距甚远,那么接受者对文本的理解就会异于作者的初始意图。在时间和空间上的指示参数、"远——近"的对立以及观察者相对于文艺文本的位置,对于理解文本来说具有重要意义。

此外,情态和时间——空间的确定性对于文艺文本来说是必不可少的特征,为了体现这一特征,需要一个稳定的、相对固定的参照点——文本结构中的叙事者。叙事者的角色投射于文本,并且通过文艺文本作者内容范畴而得以实现。作者是叙述中必不可少的参照点,实现了文本情态,实现了文本的确定性和行为的现实性。构成二级指示只不过是将叙事者的物质性所指转化为叙事者的"原点",这一原点完全能够履行稳定参照点的功能。

作者在构思和创作阶段,他对自己作品的目标读者有一个大概的构想(即"理想读者"),作者的意图和事件的时间——空间定位针对特定的读者群,后者具有自己的时间、空间和心理位置。作者在创作文本的时候必须考虑到读者的类型,这就是文本的诉诸性。事件的时间——空间定位和读者的定位可能并不一致,由此可能导致对文本的理解偏差甚至不解和误解。

读者从不同的时间位置和空间位置、以不同的方式感受对文艺世界,能够对文本做出不同解释。可解释性是文艺文本的一个基础属性,涉及到作者范畴、读者范畴(或者观察者范畴)以及人物范畴。作品的可解释性与诉诸性可以被归结为同一类特征。

文本的一个重要的结构范畴是整合性,它在一定程度上与可切分性范畴对立。通过将包含有"人、空间和时间"等共性意义的语言单位融合到一起,进而构成一个完整的文本,文本得以实现整体性。

完结性(завершенность)是通过"作为作品基础的意义的功能而实现的。当作者认为通过主题的推进和展开已经达到预期的结果时,文本就完结了"[1]。此外,完结性还通过标题来保障,标题自身是压缩的主题,该主题可以决定整篇文本的建构。标题可能通过指示语或专有名词构成,两者的语义特征和功能特征比较接近。

---

[1] Гальперин И. Р. Текст как объект лингвистического исследования[M]. М.: КомКнига, 2007: 131.

完结性这一范畴和指示投射直接相关。"文本受限于时间和空间。文本是一个'拍照时刻',并且在这种'拍照性'上体现了文本的完结性。"[1]在文本开端引入的人—时间—空间定位点将文本限定于时间和空间之内,这一主体—时空框架不仅仅保障了文本的连贯性和完整性,同时还保证了文本的聚合特征——完结性。框架、开端和完结性是文艺文本相互联系的范畴。

指示及其投射在建构作品的框架方面发挥着积极的作用。标题、开端、时空框架是通过指示投射而建构的,它们保障了文本的结构和语义完整性。同时,将文艺文本划分为书、部分、章节同样是通过指示投射而进行的。这样,完整性结构范畴和可切分性结构范畴不仅仅和指示投射相连,同时还部分地通过指示投射来保障。

文艺文本最重要的内容范畴是人物和时空。指示的确定性为读者提供了"可能世界"图景的一致的、并行不悖的图像,"他具有和作者一起深入到文艺时间—空间任何一点的可能性;文艺文本的时空对于读者来说没有任何封闭区域"[2]。泛哲学范畴的"人、空间、时间"以及语言范畴"主体性、定位性和时空性、情态性"都具体实现于时空范畴。文本的指示情态属于文本的功能—语义范畴,指示情态可以通过文本中包含的所有具有主体性语义和时空性语义的确定性/不确定性意义来进行定义。[3]

作者范畴和读者范畴的功能意义以及它们的相似性经常会导致"指示平衡"(дейктический паритет)。这种均势在很大程度上是可能的,因为作者和读者一样,通过人物的眼睛来感受文艺世界。这可以使得将它们合并为一个范畴:观察者。"观察者"这一概念有助于研究指示投射在文本建构过程中的作用,以及在在观察者的时空位置不同的时候如何来感受和理解文本。观察者和被描述的事件保持一定的、或远或近的距离,正是这样的观察者对人物形象、事件和文本整体进行评价。主观语义成分和时空语义成分,也就是可能由作者、人物、读者来充当的观察者,以及时空以及它们和指示以及指示投射的

---

[1] Гальперин И. Р. Текст как объект лингвистического исследования[M]. М.: КомКнига, 2007: 132.

[2] Дымарский М. Я. Проблемы текстообразования и художественный текст. На материале русской прозы XIX и XX веков[M]. М.: ЛКИ, 2006: 269.

[3] Дымарский М. Я. Проблемы текстообразования и художественный текст. На материале русской прозы XIX и XX веков[M]. М.: ЛКИ, 2006: 268.

相互联系，在理解文艺文本的时候发挥着关键性的作用。

指示投射和文艺文本各个范畴的关系中，观察者范畴被定义为指示的关键性范畴之一。观察者的角色是通过叙事者的角色来实现的。观察者角色可以扩大化，包含读者和人物，正是通过读者和人物的眼睛，虚构的世界才得以被感知，并且在最终意义上，读者才得以理解文本。

"虚构/现实"这一对立是叙事文本中的另外一个重要的原则，并且这两个构成因素之间保持平衡。这一原则在文本中和指示范畴紧密相连。非常重要的还有文本中的语用学原则，而不是语义学原则。文学作品积极地与读者对话，构建读者的位置，并且提供叙事者的位置；而叙事者也考虑到了读者的位置。在这些原则中值得注意的是破坏文本连贯性现象。由于指示现象可以通过多种方法（前指性联系、包含有指示文本事件的人、地点和时间的标题，文艺文本的时间—空间框架，通过派生性词法学手段将预设概括化等）来保障文本的连贯性，所以，这一原则同样和指示投射紧密相连。

这样，指示及其投射事实上和文本的所有范畴相关。叙事指示并不是文本的偶然性成分，而是文本结构中的重要因素。

（三）叙事文本分析的语用层面

文艺文本分析可以从语用学层面进行，语用学和文本语用学的基本概念可用于叙事文本分析。在叙事文本的条件下，叙事者是基于特定语用条件的言语互动参与者，是整个语言自我中心成分体系的"支配者"。

20世纪60至70年代，具有各种心理特征的人就成为了"意义空间"的中心。因此，人们开始认为，将句子意义与说话人联系起来的词汇对上下文或者交际情景非常敏感。言语主体的概念可以将一系列在语用学方面相关联的问题联系起来。正是诉诸表述的作者，才表明了从分析词汇静态的词义到研究表述变动的内容的改变。语言学研究转向文本，将文本视为描写语言学语用层面的单位。这受到奥斯汀、塞尔等人提出的言语行为理论、格莱斯提出的意义的语用学理论、以及塞尔、斯特劳森等人提出的指称的语用学理论等的影响。这样，如何对受话人产生影响成为语用学的首要问题。毫无疑问，文本履行对读者产生的语用影响的这一任务，并且，如果叙事文本能够在诗学视角进行研究的话，那么无疑可以得出这样一个结论：类似的语言学诗学陈述方式，受到语用学方式的个性的决定：不仅仅是文本中包含的信息，同时还有提供信息的方式。

表述的意义不可脱离语用情景，而很多词汇的意义则通过指明言语活动的交际目的而进行定义："语用学正是语言学理论的那一部分：它广泛地、稳固地并且是一贯地解释语言功能和使用的交际层面。这是语言中人的因素。"[1]

在论及语言意义中的语用性成分与人的因素之间联系的时候，可以举出一个非常简单的例证。《爱丽丝镜中奇遇记》一书中的矮胖子（Humpty Dumpty）和爱丽丝关于词的意义和用法进行交谈：

①"我用一个词，总是同我想要说的恰如其分的，既不重，也不轻。"矮胖子相当傲慢地说。

"问题是你怎么能造出一些词，它可以包含许多不同的意思呢？"

"问题是哪个是主宰的；关键就在这里。"矮胖子说。

这一非常生动的例证形象地表明了语言与使用者之间的紧密联系，即语言单位用法依赖于言说主体的交际意向："语用学是一门研究语言与其使用者关系之中的语言的学科。它研究言语行为以及实现言语行为的上下文。"[2]语用学首先是研究交际层面的语言，也就是说联系说话人、主体、接受者、交际目的和交际条件来研究语言，研究语言单位与创造它们、使用它们并且理解它们的人之间的关系。语用学与研究符号的价值范畴、利益范畴以及可理解性范畴相关，其中重要问题是如何评价某一受话人从文本中提炼出来的信息。[3]

一些学者认为语用学位于语言学之上。语言作为一个系统而存在，而语用学研究这一系统如何被使用。在这种条件下，结合特定的言语情景研究语义学意义，并且一定要考虑到交际过程的所有参与者。例如，利奇将语用学定义

---

[1] Винокур Т. Г. Говорящий и слушающий: варианты речевого поведения[M]. М.: Наука, 2007: 19.

[2] Столнейкер Р. С. Прагматика[C] // Новое в зарубежной лингвистике. Вып. 16: Лингвистическая прагматика. М.: Прогресс, 1985: 420.

[3] Говорова В. Ф. Прагматическая функция научного текста[J]. Актуальные проблемы прагмалингвистики в контексте межкультурной коммуникации: материалы Всерос. науч. конф., 7 – 8 дек., 2006 г. Тольятти: ТГУ, 2006: 125.

为"研究与言语情景相联系的意义"[1]。语用学研究的对象既包括言语行为的生成过程，同时还包括言语行为的感知和理解过程。[2]而理解和生成言语行为这一能力本身，被称作语用能力，它要求交际双方具备特定的背景知识，例如关于社会文化现实的知识、理解语言现实、充分的语言学知识储备等。

作为语言单位各个层级中最为复杂的单位，文本包含有内容的整体性、各个组成部分的句法—语义的连贯性以及外部的形式性特征。由于文本是交际单位，在首要层面表现出来的是文本的交际特征。作为交际单位的文本，它传递信息并影响读者，因为表述只有在影响读者之后才能调节他的行为。影响受话人是交际功能的组成部分，文本的语用功能是交际功能的一部分，因为语用功能在交际行为中履行着重要的角色。文本能够对信息接受者产生交际效果的能力以及实现语用影响的能力，通常被称作文本的语用潜力。文本的语用潜力是选择文本内容、传达文本内容的语言手段以及建构语义联系方法的结果。为了产生明显效果而选择语言手段的问题，也是语用语言学的研究对象。"文本语用学"是"语言单位履行功能的层面，对这些语言单位的选择受制于文本发送者的意向影响，他考虑到了交际行为的情景条件，以及在这一功能风格中所采纳的、使用语言的标准的方法"[3]。

尽管在起初的时候，语用学及其组成部分——奥斯汀和塞尔提出的言语行为理论是用来研究"日常语言"、口头交际和现实的交谈交际的准则，但是文艺文本的语用学层面研究同样成果丰硕。文本中的词汇意义可能增生一些新的元素。

文艺文本是一个特殊的研究对象，因为它是关于客观现实的理解、以及作者有意识地选择影响读者的语言手段构成的一个非常复杂的综合体。采用语用学理论用于分析文艺文本的最大可能性之一在于：可以解释文本的隐性的、

---

[1] Александрова О. В. Единство прагматики и лингвопоэтики в изучении текста художественной литературы[J]. Проблемы семантики и прагматики: сб. науч. тр. Калининград: Калин. ун-т, 1996: 4.

[2] Говорова В. Ф. Прагматическая функция научного текста[J]. Актуальные проблемы прагмалингвистики в контексте межкультур-ной коммуникации: материалы Всерос. науч. конф., 7 – 8 дек, 2006 г. Тольятти: ТГУ, 2006: 125.

[3] Матвеева Т. В. Функциональные стили в аспекте текстовых категорий[M]. Свердловск: Издательство Уральского государственного университета, 1990: 7.

未通过词汇手段显性表达的内容。

文艺文本在保证读者对世界产生新的认识的同时，作者同时还要表达自己对所描述内容的态度。为此，作者采用特殊方式来组织文本、挑选能够根据文艺构思而将作者在文本中的角色具体化的语言手段。"和文艺文本中明示形式表达的信息一道，文艺文本还包含了一些读者应当通过一系列推理而'提取'的信息。也就是说，文本包含有一些隐性表达的信息，并且这种隐性特征可以构成文艺手法。"[1]

语言学中人类中心论的流派（语言的人类中心论）在应用于文艺文本的时候，作者形象理论是核心理论。这一概念体系将语言视为交际活动，在这一活动中，言语主体（说话人"我"）是组织中心。正是说话人期待着交际效果，他保证了选取必需的（基于语用条件的）语言手段。文本中模式化的世界图景是受到作者个体认知过滤的内容，这也决定了在任何言语产品中言语主体以显性或者隐性的形式出现。文本中作者话语是以间接的形式（隐性作者）体现或者表现为作品中的人物（显性作者）。隐性作者没有以人物化叙事者的形式体现在文艺文本中，但是读者在阅读的过程中可以建构隐性作者，它是作者的隐性形象，或者是作者的第二自我。而显性作者被理解为叙事者形象，他以自己人称的形式展开讲述，也就是说，是整个言语产品或者是言语产品一部分的虚拟作者，作为文艺文本世界中的人物出现（例如，类似的虚拟作者出现在莱蒙托夫的小说《当代英雄》中）。语言中有许多手段不仅仅有助于在特定环境中组织叙事，同时有助于将叙事者体现为受语用条件制约的言语交际互动的参与者。

从语用学的角度来看，重要的还有交际过程的第二个参与者——听话人或读者，即该言语产品的诉诸对象。为了理解特定言语事件的上下文、它在整个叙事结构中的交际角色，说话人和听话人、作者和读者应当具有类似的背景知识，不仅仅包含有纯粹的语言知识，同时还有历史、文化、社会等方面的知识。对于文艺文本而言，这一点尤为重要，为了理解人物性格、事件和关系，读者应当为具体的作品中所描写的事件设想出一个相当合适的整个历史—文化

---

[1] Падучева Е.В. Семантические исследования: Семантика времени и вида в русском языке. Семантика нарратива[M]. М.: Школа "Языки Славянской Культуры", 2011: 232.

背景和社会背景。

任何一篇文艺作品都是诉诸读者的，能够引起读者不同的联想。这些联想不仅仅与读者的经验相关，同时也是由文本本身所赋予的。因此，文艺文本语用学特征之一是它的诉诸性，这一特征同样是作者进行文艺构思的出发点。

所以，从语用学的视角究叙事文本是现代语言学中一个重要方向。叙事文本中采用了不同的语言手段来影响读者，而语用学的方法为理解这些语言手段提供了广阔的空间。

三、文艺学中的语用学方法

叙事文本研究中要区分两种交际情景——典型交际情景（全价交际情景，即现实说话人和受话人的交谈话语中）和非典型交际情景（非全价交际情景，产生于叙事者和读者之间，以及它的各个构成部分）。术语"典型交际情境"（каноническая коммуникативная ситуация）是由莱昂斯首先使用的，莱昂斯也举出了一些非典型交际情景的例证。

文艺交际是一定的手段和形象体系被编码、然后在实际的阅读过程中被解码的过程。叙事文本研究具有多个层面，例如文本可被视为最高层面的动态交际单位，可以采用交际理论进行研究。基于典型交际情景和非典型交际情景之间的共性和差异，叙事学研究逐渐采用了语用学方法。

叙事语用学是语言学和符号学的一个分支，研究语言单位在言语中履行功能的过程。语用学问题涉及主体（文本的作者）、受话人（读者）以及他们在交际活动中的相互关系。言语主体（文本作者）决定了如下因素：表述的目的和任务（例如，传递信息、表达意志、做出指示等）；言语活动的类型；对所表述内容的态度，主体对它的评价（或者是不进行评价）等。言语受话人（文本的读者）履行了如下功能：解释文本，其中包括解释间接意义和隐含意义；感受作者意欲产生的影响，其中包括精神上的、情感上的和美学的影响。

叙事语用学研究文本和文本活动主体（即作为发话人的作者和作为受话人的读者）之间的关系。传统上，叙事语用学要求考虑到读者的交际兴趣，并且遵循言语交际的主要原则。日常交谈话语中的说话人应当遵循生成文本的规律，以保证读者有效地理解文本。这要求文本应当具有局部连贯性和整体连贯性，为潜在的受话人提供实现前后一致的、并不矛盾的指称活动的可能性。叙事文本的语用特征体现为作者体现意向的能力、实现文本交际策略和构建世界图景的能力。语用分析可以表明作者和读者的不同类型，揭示了作者和读者之间的这些联系。

在语用学的框架内，从20世纪60至70年代开始，语言研究重点是它的用法或功能，保证言语主体和言语客体之间的互动，即作者与读者之间的交流以及读者对文艺作品的"占有"问题，而不是语言结构。叙事语用学包括对作为交际现象和阅读现象的文学的全面研究。文艺学研究中包括四个方向：阅读现象学、文艺行为研究、阅读史和叙事语用学。

（一）阅读现象学

阅读现象学又称文艺感知现象学。这一范式在20世纪60年代起始于西欧的人文科学研究，同时产生了"作者之死"的概念，在罗兰·巴特（R. Barther）的著作《作者之死》（1968）以及米歇尔·福柯（M. Foucault）的《作者是什么？》（1969）中形成了系统性的理论。阅读现象学拒绝将文本解释为现成意义的载体，标志着人文科学开始转向读者，后者被视为生成意义的主体，是"生成作品"的一个直接参与者。文艺语用学这一流派的最为重要的概念体系是汉斯-格奥尔格·伽达默尔（H-G. Gadamer）的哲学解释学思想、德国沃尔夫冈·伊瑟尔（W. Iser）和姚斯（H. R. Jauss）的接受美学思想以及安伯托·艾柯（U. Eco）的符号学理论。

在阅读解释学框架内，读者生成意义的活动从两个方面进行审视：作者理解文本的语义；读者在理解文本的基础上理解自己，形成或者改变自己的人生观。

（二）文学行为理论

在语用学视角下研究文学的另一个方向是文学行为理论。20世纪末美国的一些文艺流派中非常盛行采用符号学方法分析人类行为，例如生活的文本性就是新历史主义的重要概念体系之一。它的内容涉及到文学和客观现实相互关系的多种形式，其中包括将文艺文本转化成为生活。此外，读者经常在自己的人生实践中实现了文本中展开的意义，并且以此改变了自己的行为和自己的现实。所以，个体的生活被解释为文艺叙事的实现。文学提供了一整套的思想供人们使用和解释自己的生活，同时形成自己的经验。

此时，阅读活动并不是从意义生成的视角进行的（作为理解自己或者是理解文本意义的行为），而是从读者对阅读理解结果的使用的角度。伊瑟尔将读者称作演员，而姚斯认为，阅读中获得的经验，可以使得读者摆脱"日常生活实践的成见和强制"：他"预先想到没有表现出来的可能性，借助于新的愿望、要求和目的，扩大了公共行为受限制的游戏空间，并且以此开创了通往未来经验的道路"[1]。

（三）阅读史

阅读史将阅读视为文艺作品存在的语用模式，是研究阅读的另一个视角。

德国接受美学家姚斯首先对文艺理解的文化—历史类型进行分析。在《美学经验和文艺解释学》中，理解的历史性问题被划分为五种类型的文艺接受形式。这实际上是读者相对于文艺现实而进行的自我判定的历史类型。如果文学创作发展早期的特征是读者与文艺作品中所描述的事实和人物之间的远化，那么，从前浪漫主义文学开始，在读者和主人公之间就出现了新型关系。姚斯划分出了同感接受类型和宣泄性接受类型，认为它们是19世纪感知的特征（也就是对浪漫主义和经典现实主义的感知），根据它们的要求，读者要么将主人公的形象纳入自身，要么将自己解释为与他一致的形象。并且在现代主义文学中，占主导地位的是读者与主人公之间的远化。

阅读是人与书面文本之间进行的、不断发生历史性变化的交际形式，其中书面文本是一个独立的对象，同样在阅读史的框架内实现。接受活动的"外貌"取决于"阅读的顺序"，该顺序在每一历史时期的框架内具有自己的特性。它在每一时期所特有的、对图书意思的理解、以及形成的与阅读图书过程中的互动模式的基础上产生，而阅读模式则和文本载体本身的物质参数（手稿、手抄本或者屏幕）直接相连。[2]

---

[1] Яусс Х. Р. История литературы как провокация литературоведения[J]. Новое литературное обозрение, 1995(02): 80.

[2] Шартье Р. Письменная культура и общество[M]. М.: Новое издательство, 2006.

（四）叙事语用学

叙事语用学研究叙事的交际参数，后者构成了文本的意思，并传递给读者。在俄罗斯的文艺学研究中，叙事语用学源于巴赫金对"事件性"的研究。他将"事件性"解释为文本的指称层面和交际层面的统一：作品中讲述的事件以及讲述行为本身。巴赫金认为，讲述行为这一事件总是具有一定的诉诸性，这确定了文本自身的结构。

叙述的交际地位、它对于读者特定反应的感兴趣程度，是德国接受美学活动的理论基础。伊瑟尔提出的"隐含读者"范畴在随后的叙事研究中获得了不同的称名方式（"潜在读者""想象读者""典范读者""虚拟读者"等）。文本通过一些文艺手段、文艺策略等体现出预期的接受反应。根据这一思想，文本内产生不同的层级系统，它们分别与文艺交际的实现过程相对应。其中，除了"隐含读者"之外，还可以划分出"隐含作者"的形象，以及"实际作者（叙事者）"和"实际读者"（受叙者）等形象。

需要指出的是，在现代文艺学将读者划分为叙事层的理论框架中，出现了越来越多的叙事问题和接受问题相互交织的情形，施米德、秋巴（В. Тюпа）和西兰季耶夫（И. Силантьев）等现代叙事学家的研究就证明了这一点。[1]

叙事语用学的第一个研究方向涉及到叙事文本在接受者认识和在生活创造实践中的现实体现。此时，科学反思针对读者使用经验（认知经验、美学经验、反思经验、行为经验）的语用层面，这一经验是接受的结果。在这种情况下，研究的首要对象是美学交际的文本外的结果，它们反映在读者对文本意义进行解码的过程中。

第二个研究方向是：在自身的文本结构中，文本与潜在读者之间的关系如何被编码，借助于什么样的文艺结构的哪些层面，可以构成文本的意向诉诸性，以及如何实现它对接受者的影响。也就是说，在这种情况下，研究的是文本内部体现视角下的文本阅读过程。这两个研究视角相融合的时候，基于文艺文本的共同交际目标，可以产生一个统一的方向。

---

[1] Шмид В. Нарратология[M]. М.: Языки славянской культуры, 2003; Тюпа В. И. Этос нарративной интриги[J]. Вестник РГГУ. Сер. История. Филология. Культурология. Востоковедение, 2015(2): 9–19; Силантьев И. В. Поэтика мотива[M]. М.: Языки славянской культуры, 2004.

第二章 叙事文本中的主体问题

叙事文本中包括数个交际层级，例如现实作者和现实读者、理想作者和理想读者以及作品中的人物等。上述主体在叙事文本中以特定的方式互动，从而构成了复杂的复调现象。

一、文艺文本的主体问题

文艺文本是对客观世界进行艺术性认知的结果，其中体现了作者的世界观和认知世界的方式。文艺文本也可以对读者产生一定的美学影响，使读者接受文艺文本中的观点，或者对此提出质疑和反思。文艺文本是理解人类的一种途径。

（一）文艺文本中的人类中心主义

随着语言学研究的逐步深入，结构主义语言学也暴露出越来越多的问题和不足。僵化固定的语言结构无法解释生动形象的、由说话人参与其中的复杂的话语。在这种背景下，人类中心主义如今成为人文社会科学研究中的首要原则之一，它要求将人置于任何理论研究的首要位置，作为理论前提和研究目的。人的因素不仅仅被用于某些现象的具体分析过程，同时还决定了这一分析的方向及其最终结果。

语言学中形成人类中心主义范式的原因之一是，语言学家认识到必须区分研究语言现象的两个层面：静态的语言和动态的语言，也就是区分作为系统的语言和具体实现言语。

人在任何文本中都占据着首要位置，因为"具有人性特征的人总是要表达自己，也就是创建文本（哪怕是潜在的文本）"[1]。从这一意义上说，文本是人的一种存在方式。通过刻画人物形象来对日常生活进行提炼和升华，叙事文本达到对人、对世界的更为深刻的认识。目前，语言学和文艺学领域采用各种方法和理论研究文艺文本，深入挖掘文本的各种属性，包括研究文艺文本的人类中心性。

文艺文本的人类中心性表现在内容层面和形式层面。正如本维尼斯特所言："语言中主观性的表现非常深入，甚至产生一个问题，如果语言以另外一种形式建构的话，它是否还能发挥作用，并被称为语言。"[2]语言这种特殊的结构表现在什么地方，语言中广泛的主观性、或者说是自我中心性为何如此重要？因为"语言的结构模式能够让任何一个说话人将自己确立为主体的时候，似乎是拥有了整个语言"[3]。

文本是人的言语活动的结果，通过客观现实在个体认知中的折射，在文本中反映了客观现实。文艺文本的人类中心主义体现在：任何文艺作品都和人相关，认识、改造客观现实并将它们反映到文艺作品的文本中，首先是为了认识和描述人自身以及人的内心世界。作者剖析人物的性格特征，任何文本背后都隐藏着它的作者，在描述某一生活片段的时候，作家以此表明自己的世界观、思想和情感。以语言形式体现出来的作者的化身，通常被称作"作者形象"。[4]

人类中心主义是文艺文本研究的一个重要视角，是语言学、文艺学和哲学研究的一个交叉点。它要求在文学研究中，将人的因素放在首要位置，作为文学研究的出发点和归宿。由此，阅读文学作品就是"作者—读者—人物"之间进行的复杂的交际形式。

通常认为，说话人是在当下时刻、当下地点做出当下表述的人，交际对象是另外一个位于同一时空、具有共同视野的人。这时，说话人在"指示"的语义中表现出自己，"指示"能够通过它们和说话人的言语活动（个体性的、同时发生的事件）的关系而指向人、客体、地点、时间段等。

---

[1] Бахтин М. М. Эстетика словесного творчества[M]. СПб.: Невский простор, 2002.
[2] Бенвенист Э. Общая лингвистика[M]. М.: УРСС, 2010: 295.
[3] Бенвенист Э. Общая лингвистика[M]. М.: УРСС, 2010: 296.
[4] 王燕. 作者形象的复合结构假说——兼与隐含作者的对话[J]. 中国俄语教学, 2015(04): 45–50.

本维尼斯特还强调了显性指向手段（类似于'这'），它们要求说话人在说出它们的时候同时伴随有指向对象的手势。说话人仅仅能够在典型交际情景[1]中完全实现自己的各种功能，此时，说话人有共时的受话人，他位于同一个地点，位于说话人的视野之中。

　　术语"说话人"[2]还可用于解释词汇或者是语法范畴。这时指的已经不是具体的人，而是一个概括的人，他一方面参与了言语行为（作为说话人），另一方面在该词汇所描写的情境中履行一定的功能——他看到、思索、说些什么。所以"说话人"可以在词汇的释义中充当特定的配价，这里指的是暗含的（隐含的）说话人及其表现形式。例如，在插入语的语义中（"小王未必能来"＝说话人怀疑小王到来的可能性）或者是假定式的语义中（"现在要是春天该多好！"＝说话人想，现在要是春天就好了）。

　　语言中具有大量的包含有自我中心配价的词汇，该配价在典型交际情境中由说话人来填充，而在句法层面，与自我中心配价相对的是自我中心零位符号（эгоцентрический нулевой знак）。

　　在上述举出的例证中，"未必"需要观念主体这一配价，它的语义需要存在着某一参与者，如果这一参与者在句法上没有表达出来的话，那么在典型交际情景的日常交谈中，这最可能是说话人。"说话人"是一个常数或者恒量，用于解释所有自我中心成分。

　　叙事文本的解释条件中并没有现实说话人，也不存在说话人的地点以及共时的、可以确定言语时刻的、或者是能够看到指示手势的听话人等。说话人的功能在经典叙事中是由人物或者叙事者所完成的，而一部分功能在传统叙事中无法表达。[3]

---

[1]　Падучева Е.В. Семантические исследования: Семантика времени и вида в русском языке. Семантика нарратива[M]. М.: Школа "Языки Славянской Культуры", 2011: 259–261.

[2]　俄语术语"говорящий"是一个类似英语中speaking的形式，表示"(正在说话的)说话人"，是当时当地正在说话的人，并不能脱离当下的交际情景，所以汉语中的术语"说话人"只能部分地表达这一意思——笔者注.

[3]　Падучева Е.В. Семантические исследования: Семантика времени и вида в русском языке. Семантика нарратива[M]. М.: Школа "Языки Славянской Культуры", 2011: 259–284.

（二）"文学创作中的人"的问题

"文学创作中的人"是文艺学家、语言学家、心理学家和哲学家等共同关注的、多层面的问题。不同的流派的文艺学研究中关注文艺文本、作家创造出来的世界，就像是研究现实世界一样；而对于生活于这一世界中的人物，则就像对待"人物模型"一样。语言学中"语言个体"的概念就是这一思想的表现。

自古希腊时期开始，语言个体问题就是学者研究的中心问题之一，其核心学科是人学。古希腊时期的雄辩术就是类似的领域，雄辩术的产生和发展依然是为语言个体的目的和需求服务的。

19世纪末20世纪初的语言学研究中重新开始讨论这一问题，至今仍是哲学、文化学、语言学、心理学、社会学、人类学以及其他许多交叉人文学科重要的研究对象，例如法国语言学家海然热（C. Hagege）所使用的"语言人"以及俄罗斯语言学家乌斯宾斯基所使用的"Ego loquence"等，实质上都接近于"说话人"的概念，这从不同角度表明了语言中人的因素的重要性。俄罗斯学者维诺格拉多夫首先使用"语言个体"这一概念，他通过研究复杂而又多样的文艺文本，提出并且解释这一概念。但是，关于"语言个体"并没有明确的、众所公认的定义。"语言个体"的内涵十分丰富，是因为人具有多层面的表现形式，它的形成和发展具有多样性。

语言个体是人的完整体现形式（其中包含了社会的、心理的、民族的和其他的成分），语言个体就是在语言中体现出来的个体。"语言个体"这一概念是哲学、心理学、心理语言学以及社会语言学等多个学科的交叉核心。

文艺文本中有两种语言个体：作者和人物。卡拉乌洛夫（Ю.Н. Караулов）和金兹堡（Е.Л. Гинзбург）指出："目前的基础性问题——重新建构文学作品中的语言个体、语言使用者的文化模式的普遍多样性。与谈论它相关的首要问题的范围，这是提出文学作品中语言个体的形式、手段以及手法的分类，以及在分析的基础上对其进行证同的方法——从言语行为理论的角度以及从言语行为的社会—心理变体的角度——对话性言语的文艺形象，以及制定对语言个体文艺学重构的评价标准。"[1]

---

[1] Караулов Ю. Н., Гинзбург Е. Л. Модели лексического строя языковой личности мастера слова[J]. Изменяющийся языковой мир: материалы Междунар. науч. конф. Нояб, 2001 г. Пермь, 2001.

二、作者和现实的情态关系

文本情态（текстовая модальность，简称ТМ）是一个在语言学中新出现的一个重要概念。这一范畴是文本生成（语义方面）、文本结构和言语修辞色彩的基础，文本情态在很大程度上构成了功能语体，并决定了每一语体的性质。

文本情态的基础是主观情态（субъективная модальность，简称СМ）。句子一般同时表达两类意义：命题意义和情态意义。命题是句子的事实意义，是关于现实的客观报道内容。主观情态表示说话人对报道内容（即命题）的某种评价态度。情态意义包括两个方面的内容。一方面指说话人对描述的事件、事件参与者以及表达事件的句子形式本身的某种情感评价，即通常所说的句子的主观情态意义或者句子的评价意义；另一方面是说话人为表达一定的情态性或者评价色彩而选择的句子形式本身内含的诸意义，即客观情态，后者更确切地应该称之为句子的模态意义（модус）。模态意义事实上仍属于句子中的主观性因素，是句子意义中说话人"我"的表现。[1]主观情态也是表达言语最重要的、最基本的属性——人类中心性的语法手段。

语言中包含有大量的、但数量有限的表达主观情态意义的手段，包括语调、词序、特殊结构、重复、语气词、感叹词和插入成分等。主观情态的各种表达手段形成了一个体系，该体系的核心不是通常被称之为主观情态手段的人称代词"我"。在脱离上下文的时候，人称代词"我"是说话人用来指称自己的手段，事实上并没有主观情态意义。在具体的言语中，人称代词"我"就成了主观情态的中心。如果说所有其他的主观情态表达手段（如插入语、感叹词和特殊的句法结构等）间接地表达说话人的主观情态，那么人称代词"我"直接地表达了这一意义。所有其他的主观情态手段是用来揭示言语中的"我"的存在，它们与"我"相联系并受"我"的支配。例如，插入成分之所以具有主观情态意义，是因为它们表达了说话人"我"对于语句内容的态度，而感叹词则是说话人的直接反应。这样，人称代词"我"就成了主观情态语义场的核心。在语句或者文本中出现的人称代词"我"是文本中主观情态的显性标志。

---

[1] 张家骅. 新时代俄语通论(下)[M]. 北京：商务印书馆, 2006: 307.

例如：

　　他身材增加了一倍；先前的紫色的圆脸，已经变作灰黄，而且加上了很深的皱纹；眼睛也像他父亲一样，周围都肿得通红，这我知道，在海边种地的人，终日吹着海风，大抵是这样的。

　　人称代词"我"极大地改变了叙述的情态层面：原本相对客观的描述被主观的描述所取代；同时，在人称代词"我"之前描写的情景（对人物身高外貌的描写、人物眼睛的相似性等）就需要从说话人"我"的角度来理解。

　　人称代词"我"以及其他代词（"你""他"等）是表示主观情态的主要手段。人称代词"我"在从语言进入言语的时候，它就从中性的表示说话人的意义转变为说话人在文本中出现的标志。同时，由于上下文、体裁和语体的不同，人称代词"我"为文本中附加了不同的主观情态意义。对于文本的语义来说，文本主要的、本质的特征都和人称代词"我"以及其他人称代词相联系。所以，叙事文本类型划分的一个重要标准之一就是人称代词的使用，由此叙事文本可以分为第一人称叙事、第二人称叙事和第三人称叙事。

　　在文本，人称代词"我"的结构变得十分复杂。它不单是从语言过渡到言语，而且具体的所指对象发生变化。由于不同的叙事策略，"我"出现言语中的时候，可能和言语发出者相吻合，也可能不相吻合。

　　句子的任何句法结构都在概括地反映情景的同时，还应当表达说话人针对这一情景的看法。海明威的小说风格难以模仿，因为内容和风格之间存在着相互制约关系。在句子中，通常要想象或者表达行为（状态）的主体，而该主体必须和言语发出者保持一致，这种一致关系是主观情态意义的来源。

　　例如，在类似于"学生在画画"的最为简单客观的句子中，说话人位于"幕后"，是"画外音"的发出者，句子"学生在画画"意味着："我看见（我觉得，我相信等），学生在画画。"说话人处于旁观者的位置。这些句子的情态意义是：说话人从旁观者角度对场景进行描述。说话人在句子中没有显性表明自己的存在，对情景的描写显得客观。但是，句法形式并没有完全排除主观视角。

　　主观情态意义是任何结构的句子普遍拥有的，在言语中主观情态的表现形式尤为多样。任何语句的共同预设是它从属于说话人，因此，它也是言语发出者对语句内容的某种态度。相信、怀疑和遗憾等态度可以通过句法结构本身隐性地表达。

语言的各种主观情态意义在言语中得到完全的实现，其中文本手段履行了主要功能，而语言主观情态手段和它们紧密联系。

如果没有作者，那么就没有言语，所以构成文本情态的主要手段是作者范畴。但是，"作者—言语"的关系比较复杂，作者并不总是直接表现在言语中，言语主体是言语和作者之间的中间联系环节。例如：

我写信。你写信。他写信。

在上面的三个句子中，言语的发出者可能是同一个人。但是，在第一种情况下，言语的发出者和言语主体是重合的，其中主体是"述语性特征的载体，如动作的施动者、状态的承受者、性质、特征的持有者"[1]。作者谈论的是自己，在言语和作者之间没有任何间距。

在句子"你写信"中，言语主体是说话人（作者）称之为"你"的那个人。作者和言语主体并不重合。但是"你"暗示着"我"的存在。[2]

在句子"他写信"中，作者和言语主体的间距、以及作者和言语本身的间距最大。在作者和言语主体之间没有直接的联系，两者之间的联系是由语言外的因素所决定的："他"是进入作者关注、理解或感知范围内的一个人。但是，尽管作者并没有在言语中表现出自己，如前所述，他仍然暗含其中。[3]

基于不同的言语主体（代词"我""你""他"等）而形成的言语类型，在整体上表达了上述意义。同时，情态性和第一人称话语联系最为紧密，其次是第二人称叙事话语和第三人称叙事话语。主观情态意义源自作者和言语主体之间的相互关系。

这样，文本情态的第一层面、文本情态的第一构成部分是由说话人和话语本身的态度所决定的，这种态度反映在作者和言语主体之间的相互关系之中。

---

[1] 张家骅. 新时代俄语通论(下)[M]. 北京：商务印书馆，2006: 305.

[2] Paducheva E. V. The Linguistics of Narrative: The Case of Russian[M]. Saarbrücken: LAP LAMBERT Academic Publishing, 2011: 224.

[3] Б. Успенский对"我""你""他"之间的关系有一个巧妙的解释："我"是现实交际中的现实说话人；"你"是现实交际中的潜在说话人；"他"是潜在交际中的潜在说话人。这一解释强调了人的言语主体地位，即作为说话人的地位——笔者注.

文本情态的第二个构成部分是作者对世界、对客观现实的态度。所有文本都具有一个特征：文本情态表达了作者和文本以及客观现实之间的态度。作者抒发感情或者是表达思想的时候，将它们和客观现实相联系并表达自己对相关内容的态度。在语言中，实现这些态度的手段主要是主观情态成分和语法范畴——式。在每一个言语产品框架内，这种态度贯串于整个文本始终，并决定了文本的属性、实质和特征。试比较：抒情诗和报纸上中的简讯；外交公报和短篇小说。

但是，作者对于客观现实的态度并不是直接表达出来的，而通常是借助于语言（言语）表达出来的。作者可以是事件、过程的直接参与者或者仅仅是旁观者、报道者、研究者等。

概括地说，作者和世界的态度或者是相对位置有3种：

①客观态度（外在视角、上帝视角、无所不知视角），作者避免介入客观事实，置身事外，从一旁观察世界。

②主观态度（内聚视角），作者将自己等同为世界中发生的事件、过程的一个直接参与者，他位于客观世界之中，从一个参与者、活动者的视角感受世界。

③主观—客观混合的态度。

作者和言语主体（他写信）的不吻合不仅表明了对言语的态度（较少的主观情态性），也形成了对客观世界之间的态度——客观的（言语的结构相应也是客观化的）。言语主体和言语客体（我写信）的重合则表明了对客观现实的主观态度以及主观化了的言语结构。对世界的主观—客观态度也是通过作者和言语主体之间的态度表达出来的，但是，作者和言语主体都有自己的特征。

因此，在文本情态中，应当区分出两种构成成分：作者对客观现实的态度和作者对言语本身的态度，也就是作者和言语主体之间的相互关系。这两项特征构成了文本情态范畴的实质，并且它们两者之间相互联系，相互影响。同时，由于受社会因素所决定在文学实践中表达的"作者和言语主体"关系不同，也就是说由于功能语体和体裁的不同，主观情态范畴的实现手段也各不相同。根据它们的特点可以明确地划分功能语体，功能语体也是文本类型划分的主要方法。

文学语体的主要特征之一是作者和言语主体的完全不相符合。在其他所有语体中，除了口头语体之外，虽然表面上作者和言语主体的不相符合，但是作者都是在某种程度上表现在文本中的，这也影响到了文本的整体情态性，使得言语主体趋近于言语的实际发出者，例如科学文本中任何一个句子都可以被理解为是由作者说出的。但是文学作品中，言语主体（"我""你""他"等）几乎不和任何的现实作者重合。这里也表现出了文学作品的虚构性、形成作者风格的可能性、文本中的多声部性（复调性）、修辞方面的多层次性以等文学语体的特征。

文学语言丰富的情态性通常被客观化。言语主体取代了叙事者，获得了作者（叙事者）的独立功能意义并成了一个面具，即"作者形象"。但是，作者和言语主体之间的联系没有完全断裂：作者真正的声音可以出现在（抒情性、公开性的）插笔中。[1]

作者对客观现实的态度是主观—客观混合的，这种态度经过中介表达，是一种审美关系。作者和客观现实之间存在着文本中虚构的、类似于真实的世界，通过这一世界，作者间接地表达了对客观现实的态度。

综上，文本情态是文本非常重要的范畴，它构成了文本的语义基础，决定了作者和客观现实以及和言语本身的态度。

（一）叙事者、作者和读者形象

叙事者通过两种形式出现于文本中：时间—空间形式以及情感—思想形式。这两种形式与哲学中研究主体的两条路径相符：亚里士多德的路径涉及到"个体"概念、个体的实体性以及他的能动性；笛卡尔的路径基础是"我思故我在"、对"心理"动词进行解释以及第一人称的语义。

一部分哲学家遵从亚里士多德的路径，认为主体的本质是一个实体。例如文森特·德贡布（Vincent Descombes）认为自己关于主体的论述，基于吕西安·泰尼埃（Lucien Tesnière）解释中的"施事"概念。文森特·德贡布将情态理解为一种精神行为，而将主体理解为实施精神行为的人。作为一个实体的主体占据特定的时间和空间。

---

[1] Падучева Е.В. Семантические исследования: Семантика времени и вида в русском языке. Семантика нарратива[M]. М.: Школа "Языки Славянской Культуры", 2011: 203, 208–209.

笛卡尔的方法使得代词"我"在主体性哲学中变得非常重要:"我"的实体性是通过它在思维和言语中的表现、它与思维动词和言语动词的联合使用而被证明的。

20世纪欧洲哲学在很大程度上具有语言学色彩,它借鉴了语言学中的理论并且实现了"语言学转向",在寻找"我"的过程中分析那些既包含有行为主体、又包括认知主体的表述。

维特根斯坦是将哲学和语言结合起来的最著名的哲学家,在《逻辑哲学论》中写道:"哲学的自我并不是人,既不是人的身体,也不是心理学讨论的人的心灵,而是形而上学的主体,是世界的界限——而非世界的一部分。"[1] "经验意义上的'我'生活在世界中,在世界中生存;形而上学意义上的'我'是世界的界限,在时空之外。"[2]

而叙事者的时空位置实际上和作者没有任何关系。至于主观评价,有些是作者的想法,而有些则是和情节一样的虚构,这是文学史研究专家感兴趣的问题,但是对于语言学家而言这一问题没有什么价值:这一问题不能仅仅通过文本的意思来解决,需要考虑到作家的生平经历、他的人生经验和他自己的表述等,并且,这还涉及到虚构世界的事件等问题。对文本的任何研究都无法解释鲁迅的《一件小事》是否具有自传性质,也就是说,作者是当时乘坐人力车的人。陈染的长篇自传体小说《私人生活》中,作者以第一人称"我"的回顾性叙事的形式,探索了女主人公的心理成长的历程。我们可以认为该女士是陈染本人,但这种结论在很大程度上是一种猜测,而缺乏实质性的语言事实的支撑。先验地说,从第比利斯乘坐着驿站马车出发的"我"正在听着马克西姆·马克西梅奇的故事,这个人并不完全是莱蒙托夫,而在《大师与玛格丽特》中的叙事者也完全不是布尔加科夫,但是这些知识并不具有语言学性质。

相关的内容永远适用于文本的先验认知以及文本的自由间接话语中的作者:作者是否"寄生"到人物之中,或者相反,作者刻意与人物保持一定的距离,这一问题就像是作者的思想位置和叙事者的思想位置等问题一样,超出了对叙事文本的语言学分析的范围。例如,在契诃夫的小说《新娘》中,娜

---

[1] [奥]维特根斯坦.逻辑哲学论[M].贺绍甲译.北京:商务印书馆,1996: 87.
[2] [奥]维特根斯坦.逻辑哲学论[M].贺绍甲译.北京:商务印书馆,1996: 87.

佳的内心独白（啊，但愿那光明的新生活早日到来〈...〉这样的生活迟早要来临！），并不能意味着契诃夫相信俄罗斯具有辉煌的未来。

从同构性的视角考虑，可能会觉得，如果在文艺交际的框架内，说话人的替身不是作者，而是叙事者，那么听话人的替身应当并不是读者本人，而是他的某一个代表。但实际上并没有必要进行这种双重的对应：在叙事交际情境中，叙事者的接受者并不是读者的代表者，而是读者本人。

读者形象出现在文本意义的每一次实现的过程中，此时，叙事者并不是他自己文艺交际的最后一个层级。例如，有的文本中，作者明显地对叙事者进行嘲讽，这种现象，能够被认为是作者有意识地将作者引入到对文本的解释过程之中。[1]

类似的方法，可以研究布斯（W. C. Booth）提出的"不可靠叙事者"这一问题。有些作家的创作深受个人经验的影响，例如余华曾言："我的叙述是比较冷漠的，即使以第一人称叙述语调也像一个旁观者，这种叙述的建立肯定与小时候的生活有关。"而张贤亮的小说《习惯死亡》则相反，其中叙事者本人就是杀手，这是典型的"不可靠叙事者"。在上述的所有情形中，作者都希望读者能够揭示叙事文本的隐藏意义。将这些流程进行形式化总结，这未必是现代语言学所能够解决的问题。

普希金的小说《驿站长》是"狡猾的叙事者"的一个例证。作者公开地对主人公表示嘲讽：

谁没有咒骂过驿站长，谁没有跟他们争吵过？谁没有在盛怒之下向他们要过那倒霉的簿子，好把自己受欺、受气、受怠慢的意见记上去，虽然记也无用？谁不把他们看做人间败类，像已故的那些书吏或者至少像穆罗姆强盗一样？

这种嘲讽是通过叙事者而实现的，而叙事者则有时候隐藏在这个或者那个"受限制"的直接观察者（例如驿站长萨姆松·维林本人、小男孩万卡等）中，但是并没有直接给出自己的解释。小说的主题可能并不是被骠骑兵拐走的、不幸的姑娘，而是她和骠骑兵顺理成章的、幸福的结合，普希金只是作出了暗示，他希望明察秋毫的读者能够识别出这一点。

---

[1] 试比较Арутюнова（1981）和Степанов（1984）关于读者形象的研究——笔者注.

借助于读者，同样还可以解决"受限叙事者"的问题，例如《当代英雄》中的马克西姆·马克西梅奇。并且马克西姆·马克西梅奇的虚构功能，部分地已经由更高级别的叙事者"我"所承担，例如在马克西姆·马克西梅奇在对英国人进行评价后（"怪不得他们总是臭名远扬的酒鬼！"）说道：

我不禁想起莫斯科的一位女士，她断言拜伦除了是一个酒鬼之外，别的什么也不是。

在现代主义文学中，读者成为文本连贯性的保证。关于这一点，可参见曼德尔施塔姆（O. Mandelstam）的《埃及邮票》，这部作品被称为"俄罗斯超现实主义小说的先驱之一"[1]。有些文本在形式上似乎破坏了文本的连贯性，此时文本中包含有数个解释，至于选取哪种解释，从细节上来说取决于读者的主观倾向，这是研究读者角色的另一个视角。

基于文本分析的语言个体的研究，有助于更全面地研究作为"个人"的语言个体，文本的作者、以及作为该语言群体典型代表人物，该语言整体的或者是平均水平的使用者，以及作为现代人代表，其必不可少的特征是使用符号系统，首先是使用自然语言。通过语言个体，语言既体现为系统，又体现为文本以及人的语言能力。

这一层面在本书中履行重要功能，因为文艺交际的每一个主体都能被视为语言个体的一个模式：现实的个体（作者）、潜在的个体（读者）以及虚拟的个体（人物）。文艺文本包括多个声部和主体，其中作者（"说话人"）是最为复杂的交际类型的产物——即文艺交际的产物。

（二）读者、作者和人物的互动

交际过程的人际相互作用可以分为不同的形式，例如商务交际、家庭成员之间的交际和同事间交际等。在阅读文艺作品过程中，读者、作者和人物之间进行复杂的文艺交际。三方之间的相互作用可以分为两种：主体间交际以及主客体交际。

阅读叙事文本是一种特殊的文艺交际（美学交际）形式。作者、读者和人物之间并没有直接交际，而是借助于文艺文本的中介。尽管这种类型的交际

---

[1] Жолковский А. К. Блуждающие сны[M]. М.: Большая Российская энциклопедия, 1992: 164.

比较特殊，它同样遵循普遍的交际规律。例如，需要存在着愿意进行交际的对象和交际客体。作者是文艺信息的发出者，是文艺认知的主要主体，借助于现实的文本开始文艺交际行为；读者是文艺信息的接收者，是文艺认知的第二主体，基于作者为他提供的文本而开始认知过程；而人物是作者和读者之间现实文艺交际过程中的人物化的媒介；对于作者和读者而言，都是认知的客体，但人物同时还在叙事文本事件体系中活动，是一个具有相对独立性的主体。[1]

叙事文本是创作的产物，要求有自己的接受者，否则将丧失自己存在的意义。只有在读者接受文本符号之后，文本的意义才变得充实。"每个人的'自我'，包括哲学家的'我'，结束于他的指尖。这就是他活生生的'我'的极限。至于从他口中发出的词汇、思想、叹息和启示，实际上仅仅是直播过程中的特定的波动，而绝不能独立存在。但是，如果这些波动被他者接受的时候，它就将他者纳入自己的生命节奏，并且它的生命可以获得新的色彩。"[2]

所以，为了生成意义，作者需要另一个可以进行虚拟交际的主体。这可能是他自己，也可能是现实存在的、或者是他构拟的主体。洛特曼在《布宁的两篇口头故事》中，研究了布宁和陀思妥耶夫斯基之间的争论，分析了布宁和19世纪作家的对话。洛特曼指出了布宁与屠格涅夫、托尔斯泰和陀思妥耶夫斯基之间的继承与争论关系，这种对话是一种思想上的对话。[3]

作者也可以与真实的主体进行对话，整个人类、整个当代的或者是历史的文化都可以成为交际对象。作者与现实主体之间的互动同样十分有意思，看起来就像是作者和他虚构的主体之间的人际互动。这种主体首先是人物。人物一方面是作者的创作产物，同时也是一个相对独立的、积极的主体，他与作者进行互动。

至于读者，那么作者同样将他纳入到想象的主体中，将他变为一个人物。作者想象中的读者形象可能是十分具体的，也可能非常不确定、模糊。例如，托尔斯泰设想中的自己读者的形象就非常有意思。"50岁的、文化程度非常高的农民，是我现在经常给自己虚构的读者。在这样的读者面前，不用什

---

[1] Гончарова Е. А., Шишкина И. П. Интерпретация текста[M]. М.: Высшая школа, 2005: 57.

[2] Бахтин М. М. Проблема речевых жанров //Социальная психолингвистика: Хрестоматия[M]. М.: Лабиринт, 2007:229.

[3] Кундера М. Нарушенные завещания[M]. СПб: Азбука-классика, 2008: 82-84.

么音节、句子，不用说空话和废话，只需要清晰地、言简意赅且内容充实地说出就可以了。"[1]巴乌斯托夫斯基（К.Г. Паустовский）却并不给自己的读者设定任何具体的特征："归根结底，我是为那些想读我写的东西的人而创作的。"[2]张贤亮经常采用混淆现实世界和虚构世界的创作策略，在《绿化树》中作者就这样描写自己的读者：

我把小说写到这里不知道应该怎样写下去，我犹豫在真实和虚构之间。倘若照真实来写那只不过是你过了一会儿就离开了医院，像狗丢下了一根没有肉的骨头。而这样写读者绝不会满足，照他们看来你应该抱头嚎啕大哭。

作者甚至在自己的作品中直接和读者讨论自己的创作方法和技巧、讨论小说的真实性等，例如：

请注意，在这篇小说中我们不但要把真实的地名人名隐去，还要把矿山的种类和机器设备的名称隐去。因为只要暴露一个实际名词，有人就能从某份内部通报上查出整个事件的真相，这一来，对号入座的人就太多了。我们的小说也不叫小说，叫报告文学了。而报告文学是最难写的，批评也不是，表扬也不是，总会遭到"违反真实"的指责。并且，我们如果把技术上的事写得太细，不熟悉这种专业的读者读起来也会感到枯燥。幸好小说不是写机器，而是写人的；机器、技术的描写我们就从略了。感谢相声演员马季给了我们灵感，他在一九八四年迎春晚会上表演推销"宇宙牌"香烟，说是有一种新产品叫WC。这样，我们干脆就把西德运来的这套机器称作WC好了。

现实读者在这种情况下依然对作者而言整体是一种抽象，这和想象的、作为人物的读者不一样，后者是作者的理想化的、或者是并非完全理想化的构造。作者和想象的读者、以及人物，直接进入人际互动，这种互动遵从于巴赫金所提出的模式，即对话中各种声音直接地相互回应。至于现实读者，那么他并不和作者交际，而是和作者所创造的艺术文本进行交际。

以这种视角研究作者和读者之间的人际互动，可以将作者创造的读者形象与读者的真实个体、即阅读叙事文本的真实读者区别开。这两种主体（读

---

[1] Лукин В. А. Художественный текст: Основы лингвистической теории. Аналитический минимум[M]. М.: Ось-89, 2009: 358.

[2] Лукин В. А. Художественный текст: Основы лингвистической теории. Аналитический минимум[M]. М.: Ось-89, 2009: 358.

者和正在阅读叙事文本的人）同样可以进行某种形式的交际。作者所创造的读者形象可以在自己的主要特征方面与阅读小说的人相互重合。当发生重合时，更准确地说，作者找到了自己的理想读者，而阅读小说的人则找到了自己的作者。但是，读者在阅读作者的文本的时候，在阅读过程中想象出作者的形象，读者融汇了他想象的作者形象以及文艺文本创作者的个性特征。

所以，理想读者经常是由作者引入到叙事中的，充当作品中的一个人物，理想读者和人物之间的互动变现为两个人物之间的互动。对于现实读者而言，与人物的互动整体上可以归结为回答一个问题：人物是否是作者"自我"的体现，是否是作者的"第二自我"或者是独立于作者的"自我"。当人物对于现实读者而言是独立于作者的、独立的主体的时候，该人物就具有了独立于作者的价值所在。由于现实读者和人物之间具有直接的关系，他们可以产生完全不同的关系，这与现实读者和作者之间、或者是作者与人物之间的关系完全不同。但是，当现实读者将人物理解为作者"自我"的特定体现时，那么他就会和作者之间进行人际互动。[1]

这样，文艺交际过程的所有参与者之间的关系十分复杂，并不是单线的，而是相互交叉的人际关系。文艺文本中交际主体之间的人际互动可以分为两种类型：主客体互动和主体间互动。

主体间交际是与他人之间的交际，这是主体之间的一种特殊的理解，是施佩特（Г. Шпет）所言的"同情"（симпатическое）或者巴赫金所言的"同感"（сочувственное）。他们具有共同的感觉、共同的思想、共同的经历等。主体间交际中发生了移情过程，这超出了"自我"及其空间存在的界限。[2]

主客体关系的特征是一个主体和另一主体之间的对等，而这种互动的目的是一个主体相对于其他主体实现自己本身的目标，也就是说，一个主体将另一主体转化为客体。在这种情况下可以说，是一个主体对另一个主体的控制或支配。所以这种互动可被称作支配性互动。

---

[1] Комаров А. С. Автор и персонаж в субъект-субъектном пространстве художественной прозы[J]. Филологические науки в МГИМО: Сб. науч. трудов[C]. М.: Издательство МГИМО-Университет, 2012(63): 176–185.

[2] Франк С. Л. Реальность и человек: Метафизика человеческого бытия[M]. М.: Аст, 2007.

这样，作者、理想读者和人物是文艺交际的主体，他们是相互独立的"自我"。在主体间交际中，每一个主体都具有自己的"自我"，和其他人的"自我"并不相同。

当其中一个主体的"自我"受到其他"自我"的同化的时候，那么可以说，人际交往的一个主体就变成了他的客体。

无论是叙事者还是读者背后都隐藏着作者，他做出判断，并且自己对该判断做出评价。同时，小说的现实读者（正在阅读的人）也可能对别利托夫、对他的罪过与否有别的看法。作者和读者之间的这种支配性的相互作用中，作者集中自己的主观性理解，就像是融入摇滚乐节奏中的舞者一样，他们既是在独自跳舞，同时与其他舞者的动作保持一致。

现实读者也参与了与作者的这种支配性互动。现实读者将作者看做自己，将情景和思想感同身受，并将人物与自己或者与自己的"第二自我"相等同。将作者的创作和自己的主观性联系起来的时候，现实读者既忘掉了读者，也忘掉了他的人物。

对文艺文本不同主体的人际互动、对这一相互作用的主体间互动和主客体互动（其基础是不同主体之间的'我'）的研究，正如20世纪著名作家昆德拉（M. Kundera）所言："理解文艺文本的方法只有一种，文艺交际、人际互动、交际主体、操控性互动、作者形象、读者形象、人物、卡夫卡小说中的另一'自我'。在阅读小说的时候，就像是在阅读他们。"[1]

（三）"作者—读者"对话的特殊性

分析读者这一范畴意味着必须要区分文本的意向性（интенциональность текста）、文本的情态性（модальность текста）和文本的诉诸性（адресативность текста），其中文本的诉诸性可以通过可解释性（интерпретируемость）这一范畴来确定。可解释性表示文本的准确性、清晰性、深度和外显性/内涵性。"观察者"这一概念要比作者、读者和人物等概念的外延都要大：

观察者≧作者；作者＜观察者

观察者≧读者；读者＜观察者

---

[1] Кундера М. Нарушенные завещания[M]. СПб: Азбука–классика, 2008: 210–211.

观察者≧人物；人物＜观察者

叙述中的观察点，或者是观察者的位置在理解和解释文本及其文本中的形象时候，都发挥着重要的作用。上面已经提到过这种情况：水装了半杯；杯子一半是空着的。这里谈的是同一个情景。同一个形象可以从正面或者负面进行评价，其中的决定因素包括观察者的社会地位等因素：他的文化属性、他的个人经验和他的视角等。世界的图像不是世界的镜像反映，也不是一个通向世界的开放的窗户，而是一个图像，是对世界的理解和解释。提供有限视角的棱镜的纯洁并不能不保证产生形象的客观性。简单而言，有多少观察者，就有多少世界图景。

作者和读者位于文本的不同方向，所以他们对文本的感悟并不一样。"当我们对视的时候，两个不同的世界就反映在我们的眼睛中。"[1]

观察者的位置是我们解释和评价的原点。"'观察点'的概念类似于绘画和电影中的'焦点'概念。'文艺性观察点'可以被解释为系统对自己主体的关系。"[2]不仅仅经典文学作品中复杂的艺术形象是多义性的，民间故事中的主人公同样也具有多个层面，如果深入反思的话，那么很难简单地对他们做出正面或者负面的评价，尽管初看上去，民间故事中的主人公通常包括恶人、强盗、杀人越货者、善良的儿子和狠毒的后妈等。

接受者也可以对文本进行个性化的主观性的解释，尽管对人物的评价是一定的，人物的形象也不能和时空分开。对人物和他的行为进行评价时要考虑到：作品中的人物；事件发生地点；事件发生时间；观察者。由此可以引入指示性聚合关系，该聚合关系可以被看作是文本解释的公式：

人物+事件地点+事件时间+观察者

从不同的角度对文本的解释具有一定的差异，这些差异和在具体的历史时期以及不同的文化空间中认知形式的普遍差异有关系。社会认知的形式包括宗教、艺术、法律规范等。它们取决于时代和地域。这是历史性的范畴。

---

[1] Бахтин М. М. Формальный метод в литературоведении. Бахтин под маской[M]. М.: Лабиринт, 2000: 49.

[2] Лотман Ю. М. Автокоммуникация: "Я" и "Другой" как адресаты (О двух моделях коммуникации в системе культуры)[C] // Семиосфера. СПб: Искусство, 2000: 252.

表2-1 相对于观察者而言的"远近"对立

	近	远
空间	观察者的位置和作者/人物/读者的位置重合或者相近	观察者的位置和作者/人物/读者的位置不相符合
时间	观察者的位置和作者/人物/读者的位置重合或者相近	观察者的位置和作者/人物/读者的位置不相符合
人物	对A的感受 读者的感受和作者的意图一致	对B的感受 读者的感受和作者的意向不一致

结合观察者不同时间和空间位置的所有观察点,可以对人物和整个作品进行充分的理解:

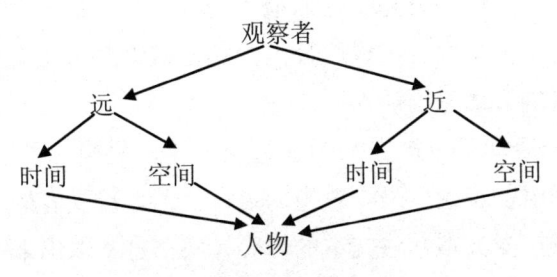

图2-1 观察者对人物的感知

上面的图表(表2-1,图2-1)将是从指示投射的角度进行分析人物形象、时空、观察者位置、对文本的理解的基础。

从语用学的角度来看,叙事文本中作者—读者的直接对话是一个整体性的现象,这不仅仅表现在文本—篇章层面,也表现在功能—句法表现层面。在功能—句法表现中,这种直接对话是通过系统性的多层面的相互作用的、具有元语言性质和主观情态性质的句法结构而表现出来的,后者表现出了特定的结构语义规律性和交际语用规律性。这些语料从形式上看,相当于体现作者—读者直接对话的句法单位,在语法学研究中仍有争议。

在文艺交际过程中,作者—读者对话是作者和读者之间的人际互动形式,其发生的过程和真正的对话阶段相一致,这是两个人之间的"交谈",在交谈过程中接受者或读者感知了叙事文本所有的亚系统中的所有类型的信息,结果是达到了文艺交际的最大的效果——和谐。

作者可以采用多种方法与读者进行对话。在叙事文本中,可以区分出两个对话的方法,即非直接对话和直接对话。当作者位于"幕后",即位于文本中叙述的事件之后、位于主人公形象体系之后的时候进行的对话为非直接对话,当读者位于幕中的时候则发生直接对话。

文本是通过语言传递信息的形式。文本是一个包罗万象的手段,它既可以被应用于报刊、网络或者通过广播播发的文本等大众交际体系之中,也可以被应用于人际交际体系之中。

尽管语言交际具有多种多样的条件和交际手段系统,每一交际都可以区分出基本的交际链条。"作者—文本—接受者"是交际的必需构成要素。缺少其中任何一个成分,交际行为都不可能发生。基本的交际链条表现为一个最小的结构,在该结构中可以研究文本在交际中发挥作用的过程。这样,"作者—文本—接受者"这一链条就是交际的最小的单位。在基本交际链条("作者—文本—接受者")框架内,可以区分出两类言语思维活动类型:作者的言语思维活动和接受者的言语思维活动。

作者的言语活动可以被定义为通过语言手段将自己的思想变为客体,也就是说将思想用语言表达出来(思想的语言化)。接受者的言语活动被定义为通过外在接受器接受文本并将文本的内容真实信息萃取出来的过程。

作者的言语思维活动基本内容是进行"思想—文本"转换,而接受者的言语思维活动基本内容是进行"文本—思想"转换。尽管这两种言语思维活动包含有许多重合的、类似的心理活动,它们之间有着本质的区别,这些区别首先是由于它们相对而言反向的过程而造成的。

作者的言语思维活动的结果通常是文本——口头文本或者是书面文本,在文本完成的时候,该文本和主体相脱节(在某些情况下,作者的言语思维活动可能局限于内心独白,其结果是生成内在文本。但是这样的文本并不能表现为交际过程的组成部分,因此,在这种情况下将作者的言语思维活动主体称作作者并不合适)。所以,作者的言语思维活动是一系列潜在的和外在的过程,这些过程包含了个体(作者)的一些精神活动和动机活动,从言语意向到说出或者写出外在的文本。

文本反映一个交际事件,时间元素应当和文本的某些元素相一致。因此,揭示文本的交际单位以及揭示它们在整个文本结构中的层级关系,有助于揭示文本的内容特征、功能特征和交际特征。同时,文本的单位首先表现为表述的形式,它们仅仅反映了对于该文本来说具有特定意义的情景和事件。

在实现交际活动的时候，作者和接受者都可以分别表现为一个集体。与此同时，由一群作者完成的文本看起来并不具有任何的特殊性，并且，在大多数的条件下，这样的文本被接受者视作是由一位个体作者所创作的文本（这里指的不是不同作者的文本的集合，而是由作者集体生成的一个统一的文本。例如《红岩》的作者罗广斌、杨益言）。

个体接受者可以被划分为两类：群组接受者和集体接受者。群组接受者表示文本所面向的一群个体，并且，在必要的时候，作者可以与其中每一个个体建立人际联系（例如"问题—回答"模式）。这种接受者最为简单、最为普遍的形式是教学班，对班级而言，教师就是文本的作者。

集体接受者同样是指文本所面向的一群个体，但是，作者和该群体中的一个个体建立人际联系要么十分困难，要么根本不可能。集体接受者的例子可以是大量的听众群或者读者群，大众传媒的受众群体等。

文本的言语结构取决于外部的、交际性因素。文本的生成和理解过程是有诉诸性的，也就是说，文本是在出现特定的意图的时候被创作的，并且在一定的交际条件中发挥作用。交际条件或者是具体的言语情景具有不同的类别。

文本是主要的交际单位，因为，正如巴赫金所言："包含有人类属性的人总是要表达自己（说话），也就是说是生成文本（哪怕是潜在的文本）。"[1]所以，可以将文本视为"组织知识的特定方式并将语义信息组织起来用于交际目的，表达个体特定的、诉诸性的精神思维活动"[2]。作为一个完整的交际单位，文本的生成是为了将作者的思想客观地呈现出来，体现他的创造性构思和意图，传播关于人和世界的知识和理解，并将这些理解超出作者的认知范围，使他们能够为其他人所感知并理解。[3]

文本是一种交际形式，此时，文本总是作者（说话人、书写人）一级交际活动的产物，并且是受话人（读者或者听者）二级交际活动的客体。为了使

---

[1] 转引自Попова Е. А. Человек как основополагающая величина современного языкознания[J]. Филологические науки, 2002(03): 72–73.

[2] Дридзе Т. М. Текстовая деятельность в структуре социальной коммуникации[M]. М.: Наука, 1984.

[3] Бабенко Л. Г., Казарин Ю. В. Лингвистический анализ художественного текста. Теория и практика[M]. М.: Флинта: Наука, 2003: 13.

得作者和受话人之间的交际得以顺利进行，必须具备语言（编码）的知识以及客观事实的知识，以及存在着接触（联系渠道）。

文本是作者和读者之间的对话，"书写主体（说话主体）的言语—思维活动的目的是为了得到读者（听话人）的答复活动，为了他的感知。……由此产生了文本的双向性：它同时是（作者）的活动结果和（读者—解释者）活动的材料。"[1]同样应当指出，在文本的结构中，除了作者（发送者）和读者（接受者）之外，还包括文本中反应的现实以及语言系统。"作者从语言系统中选择特定的语言手段，它们可以使作者恰当地体现自己的创作意图。"[2]

凡·戴克（T.A. van.Dijk）所提出的"建构主义原则"[3]显然与此相关，这一原则"参照于作为可能世界'建构者'的文本作者，而接受者的任务是根据语言信息和自己的'世界图景'而'重新建构'这一可能世界"[4]。

所以，文本生成的必需范畴包括：第一，针对于受众群体；第二，作者的交际意向。上述两个因素也决定了文本中语言手段的选择。

"可以根据文本中包含的信息来研究文本（文本首先是一个信息整体）；从文本创作的心理学角度进行研究，例如作者的由特定目的而激发的创造性行为（文本是主体言语思维活动的产物）；文本可以从语用学的角度进行研究（文本是理解、解释的材料）；最后，文本可以从它的结构角度、言语组织方式、它的修辞学等角度进行描述（现在这一层面的研究越来越多，例如，文本修辞学、文本句法学、文本语法学，广义而言是文本语言学）。"[5]

所以，在文本生成和理解这两个层面，人都是对文本进行结构化的范畴，这就是文本中的人类中心性，示意如下（图2-2）[6]。

---

[1] Валгина Н. С. Теория текста: учебное пособие[M]. М.: Логос, 2003: 4–5.

[2] Бабенко Л. Г., Казарин Ю. В. Лингвистический анализ художественного текста. Теория и практика[M]. М.: Флинта: Наука, 2003: 13.

[3] Dijk T. A. van. Text and Context: Explorations in the Semantics and Pragmatics of Discourse[M]. London: Longman, 1977.

[4] Баранов А. Г. Функционально-прагматическая концепция текста[M]. Ростов н/Д: Издательство Ростовского университета, 1993: 47.

[5] Валгина Н. С. Теория текста: учебное пособие[M]. М.: Логос, 2003: 5.

[6] Бабенко Л. Г., Казарин Ю. В. Лингвистический анализ художественного текста. Теория и практика[M]. М.: Флинта: Наука, 2003: 14.

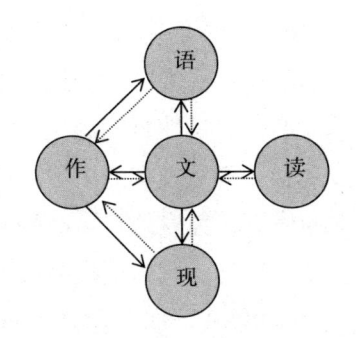

图2-2　文本中作者与读者之间的互动

说明：

①作：作者；文：文本（2）；读：读者（3）；语：语言（4）；现：现实（5）。

②作者创建针对读者的文本（1→2→3）。

③作者（有意识或者无意识地）选择事实、事件、经验感受等。客观世界中一部分事实的知识被表达在文本中，这些事实是作者的个体性世界图景（1→4→2）。

④作者借助于语言系统的资源并且从中挑选出一些语言手段，用于表达自己的创造性构思（1→5→2）。

⑤读者感受到文本的影响，尽力理解文本，并且试图理解作者的创作意图（3→2→1）。

⑥读者试图全面地想象出作者的世界图景（3→2→4→1）。

⑦读者对文本的解释过程本身，同时还与文本的外部层面、词汇层面的有意或无意的反思相联系——文本的词汇、语法和修辞层面（3→2→5→1）。

上述的人类中心模式是理想的模式，因为它并没有相应地描写交际互动的现实过程。进一步说，读者是作者思想意图的唯一接受者和受众，他通过潜文本的语言表达式来解码作者的意图，并且由于自己的个性特征，倾向于对文本进行无尽的、多次的解读。相应地，读者和作者之间的对话并不是寻求现成的答案，而是寻找一种创造性的解决方案，是一种同感和感同身受，而阅读是一个积极的、繁重的过程，是追求理解、接近作者"自我"的过程。[1]

---

[1] Кайда Л. Г. Стилистика текста: от теории композиции – к декодированию: учеб. пособие[M]. М.: Флинта: Наука, 2005: 75–81.

此外，无论是作者（发送者）还是读者（接受者）都以自己的一种角色进入到交际过程中。任何文本都针对特定类型的接受者，发送者对语言手段的选择考虑到了接受者的这一模型，以及他可能的反应。大众传媒中的例证更明显地体现了这一点，其中接受者并不是现实的个体，而是不确定的一个群体。因此，针对大众群体的文本的作者，独立地将自己的典型化的接受者进行模式化，需要考虑如下特征：性别、年龄、民族、社会属性、宗教、世界观等。[1]

至于读者与作者之间的反向联系，那么作者表现为接受者，作者是"体现在语言结构中的、创造性个体的概括性形象"。[2] 巴赫金[3]和维诺格拉多夫[4]首先描写了作者形象这一文本范畴，它是在读者对文本的内容层面和词汇层面的个体性解释过程中形成的。但是读者的角色也极为重要。作者形象的形成过程，是读者"根据自己建构的世界图景、在自己的意识中对作者思想的解码和反映的过程"[5]。"它可能还包含对词汇手段的特殊组合形式及其变体的分析，以及对结构—语法层面元素的研究，并且在此过程中要求必须考虑到语言外因素的作用，例如，社会文化因素或者时间因素（时代因素）。"[6]这同样适用于对叙事文本的研究。

为了保证交际活动的成功有效进行，必须考虑到如下条件。

第一，发送者和接受者的各种参数（时间、空间、背景知识等）之间应当保持一致。

第二，与此同时，必须考虑到语用预设，也就是"说话人对受话人所具备的一般的知识背景、具体的信息、兴趣、观念、观点、心理状态、个性特征

---

[1] Кобозева И. М. Лингво-прагматический аспект анализа языка СМИ[C] // Язык СМИ как объект междисциплинарного исследования: Учебное пособие[M]. М.: Издательство МГУ, 2003.

[2] Бахтиозина М. Г. Семантические составляющие образа автора в литературно-художественном тексте: монография[M]. М.: КДУ, 2009: 16.

[3] 参见Бахтин М. М. Эстетика словесного творчества[M]. СПб.: Невский простор, 2002.

[4] 参见Виноградов В. В. О теории художественной речи[M]. М.: Высшая школа, 1971.

[5] Бахтиозина М. Г. Семантические составляющие образа автора в литературно-художественном тексте: монография[M]. М.: КДУ, 2009: 18.

[6] Бахтиозина М. Г. Формирование и декодирование образа автора в процессе коммуникации "автор-читатель"[J]. Вестник Московского университета. Сер., 19. Лингвистика и межкультурная коммуникация, 2011(04): 58.

以及理解能力的评价"，[1]以及相关的"这里和现在"。

第三，同样必须遵循合理性原则（省力原则），以及尽力遵循格莱斯提出的交际的合作准则：数量准则——提供的信息和当下交际过程所需要的信息既不冗余，也不欠缺；质量准则——仅仅提供真实的或者经过证实的信息；关系准则——所提供的信息应当和话题相关；方式准则——表述的形式应当清晰简明。[2]

这些因素有助于在交际过程的不同阶段保证交际的顺利进行：言说行为（说出特定话语的行为）、以言表义行为（表达特定语义的行为）、言后之力行为（达到特定的施为效果并产生特定的语用影响）。根据莫里斯等人的观点，我们将"言后之力"解释为在对接受者产生特定的印象，引起他不同的情感反应、并且对信息产生一定的个人看法。但是，"交际成功在任何时候都不可能是完全的：接受者所理解的意思和发送者所预期的意思之间越接近，交际事件就更为成功"[3]。

文艺交际的特殊性在于，除了"讲述什么"这一目的之外，文艺文本的作者还有一个目的："讲述自己"或"将自己展示给读者"。这不仅仅是以特殊形式而建构的符号学结构，还是三种现实（客观现实、作者的现实以及读者的现实）的独特交汇，其结果体现在作者—读者对话的过程中。作者的"自我"虽然对于读者来说没有肉体的存在形式，但可以转化为符号性内容，并且可以在读者阅读文本的过程中被识别。由于作者和读者的共同努力，文本变成了"令人愉悦的文本"，这样，读者阅读文艺文本之后在认知中重构的作者的现实。

文本形式中存在着复杂性的成分导致了不同类型的读者（一般的读者和具有丰富阅读经验的读者等）对文本的意义效果和语用效果有不同的理解。

如果读者—接受者的对话有效，对话的和谐性相互作用就会完全地显

---

[1] Ярцева В. Н. Лингвистический энциклопедический словарь[Z]. М.: Советская энциклопедия, 2008: 252.

[2] Грайс П. Логика и речевое общение[C] // Новое в зарубеж. лингвистике. Вып. 16. М.: Прогресс, 1985: 217–237.

[3] Бергельсон М. Б. Прагматическая и социокультурная мотивированность языковой формы[D]. М.: МГУ, 2006: 19.

现，并且能够达到理想的文艺交际效果：读者感受到与文本作者的心灵的、感情的和美学的互动，感受到世界的和谐，这种感觉只有在真正的、对称性的主体—客体对话过程中才能实现。主体—客体对话是一种特殊的言语互动形式，是人的篇章性活动的中心[1]，是"真正的对话"或者是"真正的交谈"。伽达默尔断言："语言仅仅能存在于对话中。"[2]

与和谐的读者—接受者对话相对立的是文艺交际没有取得效果，或者是取得否定性的结果。某些情景事实上是为达到某种程度的交际不和而故意设计的。例如，接受者在跨文化交际的情境中都能感受到一定程度的、并且是可以理解的困难，这也是语言文化问题的一个特殊方面，并且有着悠久的历史。文本中在着复杂性的成分导致了不同范畴的读者对文本的意义效果和语用效果有不同的理解。对交际共性的积极工作的反应能力以及理解垂直的上下文的能力，本身就是读者不同层面的阅读能力的判断标准。

（四）第一人称叙事中的语义现象

文艺学中的"我"位于不同的语义和情景的交界地带。"诗学的'我'依附于它被说出的那个世界，并且在内容真实的表达之中。但是这不是我们当下的现实世界：因为现实世界本身是一个指示概念，是通过'我'的定位体系而确定的。……诗学的'我'在一个世界中可能是有生平履历的普希金，在另一个世界中可能是我，具体的读者。但是，无论是普希金的现实世界还是我的现实世界，相对于文本而言，都是可能世界。文本世界表现为从说话主体被强调的'我'的视角的现实世界。"[3]

相比小说而言，"我""你（您）""他（她，它）"的这种三角关系更适合于抒情诗，抒情诗具有明显的自我中心性：

我爱过您：也许，我心中……

爱情还没有完全消退；

但让它不再扰乱您吧，

---

[1] Владимирова Т. Е. Речевое общение в межкультурном личностном взаимодействии[D]. М.: МГУ, 2007: 15

[2] Гадамер Г. Г. Актуальность прекрасного[M]. М.: Искусство, 1991: 82.

[3] Золян С. Т. Семантика и структура поэтического текста[M]. М.: УРСС, 2014: 91.

我丝毫不想使您伤悲。

我爱过您，默默而无望，

我的心受尽羞怯.忌妒的折磨；

我爱得那样真诚，那样温柔，

愿别人爱您也能像我。

抒情作品实质上并不需要任何的隐喻，只需要围绕三个自我中心成分构成的集合："我""你""他"（他者）。"它"（爱情）同样也外在于交谈，因为它现在属于"他"（他者）。

没有任何的硬性规定要求普希金或者读者，在说话的时候记住神奇的瞬间。但是，说出"我记得那神奇的一瞬"这一行为本身，就将读者从自己的世界转移到文本世界。在说出普希金的话语的时候，读者并不能成为普希金，但是，读者和普希金成为"说出同样话语的人"。就像普希金曾经在某个时间做过的那样，读者也确立了"个人自我"和"文本'自我'"之间的关系。文本似乎向读者表明，在文本所描写的事件情景中，读者将会是什么样子。

在20世纪的小说作品中，普鲁斯特发现并歌颂自己的"我"。他在抒情史诗《追忆逝水年华》中表明了这一点。"沿着博格森的思路，普鲁斯特认为'自己身体的形象'是自己世界的物质中心。……因为小说是从这一形象的感觉开始的：有时在半夜里醒来，'我只要躺在自己的床上，又睡得很踏实，精神处于完全松弛的状态,我就会忘记自己身在何处,等我半夜梦回,我不仅忘记是在哪里睡着的,甚至在乍醒过来的那一瞬间,连自己是谁都弄不清了;当时只有最原始的一种存在感,可能一切生灵在冥冥中都萌动着这种感觉;我比穴居时代的人类更无牵挂。'"[1]

但是在随后不同的情境中，身体层面无序地、同时又是连贯不断地消失，最后只剩下内在的"自我"，这一自我则相应地分化为"书写者的自我"、"回忆者的自我"、被回忆者的"自我"以及童年的马塞尔等，一直到只剩下深层的、极限的"我"（ego）。实际上，这都是他自己的生活经历和转折，它才是小说真正的主人公。

---

[1] Степанов Ю. С. В трехмерном пространстве языка: Семиотические проблемы лингвистики, философии, искусства[M]. М.: Наука, 1985.

"我"实际上是一个完整的世界,在本维尼斯特看来,是一个先验的、被我掌握的世界。我在思考、说话、存在、称呼,并且我也被别人称呼。我是我自己的认识对象。

在叙事文本中,由于"自我"的内在性,与特定的述谓搭配的时候,第一人称和第二人称、第三人称形式在很多情况下并不能相互替换。

1. 描述内部状态的述谓通常不能用第二人称来替换第一人称:

(1) a. 我累了。b. 你累了。

(2) a. 我想吃点东西。b. 你想吃点东西。

在(1a)和(2a)中,第一人称主体是完全合适的:只有状态主体才能最为准确地描述自己的内部状态。而句子(1b)和(2b)并不是真正意义上的断言,更准确地说,这是从一旁观察者的视角做出的某种假定性的推论。

(3) a. 我累了吗?b. 你累了吗?

(4) a. 我想吃东西吗?b. 你想吃东西吗?

在疑问句中,情景发生了变化;(3a)和(4a)的主体的第一人称显得异常,如上所述,说话人对自己的内部状态更为了解,这些表述违背了疑问性言语行为的基本的成功条件:说话人不知道、而听话人知道。而(3b)和(4b)这两个表述询问的是对方的生理状态或者心理状态,是合适的。

2. 如果感知主体用主语表示的话,那么不能将第一人称替换为第三人称:

(1) a. 我听到了一个声音。b. 某人听到了一个声音。

(2) 我的脸上出现痒滋滋的感觉,我的嘴唇微微张开,发出呀呀的轻微声响,显然我接受了这仿佛是杂草丛生的胸膛。

3. 在特定的条件下,如果句子中存在着表示不确定意义的代词、形容词等,那么通常不能将第三人称替换为第一人称:

(1) a. 邻座的一位小伙子正在独自大吃,桌上放着一架录音机。一个嗓音低沉的男人正在唱着什么歌。

b. 我正在唱着什么歌。

作为主体,"我"知道自己唱的是什么歌。通常情况下,不知晓的主体通常是说话人:

(2) 他给我们跳舞,唱高加索歌……我想他唱的一定不是什么歌曲……

说话人和听话人作为暗含的不知道的主体,表现在不定代词的语义中。

4. 以第一人称做出的表述,可以表示为说话人的"以言行事自杀":

(5) a. 他在暗示你,时间已经不早了。
　　 b. 我在暗示你,时间已经不早了。

5. 第一人称主体在需要观察者从一旁审视的视角述谓上下文中是不合适的:[1]

(1) a. 她每次来到,我们的老师就要愁眉苦脸,因为他刚刚领到的工资必须如数交给她,她再从中拿出一点给他。
　　 b. 我今天有点愁眉苦脸。

(2) a. 小王在门口闪了一下。b. 我在门口闪了一下。

(3) a. 他看起来精神抖擞。b. 我看起来精神抖擞。

但是,如果这些句子出现在小句中或者叙事情景中,那么它们是正常的:

(4) 那里,在一次群众小型集会上,我在什么地方露了一次面。

(5) 很多人想和我认识,是因为我经常在电视上露面。

---

[1] 但是说话人能够在想象中以旁观者的视角审视或者评价自己,例如:"其实我也很苦恼,很忧愁。""我作出一副愁眉苦脸的样子,却忍不住笑了。"详见下文——笔者注。

第三章　叙事文本中自我中心成分的特征

叙事学研究的一些核心问题，例如故事与话语的区别、叙事交流的模式、叙事视角和各种叙事修辞手段等，事实上都与作者进行叙事的视角、转述话语过程中所采用的指示语以及语气词等自我中心成分相关联。自我中心成分是切入叙事文本全面分析的重要工具。

一、自我中心成分研究

众所周知，人类的语言具有自我中心性。自然语言大多数的词汇都包含有关于说话人的信息，直接地或者间接地参照说话人。这意味着，任何表述的形式和内容都和说话人相关联。语言自我中心成分简称自我中心成分，表示对说话人、言语的时间和空间的指向，它们在不同体裁和类型的文本中履行着不同的功能。

（一）自我中心成分概述

20世纪初开始，随着对指示现象认识的日益深化，以"我""这""这里"和"现在"等指示语为中心，越来越多的语言单位具有指示意义，它们超出了传统指示语的概念，被称为自我中心语言成分（自我中心词）。指示语是最典型的自我中心成分。这些词汇的具有指称不稳定的特征，其意义随着说话人及其时空位置的变化而改变。

莱昂斯将指示现象定义为"对人、事件、过程和行为的定位和证同，它们正在被言说，或者参照于特定的时间—空间上下文而指向它们，该上下文是在表述过程中生成的，并且存在于表述行为过程中。"[1]

---

[1] Лайонз, Дж. Дейктические категории[C] // Введение в теоретическую лингвистику. М.: Прогресс, 1978: 50.

广义的指示现象是"特定的语言指示场",狭义的指示现象仅仅包括对语言外客观事实的指向。[1]广义理解的指示现象要求将交际者的现实视野进行抽象。

根据抽象程度的不同,彪勒划分出了三种指示场:直观指示(一级指示)、想象指示(观念指示)和回指。直观指示类型被称作是一级指示,因为其中最重要的是当下直观情景的基准场(ориентационное поле)。因此,在指示场(确定的坐标系)的中心是指示语"这里""现在""我",它们的绝对功能是指向时间、地点和个人。彪勒指出:"应当坦然接受主观定位的某种坐标系,所有交际参与者都位于或者将位于该坐标系中。"[2]

这样,如果将"这里"作为出发点,可以用语言手段确定其他对象的定位;如果以"现在"作为出发点,可以对所有的其他时刻进行定位,但是所有这些位置同样可以借助于称名单位而表达(空间词汇或者是时间词汇)。

最后一种类型的指示是回指,一些研究者认为这不是指示手段,而是将它归为语言内指向。指示被视为一种指向语言外客观现实的指称手段,也就是说,指示履行了证同功能,将客体从一系列同类的客体中、或者是从背景中区分出来的首选手段。根据大多数的语言学家的观点,在回指和指示之间并没有不可逾越的界限:"那些在回指结构中通过特定上下文中表达出来的知识,在指示性指向中,被包含到言语活动的情境中,这类似于未被表达出来的上下文或者是暗含的上下文,它和回指中的显性表达的上下文相一致。"[3]这样,指向既可能是指示性的,也是回指性的。回指性指向和指示性指向的表现形式是同样的指示语单位(系统)。它们的区别在于指称范围:在回指中,言语是针对自己、之前或者之后的,而在指示中,指向则是指向语言外的客观现实。

特尼尔(Л. Теньер)将回指定义为保持文本语义连贯的一种补充性手

---

[1] Падучева Е. В. Дейксис: общетеоретические и прагматические аспекты[C] // Языковая деятельность в аспекте лингвистической прагматики. М.: Институт научной информации по общественным наукам, 1994: 112.

[2] Бюлер К. Указательное поле языка и указательные слова[C] // Теория языка. Репрезентативная функция языка[M]. М.: Прогресс, 1993: 95.

[3] Падучева Е.В. Семантические исследования: Семантика времени и вида в русском языке. Семантика нарратива[M]. М.: Школа "Языки Славянской Культуры", 2011: 43.

段。"回指关系表达了证同关系，并且通过自身表达了真正的语义指向。"[1]

表达回指关系的手段是不同类型的代词、物主形容词和关系形容词、副词、省略等，它们的特征是："如果没有回指联系，它们的意义是不完整的。但是，在句子中，当它们与其他词汇构成回指关系后，它们就借入了它（该词汇）的意义。"[2]

类似于副词"现在""这里"的指示标志，同样具有语义扩展性的特征，它们既可以被理解为广度不同的域，必须借助于语言外的情景，或者是借助于言语上下文，才能准确理解它们的语义。但是，第一人称代词和第二人称代词只能用于指示，不能用于回指。

回指联系或者回指指向的主要内容是确立交际过程、言语或者文本中的共指关系（指称的同一，但是并没有通过特殊的述谓来表达）。这种同一性可能是实体性的同一（所指），也可能是概念性的同一（能指）。

这样，所有上述现象——情景指示、回指以及所谓的想象指示（非情景指示），实际上都是统一的指称过程中的不同组成部分。

说话人能够以不同的身份出现于语言单位的语义中。指示现象向语言自我中心成分的转化起源于叶斯柏森1924年在《语言哲学》中提出的"变符"（shifter）的概念。术语"egocentrical"和"egocentric particulars"是英国哲学家罗素首先使用的。在英语中更为普及的术语是指示符号（indexical）。

巴赫金研究了"非纯粹直接引语"（即自由间接话语）的问题，这在很大程度上启发了雅各布森的论文《*Shifters, Verbal Categories and the Russian Verb*》，后者首先将情态标志和指示标志纳入到一个共同的上位范畴"变符"中。雅各布森研究的重点是表述中一些必须参照表述行为自身方可被理解的成分，这些成分将"被表述的事实"和"表述行为的事实"联合成为一个整体。雅各布森将这些成分称为"变符"（shifters），并且将人称范畴、式范畴、时间范畴、见证性范畴（即信息来源）纳入其中。

1970年，乌斯宾斯基发表了《结构诗学原理》，尝试采用语言自我中心

---

[1] Теньер Л. Анафора. Анафорические слова[С] // Основы структурного синтаксиса. М.: Прогресс, 1988: 99.

[2] Теньер Л. Анафора. Анафорические слова[С] // Основы структурного синтаксиса. М.: Прогресс, 1988: 101.

成分来分析叙事视角问题。他仅仅研究了指示类自我中心成分，并没有使用解释机制（也就是使用上下文）的概念。他划分出了一级指示，或者是纯粹指示，以作为言语主体的说话人作为参照对象，也就是说，指示词参照生成言语的现实条件（其中，它们可以指出言语行为的时间和地点）。二级指示参照于说话人的言语位置，该位置在此不同于作为言语发出者的说话人的现实位置。此时，与言语行为的关系是间接地实现的。显然，一级指示就是指示成分在对话机制中的使用，而二级指示则是指示成分在叙事解释机制中的使用。

1982年菲尔墨的著作将观察者概念引入自我中心成分的研究中。

阿普列相则系统性地将指示语和语言的主观情态结合起来，说明了不同交际情境下指示语的用法特征以及观察者在其中履行的重要作用。阿普列相起初使用的术语也是一级指示和二级指示，用于表达解释的对话方法和叙事方法："一级指示是对话的指示，典型交际情景的指示……二级指示又称叙事指示，和言语情景没有直接的联系。这是转述的指示，其中包括文艺叙述的指示。"[1]但是后来他也采用了解释的对话机制和叙事解释机制的术语。

法国语言学家本维尼斯特将语言自我中心成分视为语言中主观性的体现。他认为，如果没有表达人称范畴，那么语言就是不可理解的，人称范畴的两极，即说话人和受话人是语言结构的基础。"只有拥有语言的、与他者说话的人才能存在于世界……正是通过语言，人被建构为一个主体，因为只有语言才能赋予'我'——'自我'这一概念以现实性、语言自己的现实性，即存在。"[2]这样，指示语"我—你"的对立就被认为是主观性范畴的核心，而指示语的特征则是与个体言语的行为在指称上一致，指示语就是使用于个体的言语中，并且在个体的言语中它们表示说话人和受话人。

首先，说话人是言语主体，也就是说，他是表述的创建者以及相应的言语行为的施动者，他具有所有的经验性义务和其他义务，这些义务将该行为赋予执行者本身；他支配自己话语中表现出来的所有的推测、遗憾、愿望和指责等语义。此外，说话人能够在文本中表现为指示主体、感知主体、认知主体（即情态主体、意见主体、评价主体、情感主体等）。将表述与说话人关联起

---

[1] Lyons J. Semantics[M]. London: Cambridge Univ. Press, 1977: 632.
[2] Бенвенист Э. Общая лингвистика[M]. М.: УРСС, 2010: 293.

来的人物是由不同的语言手段完成的：词汇手段、词法手段、句法手段、语调手段以及上下文手段等。语义中要求说话人（或者他的某种替身）的词和范畴就是自我中心成分。

自我中心成分的核心是那些参照于个体现象的语言单位，例如人称、说话人的时间和地点、时间形式的聚合体、指示代词和指示副词等。它们通常被称为指示成分，表示通过事物、地点、时刻、属性、情景相对于言语行为（包括言语行为参与者和上下文等）的关系而对它们证同。

除了指示成分之外，自我中心成分还包括插入语（"似乎""当然""显而易见"等）、表达确定性—不确定性的手段（"有一个""某个""有一次"等）、具有评价语义的词汇（"心肝儿""嘴脸""坏的"等）、对具有关系意义的客体的称名方式（"姐姐""朋友""同龄人"等），所有的包含有某一预设的、并且因此要求存在着说话人的实词和语气词、连接词（例如内部状态述谓、精神行为述谓"阴冷""湿漉漉""燥热"等）；表示证同关系的标志（"不是别的，正是……""恰恰是"等），具有相似和雷同意义的词汇（"像是""就像""类似"等）；表示期待或出乎意料意义的词汇（"突然""竟然""终于"等）；表示事物在观察者面前呈现的述谓（如"出现""露出""变白"等）、表示空间意义的前置词（"之前""来自""从后面"等）以及表示原因意义的介词（"由于""多亏"）等。上述成分的语用预设中都包含有参照评价主体或者是感知主体的成分。

自我中心成分分为一级自我中心成分和二级自我中心成分。语言首先是要用于典型交际情景中进行交际[1]，此时，存在着现实的说话人和听话人，他们通过共同的时间和地点而结合在一起；他们具有共同的视野；能够相互看见对方以及对方的手势、表情等。一级自我中心成分是纯粹的自我中心成分，也就是只有在典型言语交际情景中才能完全实现自己意思的词汇和范畴，并且总是仅仅参照于全价的现实说话人；语义中要求言语主体（例如"顺便说""例如"）的总是一级自我中心成分：它们总是以说话人为参照。

二级自我中心成分不仅仅可以参照于说话人，同时还可以参照其他人。二级自我中心成分的暗含主体要么是观察者，要么是认知主体。动词"矫揉

---

[1] Lyons J. Semantics[M]. London: Cambridge University press, 1977: 637.

造作""扭扭捏捏""绞尽脑汁"等要求存在着评价主体；形容词"爽朗的""郁闷的""遗憾的"和相应的副词要求存在着认知主体；"这里""现在""当前"要求存在着指示主体。例如，代词"某个"是二级自我中心成分；它要求存在着一个不确定性—未知意义的主体；在例句①中，说话人是这一主体；在例句②中这是第三人称的主语。

①她想唱首什么歌。=我不知道，她要唱哪一首歌。["什么歌"是参照于说话人的，说话人是不确定性—未知意义的主体]

②果园里有些什么人，她们也都清清楚楚的了。[不确定性—未知意义的主体是"她们"]

（二）表达情态主体"我"的方法

任何表述都将陈述主体（第三人称）和情态主体（第一人称）联系起来，情态主体（说话人和听话人）以及陈述主题（行为主体）之间的关系通过人称这一形态范畴来表达。

"我"和"非我"之间的距离可能因为主体性角色的增加而增加：两个陈说角色——基本模式主体（行为主体、属性主体、状态主体）和使役主体（施为主体）；三个情态主体：认知主体（思维的主体）、该言语的主体（我）和言语的感知主体（你）。

将五种主体角色联系在同一轴线上被称作表述和文本的主体视角模式。对于每一具体的表述而言，其中情态主体范围和陈述主体范围之间的相互关系并不相同。

情态主体范围和陈述主体范围之间的各种关系（重合、非重合以及包孕和非包孕关系）构成了文本非常复杂的一个主体空间，而主体视角模式有助于体现视角的语法（通常被纳入到语言学语法范畴的内容）。

影响到主体视角模式的各种因素中，通常首先包括人称范畴，其次是情态的分类。

人称范畴表明了主体范围之间的关系：（1）情态范围和陈述范围的关系；（2）情态范围的关系，也就是言语行为的参与者以及权威主体（信息掌握者、认知主体）之间的关系。

情态的分类属于认知主体（信息的直接掌握者），在认知主体内可以区分出：（1）感知主体；（2）知识主体和观念主体；（3）意志主体；（4）情感主体；（5）与说话的"我"并不重合的言语主体（他人话语的掌握者）以及和说话的"我"重合的言语主体（元文本）。[1]

在典型交际情景中，言语主体和认知主体相重合。这意味着，"我"是信息的掌握者，同时也是说话人和认知主体。但是还存在着另外一些言语情景，其中，这些情态属于其他人，这可以通过人称范畴（包括词法范畴和句法范畴）可以发现其中包括语义成分"我认为……""他认为……""我曾认为……""他曾认为……""在我看来""依我看"等。将心理—言语述谓和主体词汇形式（句法形式[2]）联系起来，这被称作情态框架。

揭示情态主体和陈说主体关系的人称范畴则是另外一种情形。此时，对于人称范畴来说，其初始的形式是行为主体和言语主体不相吻合，这表现为主语位置的名词的选择，而不是代词的选择。第一人称在表达主体范围相一致的时候，并没有缩小具体表述的主体视角。[3]

情态主体的句法特殊性在于，在句子中（在陈说部分）它不应当被表达出来，它并没有自己的句内位置。对于情态主体而言，词汇化的情态框架就是它的句法位置——包含有知晓述谓、意见述谓、感知述谓、情感述谓、言语述谓或者是同一语义的插入成分的句子，也就是说是处于陈说句法结构之外的"句法外"位置。此外，在句子的模式范围内存在着情态主体的"非纯粹"位置，用其他的术语来说，是论元、情景元（сирконстант）和属性元的位置，

---

[1] 1940年代，维诺库尔（Г. О. Винокур）在研究代词"我"和"你"的功能的时候，谈及了一个普遍的、同时还是语言学中尚未解决的"言语主体"问题——"作者""说话人""书写人"。维诺库尔写道："言语主体——这可能是个无法听到、无法看到的什么东西，是一个名字不被知晓的、甚至是没有名字的某物，但是依然完全真实地出现在发生该言说行为的客观现实中。言语不能通过自我生成的途径而出现，它在所有的情况下都是由某人创建的，在缺乏必需的外部特征的情况下，我们在极端的情况下只能采用'作者''说话人''书写人'来称呼。"参见 Винокур Г. О. Филологические исследования[M]. М.: Наука, 1990: 241.

[2] 在交际语法中，名词性句法素表示带有特定的范畴—语义填充、并具有一定的句法功能的前置格形式，参见 Золотова Г. А., Онипенко Н. К., Сидорова М. Ю. Коммуникативная грамматика русского языка[M]. М.: Наука, 2004.

[3] 例外情况是内部状态述谓（весело, скучно, зябко），它们结合了陈说语义（心理状态或者身体状态）以及情态语义（感受或者感觉），这将内部状态述谓转变成为"我—述谓"——笔者注。

也就是说是"句法内"位置。相应地，句法主体存在着以下五种句法位。

句外位置：

（1）复合句框架中的位置（如 *Многие считают, что...,Мне очевидно, что...* ）；

句内位置：

（2）插入位（如 *по-моему, как ему кажется...* ）；

（3）在具有情态意义的繁化述谓中（如 *Все считают его талантливым человеком..., Мне грустно потому, что я тебя люблю...* ）；

（4）情态主体句法素的非展词位（*неприсловная* ），扩展整个句子的位置（全句限定语）（如 *Для него в этом мире есть только...* ）；

（5）展词成分（*присловный компонент*）（例如在词组框架内表示所属关系语义的词汇，如 *В моей душе покоя нет...; В ее глазах он герой.* ）。关系语义词汇表达说话人的个人空间[1]：称名他身体部位、表明亲属关系、表明和他有关系的人的词汇（*сосед, одноклассник, ровесник, тёзка*），表明说话人出生地的词汇（*родина, отчизна* 以及 *чужбина*）等。

第一人称代词在动作述谓中表示，陈说的主体是说话人，并以这种方式将行为人的角色和情态主体的角色联系起来。对于情态主体"我"而言，可能有下面几种表达方法。

（1）在框架结构中：第一人称代词；句法零位（可能置入代词：*кажется, что..., мне кажется, что..., как кажется - как мне кажется*[2] ）；隐含地体现在词汇语义中，并且不可能恢复其中的主体（*возможно, по-видимому*）。

（2）在陈说结构中：第一人称代词（可能有或者没有动词词尾）；零位

---

[1] 关于"个人空间"的概念详见 Апресян Ю. Д. Дейксис в лексике и грамматике и наивная модель мира[C] // Избранные труды, т. II. М.: Языки русской культуры, 1995: 639–644.

[2] "他-结构"和说话人"我"有关系："他-结构"并不允许填充心理述谓的"不定人称配价和返身变体配价"空缺，这些述谓通过联系"我"、或者是排除性地（除了我之外的某人）进行解读：*Говорили, что на набережной появилось новое лицо: дама с собачкой*，或者是将"我"包含进去(包括我在内的所有人)：在普通判断中：*Как говорится, мал золотник, да дорог.* ——笔者注.

（可能被填充）；隐性地体现在陈述成分"幕后"[1]级别的语义中。

情态主体"我"倾向于隐性表达，因此对于"我"而言，经常出现的情况是"表义空缺"（значимое отсутствие），或者是句法零位（синтаксический нуль）。相对于陈说结构，存在着如下的主体零位形式。

（1）句内存在着没有被填充的零位，但是这一空位可以被填充，与此同时表述的意义基本保持不变，例如：*Вокруг было тихо = вокруг меня; В ухе стреляет = в моем ухе*，试比较阿普列相的概念"一级指示"。

（2）句内存在着没有被填充的零位，如果它被填充的话，那么表述就改变了自己的意义：*В дверь постучали ≠ Они постучали*。

（3）句法零位在句内并没有合法的位置，该位置被排挤到"幕后"，即句外。例如："码头传来汽笛声"＝我听到了、但是可能不仅仅我听到了码头传来汽笛声。在某些动词的语义中，主体成分（观察者）存在，但是并不能在句子内部得以表达，只有在文本中才能被揭示。例如：

①尽管头晕眼花，尽管累得气喘吁吁，可他们仍兴致勃勃地互相挤压着，仍兴致勃勃地大喊大叫。他们的声音比那音乐更杂乱更声嘶力竭。而此刻一个喇叭突然响起了沉重的哀乐，于是它立刻战胜了同伴。

②大约过了半小时，我们看到村子外面的田野上有许多人扛着铁锹往回走，前排房子也响起了人声。

"表义空缺"和术语的广义"句法零位"可以结合起来。俄语语法传统对"句法零位"有着狭义的和广义的两种解释。佩什科夫斯基（А.М. Пешковский）（主要用作系动词），帕诺夫（М.В. Панов），梅尔丘克（И.А. Мельчук），布雷金娜（Т.В. Булыгина）等学者使用该术语的狭义，他们将句法零位解释为零位符号，出现于聚合体层面（主要是词法聚合体和句法聚合体）。相应地，句法零位包括不定人称句和泛指人称句中的表义空缺。广义用法可以追溯到雅各布森，他将聚合体零位和句法零位结合起来。雅各布森使用了"零位回指符号（零位指示符号）"（нулевой анафорический，或者дейктический знак）等术语，根据雅各布森的解释，这一术语在语义上并不等

---

[1] "幕后"(за кадром)是帕杜切娃使用的一个术语，表示该语义成分在句子中是隐性的，但是在上下文中则是显性的——笔者注.

于显性符号,因为"它们通常构成如下对立:从一方面来说,语言中或者艺术中有表达力的、和该情景构成了一个整体的类型或者是表达所想象出来的情景的类型;从另一方面来说,是包含有零位表达力意义和指示意义的类型。"[1]从形式上说,许多零位形式都属于回指(是文本连贯性的一种手段)。在主体重合(共指)的条件下,许多零位从形式上并没有从词汇上再现同一意义,但是使用了指示符号(代词);再进一步是省略,此时,并没有完全重复整个符号。

本书中对零位采用广义的理解,因为这有助于在统一的基础上分析单独的表述和整个文本,零位通过邻近的上下文被理解。

在文本中使用主体零位空缺在此被称为自我中心语法手段(эгоцентрическая грамматическая техника)。研究句法零位的文本方法可以看到句法零位和说话人形象、和情态主体以及作者形象之间的联系。文本中句法零位不仅仅是一种连贯性手段,同时还是揭示文本主体视角和情态主体的一种方法。在采用文本的方法来分析句法零位的时候,更重要的不是它们之间的差异,而是它们之间的共性。如果在上下文中没有可以填充该空缺的主体,那么该情态主体本身可能填充,要么是包含情态主体在内的某一群体。

(三)自我中心成分的类别

语言中具有暗含说话人的词汇单位和语法范畴包含自我中心配价,也就是说,在典型的交际情境中,这一配价的实现在意思上是说话人,而就形式来说是零位。自我中心成分有三种:语义、词汇和句法结构。

将词位或者词形归为自我中心成分类别的基础是存在着位于"幕后"的主体(观察者)。自然语言中词汇和语法范畴的语义要求说话人履行不同的角色,并且在典型交际情景中,所有的这些角色都是由现实说话人履行。我们可以划分出说话人在解释语言自我中心成分时的四种语义角色:指示主体、言语主体、认知主体和感知主体。

在非典型上下文中(主从上下文、叙事上下文中)以及在疑问句的上下文中存在着暗含说话人角色的履行者,有一定的规则可以揭示他们的存在。

---

[1] Якобсон Р. Избранные работы[M]. М.:Прогресс, 1985: 227.

1. 指示主体

有些自我中心成分需要处于言语时刻、言语地点以及具有共时受话人的说话人，需要有典型交际情景，说话人是言语情景的参与者，在充当指示主体的时候履行时空定位的参照点的角色。和指示主体相联系的是代词、空间前置词和空间副词（例如，"这里"——说话人说出包含有'这里'的表述时候所在的地点，"那里"=（在该言语时刻）远离说话人并且不是受话人所位于的地点，"现在"——这是说话人做出、而听话人听到包含有"现在"一词的表述的时刻。"旁边""左边""右边""前面""在远处"等都以说话人作为参照点）。指示性自我中心成分中的大多数在使用的时候都伴随有指向手势或者是解释手势，它们的意义和用法在非典型交际情景中会发生一些改变。

帕杜切娃尤为重视观察者形象。[1]观察者被定义为"具有指示意义的零位符号"，原型观察者是"情景的参与者，他履行感知主体的语义角色（经验者），但是没有体现在句法层面：它进入了动词的题元结构，但是在配价中占据'幕后'的层级。"[2]相应地，属于自我中心成分的包含有"天生观察者"的动词：

（1）包含有进入视野或者脱离视野意义的动词（"出现""消失""失踪"等）；

（2）穿越障碍意义的动词（用于转义）（"探出""渗出""冒出""流露出""溢出"等）；

（3）包含有观察者的动词，运动物体从他旁边经过（"掠过""潜入""闪现""闪过"等）；

（4）以观察者为参照、表示空间客体延展的动词（"蔓延""洇""扩展"等）；

（5）表示散发出"味道""光线""声音"的动词（"散发""响

---

[1] 关于观察者形象，另可参见：Апресян Ю. Д. Дейксис в лексике и грамматике и наивная модель мира[C] // *Избранные труды*, т 2. M.: 1995: 639–644; Падучева Е.В. Семантические исследования: Семантика времени и вида в русском языке. Семантика нарратива[M]. M.: Школа "Языки Славянской Культуры", 2011: 265–275.

[2] Падучева Е.В. Семантические исследования: Семантика времени и вида в русском языке. Семантика нарратива[M]. M.: Школа "Языки Славянской Культуры", 2011: 403–404.

起""发光"等）；

（6）表示事物可以被观察到的特征的动词：颜色变化（"发白""变黑""泛红"等），形状变化（"冒出""展开"等），声音（"传来""响起""回荡"等）以及类似于"浮动""飘扬"等动词。

帕杜切娃从词汇语义视角研究的、包含有"天生观察者"的动词，从句法结构的视角来看，价值在于：第一，它们的语义中包含有内在的直观感知情态；第二，它们构成了包含有事物性主体的结构，与此同时丧失了行为意义；第三，情态主体要么位于"幕后位置"，要么通过"在……面前"之类的结构表达出来。

如果认为语言自我中心成分的主要特征是无法在"句法表层"表达"我"，那么绝对自我中心的成分并不是那些适用"自我中心的"概念的词汇单位，而是那些独词句、感叹句等具有相对固定模式的句子，例如"凭啥让我去？"，有些词并不完全和间接引语的分析方法相一致，所以，"他人表述"可能不可切分、不可改变并且通常无法被作者话语渗透，无法被转述。所以，这些言语元素只可能出现在直接引语中，也就是说，它们仅仅可以表示"我"的视角。

2. 言语主体

有些词和一些语言单位的意义中，说话人充当言语主体的角色。例如履行言语主体角色的说话人，进入到疑问言语行为的语义中，或者换句话说，进入到疑问句的言外之力的语义中。

在疑问句中，说话人是如下命题意向的主体："说话人不知道答案""说话人认为，听话人知道答案""说话人想要知道答案"。由此可见，疑问句对交际情景的典型性提出了特定的要求：不仅仅要求存在着说话人，同时还要求存在着受话人。所以在疑问句中，说话人之外的其他人可以很自然地承担言语主体的角色，正如感知主体或者认知主体的角色一样。

但是，当疑问句成为主句的从句的时候，疑问代词的疑问功能消失。

① a. 谁是瑞士的总统？

b. 世界上大部分人并不知道，谁是瑞士的总统。

在具有元文本意义的插入语和插入句（其中有些这样的单位同时还需要听话人）的语义中，说话人履行言语主体的功能；例如"照实说""顺便说""私下说"等。元文本插入语（"例如"＝"例如说"）、呼语、疑问句和祈使句的语义同样既需要存在着说话人，同时又需要受话人；插入语表达说话人的情感状态，或者表达说话人的意见："看来，小王有点不高兴。"（"看来"＝在我看来）。它们适用于言语篇章中（典型交际情景的表述中；以及在第一人称的叙事中，或者是在叙事者的言语中），而在主从上下文中则不适用。

② a. 聂小轩问了他几句话，见他支支吾吾、满脸泪痕，便生了疑，问道："照实说，你上哪儿去了？"

b. 小王说，顺便说一句，您这第五个问题和第四个问题有点重复，表达的是一种情绪一种精神。

试比较"顺便说"出现在有标记的叙事话语中的情形。

c. 孟子说，乐之实，乃是父子之情，手足之情（顺便说说，有注者说这个"乐"是音乐之"乐"，我不大信）。

d. 第二天，阿宝给已经进她们厂子业余文工团的阿芳打个电话（顺便说一句，她已搬到单身宿舍去住了），让她回来一趟。

e. 任何社会里都有弱势群体，比方说，小孩子、低智人——顺便说一句，孩子本非弱势，但在父母心中就弱势得很。

上述例证中，"顺便说""说实话"等一些插入结构通过括号、破折号等与其他部分隔离开，从而表明了自己的相对独立性。类似的插入语结构可以出现于第三人称叙事中，并且其中的暗含主体是人物，他似乎是在自己的内心独白中表达自己的思想和看法。

③ a. 尽管当初孔祥熙说得天花乱坠，宋蔼龄把一幅全国地图翻了多少遍，还是没有找着太谷的准确方位，只知道它在太原以南，地处黄土高原。说实话，她从心里并不相信孔祥熙说的那儿是"中国华尔街"，而且连美国纽约都难比。

b. 冯倩，说实话，她很美，脸颊白皙，亭亭玉立，再加上她那高傲的气质，一看便知是一位知识女性。

作为言语主体的观察者通常出现在言语行为的语义中。例句④说明了著名的"穆尔悖论"：

④ a. 他的妻子很漂亮,但是他并不这么认为。
　 b. 他的妻子很漂亮,但是我并不这么认为。

句子a完全自然,而句子b是"穆尔悖论"的典型情形。因为说话人应当认为,他所言的内容是真实的,当他断定某事的时候,他自己承担了认知义务,也就是说为自己断言的命题的真实性负责。

叙事者和现实生活中的说话人一样可能撒谎,但是,语言学对此无能为力。语言学可以揭示说话人话语中的矛盾或者是揭示说话人话语毫无意义(和逻辑学不同,语言学认为说话人撒谎和说实话的可能性相等)。

说话人的角色在间接言语行为中表现得尤为明显。

⑤你凭啥坐我的凳子?

例句⑤表达的是指责,与此同时,说话人正是指责性言语行为中的否定评价主体。类似地,说话人也出现在其他具有任何以言行事功能的表述中——尤其是当句子并非是简单的断言的时候(尽管断言的语义中同样以说话人作为认知义务主体)。

只有说话人才有权使用呼语,并从自己的视角称呼受话人,将受话人称作"你""你们"或者"您"。乌斯宾斯基引用了17世纪俄国一些异常的呈文,其中作者以第三人称称呼自己,从而就放弃了自己作为说话人的权力,并进而取消了从自己的视角称呼受话人的资格,也就是说,他无法使用代词"你"[1]。

⑥向主公鲍里斯·伊万诺维奇叩首请安,最卑微的孤儿、你的农夫捷列士科·奥西波夫自你的属地阿尔扎马斯领地叶克谢尼亚村。

的确,在呈文之类的表述中,"既不是我,也不是你"的原则可能会被破坏,试比较:"给您打电话的是精密机械研究所学术委员会秘书"。所以,在例句⑥中,违规之处在于视角的前后不一致:写信人以第三人称的形式称呼对方,似乎他并不是言语情景的参与者,而然后却以第二人称形式称呼对方,况且是在同一个句子中。

3. 认知主体

作为认知主体(субъекта сознания)的说话人表现在一些词汇和句法结构

---

[1] [俄]乌斯宾斯基. 结构诗学[M]. 彭甄译. 北京:中国青年出版社, 2004: 21.

中，其中述谓的语义要求精神状态、情感状态或者意志状态的主体，但是这一主体没有表达出来、或者甚至不可能在文字表述中显性地表达出来；这种状态通常被解释为说话人的状态。

认知主体的一种形式是评价主体。和认知主体相联系的是和情态语气词（"当然了""其次""例如""似乎"）、履行插入语功能的内部状态述谓（"幸运的是""显然""应该是"）、表示相似性和类似性的述谓（"像是"）、表示证同的标记（"不是别的，正是""恰恰是""碰巧是"）、具有出乎意料意义的副词（"突然""猛然""竟然"）、不定代词、具有概括和总结意义的插入成分（"通常""一般来说""总的来说"）以及具有评价意义的词汇等。[1]

"弱定代词"表达说话人思想中对客体证同的不确定性，因此例句②是异常的：

①有次他又喝到十分醉，大雪天，脱光了膀子，从他家房顶转移到我家房顶，跳跃着破口大骂某人，操一柄铁锨，舞得上三下四。

②我听说某人跳跃着破口大骂张三……

例句①表示说话人知道被骂的人是谁，也就是说能够认出或者描述出这个人（试比较罗素所言的亲知和摹状词概念），但是并不想将这一能力告诉听话人；因此，第二句是异常的，其中说话人引用了别人的话语，因此这种语义的不确定性便成了无源之水。

词汇语义中的预设，在典型交际情境中是说话人的预设。例如，在句子"他是一名退休工人，但是喜欢音乐"，这句话中的"但是"具有转折意义，表明"退休工人"和"喜欢音乐"之间是矛盾的，这一蕴含意义的主体就是说话人。在插入语"未必"（如小明未必会来。）的语义中，说话人表现为怀疑主体。

根据弗雷格的方法，可以近似地解释动词"想象"的一个意思：X想象着P=X认为，存在着某一个他想要的P，而说话人并不认为P会发生。这一解释为情景增添了一个持有相反想法的主体作为参与者，在句法层面，这一参与者并

---

[1] Падучева Е.В. Семантические исследования: Семантика времени и вида в русском языке. Семантика нарратива[M]. М.: Школа "Языки Славянской Культуры", 2011: 276–284.

没有表达出来，而从语义的角度来看，这一角色在典型交际情景中，是由说话人来履行的：

③她觉得自己是一个天才。=她认为自己是一个天才；但是说话人并不这样认为。

④玛丽娅知道，她的丈夫觉得自己是一个天才。在此，怀疑的主体是玛丽娅，而不是说话人。

尽管感知在很大程度上是一种认知活动，观察者（感知主体）和认知主体这两种角色有着本质区别。

第一，当观察者充当第一人称陈述句中的主语"我"的时候，也就是说，当观察行为的主体和观察行为的客体重合的时候，该句子通常是异常的。例如："我出现在了舞台上。"实际上，观察者是外在的，他不能以旁观者的视角看到自己本人。[1]而认知主体完全可以将自己作为认知的客体，如"她的丈夫觉得自己是一个天才"或者"我觉得自己是一个天才"。

第二，作为感知主体的观察者预先需要情景空间中的某一地点，而认知主体可以不用占据任何地点。正是由于需要位于特定的地点，使得某人成为当地发生事件的潜在的观察者和见证者。

第三，认知主体可以是概括的，而观察者从原则上说，应当是具体地出现在那个能够观察所发生事件的地点。

但是，试比较动词"显得"，其中可能包含有概括的、并不具体的观察者。

⑤那位郝师傅拿着烟叶和一把杆秤出来了，三十来岁，个子不高，黑瘦的脸上一双眼睛显得明亮而精细。

有时，在对事实上需要认知主体的动词进行解释的时候，也将观察者包括进来。

"突然""竟然"等同义词列可以解释为如下方式：存在着P；说话人或者是观察者并没有意料到，将会发生P或者是P将会在当下时刻发生。"突然"表示事态和某人的预期并不吻合，或者是和正常期待的内容不相吻合。显

---

[1] Падучева Е.В. Высказывание и его соотнесенность с действительностью[M]. М.: Языки славянских культур, 2009: 141, 142.

然，这里指的是类似于"看法"的命题意向，而不是感知行为，所以说话人在这里更接近于认知主体，而不是感知主体。试比较：他突然停住了；我突然停住了。

此外，对事件的观察和对结果的反思经常是不可相互分开的。我们称之为观察者的人经常同时还是认知主体，因为这两个述谓可以同时出现于词义中，尽管在不同的上下文中，词义所占的比例也不尽相同。

⑥他扬起脸，看见父亲蹙皱着眉，一只手不住地擦着额头，表现出一种软弱的、痛苦的神情，又反而有点可怜起父亲来。

在类似的上下文中，"表现出"需要一个感知主体，而在类似于"孙广才那时表现出了他身上另一部分才华，即偷盗。"的上下文中需要一个认知主体。

句子"我显得气色不好"通常不可接受，因为"显得"需要从一旁进行审视的目光；但是，如果"显得"的说话人不仅仅可以充当感知主体，同时还可以充当知识/观念主体的时候，这一异常就消失了。

⑦我做好了有这么一天的准备，也许我大咧咧模样儿显得嫩，不像真正的罪犯那般沮丧，更看不出惯犯的邪恶。

在典型交际情景或者非典型交际情景中，和观察者一样，认知主体仅仅需要存在着一个思维主体，并不要求典型交际情景的其他条件（例如存在着听话人）。因此，在叙事和主从上下文中，一般的人物可以履行认知主体的角色。包含有暗含认知主体的自我中心成分默认需要以自我中心的方式来填充认知主体的配价，参见⑧a；而原则上说，认知主体配价可能有零位的填充形式，参见⑧b。

⑧a. 父亲突然大发雷霆。在言语机制中，是"对我而言出乎意料"；

b. 对于所有人而言都出乎意料地发火了；

c. 对于父亲本人而言，他的发火出乎自己的意料。

通常情况下，出乎意料的感觉主体位于主从复合句的主句中。

⑨母亲在信中写道，当把我们的信给父亲读完之后，他突然大发雷霆。=对母亲而言是出乎意料的

英语、俄语中的式范畴由"陈述式""命令式""假定式"等构成，表示行为与现实的关系，即行为是现实的、期待中的还是假定的。在假定式的

语义中，说话人表现为愿望主体。汉语没有词法上的式范畴，"式"的语法意义是由句子语气表现的。例如："要是你来了该多好！"=我觉得，如果你来了，那么就非常好。

说话人是很多句子的认知主体。例如，他是不确定性意义的暗含主体；是评价主体、感受相似性和类似性的主体；是期待意义主体、出乎意料意义主体等。例如"终于""很快""突然"的语义中都包含有期待意义成分，包含有期待意义的认知主体。对于包含有情感状态意义的词汇而言（例如"真郁闷""很无聊"）或者是包含有情态意义的词汇而言（"能够""不可能""需要"），说话人都是其中暗含的主体："真可怜，他的父母那么早就去世了"=我觉得他真可怜，他的父母那么早就去世了。说话人是感知相似性的主体（例如"这座建筑物像是一座古希腊神庙。"）、是愿望主体（例如"但愿一切都好"）和判断主体（例如"可能，他来不了""似乎，他能赢"）等。

由"好像""大概""似乎"等所表达的、对自己知晓内容并不确定的暗含主体，通常情况下是说话人。但是，如果主体通过第一人称形式显性表达出来，那么它能够改变插入语的语义。

⑩因此我们只得买几部日用医学须知书各人都学些，大概，受寒，发热，头痛，出血这几种使药是颇容易的。

上句可用于转述从其他人那里得到的信息，或者是当书还没有买或者没有最终看完的时候。

与此类似，插入语"仿佛"仅仅要求履行认知主体角色的人，并不要求交际情景一定是日常对话的典型交际情景。因此，"仿佛"一词还可以用于叙事文本中，其中观察者的角色可以由人物来承担。

⑪仿佛，从朦朦胧胧之中，走来了一位姑娘。

插入语"似乎"也需要自我中心配价。

⑫似乎，那些小生灵在悲叹着秋风渐紧，寒意更浓，感慨着韶华已逝，老之将至……

动词"像"的语义中包含有"观察者"的形象：他感知到某一客体Y，想象着它的样子并在认知中形成它的形象。显而易见，"像"具有认知主体的自我中心配价，也就是说，需要说话人的存在。

⑬ 我们像一艘古老的单桅船，在戈壁的黑海里摇啊摇。

"似乎"这一插入语中包含有暗含认知主体。

⑭ 似乎，在黑暗所渗透的一切的包围中等候日出，总不免有一种比清净更甚的感觉，这感觉不只是觉得清净一句话所能尽的。

日常言语交际中使用的"似乎"是一级自我中心成分，其暗含主体是说话人，同时与言语情景的第二参与者相关：说话人希望听话人能够接受自己的观点。也就是说，"似乎"表达的是说话人认为和听话人一样的看法（指示投射）。

例句⑮表明，在日常交际中使用"似乎"的时候，产生了间接言语行为：

⑮ 可在我一开始上学的时候，哦，那时我才6岁，就觉出了似乎是钱决定人的价值。

在此，说话人对自己所使用的语言并不是确信。这句话的言外之力——想弄明白，为什么说话人的想法是这个样子；更准确地说，是向受话人表明自己由此产生的疑惑。

包含有暗含认知主体的词汇包括用于非人称主体上下文中的动词"辩解""解释""证实""表明"等。例如，"证实"这一行为只能发生在某人的眼中；在⑯中，我们可以感觉到非纯粹直接引语的形式："响声越大证明钓到的鱼就越大"不是从作者口中说出的。

⑰ 一拉一条一拉又一条，就是鱼挣扎时把水声搅得太响，这让王小东既高兴又害怕。响声越大证明钓到的鱼就越大，但越容易暴露目标，叫人心里直发抖……

默认的、认知主体的自我中心配价存在于许多形容词中，例如："奇异的""不可理喻的""重要的""主要的""不可原谅的"等。

在典型交际情景中，插入语"原来"的意义可以解释为：原来P=X获知P且X对P感到吃惊。在引入非纯粹直接引语的时候，可以允许使用"原来"。此时，P就是某人Y告诉说话人的内容，并且说话人并不认为P是自己的知识；在说话人的认知中，P仅仅是某人Y的想法，这种想法让他感到不解或者是不可接受。

⑰ 我第一次杀人，但好像我已经杀过了很多次，是一个熟练的杀手。原

来，想象也能锻炼出技巧。

⑱ 我正像猜谜语般琢磨着该从严的究竟是谁时，忽听得一声大吼，却是把我揪上台去的命令。原来，哈哈，我竟是"隐藏得很深的'五·一六'骨干分子"！

插入语"原来"这一用法的特殊之处在于：由它所引起联想的命题并不是说话人的想法，而是另外一个人的想法；说话人仅仅是由此感到不解的认知主体。

在例句⑲中，问题不在于说话人并没有将收到的信息视为知识，而在于，这一信息对于他而言并不是十分重要，而是对别人而言更为重要。

⑲ 她倾囊而出：四斤苹果、两斤蛋糕、几瓶果子露和两袋奶粉。原来，她爱人的妹夫的小姑单位上一位领导的妻子从某县转院到此，她受委托来慰问的。

通常情况下，如果一个词能够在不改变意义的情况下用于主从上下文中，那么它同样可以应用于叙事文本中，并且以人物作为参照点进行解释（将其暗含的语义主体解释为人物）。上述例句说明了为什么具有自我中心配价的词汇可以意义不变地应用于叙事文本和主从上下文中，因为这两种情境中并没有现实说话人，并不是所有的自我中心成分都要求说话人能够同时履行所有的功能：指示功能、评价功能和感知功能等。

应当强调的是，观察者和认知主体并不同于说话人，观察主体和认知主体只能出现于第一人称叙事中。在其他的上下文中，无论是在典型交际情景或者是在非典型交际情景中，观察者和认知主体都体现为说话人或者是体现于和该上下文相一致的、说话人的替身中。

有些述谓表示从一旁对某人的行为和举止进行评价，在这种上下文中，第一人称主体是不合适的。例如"堕落"通常表示以观察者的视角判断的某种不良的倾向，第一人称形式的主体并不能充当正在观察的主体，所以它通常用于将来时的形式（表示对将来行为的展望和预期），或者用于过去时形式（表示对过去行为的回顾和评价）。

⑳ 哼，我要让大家知道，我在这种情况下不但不会堕落，反而会出乎他们意料地充分表现出我的优秀品质。

㉑ 在最后的一点性冲动中我反复地想我这一生究竟堕落和享受过没有，

我究竟称不称得上伟大。

㉒ 他站了起来，来回走动。"过一天算一天：我的……我们就是这样堕落的！"他突然大声地说出了他思想。

但是第一人称代词可以充当对他者进行评价的主体，所以主语为第一人称之外的其他人称的时候，"腐化""堕落"等可以使用任何时间形式，包括现在时。例如：

㉓ a. 他感觉到自己打下的江山在腐化堕落。

  b. 我在腐化堕落。

㉔ a. 他假装在看书。=他做出看书的样子，但是说话人"我"认为，他实际上并没有看。

  b. 我假装在看书。=我做出看书的样子，但是说话人"我"认为，我实际上并没有看。

㉕ a. 老通宝便像乱世后的前朝遗老似的，自命为重整残局的识途老马。=他是那样认为的；而我并不认为是这样。

  b. 我自命理想主义者，或叫妄想主义者。=我是那样认为的；而别人并不认为是这样。

4. 感知主体

语言中有不少的动词，其词汇意义中包含有另外一种指示类型——说话人和被观察的客体之间并不重合。例如，俄语动词"показываться"（出现）类似于英语动词"lurk"（闪烁），它的意义只有在上述描写的意义上才有指示性。

带有动词"показаться"的句子①中描写了一个情景，其中除了道路和骑士之外，还存在着某一个句法层面没有表达出来的人——事件的观察者。

① 在我父亲黝黑的耳中，白癜风货郎的鼓声替代了我刚才的叫唤，他脸上出现了总算明白的笑容。

② 我出现在了舞台上。

③ 每当我出现在他身旁时，他就让我立刻滚蛋。（叙事）

④ 我无处逃遁，只得向唯一一扇无人把守的门跑去，冲出门外，立时愣住了——台下黑鸦鸦一礼堂学生见我出现，立刻哈哈大笑。

例句④中"出现"位于在小句中，在叙事解释策略中，观察者的角色并不是由说话人，而是由人物（"台下黑鸦鸦一礼堂学生"）所履行的，此时并不存在异常。

⑤路上出现了一位骑士。

通常认为，⑤中包含的感知主体就是暗含说话人，因为它的意思是"骑士出现在我的视野中"。这一句话是完全正确的，但是，如果他不能借助于他人之眼看到自己在路上出现的事实的话，说话人未必可以谈自己：这种理解使得句子⑥显得异常。

⑥路上出现了我。

事实上，一个人不可能出现在自己的视野中，何况是远离自己一段距离；这就是异常的根源。需要指出，句子⑤只有在叙事解释机制中进行解释的时候才是不正常的，也就是说是"已经出现"：只有在这种情况下，代词"我"不仅仅表示说话人，同时还表示观察者。在对完成体过去时形式进行叙事解释的时候，这两种主体不必重合。但是，这种异常仅仅出现于言语上下文以及非从属句中，也就是仅仅出现于典型交际情景中。而如果采用叙事文本或者是主从上下文的话，那么"出现"所属的第一人称主语（表示感知客体）就是完全正常的，因为感知的主体不是说话人，而是另外一个人，该人承担了观察者的角色。

⑦ a. 小李往海边走去，不久我出现在路上。

　　b. 这时候我出现在路上，他就藏进了灌木丛。

因此，在"出现"一词的词义中，出现的不是说话人，而是情景的另外一个参与者——观察者。

俄语中和"出现"类似的动词很多，例如"маячить"（闪烁），"виднеться"（被看见），"исчезать из виду"（从视野中消失），"как сквозь землю провалиться"（不翼而飞）等，其指示类型相似（试比较：Я исчез из виду 〈маячил невдалеке〉——我从视野中消失、我在远处一闪），以及一大部分由形容词派生的静态动词，它们表示对客体颜色的感知："белеть"（变白，发白）、"желтеть"（变黄，发黄）、"зеленеть"（变绿，发绿）、"краснеть"（变红，发红）、"темнеть"（变暗，发暗）和"чернеть"（变黑，发黑）等。最后一组动词在搭配上有共同的、上文已经指出的指示性特征（说话人和被观察客体不能重合）。类似于"黑暗中，只有伊万的身子显得发白。"的句子完全正确，而类似于"黑暗中，只有我的身子显得发白。"的句子只有在别人的表述中被引用的时候才算正确："伊万说，黑暗中，只有我的身子显得发白。"

感知主体是二级指示中非常重要的语义成分。感知主体在第一人称叙事中可能和说话人可能重合（如⑧a），也可能不重合（如⑧b）：

⑧ a.冰凉的雪花飘进我们的脖领里，落在我们的铁锹把上。一会儿，锹把湿漉漉的，握着它的棉手套也浸透了。

b.夏天的晚上，闷热得很，蚊子嗡嗡的。

在典型交际情景中，正如我们在例句①所看到的那样，说话人履行了观察者的角色。而在叙事文本中或者是在主从上下文中，其他人可以履行观察者的角色。

似乎可以认为，观察者只不过是充当观察者角色的说话人，也就是说，仅仅在上下文中没有暗含说话人的时候，观察者才不是由说话人承担，所以在任何的情况下，观察者和说话人总是同一个人。但是这种观点并不正确。动词"出现""传来""传出"等表示图像或者声音的出现和消失，尽管在某些上下文中可以参照说话人，但是原则而言，它们要求的并不是说话人，而是观察者（感知主体），观察者的角色既可能由说话人来履行，也可能由其他人来履行。

⑨Фон Корен уже помирился с мыслью, что ему сегодня не уехать, и сел играть с Самойленком в шахматы. На море показались огни.（冯·柯连已经死了心，以为他今天走不成了，就坐下来跟萨莫依连科下棋。海上出现灯火。）

"海上出现灯火。"这句话是多义的。如果这是第一人称叙述，那么在上下文中存在着说话人，并且说话人是"出现"的暗含感知主体。如果这是第三人称叙事，那么这一片段的主要人物代替说话人，显而易见，这是冯·柯连。他同时履行观察者的功能。但是，这一假设应当被否定。该片段的上下文如下：

⑩Фон Корен уже помирился с мыслью, что ему сегодня не уехать, и сел играть с Самойленком в шахматы; но когда стемнело, денщик доложил, что на море показались огни и что видели ракету.（冯·柯连已经死了心，以为他今天走不成了，就坐下来跟萨莫依连科下棋。可是等到天黑下来，勤务兵却来报

告说，海上出现灯火，人们看见船上发射一枚照明弹。）

显而易见，灯火是出现在勤务兵的视野中的。随后的一句话"人们看见船上发射一枚照明弹"表明，勤务兵自己没有看见照明弹，因此采用了不定人称句这一形式报告照明弹的情况。因此，在例句⑨中，"出现"一词的观察者配价并不是由零位的指示符号表示的，该配价显性地表现为主句的主体。

这是一条普遍的规则，例外的是个别的情况。例如，在例句⑪中，观察者的角色并不可能由主句的主体承担，因为上下文表明，他并没有看见轮船。

⑪ 伊万明白了，右侧出现了轮船，因为所有人都向右舷奔去。

例句⑫中存在着说话人，也就是说，叙述是从第一人称做出的，但是"出现"的观察者并不是他，而是该情景的主要人物。

⑫ a. 我那时不在家。突然窗口出现一个人影。

b. 瓦尼亚和达尼雅当时坐在餐厅里。突然窗口出现一个人影。

这样，例句⑫表明，在非典型交际情景中，说话人和观察者并非总是同一个人。而对于典型交际情景而言，"出现"的观察者是履行感知主体角色的说话人，因为"показаться"是具有自我中心配价的动词。

正如我们所见，和动词"出现"一样，需要感知主体这一自我中心配价的动词，主要是类似于"белеть"（发白，变白），"чернеть"（发黑，变黑）之类的动词，还有"возникнуть"（出现），"оказаться"（原来是），"появиться"（出现），"исчезнуть"（消失），"пропасть"（失踪），"проступить"（进入），"выступать"（表演），"выглядывать"（看起来）"высовываться"（趾高气扬，自高自大），"проглядывать"（看漏），"пахнуть"（散发味道），"вонять"（发臭），"звучать"（响起），"раздаться"（传来，发出），"доноситься"（传来），"светиться"（发光），"блестеть"（闪光，闪耀），"мерцать"（闪光，闪耀），"маячить"（闪烁，费尔默曾经描写过的英语动词"to lurk"），"торчать"（冒出）等。

俄语中还存在着一些动词，它们在一定的上下文中要求存在着正在移动的观察者："кончаться"（结束，到尽头，如Тропинка кончалась у реки "小路延伸到河边"），"начинаться"（开始，开端），"подниматься"（上升，上抬），"спускаться"（向下，下折），"поворачивать"（转弯，转向，如После моста дорога поворачивала направо. 过了桥，路拐向右边）等。

起初，只有上述动词的完成体形式才采用观察者概念进行研究。但是，观察者也可能出现在未完成体动词语义中。

⑬ Мы поднялись на гору и вышли наконец на дорогу; круто обогнув крестьянские овсы, она мимо березовой рощи спускалась вниз к большому лугу.（我们登上山顶并最终来到大路上；路陡然绕过了农民们的燕麦田，经过白桦林旁并向下通往一大片草地。）

对于不发生位移的客体以及没有方向定位的客体而言，它们的方向取决于相对的运动，而在这种情境中，运动的是观察者。在这种用法中，尽管它的主语表示的是不可移动的物体，动词还是保留了方向的意义（上升或者下降等）。

很多动词中的观察者配价产生于派生配位结构中，如"露出""显示""区别""看起来""冒出"等。

在例证句⑭a中，所描述的事件是某种"东西"发生了位移，在⑭b中，事件是一个纯粹的直观事件：由于观察者的移动，观察对象发生相对位移，在某一时刻开始出现于观察者的视野中。

⑭ a. 奇怪的是每当我们从西安回来，还没进村它就会不声不响地出现在我们眼前。

b. 不久之后，很多幢低矮的房屋在眼前出现了，房屋中间种满了松柏。

可见，具有暗含说话人的词汇，可能在意义上并不等同于具有显性表达的第一人称参与者的词汇。

在例句⑮中，说话人是感知主体。

⑮ 令人不堪忍受的沉默没能持续多久，屋外响起了尖锐的空袭警报声。

余华的小说《在细雨中呼喊》的开头一句话是：

⑯ 1965年的时候，一个孩子开始了对黑夜不可名状的恐惧。

这一句子明显异常：因为感知恐惧这种内部心理状态缺乏明显的外在表现形式，所以，通常情况下我们会谈到自己的切身感受，而不是别人的、尤其是陌生人的感知情况，因此"感到恐惧"的主体通常是第一人称，而不是第三人称，尤其是一个指称不定的第三人称形式（例如上句中的"一个孩子"）。只有在后文焦点发生变化，通过语法联系（代词、动词时）和语义联系（晚上睡觉），叙事者从"一个男孩"转移到"我"之后，这一陌生人成为叙事者，文本才能不再异常。

⑰ 1965年的时候，一个孩子开始了对黑夜不可名状的恐惧。我回想起了那个细雨飘扬的夜晚，当时我已经睡了，我是那么的小巧，就像玩具似的被放在床上。

通常情况下，所谓的状态词需要第一人称感知主体。据统计，《现代汉语词典》（第五版）中有明确词性标注的状态词共352个，但是，状态词并没有严格的界限。描写自然界和周围环境状态的状态词，例如"冰冷、灼热、暖烘烘""潮乎乎""干冷""冷飕飕""凉丝丝""凉飕飕""亮堂堂"等，以及对周围环境评价的状态词，例如"脏兮兮""乱哄哄""乱糟糟""空荡荡"等，都包含一个潜在的感知主体。

⑱ 我正在和同事们边吃着食堂的包子边玩牌。阳光晃着人眼，办公室里暖洋洋，笑语喧喧。

可见，不同的词汇和结构要求说话人履行不同的角色，这可以对自我中心成分进行分类，并且这适用于叙事理论。

（四）自我中心成分的句法功能类别

自我中心配价是指在典型交际情景中其意义由说话人填充的配价，而在形式上却表现为零位。根据在从言语解释机制向叙事解释机制[1]的转换过程中，词汇的意义是否发生变化，语言自我中心成分可以划分为一级自我中心成分和二级自我中心成分。

1. 一级自我中心成分

一级自我中心成分是那些只能用于对话机制中的自我中心成分，并且需要全价说话人。在叙事和主从上下文中，它们并不能使用（例如汉语中用作插入语的"这不"、时间词现在$_2$和现在$_3$等[2]），或者是改变自己的意义。例如，俄语未完成体动词的过去时在叙事中（传统叙事中）表示叙事者现在时的共时性，而不是表示早先关系。一级自我中心表述在任何一个述谓范畴中都没

---

[1] 关于解释机制的概念，参见 Падучева Е.В. Семантические исследования: Семантика времени и вида в русском языке. Семантика нарратива[M]. М.: Школа "Языки Славянской Культуры", 2011: 269.

[2] 参见王晓阳："现在"的空间认知意义研究[J]. 语言文化研究辑刊, 2014(01): 56-63.

有完整的语法聚合体，因为它们只属于这一说话人，并且总是出现在他的言语时刻。

当述谓允许第一人称和第三人称的对立的时候、或者是要求第三人称从属于第一人称的时候（非纯粹第三人称），需要使用自我中心手段来改变主体视角，即作者和读者相对于认知主体的趋近或者远离关系，同时还使用情态主体的句内零位以及幕后位置。

包含有陈说意义的述谓（它可以和直观述谓、情态述谓相融合）中，体现情态主体的"幕后"方式总是要么表现为纯粹的第一人称形式，要么是表达第一人称"指示主体或者是概括性主体"意义的第三人称形式作为情景的共同参与者，句内零位揭示了情态主体和陈说主体之间不同的关系：从完全重合（如Не спится, няня）到相互矛盾、相互排斥（如Кашля нет. На сцене ее кутали, что дало мне повод заключить, что у нее лихорадка）。

一级自我中心成分的认知主体和言说主体必须重合。这种类型是表现出纯粹的作者"自我"的自我中心成分，它们在与读者的对话中表现出自己。在形式上，一级自我中心成分缺乏完整的时间聚合体，也不可能将它们和主人公的时间结合起来。

情态并不能分属认知主体和言语主体，思想属于说话的人——作者、叙事者。这类自我中心成分包括感叹词以及具有表达力的表述，它们具有句法的熟语性，以及所有的表示"我"言语框架的标志（插入语"换句话说""确切说""首先""其次"等）。[1]其中没有出现人称标志。对它们而言，只存在相对于陈说句法单位而言的句法外的位置。插入语中的暗含的认知主体（例如，"很遗憾""很可能""未必""糟糕的是""遗憾的是""很好""重要的是""有意思的是""显然"等），通常是说话人。

①遗憾的是，明白这个道理的人实在太少了。=我觉得遗憾的是，明白这个道理的人实在太少了。

②显然，这是一本无聊的小说，这是一份煽情的广告。=我觉得显而易见

---

[1] 叙事文本中体现言语主体的各种手段，参见Падучева Е.В. Семантические исследования: Семантика времени и вида в русском языке. Семантика нарратива[M]. М.: Школа "Языки Славянской Культуры", 2011.

的是，这是一本无聊的小说，这是一份煽情的广告。

包含有预设的词汇是一种自我中心成分，因为预设是类似于"说话人认为……"的语义内容。[1]这一语义成分可以通过投射规则来解释，不同的预设具有不同的投射能力。例如，"甚至"一词的预设就能够进行主从投射。

③人们发现，甚至连官位和社会名声都不低的嵇喜前来吊唁时，闪烁在阮籍眼角里的，也仍然是一片白色。=人们认为，阮籍应当尊重"官位和社会名声都不低的嵇喜"。

④当时我没有一丝一毫的痛苦和留恋，甚至连走时的情景，姥姥的表情都忘得一干二净。=说话人认为，"走时的情景""姥姥的表情"是最不应该被遗忘的。

⑤惠州学院中文系的章婷介绍，发现雕像变绿最早是在前日，但当时关注的人并不多。（发现"雕像变绿"的主体是主句的主语"惠州学院中文系的章婷"）

自我中心成分中预设成分向主句主体的投射，有助于理解语句，排除理解的模糊性和不确定性。

2. 二级自我中心成分

二级自我中心成分（或者说非纯粹自我中心成分）不仅仅可以使用在对话机制中，也可以使用在主从解释机制和叙事解释机制中，同时可以自由地将参照说话人转向主句（在主从上下文中）的主体或者是凸显的主体（在叙事中）。例如，在句子"李刚说，张三未必能来"中，怀疑主体并不是说话人，而是主句的句法主体"李刚"。从句中自我中心成分的主体没有显性表达、而是由主句的句法主体隐性地表达，这种现象被称作主从投射（гипотаксическая проекция）。二级自我中心成分可以自由地受到投射。

此外叙事文本中还存在着叙事投射（нарративная проекция）。二级自我中心成分允许参照叙事中的任何人物，其中包括在经典叙事中。简单而言，二级自我中心成分在一定程度上类似于复指，它仅仅要求在上下文中存在着可供指向的主体。相比之下，一级自我中心成分的用法受到更大的限制，它只能允

---

[1] Падучева Е.В. Динамические модели в семантике лексики[M]. М.: Языки славянской культуры, 2004: 257.

许在自由间接话语中参照叙事中的人物,所以自我中心成分可以成为判断话语形式的一种标志。

3. 一级与二级自我中心成分的异同

阿普列相提出了句法测试的方法来区分一级和二级自我中心成分。不可从属性、即不可能构成具有包含有间接引语的句子是一种测试方法,能够区别一级自我中心成分和二级自我中心成分。[1]

例如,"出现"一词中存在着内在的说话人,也就是说,这是一个自我中心成分;这可以解释①a中的异常。"出现"一词是二级自我中心成分,它可以自由地受到投射,例如,受到主从投射,参见①b,其中的异常就消失了,因为感知主体并不是说话人,而是主句的主体。

① a. 我出现在了路上。(试比较:路上出现了一位骑士。)

  b. 他好像早就认识我了,只是没有料到此刻我会如此出现。

二级自我中心成分的暗含主体可以被称作观察者,它与现实说话人相对立。

动词"变白""变黑"之类动词仅仅可以描写具体的、现实的情景,在该情境中存在着说话人(或者是说话人将自己置于该情境中);说话人共现于被描述的情景中。这些动词是揭示内在观察者的例证。

② 疯子抬腿走了进去,咧着嘴古怪地笑着,走到那块掉在地上的铁块旁蹲了下去。刚才还是通红的铁块已经迅速地黑了下来,几丝白烟在袅袅升起。

③ 到张秃子失望的走回自己院子里的时候,天已经黑了下来,他听见李大嫂的哭声知道事情不行了。

阿普列相研究中要求观察者的词汇是二级自我中心成分,其中包含有隐含的说话人,履行指示主体("旁边")或者感知主体("出现""呈现")的角色。[2]指示主体和感知主体包含一个重要的共性,即说话人是一个物质性实体,在空间中占据特定的位置;而对于言说主体和认知主体而言,说话人的物理性定位和参数并没有特殊的意义(因为认知行为和意志行为仅发生在

---

[1] Падучева Е.В. Семантические исследования: Семантика времени и вида в русском языке. Семантика нарратива[M]. М.: Школа "Языки Славянской Культуры", 2011: 298–299.

[2] Апресян Ю. Д. Дейксис в лексике и грамматике и наивная модель мира[C]//Семиотика и информатика. М.: ВИНИТИ, 1986(28).

时间中，而不发生于空间中）。[1]它们分别侧重于"自我"的物质层面和精神层面，这实际上也就是亚里士多德和笛卡尔研究"自我"的两个途径。指示主体和认知主体之间有着显著的差异。所以，需要将感知和其他认知行为区别开来。

阿普列相尝试将任何二级自我中心成分参照的主体都称为"观察者"，无论观察者在自我中心成分描写的情境中承担的是一个什么样的角色，但是这并不成功。原因在于：一级自我中心成分和二级自我中心成分是一个区分参数，而说话人在交际情境中所履行的功能（言语主体、指示主体、感知主体和认知主体，即命题意向主体或评价主体）等，是另外一个区分参数。履行自己某一角色的暗含说话人是词义解释中的元素，而说话人则是具体言语行为中的参与者，他在典型交际情境中体现了暗含说话人。词汇意义中所需的、但是没有表层表达形式的隐性题元，在形式语义学中进行描写和论述。

例如，阿普列相所言的、"犯错""逞能"之类的"阐释动词"要求存在现实说话人，但是它们却是二级自我中心成分。试比较下面异常的和正常的句子：

④我正在看错人；我在指责你。

⑤不管牛牧师说什么，他总点头，心里可是说："你犯错误，你入地狱！上帝看得清楚！"

"突然""竟然"等词可以解释如下：正在发生P；说话人或者观察者并没有预料到，P会发生或者P正是在当下时刻发生。这两个副词要求现实说话人，但是它们实际上都是二级自我中心成分，说话人在这两个副词的语义中履行着认知主体的角色（"说话人没有预料到"），而不是感知主体的角色。

⑥那时我的卡车正绕着公路往下滑，在完成了第七个急转弯后，我突然发现前面有个孩子，那孩子离我只有三四米远，他骑着自行车也在往下滑。

⑦信发出去后，我总觉着纳闷，他怎么知道我家的地址呢？况且门牌号数不对，而我竟然能收到信？

二级自我中心成分可以用于典型交际情境中，此时，它们的自我中心角

---

[1] 关于感知和地点之间的原则性联系，参见Wierzbicka A. Lingua mentalis[M]. Sydney: Academic Press, 1980: 107.

色的承担者是说话人。例如:

⑧ 他好像走到坟前才看见我,猛然地站住了。

"猛然地"是一个二级自我中心成分,它需要一个感知主体,在上例中是场景的参与者"我"。但是,二级自我中心成分也可以在不改变自己意义的情况下用于非典型交际情景中;在这种情况下,通过投射规则对它们进行解释。

对于狭义的指示语,即一级自我中心成分而言,例如"今天"等词汇,主从投射并不发生作用:在句子"他昨天说过,今天很忙"中,"今天"一词无论如何也不能表示"昨天";"今天"针对的是说话人的当下时间,而不是命题意向主体的时间。

在对自我中心成分进行解释的时候,能够找出主从上下文中暗含说话人的角色的履行者——主从投射。但是主从投射只适用于对二级自我中心成分的解释。

二、自我中心成分的解释机制

在典型交际情景中,不少语言单位(词语、语法素和句法结构)的语义要求说话人作为被描述情景的参与者之一,它们具有自我中心性。在非典型交际情景中,不同的语言自我中心成分的性状各异。不同类型的交际情境之间的主要区别在于:作为解释自我中心成分参照点的说话人是否可以接触,由此自我中心成分具有不同的解释机制。

(一)区分解释机制的标准

在典型交际情景中,"我—这里—现在"三者一致,这种交际情景最为简单。当说话人和观察者并不重合的时候,参照点可以是参与言语情景的人或者是客体,也可能是上下文中存在的人或者客体,此时两者之间的关系类似于回指。叙事文本则要求非典型交际情景,其中并没有真正的说话人作为言语主体,也没有共时的听话人;没有说话人的言语时刻,而言语时刻是包含时间范畴的语言中的基本概念;交际双方也没有共同的视野。与这些不同的上下文相一致的是自我中心成分不同的解释机制。

第三章 叙事文本中自我中心成分的特征

根据交际情景的不同，可以区分出自我中心成分的言语解释机制（在日常对话交际情景中对自我中心成分的解释方法，简称言语机制）和叙事解释机制（在叙事情景中对自我中心成分的解释方法，简称叙事机制）。叙事解释机制和言语解释机制的对立，基本上相当于本维尼斯特所提出的叙事层面和言语层面之间的对立。

本维尼斯特是率先研究解释机制的学者，"机制"的概念是基于本维尼斯特关于叙事话语和言语话语的思想。在1959年的论文《法语动词中的时间关系》中他首次区分了"言语层面"（plan de discourse）和"叙述层面"（plan de récit），即叙事和言语。[1]本维尼斯特判断文本类型的标志正是动词的时体形式。俄语中，叙事解释机制并不具有任何特殊的语法形式；但是，叙事解释机制通过许多其他的形式、包括动词形式的一些特殊意义表示出来，如时间形式和体的形式。本维尼斯特所言的"层面"，实际上就是交际情景的类型，或者说是解释机制。

本维尼斯特提出的"言语层面"和"叙述层面"的区别，和我们所区分的解释机制之间并不完全重合。例如我们认为第一人称代词并不一定表明文本需要在言语机制中进行解释，这和本维尼斯特的观点不同。在普希金的《射击》中，"我"并不具有现在时的形式，并且这种"我"的存在并不能使得叙述超出叙事解释机制之外。

莱昂斯提出了揭示非典型交际情景中说话人履行者规则的方法原则，即投射规则。投射（包括指示投射、主从投射、叙事投射和疑问投射）是相对于典型交际情景的初始解释规则的改变，由此词汇语义中所需要的自我中心角色的履行者并不是说话人，而是其他人。[2]

班菲尔德（A. Banfield）衡量言语解释机制的标准是同时使用第一人称代词和第二人称代词。[3]我们认为，衡量言语解释机制的更为准确的标准是：叙

---

[1] Бенвенист Э. Общая лингвистика[M]. М.: УРСС, 2010: 293: 271.

[2] 参见Goddard C. Semantic analysis: A practical introduction[M]. Oxford, 1998: 206–211. 作者在描写英语动词"to come"时候对投射规则的使用——笔者注.

[3] Banfield A. Unspeakable Sentences. Narration and Representation in the Language of Fiction[M]. Boston: Routledge & Kegan Paul, 1982.

事者可以使用现在时形式的"我"。[1]

机制决定了独立的句子和主句中时体形式的用法和解释。在主从解释机制中存在另外一个参照点——主句动词所表示行为的发生时刻；参照定位点通过句法手段提供。例如，在"奶奶昨天已经知道，他生病住院了。"其中"生病住院了"的过去时形式表示与主句动作"已经知道"时刻的在先关系。

根据说话人做出表述的交际域的类型，解释者（受话人）选择说话人表述中所包含的自我中心成分（其中包括指示成分）的某一解释机制。例如，再现性言语活动和传递信息性的言语活动特征是包含有叙述、描写、概括等言语类型，与其相对的是指示单位的叙事解释机制。与表达意志、意愿和情感反应等言语活动、即纯粹的言语活动相一致的是言语解释机制。[2]尽管指示单位的叙事解释机制和言语解释机制之间存在着很大的差别，这两种解释机制与剧本、史诗或者抒情性文本之间并没有严格的对应关系，这些解释机制的转换在任何文艺体裁、任何交际情境中都经常发生。所以，在言语情景（对话情景）和叙事之间相互转换，对于说话人而言，并不构成什么困难。

在言语模式中言说时间和事件时间相重合，在叙事模式中，说话人的时间相对于文本事件的时间、故事的时间之间存在着间距。"叙述是双重的时间顺序：存在着被描述的时间（所指）和叙述时间（能指），因此，叙述的一个功能是将一个时间转换为另一个时间。"[3]但是先后相继的叙事活动——这仅仅是叙事形式之一。叙事模式不仅仅可以陈述先后相继的事件，同时还能够采用叙事时刻来叙述之前发生的、随后发生的或者是共时发生的事件，甚至是与时间无关的叙事方式。

为了全面地描述使用时的言语上下文，必须将它和至少两种次要用法（叙事用法和主从用法）区分开。在叙事文本中，俄语未完成体动词过去时的形式首先是用于表示相对于该上下文中参照定位点的同时性意义。这种参照定

---

[1] 这在一定程度上类似于罗素对自我中心成分的理解，他认为典型的指示成分并不是'我'，而是'这'：'我'具有自己的生平内容，所以和'这'相提并论的并不是'我'，而是'我—现在'——笔者注.

[2] Золотова Г. А. Говорящее лицо и структура текста[C] // Язык – система. Язык – текст. Язык – способность. М.: МАКС Пресс, 1995: 124.

[3] 转引自 Женетт Ж. Фигуры III: Повествовательный дискурс[M]. М.: Издательство имени Сабашниковых, 1998: 69.

位点是文本时间的当下时刻。例如：Бабушка и сейчас любила его без памяти. （"奶奶现在还神魂颠倒地爱着他"）在叙事文本中，对它只有一种理解方式，因为过去时形式被解释为与某一时刻的同时关系，该时刻被理解为时间关系的基础，即文本时间的当下时刻，它用"现在"一词表示，而完全不是表示早于这一时刻，而这种理解对于过去时形式是完全自然的。

此外，任何文本开头的第一个句子应当在上下文中进行解释，但是，这时还没有确定下来任何文本时刻。所以，文本的第一句与文本中的其他句子并不相同，因为它应当为文本的其他部分的时间定位提供参照点，试比较布尔加科夫《白卫军》的开头：

Велик был год и страшен по рождестве Христовом 1918。（那曾是伟大的一年，又是可怕的一年。按耶稣降生算起的那一年是1918年。）

叙事模式的特征在于说话人的角色由叙事者（全知的作者，或者叙述者）、主人公、事件的参与者或者是事件的观察者来承担。视角范畴取决于：典型交际情景的特征是发话人和受话人的直接参与交际过程。

根据视角范畴的不同，叙事可能发生变异，其中的一种变异形式是自由间接话语，此时，说话人的角色由人物承担。在自由间接话语（Free Indirect Discourse）中，指示语反映了人物的直观行为，他履行了观察主体和指示主体的功能。由于在文艺文本中，体现的是二级指示，那么在自由间接话语中，"我"作为指示定位体系的中心，变成了"他"，但是同时保留了第一人称的权利。指示的其他的概念可以围绕着人物进行分组，而人物是第三人称形式的说话人："这里"——说话人所处的那个地方，"那里"——不同于说话人所处的地方；"现在"——在说话人的精神活动期间，"那时"——和说话人精神活动时间不同的时间，等等。

但是，叙事也可能由第三人称形式的第一人称（第一人称以第三人称的形式进行表述；即班菲尔德所言的"不可言说的句子"），也就是说，其中叙事者的位置和人物的位置合二为一。

通常，如果叙事中观察者的形象由叙事者或者人物承担，那么言语活动的参与者履行了双重功能：他们负责观察（也即是说负责对所描写的场景进行概念化）所描写的场景，并且作为该场景的元素进行活动，在此过程中融合了观察者的角色和观察客体的角色，并且可以补充说，融合了说话人的角色或者是叙事者的角色。

因此，对于分析文本的指示结构而言，相关联的不仅仅是说话人、观察者以及他们的"视角"等概念，同时还有"定位中心""注意力焦点"和"参照点"等概念。泰尔米（L. Talmy）同样引入了"观察指向"的术语，将空间视角和时间视角的概念联系起来，观察可能是直接的、也可能是前瞻性视角或者是回顾性视角。[1]

阿普列相指出，指示单位是语言自我中心成分，因为它们不仅仅指向说话人现实的时间和空间，同时指向说话人想象自己位于其中的时间和空间。因此，重要的不仅仅是对事实上的（物理的）时间和空间进行描写，更重要的是描写说话人如何对它们进行感知和概念化，被描述事实的时空坐标和说话人想象自己位于其中的时空坐标是否一致。[2]

这样，在分析表述或者文本的时候，我们应当考虑到所有指示类型：语言内指示（回指），语言外指示以及其他各种形式的指示（直观指示、想象指示），还有某一言语行为的交际模式，也就是说指示单位的使用范围（在言语交际还是在叙事交际过程中）。

指示可以分为时间指示、空间指示以及主体指示、客体指示等亚指示结构，表达指示的主要手段是代名词、代形容词、代副词。除了上述所列举的所有手段之外，还考虑到语法单位（人称范畴、态范畴、体范畴、时间范畴、式范畴和情态范畴等），因为这些手段就像某些词汇手段一样，与时间、空间、主体和接受者的指示位置相一致。

这样，语言自我中心单位和语言指示单位决定了文本和表述整体的、基本的语义结构，它们与主体概念、时间概念以及空间概念相一致，并且由于不同类型的、不同层次的语义范畴和语法范畴而得以实现。解释机制实际上就是语言单位的使用上下文，根据语言单位使用的情景不同，语言的解释机制可以分为三种：对话解释机制、叙事解释机制和主从解释机制。

---

[1] Талми Л. Отношение грамматики к познанию[J]. Вестник МГУ. Серия «Филология», 1999(04): 94.

[2] Апресян Ю. Д. Дейксис в лексике и грамматике и наивная модель мира[C]//Семиотика и информатика. М.: ВИНИТИ, 1986(28).

（二）对话解释机制

典型交际情景中存在着全价说话人，他拥有共时听话人；说话人和听话人具有共同的视野；说话人可以使用手势，它可以被听话人所感知；可以在一定程度上具有非典型性：说话人和听话人没有共同的时间或者地点。

当自我中心成分正常情况下以说话人作为参照转变为以听话人作为参照时，这被称作指示投射。语言自我中心成分参照系统的变化不仅仅发生于解释机制变化的时候，例如，疑问句经常将自我中心成分的参照点从说话人转移到听话人。这就是疑问投射（вопросительная проекция）。[1]例如形容词"好吃"需要一个感知主体，但是在汉语中没有相应的句法配价（这和英语中的"taste good"不一样：可以说"it tastes good to me"）。"好吃"经常出现于疑问句中。

①可她突然回过头，第六感觉的作用——蒋方良静静地立在不远的一株苦楝树下！她呆若木鸡。"好吃吗？"碧蓝眼女子慢声慢气问道，充满了好奇。"好吃吗？" = "你觉得好吃吗？"

②"皮带好吃吗？"小坡很惊讶的问。

与此类似，在疑问句中"出现"一词中观察者角色的履行者并不是说话人，而是听话人。试比较：

③ a. 在我记忆里，哥哥进入高中以后，身上出现了显着的变化。=在我的视野中

   b. 一出场就有"碰头彩"，一张口便闻叫好声，下了戏你瞧吧，一把一把的鲜花递过来了……可这场面可能出现吗？=出现在你的视野中

疑问句和回答句中暗含的主体反向的相互关系可以出现于道义模态中，在问句中是说话人，在回答句中是听话人。

④他伸手捏住她的一撮头发，小心翼翼地问："〈我〉可以吗？"女子微笑一笑："〈你〉可以。"

从语义角度可以预期参照点的改变，因为关于自己视野、口味等感官方

---

[1] Падучева Е.В. Семантические исследования: Семантика времени и вида в русском языке. Семантика нарратива[M]. М.: Школа "Языки Славянской Культуры", 2011: 268.

面的问题显然毫无意义,这是产生疑问投射的根本原因。

(三)叙事解释机制

叙事文本是将表述与言语主体、与说话人隔离开来的结果,它在非典型交际情景中、即在叙事文本中进行解释,其中并不存在全价的说话人,所以句子相对于言语时刻的关系并不存在。[1]在叙事文本中并没有全价的说话人;由叙事者或者人物取代全价说话人的位置。此时可以区分出传统叙事(其中包括第一人称叙事、第三人称叙事)和自由直接话语。虽然在阅读小说的时候,读者有一个普遍的想法,那就是叙事者给读者讲述发生于过去的事情;但是,这种过去时同样被应用于科幻小说中,其中的事件都发生于未来。在叙事解释机制中,时体形式并不是相对于言语时刻而进行解释的,而是相对于其他参照点,即文本的当下时刻(简称文本时刻或文本时间)。

时间范畴表示行为相对于言语时刻或者是其他时间点的关系。由于言语时刻是时间关系的基础,言语的(或者说是对话的、指示的)上下文是主要的上下文,时间形式在这种上下文中进行解释。在其他的上下文中,可以允许存在其他的参照点。现代语言学对时体形式研究的基础主要是德国哲学家莱辛巴赫(H. Reieherdaaeh)提出的参照点(point of reference)概念。他用事件发生的时间(point of event,简称E)、参照点(point of reference,简称R)和说这句话的时间点(point of speech,简称S)这三个参数定义了"时"和"体"的语义类型。[2]时间意义中最基本的是现在时,它不仅仅确定了现在时形式的意义,同时还提供了解释其他时间形式的参照点。所以,现在时刻的给出方式决定了对时体语义的解释。"在言语模式中,语法时间,也就是不同于说话人当下时刻的时间,是从现在时的视角而参照于时间轴的,现实时间是通过言语时刻而给出的,并且将所有的事件划分为先前事件和随后事件。叙事时间基于客观的时间起算点:观察者的现在时刻(文本时间的当下时刻),和说话人的现在时不同,它并不将时间间隔带入时间轴,也就是说,对'平稳的'时间流并不产生影响。因此,叙事模式对于陈述先后相继的事件而言,要比言语模式更

---

[1] Бенвенист Э. Общая лингвистика[M]. М.: УРСС, 2010: 293; 271.
[2] Reichenbach H. Elements of symbolic logic[M]. N. Y: The MacMillan Co, 1947: 289.

为便利。"[1]例如采用叙事解释机制对语言自我中心成分进行解释。

木头地板上响起马蹄的得得声,他们从马房里先牵出黑马努林伯爵,然后牵出白毛大马,随后牵出它的妹妹玛依卡。它们全是名贵的骏马。

这是契诃夫的小说《文学教师》(1894)的开头,读者能够感觉到在情境中存在着某一个幕后的认知主体,它并不是人物,而是首先表现为说话人的替身,该说话人在言语机制中本来可以成为语言自我中心成分"响起"(存在着感知主体)和"名贵的"(存在着评价主体)的参照对象。

时体形式的言语用法和言语解释机制需要说话人的存在。但是,在叙事文本中并没有全价的说话人。其他主体成为说话人的替身:经典叙事中的叙事者或者人物,尤其是在自由间接话语中。也就是说,他们之一的当下时刻是参照定位点,是文本的当下时刻;也就是说,是这两个人参与其中的情景的时刻。

(四)主从解释机制

另一种非典型交际情景出现于主从上下文中:在从句中,即使它是言语篇章,和完整的表述并不一样的是,它通常没有自己的说话人。当字典中对自我中心成分的解释用于文本中时,这两种非典型交际情景之间的区分非常重要。在这种上下文中,主句的主语取代了现实说话人。

主从投射(гипотаксическая проекция)的规则是:如果带有说话人配价的动词谓语出现在从句中,那么说话人角色的履行者就是主句的主体。当动词用于主从上下文中的时候,就可以发生主从投射。例如,典型交际情景中①a暗含的说话人认为是P("伊万错了"),而在①b中,评价主体并不是说话人,而是主句的主语玛莎:

① a. 伊万错了。说话人认为P是存在的;P="伊万错了"
　　b. 玛莎相信伊万错了。玛莎认为P是存在的;P="伊万错了"

例句②的特殊之处在于:动词"错了"的主语是第一人称。

②我对维也纳不太了解,并且我想象它的冬天很冷,可能我错了。

---

[1] Падучева Е.В. Семантические исследования: Семантика времени и вида в русском языке. Семантика нарратива[M]. М.: Школа "Языки Славянской Культуры", 2011: 290.

在这种情况下，可以解释为，在主体X的位置出现的是同一个说话人：说话人认为是P；但是同时还允许，有可能不是P；说话人可以允许，他之所以那样想是因为他不知道事实或者是不理解事实。

事实上，②≈"我在想象中认为维也纳的冬天是寒冷的；但是，可能这不是那个样子。"

在这种变体中，两个相互矛盾的观念（P和非P）的主体同为说话人。但是，这种矛盾并没有导致异常，因为这些看法通过"可能"隔离开来。通常"在犯错""犯错""一错再错"等不能以第一人称形式作为主体。试比较阿普列相对"ошибаться"（"犯错，误以为"）一词的解释。

X错认为P=（1）X认为P；（2）说话人认为或者说话人知道，不是P；（3）说话人认为X之所以这样想，是因为他不知道事实或者是不理解事实。

在叙事上下文中，通常仅仅只能通过广泛的上下文背景来理解，究竟是谁履行了观察者配价或者是认知主体配价，谁是这一角色的履行者。通常认为，所有的二级自我中心成分都可接受主从投射和叙事投射。

例外情况都可以从语义角度进行说明。例如，在"伊万明白了，右侧出现了轮船，因为所有人都向右舷奔去"中，伊万不可能是观察"右侧出现了轮船"的主体，因为他是完全不同的命题意向的主体。在叙事中，叙事投射的形式能够体现说话人角色履行者的改变。

（五）同一词汇的不同解释机制

语言的意义和用法受到使用环境的影响，在不同的情境中，甚至同一词汇的意义也可能发生变异。本部分以汉语、英语和俄语中的几个常用词为例，说明不同的解释机制对词汇意义的影响。

（一）时间词"今天""明天"

"现在"包含有几个不同的意思，即"现在$_1$"（当下时刻，说话时刻，有时指包括现在时刻的一段时间）、"现在$_2$"（刚刚，刚才，前不久）以及"现在$_3$"（这就，马上）。"现在"在不同的上下文中的解释并不一致。例如①中体现了"现在$_1$"的意义。

①他现在还收藏有数十幅沈从文的书法。

当该表述在言语机制中进行解释的时候，"现在"表示包括说话人做出表述的当下时刻的一段时间，该表述包含有和第三人称主语"他"并不一致的说话人；这是说话人在对这个第三人称主体"他"的描述。

当该表述在叙事解释机制中进行解释的时候，这一句子是叙事话语的一部分，"现在"表示文本的当下时刻（文本时刻）；主体只有一个，句子表示他在陈述自己的状态。应当指出，这种多义性仅仅是"现在$_1$"的多义性。

汉语中"今天"和"明天"的区别与此类似："今天"在叙事中可以用于接近于"现在"的意思。

②老板娘接过钱也不数，只大略地拿出一半递给小黄米。她们都觉出今天这日子的沉闷，就仿佛这一整天，玫瑰店再不会有好生意。

而对于"明天"来说，它在叙事文本中的对等词是"第二天""次日"。

③然后他起床了，起床以后他站在了窗口。这时他突然感到明天站在窗口时会不安起来，那不安是因为他蓦然产生了无依无靠的感觉。

④后来，当他离开客厅走入自己卧室时，他无可非议地坚信这样一个事实，即明天他走入刑罚专家卧室时，刑罚专家依然能够看到他。

在例句③和④中的叙事者和叙事主体处于同一时间，和叙事主体一起描述事态的变化。而对"第二天"的解释只需要一个参照点，该参照点不一定是说话人，也可能是其他参照点，在句子中该参照点可以显性表达出来，这表明"第二天"是一个二级自我中心成分。

⑤据了解，王宏所说的那个人在案发的第二天就请了病假，已经近半个月了，仍没上班。

现代汉语中"明天"通常不能以定语的形式表示时间参照点，所以下面的用法并不符合规范，"第二天"更符合现代汉语的用法习惯。

⑥阿Q第三次抓出栅栏门的时候，便是举人老爷睡不着的那一夜的明天的上午了。

第一人称叙事中的说话人，正如在第三人称叙事中的人物一样，并不允许实施证同，因为交际情景并不是典型交际情景：没有读者可以成为说话人共时的受话人，他们并不处于统一的言语活动中。这是一级自我中心成分，也就是说是纯粹自我中心成分。

"现在"和"这里"的这种意义与"出现"和"突然地""猛然地"不

同，后者在叙事中的使用并不会造成语义方面的损失，因为它们二级自我中心成分（非纯粹自我中心成分）。试比较《活着》中的开篇第一句话。

⑦我比现在年轻十岁的时候，获得了一个游手好闲的职业，去乡间收集民间歌谣。

这是全篇的第一句话，是文本时间的参照点，为理解全文的时间确立了坐标。但是，"现在"的准确日期却无法确定。即使读者知道，"我"在哪一年去收集民间歌谣，这也于事无补。"现在"一词需要有受话人，与说话人保持共时关系，该词的使用是不规范的。这是插入到叙事中的不可解释的一级指示，可以被视为一种叙事技巧。

在主从上下文中，指示词的用法和带有作为感知主体和认知主体的说话人的词汇不同。我们看一下"今天"的用法。

⑧（同志们不要难过，我还没说完呢！）主席说了，今天照不成，明天一定补上！

尽管是在主从上下文中，"今天"一词的解释是相对于说话人的，而不是相对于主句主体"主席"的：可能在现实的情境中曾经发生这样的事实：主席昨天曾经说过，他明天将比较忙，而说话人将这一点转述到自己的语言中，以自己的时间点作为参照。这完全不像是说话人充当感知主体或者是认知主体的动词的用法，后者可以用于主从上下文中，并可发生上下文投射。事实上不可能将⑨中的"今天"理解为"昨天"，因为"今天"是一级自我中心成分，它不可能发生投射，只能以说话人作为参照。

⑨主席昨天说了，今天照不成，明天一定补上！

（二）让步意义的表达

包含有"哪怕""即使"等表示让步意义的连接词，进行解释时包含有说话人。例如"即使"在现代汉语中被解释为："用在假设复句的第一个分句前面，同'也'呼应，表示假设的让步：即使在盛夏酷暑，他也不穿短裤。"[1]

使用元语言释义的方法，"即使"可解释为："即使"P=某人理解，不可能拥有所期待的东西，并且做好准备拥有次于P的、更为可能的东西。例如：

---

[1] 张清源. 现代汉语常用词词典[M]. 成都：四川人民出版社，1992: 168.

①我长这么大还没见过大海！哪怕只呆两三天也好。

②时至今日，哪怕你借我个胆子，我也不敢说自己厌恶神圣。

但是，例句③中，"哪怕"和"即使"的意义解释中不需要具体说话人的参与，但是其中仍然暗含某一主体。

③ a. 他们感到若不把疯子捆起来，这毛骨悚然的声音就不会离开耳边，哪怕他们走得再远，仍会不绝地回响着。

　b. 此时，在他们心中，所有自私和贪婪都无影无踪了。只留下一片完美无缺的爱情；为了它，哪怕受尽磨难，也是值得的。

　c. 冰峰一口一口地吞噬着橙红色的残阳，志桐默默地走着，哪怕他就是骂我一通，比这种无言的沉默都要好受。

"即使""哪怕"在这些例证中用于主从上下文，其中说话人通常被主句的主体所取代。在这一解释中包含有两个成分：某人X拥有某个愿望（这可能只是一个愿望，以便让Y拥有X所需要的某物或者是做出X所需要的事情），并且某人X愿意拥有相对较差的东西。

在这两个成分中，X都可能是具有意愿的人，是意愿主体。很容易验证，这一释义可以正确地说明例句③a–③c。毫无疑问，其中X可能是说话人。

④哪怕是缺胳膊断腿的男人，只要他想娶凤霞，我们都给。=说话人理解，他所期待的P（条件很好的男人娶凤霞）是不可能发生的，并且做好准备拥有低于P的、更为现实的东西（缺胳膊断腿的男人娶凤霞）。

在例句④中，"让步意义"的主体只能是说话人：他明白不可能指望得到更多的东西，以此准备接受现有的事实。关于凤霞，我们一无所知。可能凤霞对于缺胳膊断腿的男人娶自己也完全不满，她也可能愿意嫁给一个身体有缺陷的男人。

例句⑤存在着两个认知主体——"他"和现实说话人。

⑤他又觉得最好有论文，哪怕一篇也好。

上述两个认知主体，即说话人应当和明示主体的情感一致，否则会出现异常。

⑥遗憾的是，他哪怕有一篇论文也好。

因此，在包含"即使""哪怕"的句子中，可以存在有两个认知，但是这两个认知不能相互矛盾，否则就会出现异常，这种情况类似于主人对客人说

"真遗憾，你们终于要走了。"，这句话同样是自相矛盾的，因为其中同时表达了对客人离去的遗憾和欣喜。

（三）副词"未必"

对"未必"的解释中包含有两个成分，其中说话人均为认知主体："未必"P=说话人假设，P是可能的并且说话人认为非P的可能性更大。

在典型交际情景中，说话人配价由自我中心的零位填充：我最近公务太忙，倒未必会有时间去参加赵鞅的婚礼。而在主从上下文中，正如我们所预期的那样，在两个成分中主句的主体都代替了说话人。

①凭着一种本能，他感觉到石根先生未必会真的赏识一个见解周详侃侃而谈的中国小子。

②他也想到：他自己未必有多大的能力，倒不如督催着瑞丰去到处奔走。

由于这种转换非常简单，所以可以得出一个初步的结论："未必"是二级自我中心成分，并且在叙事中，它们的暗含主体通常由人物来充当。

但是，这一论断并非毫无疑问。"未必"更为经常地用于第一人称叙事，而第三人称叙事中暗含主体为叙事者。

③如果没有其它原因使晋商败落，他们在今天也未必会显得多么悖时落伍。

④乌世保这样的旗主子，最大的本事就是今天这两下子了，这奴才真要使点手脚，他还未必有招架之功。

原因可能在于，对于"未必"而言，当解释中的两个（相互之间稍有矛盾）成分并不属于一个说话人，而是在说话人和听话人之间分布的时候，或者是说话人和自己进行对话的时候，它们的用法更为自然。

⑤他的理论不可能全部适用于今天，也未必能为某些流派的作家们所接受。但是，其中许多基本的论点，和对文艺规律的许多论述，应该还是有其现实意义的。

⑥设若我跟他讲理，结果也还是得打架；不过，我未必打得着他，因为他必先下手，不给我先发制人的机会。

可见，"未必"经常用于日常对话交际情境中。比较典型的是：包含有"未必"的简短的回答，通常是以"不"作为开头的。

⑦这自然不是说,他可以随便由着女儿胡闹,以至于嫁给祥子。不是。他看出来女儿未必没那个意思,可是祥子并没敢往上巴结。

⑧不必!刚才那个人未必一定是侦探,不过我心里有那回事儿,不能不防备一下。

(四)代副词"一次"

汉语中"一次""某个"等具有不确定性意义的副词一直没有受到专门的研究。它的语义、句法以及指称比较特殊,它不仅仅在形式上,同时在语义上和表示弱确定性意义的"一个"存在着联系。

弱确定性是语言世界图景的重要组成部分。"某一""某个""一次"等词汇均表达弱确定性。弱确定性就是半确定性,也就是对于说话人而言是确定的,而对于听话人而言并不确定。

和"一个"一样,"一次"的不仅仅被用作指称标志,同时还用于计算意义"〈发生过〉一次"("我见过他一次""一次我在路口碰见了他");这一意义很少被关注。"(有)一次"的用法和相应的交际情境联系紧密。"一个"是一级自我中心成分,它需要存在着典型交际情景,因为它的意义不仅仅需要参照说话人,同时还参照受话人。

①第二天,田源就找到负责人徐明清,对她说:"我家住着一个山东来的进步女青年,她想到晨更工作,我哥哥叫我问问您,同不同意?"

"一个山东来的进步女青年"中包含有'我知道这位女青年;我说这句话,因为我认为你不认识她。'的语义成分。如果第二个预设('我认为你不认识她')不存在,那么说话人就会造成交际失败;例如,在例句②中,说话人警卫员并没有预料到受话人同样认识这位"姓许的营长",并且知道一些他的事情。

②邝继勋军长的警卫员给我透风,说12师一个姓许的营长,也是个会家子,听说我武功了得,一会要来会会我。我一听就急了,别人是个营长,我算个啥?不小心失手伤了他怎么得了?这位许营长,我早就听说他是少林寺跑出来的和尚,武艺非凡,尤擅腿功。

正如所有的、意义不仅仅参照说话人、同时又参照受话人的自我中心成分一样,"一个"并不能受到从属制约,其中包括不可被引用:如果琳琳告诉我③a,我明白,琳琳知道这位后卫的一些特征,但是告诉我的内容少。根据句子③b，我完全不能准确转述琳琳的话，因为在主从上下文中，"一个"并没有保留自己的弱确定性意义（'我知道，但是没有告诉你'）。

③ a. 一个后卫从旁边冲过来踹在我腿上。

　　b. 后来琳琳告诉我，一个后卫从旁边冲过来踹在我腿上。

在例句④a中，说话人是弱确定性的主体，他并不知道这座山的名字；而在例句④b中，可以发现某种类似于主从投射的内容：弱确定性的主体是主句主语所指称的对象。

④ a. 他还告诉我丰台附近的一个什么山，山根底下，那儿出蚯蚓，这座山名我没有记住。

　　b. 张莉告诉我十年前的一个夏天的傍晚，她骑车从这一带路过，看到我和"河马"穿着拖鞋手挽着手从某条胡同出来，也就是说当年我和河马是在这一带鬼混。

所以，当"一个"用于从属句的时候，其中的弱确定性消失，并且转换为不确定性，就像③b中那样，表明这是并非十分严格的话语。

"一次"可以自由地用于不确定性的意义：存在着一些上下文，其中的弱确定性转为通常的不确定性，也就是说，事件的时间定位对于说话人而言无足轻重，甚至是转化为时间指示的非指称性意义。

与"一个"不同，"有一次"一词在标准用法中是一个篇章词：包含有"有一次"的句子需要一个连续的上下文，就像代词需要一个先行词一样。在导入语中，即在叙事解释机制中解释篇章性自我中心成分时候，"有一次"经常具有弱确定性。但是，如③a所表明的那样，"有一次"可以用于独立的句子中。

"有一次Q"意味着，情景Q发生的时间以及情景Q本身"对于受话人而言并不是等同的"。进一步而言，情景的非等同性可以产生它的指称对象的如下三个特征：非必然性，即可选择性或可被替换性；例如：自杀不同于死亡；重复性，例如：心肌梗塞不同于自杀；寻常性，例如：看电影不同于心肌梗塞。

通常认为，如果情景Q如果不包含如上的属性之一的话，那么在相应的句子中使用"有一次"一词就是不合适的。这是常识表达弱确定性语义中包含的语用因素，表达其中包含的"对受话人而言并不知情"这一意义，通过情景中

"客观的"语义属性而表达的。

一般而言,"有一次"描述的应当是重复性的情景,因为不可重复性是句子不可等同性的根源。例如,句子"有一次小王生病了"是正常的,因为小王可以多次生病。但是,在例句⑤这一包含有"有一次"的句子中,情景也是不可重复的,而句子却是正常的,它和自己的上下文并不冲突。

⑤ 有一次,一个男人死在野外。他被雷电劈中了。他是一个女人的第一任丈夫,她后来嫁给了她的小叔子,后来小叔子死于肺病。

这里,可以发现"有一次"区别于"一个"的地方:"一个"只可能用于客体的普通名词的上下文中(例如:我的一个同学、一位美国总统、一个北方人等),而"有一次"不仅仅能用于情景的普通名称的上下文中,同时还能用于不可重复的情境中(这一情景是通过确定性的摹状词而给出的)。

当然,"有一次"更经常使用的情景是可重复的情景,如果事件是不可重复的,那么通常无法使用"有一次"。

⑥ 有一次他从悬崖上滑下来摔死了。

但是,例句⑤表明,情景的不重复性也可能存在。原因在于,如果随后是讲述关于主体死后命运的,"有一次"也可以用于"死亡""牺牲"等述谓的上下文中,下文是关于死后的一些其他情况。文本的继续发展的路线不是和主人公相关,而是和前文中已经涉及到的人物和事件相关。例如,⑦和⑧就是完全合适的文本。

⑦ 有一次,孔子的朋友死了,没有人给他送终,孔子就说:"由我来给他料理后事吧。"

⑧ 还是这条富水河,一次,一位外乡人不幸溺死河中,水深流急,无人敢下水捞尸。卢喜望闻讯,冒着生命危险,潜入2米多深的水底摸寻,终于捞起尸体。

和"有一次"搭配的词汇的第三个特征"寻常性"(看电影不同于心肌梗塞)总体而言,并不能被认为是相关的。例如,文本⑨并不异常,尽管心脏病突发是一件相当不同寻常的事情。

⑨ 一次,他驾车时心脏病突发,但外号叫火狐狸的老那所长的影子支撑着他将邮车开到目的地。

第一个属性"非必然性"(自杀不同于死亡),可以通过例证(10)来说明。通常认为,"一次"并不能和表示必须、必定情景的词汇搭配使用(或者是必然性的、可预见的情景)。

⑩ 有一次冬天就要来了。

对于句子"有一次冬天来了。"而言,似乎很难找到一个合适的上下文。但是,通过查询,可以找到这样的句子。

⑪ 记得有一次冬天来了,那年我长得很快,去年的衣服根本就穿不下了。

这样,比较有意思的就是这三个特征中的"不可重复性"。我们再来看一下例证句⑥。这是一个不可重复事件的情景,例如人在山里死亡,这是"有一次"的正常的作用范围。

⑫ 他搬到了南美洲,有一次他从悬崖上滑下来摔死了。

问题在于例句⑥是异常的,因为这是一个孤立的、没有上下文的表述,其中"有一次"占据主位,这使得我们可以将句子理解为前导性的句子,也就是说,需要后续的下文。而在主从上下文中,"有一次"的意思变得模糊。例如,对于例句⑫而言,"有一次Q"="Q这一情景发生在某一个、无关紧要的某个时刻。"此时,"叙事者指的是某一个具体的事件,关于这一事件,他知道的内容要比从他的描述中理解的内容要多"这一成分不复存在。故事到这里可能会结束,叙事者也不想给读者讲述更多内容。弱不确定性存在着向简单的不确定性转化的趋势。在此,重复性这一条件也变得无关紧要。

在主从上下文中使用"有一次"一词的另外一些例证,其中它具有简单的不确定性意义"在某一个不确定的时刻"。

⑬ 她还举例说,有一次,她在一个同学家用餐,那位同学的母亲用的就是他们公司品牌的刀具。

可见,当"有一次"位于主从上下文中,引导一个句子的时候,它从弱确定性标记转换成为通常的不确定性标记。

"有一次"的某些属性直接是从弱确定性的语义中派生出来的。这样,弱确定性特征使得"有一次"无法应用于疑问句以及在祈使句中。事实上,弱确定性的"有一次"将事件固定于时间轴上,这一事件对于说话人而言是具体指称的,也就是说是确定的:说话人指的是一件具体的事件,现实曾经发生过的。而在疑问句或者是在祈使句中,"有一次"并不能有唯一的、特定的、个别的指称对象，因为这里涉及到的是虚拟的事件。下面的例句就是错误的.

⑭ a. 有一次你在海南度假吗？
　　b. 有一次请到海南度假！

但是在将来时的上下文中，"有一次"是可以使用的，其表达的意思是模糊的"什么时候、某个时候"，也就是说，用来表示非定指的时刻。

⑮ 比如，你将来工作了，有一次出去野餐，一位同事拿出一盒亲手做的菜请你尝，但这菜正是你从小就不爱吃的，味道也差劲。你怎么说呢？

这样，"有一次"表示弱确定性，因此是一级自我中心成分。它同时是一个篇章词，所以弱确定性的语义（正如说话人和受话人在认知地位上的不平等性一样）出现在前导性的位置，也就是说，它的下文中必须有相呼应的成分，即它只有前指用法。但是，前导性仅仅是位于主位的"有一次"的特征。在主从上下文中，以及在将来时、在受到某些操作算子影响的上下文中，"有一次"变成了通常的、表示不确定性的标志，或者是变成时间意义不确定的标记。

三、自我中心成分和"句法零位"

自我中心成分是"句法零位"的一种形式，而自我中心成分是指在没有代词"我"和第一人称词缀的时候，通过"我"来理解的词、词形和结构。句法零位的使用既可能出现在句外位置，也可能出现在句内位置。

在句外位置中，有些词位和句法位均可表示和情态主体"我"的关系（感叹词、插入语"好像""似乎""大概""无疑"等），有些词位和句法位是可能性之一（例如"看来"——我看来，他看来"老实说"——我老实说，他老实说等），还有一些词位和句法位中是否包含主体句法位和词汇意义的变化相联系（*Дослышались голоса*是一个存在句，而*Ему послышались голоса*表示"似乎""好像""怀疑"）。[1] 后两种情况中，自我中心成分的

---

[1] 在达里编纂的俄语词典中，"послышаться"词条中有一个例证: "Вдруг послышался колокольчик", раздался звон, стал слышным. Мне послышалось, показалось, что слышу. 参见 Даль В. Толковый словарь живого великорусского языка. Т3[Z], М.: Издание книгопродавца–типографа, 1994: 875.

作用至关重要。

自我中心手段的句内位置是陈说述谓，它们的主体位在该句法结构（陈说结构）并没有表达出来。与此同时，第一格和间接格都能成为情态主体潜在的格的形式，这意味着，自我中心成分的作用范围包括以下几个方面。

（1）俄语中的无人称句（*Не спится, няня: здесь так душно!*），此时可以恢复第三格状态主体；

（2）俄语中带有返身—被动述谓的句子（*Быстро вошел он в переднюю. Цилиндр с осторожностью передался лакею. С тою же осторожностью отдались: пальто, портфель и кашне*），这是包含有第一格施事的句子的变体形式，理论上说，这里可以出现第五格（*передался мною）；

（3）肯定存在句（不仅仅包含有存在动词以及完整结构的方位句，同时还有一般的独词句（例如"不眠之夜"="我的不眠之夜"等）；

（4）否定存在句（"既无图像，也无声音"="〈我这里〉既无图像，也无声音"）；

（5）包含有对象主语和命题主语的句子（"一股轻烟冉冉升起"="〈在我面前〉一股轻烟冉冉升起"）。

上述例证中，相对而言可以恢复第一人称标记。在文艺文本中，句法零位的涵盖范围更为广泛：它融合了主人公、叙事者和读者的视角。

（一）句法零位与主体语义类型

表达主体句法零位的可能性与主体的语义类型相关，即主体可以划分为人称、事物和空间。在此我们以表格的形式表达句内可能出现的零位。

表3-1　主体语义类型背景下主体句法零位

语义类型	确定性	不确定性	概括性
人称	① +[1]	④ +	⑦ +
非人称（事物性）	② -	⑤ +	⑧ -
外人称（空间性）	③ +	⑥ -	⑨

表格3-1包含两个参数：主体的语义类型（本体类型）以及形态意义，后者和"确定性/不确定性"范畴相联系。经过相互交叉，可以在主体层面得到9

种语义句法模式。

上述9种模式中的每一个都可以通过包含有外在陈述主体的句法结构体现出来。

① *Я шагаю по Москве; Мне что-то не спится;*

② *Книга лежит в шкафу;*

③ *В квартире прохлада усадьбы;*

④ *Кто-то шагает, а кто-то ездит по Москве;*

⑤ *Что-то лежит на полке;*

⑥ *Где-то в лесу голоса;*

⑦ *Честный шагает по жизни уверенно;*

⑧ *Книга - лучший подарок;*

⑨ *Хорошо там, где нас нет.*

上述9种形式中的5种（①，③，④，⑤，⑦）与句法零位相关，也就是说，五种意义可以通过显性形式表达出来（传统上被视为单部句）。包含有句法零位的结构表现出陈述内容和说话人"自我"的关系；在陈述单位范围内的句法零位对于情态主体而言是开放的，并且允许三种理解形式：陈述主体和情态主体的重合（①，③），情态主体被包含到陈述主体中⑦，情态主体被排除（④，⑤）。

在上述5种句法零位中，第一种意义（确定人称句）要求陈述主体和情态主体"我"的重合：*Люблю тебя, мама*（我爱你，妈妈）；*Скучно, скучно, неужели жизнь так и протянется*（无聊，无聊，难道日子就这样捱下去吗）第三种意义要求"我"出现于特定的位置，这一位置是通过其中存在着"我—主体"（"这里"，认知主体、观察主体所处的地点）而确定的：*Было тихо, темно, и только высоко на вершинах кое-где дрожал яркий золотой свет и переливал радугой в сетях паука*（四周寂静而幽暗，只有在高高的树梢上，不时闪动着一片明亮的金光，一些蜘蛛网上变幻出虹霓般的色彩）。第四种意义是陈说主体异于情态主体"我"（不定人称句）：*В зале накрывали на стол для закуски*（大厅里已摆好桌子，放上冷盘）。第五种意义（不定对象句）通过无人称形式表达：*Только что я задул свечку, завозилось у меня под кроватью!*（我刚把蜡烛吹灭，床下便闹了起来）。第七种意义是泛指人称句，它将说话人"我"包含到所言说的对象群体中（随便谁，包括我）：*Тише едешь, дальше будешь*（宁静致远）。[1]

对具有自我中心性句法零位的研究表明，句法零位从广义上说具有代词性：它们表达同样的意义，并且和言语主体保持一致。所以，可以根据代词的功能类别解释句法零位的语义。人称的句法范畴和动词词位的语义相关，一些动词更经常与第一人称搭配，另外一些动词倾向于第三人称，这意味着特定动词在人称聚合体的形式方面并不平衡，即其中某一个形式占据优势。例如"想"这一动词倾向于和第一人称搭配，而动词"撒谎""骗人"则倾向于和第三人称搭配。动词的形式也可能影响到人称的倾向性。情态述谓在所谓的"无人称形式"中经常更倾向于句法第一人称，这表现在对主体位置空缺的解读：在没有主体标志的时候（名词性或者是代词性的主体句法位），一些动词的主体经常被解读为第一人称。

句法零位的用法相当于句子初始模式的变体形式，由此可以确立陈述主体和情态主体之间的联系。这不仅仅涉及到指示零位（我，这里），同时还涉及到语义句法零位和数量零位（不定人称句、泛指人称句以及不定对象句）。指示零位表达情态主体和陈说主体的重合关系，数量零位表明陈说主体包含（泛指人称句）或者不包含（不定人称句）情态主体。同时，指示零位具有证同功能，而数量零位则具有包孕功能或者是排除功能。

在根据"单部性"（句子只包含一个主要成分）的原则将句子结构进行分类的时候，可以发现，这些句子可能由双部句派生，也可能位于句法场的边缘。边缘性的句子模式实际上可以作为主体视角的标记：距离句法场中心越远，那么和"我"的关系就更为紧密，表述的主体性更强，该句法结构和说话人视角之间的联系越为紧密。

单部句是表达作者形象结构框架的标记手段。这些句子总是属于某人，它们属于特定的情态主体，而这一主体位于文本的内部。例如：*Сначала со двора в сад, мимо дома, потом по липовой аллее... Потом темная еловая аллея,*

---

[1] 汉语中也存在着将"你"理解为"我"的情形。例如：长得漂亮点又成罪过了，人们围你，追你，你心肠好点，和他们亲热些，人们说你感情廉价！你不理他，他闹情绪了，又说不负责任！难道这一切都能怨我吗？——笔者注。

обвалившаяся изгородь...（先从院子进入花园，经过一幢房子，然后是一条椴树林荫道……然后是那条幽暗的云杉林荫道……）上述四个没有谓语的句子体现的是从外地返回途中的主人公视角，其中前两个句子通常被划分为不完全句，后两个句子通常被划分为单部句（称名句）。"我"的出现不仅仅表现在时间副词（"起初""后来"）中，同时还表现为地点和现实时间的连用和搭配本身。这种连用的条件是作为观察者的"我"，因此，用于现实过去时或者是现实现在时的无动词句的存在，表明了情态主体的出现。通过"我"可以解释无人称句。

Время есть, а денег нет... （有时间，却没钱）

И в гости некуда пойти. （也没地方串亲戚）

以上2句的共性在于：它们的主体是"我"：在两个存在句中，可以填充表示主体的所属性句法素"*у меня*"；在最后一句包含有不可能性的表述中，可以补充主体性句法素"*мне*"。

不定人称句的"零位"并不是幕后位置，"零位"为陈说主体在句法结构中预备了一个位置，并且暗示着说话人"我"和这一主体的特定关系，也就是说这里建构了特定的主体视角。

（二）句法零位和自我中心成分

"句法零位"或者"零位符号"、"表意空缺"等概念，既与代词的范畴性语义相关，也与句法位置的空缺或者无法填充性相关。"零位"的概念有广义和狭义的理解。狭义上，这是表达层面的空缺，并不允许任何一个代词词形来填充（不定人称句），并且在聚合体的层面（同义结构层面）才能被解读，也就是说，是不定人称句和泛指人称句中的句法零位。广义表示表达层面的空缺，不允许填充空缺位置，或者允许填充空缺位置（省略）；以及该位置的空缺，即将语义成分排挤至"幕后"，也就是说，在存在着内容层面的时候，表达层面的缺席。句法零位根据上下文而被恢复的时候，通常被归为省略结构。但是，在包含有句法零位的句子和省略句之间的界限非常模糊。

在20世纪30年代，当语法学中还没有使用"句法零位"这一术语的时候，维诺格拉多夫提出了自己对普希金《黑桃皇后》开头的解释。[1]

① *Однажды играли в карты у конногвардейца Нарумова. Долгая зимняя ночь прошла незаметно: сели ужинать в пятом часу утра. Те, которые остались в выигрыше, ели с большим аппетитом, прочие, в рассеянности, сидели перед пустыми своими приборами. Но шампанское явилось, разговор оживился, и все приняли в нем участие.*（一次，在近卫军骑兵军官纳鲁莫夫家里赌牌。隆冬的漫漫长夜不知不觉之间过去了。早上五点钟大伙儿坐下来吃晚饭。那几个赢了钱的角色，胃口大开；其余的，心灰意懒，瞅着面前的空盘子痴呆地坐着。但香槟酒端上来了，又开始谈笑风生，大家都参与谈话。）

就随后的一句话"*В самом деле, уж рассветало*"维诺格拉多夫写道："在第一章的末尾发生了作者融入到他所描写的世界之中的现象"。"*В самом деле*"这是一个对话性的回话。在这一句子中，叙事者表现了自己的存在，他和主人公在那里进行谈话。但是这一叙事者并不是人物：他没有进入他所叙述的世界。例如，他并没有将那些打牌的人称作"年轻人"。

《黑桃皇后》的第一句话 "*Однажды играли в карты у конногвардейца Нарумова*"（"一次，在近卫军骑兵军官纳鲁莫夫家里赌牌"）有点异常，很少见到这样开头的文本。[2]在1954年语法中，这一句子被用作不定人称句的例子。但是，它显然违背了不定人称句的某些规范。俄语中不定人称句的主要成分是复数第三人称的形式（陈述式和命令式的现在时和将来时形式；或者是复数形式（过去时形式的动词，以及假定式或者是形容词形式）：例如：говорят, будут говорить, говорили, пусть говорят, говорили бы;（им）довольны;（ему）рады.

为了让这个句子成为正常的、可以作为一篇文章开头的不定人称句，只须对句子做出改变，例如，如②a一样改变词序，将动词置于述位，或者是简单地把однажды删除，如②b：

② a. *Однажды у конногвардейца Нарумова играли в карты.*

---

[1] Виноградов В. В. Стиль «Пиковой дамы»[C] // Временник Пушкинской комиссии. М.–Л.: Издательство АН СССР, 1936(02).

[2] Падучева Е.В. В. В. Виноградов и наука о языке художественной прозы[J]. Известия ОЛЯ. Серия литературы и языка, 1995(03): 39–48.

b. *Играли в карты у конногвардейца Нарумова.*[1]

维诺格拉多夫将这一句子（以及随后的整个文本）解释为叙事者的出现，叙事者似乎将自己纳入到那些正在打牌的人中，也就是说将自己视为人物化的叙事者："《黑桃皇后》中的叙事者，首先既没有用名称、也没有用代词表示出来，他作为上流社会的一个代表而进入了打牌人的圈子。他沉浸到自己主人公的世界里。在故事的开头就是这样：*Однажды играли в карты у конногвардейца Нарумова. Долгая зимняя ночь прошла незаметно; сели ужинать в пятом часу утра*——重复使用不定人称形式——*играли, сели ужинать*等，创造了一种将作者纳入到这一世界的错觉。词序因素也可以引起这种理解，句中表达的并不是叙事者和被描述事件之间客观的间隔，而是他主观性的对这些事件的感同身受，积极地参与其中。叙事的重点是副词：*незаметно*，它位于动词之后（*прошла незаметно* 与带有定语的*долгая зимняя*相对立）；位于句首的动词形式*играли*（*однажды играли в карты*；试比较对事实的客观的叙述形式：*однажды у конногвардейца Нарумова играли в карты*）；在转向叙述主位的时候并没有指出'人'，没有指出行为主体：*сели ужинать*，这能够产生作者与该群体融为一体的感觉（也就是说，几乎是具有生成能力的形象——我们）——所有这一切都充满了主观性的、引人入胜的兴趣。读者意欲将叙事者视为事件的参与者。……叙事者与被描述世界的这种接近性，很容易产生行为戏剧化的效果。"[2]

这样，在小说的开端，借助于认知主体的空间，主语的缺席使得言语主体（叙事者）趋近于行为主体（人物）。叙事者深入到自己主人公的世界中，表现为参与事件的同叙事者。

对句子①的这种解释得到后来不少学者的支持。但是，从语言学的角度而言，这站不住脚。实际上《黑桃皇后》的叙事者只有在第一章的末尾才公开露面。至于句子①，维诺格拉多夫的正确之处在于，如果将мы置于其中，那么它就变成了句法上无可指责的句子。但是，他认为复数第一人称代词мы是

---

[1] 《黑桃皇后》翻译成法语的18种译文，通常情况下，Однажды没有被翻译出来。参见 Разлогова Е. Э. «Пиковая дама» в зеркале французских переводов[J] // Вопросы языкознания, 2012(06): 66–92.

[2] Виноградов В. В. Стиль «Пиковой дамы»[C] // Временник Пушкинской комиссии. М. –Л.: Издательство АН СССР, 1936(02): 106.

不定人称句的暗含主体。

　　在谈到不定人称句中的主体的指称属性以及不定人称句中的词序的时候，应当区分出带有具体指称暗含主体（并且带有动词体的现实意义）的不定人称句，例如 В большом доме напротив играли на рояле（"在对面的大楼里有人在弹钢琴"），以及带有概括性暗含主体的句子，例如 Не очень-то нынче старших уважают（"如今人们不太尊重老人"）。1954年苏联科学院的《俄语语法》甚至将这最后一类句子归为泛指人称句，而非不定人称句。它们事实上也是不定人称句，但是不定人称句的这两种指称类型之间，存在着本质的区别。

　　关于带有概括性主体的不定人称句（并且带有动词体的习惯意义），需要讨论说话人是否被包含在这指称集合之中。带有动词现实体意义的不定人称句中的暗含主体只能是第三人称。此外，毫无疑问，这一主体的地位并不确定。说话人可能不知道行为主体（У меня украли мобильник"我的手机被偷了"），或者是说话人认为并没有必要将这一主体讲出来，因为这一主体无关紧要或者是显而易见（Тебя сегодня спрашивали?"今天你被提问了吗？"）。但是，《黑桃皇后》中的"играли"未必能被笼统地解释为不定人称句：更准确地说，这里是省略句。而在句子"играли"中，暗含的主体是语法上不确定的对象，无论叙事者对打牌人的认识程度如何。

　　从语言学角度对《黑桃皇后》开篇讨论表明，必须系统性地研究"句法零位"的所有表现形式，将它们纳入一个统一的、和说话人形象相联系的体系，视为语言自我中心性的语法表现形式。"句法零位"的表现形式是一些自我中心语法手段，包括一些词、词形和句法结构，在没有代词"我"以及第一人称词缀的情况下，需要将它们的主体解读为"我"，从而确立表述与特定情态主体的确定的联系。

　　暗含主体同样可能是弱确定性的，例如，在句子 Не беспокойтесь, меня проводят（"请您不要担心，有人送我"）中，此时，说话人知道情景的参与者，但是并没有告诉给受话人。[1] 日瓦戈医生开头片段中的不定人称句中，就

---

[1] Падучева Е.В. Неопределенно-личное предложение и его подразумеваемый субъект[J] // Вопросы языкознания, 2012(01): 27–41.

体现了不确定性的这种形式。

③他们走着，不停地走，一面唱着《永志不忘》，歌声休止的时候，人们的脚步、马蹄和微风仿佛接替着唱起这支哀悼的歌。

在此，句子的第一部分中，主体是被引入进行研究的，而在第二句中，没有主语的述谓同样暗含这某一主体："不停地走"的主体，显然与"走着""唱着"的主体一致，尽管可能出现外部的观察者，哪怕是微风。

接着是其他的文本。

④ *Прохожие пропускали шествие, считали венки, крестились.*

Любопытные входили в процессию, спрашивали:

«Кого хоронят?» Им отвечали: «Живаго».

行人给送葬的队伍让开了路，数着花圈，画着十字。一些好奇的便加入到行列里去，打听道："给谁送殡啊？（埋葬谁啊？）"回答道："日瓦戈。"

"埋葬谁啊"的行为主体毫无疑问，它是不定人称句，因为主体是不重要的，而不是省略的。而"回答道"的主体则是那些"走着""唱着"的人；更准确地说，是他们中间的某些人。

不定人称结构在《日瓦戈医生》第一句中用法的特殊性表现在，它并没有就像不定人称结构在其他情形下的典型用法一样用来表达"异化"或者"陌生化"。[1]相反，它的隐含主体是叙事者的移情焦点，并且被用于先行词，后面有零位的前指。

与这一例证相类似，可以解释在《黑桃皇后》开篇部分的各个暗含主体之间的联系。其中第一句话"一次，在近卫军骑兵军官纳鲁莫夫家里赌牌"需要某一群陌生人，这是不定人称动词"играли"（"赌牌"）的参照对象。随后"隆冬的漫漫长夜不知不觉之间过去了。早上五点钟大伙儿坐下来吃晚饭"中的"不知不觉"是那些打牌人的感觉；"坐下来吃晚饭"同样是这些人。不需要任何的讲述人来保证表达"不知不觉"和"坐下来吃晚饭"暗含主体共指性的零位回指的形式。

---

[1] 参见 Булыгина Т. В., Шмелев А. Д. Языковая концептуализация мира (на материале русской грамматики)[M]. М.: Языки Славянской Культуры, 1997: 345–346.

这样，前两个例证是说明"我们"的（也就是说，有助于证明叙事者是打牌人之一），所以维诺格拉多夫将"我们"当做"不知不觉"和"坐下来吃晚饭"的暗含主体，但是这种理解并不正确。第三个因素是词序。[1]维诺格拉多夫指出，将动词形式 играли（"赌牌"）放在句首是不同寻常的，他正确地认为，客观化的叙述事实的方式是另外一种词序："Однажды у конногвардейца Нарумова играли в карты."这一论证说明了情景参与者包括叙事者，它也更有说服力，因为如上文所言，正是词序才使得文本开头的句子显得异常。

带有确定指称主体的不定人称结构，对交际结构具有如下典型的限制：动词应当位于述位——这和不定人称句暗含主体的不确定性相一致。例如，在例句⑤中，作为具体指称句，将是不可理解的。

⑤ *В Двине купались ночью.*（人们夜里在德维纳河洗澡。）

这是它的上下文。

⑥ *Несколько дней назад на пароходе «Юшар» мы пришли в Мезень, и ходу было всего два дня от Архангельска... Весь июль стояла на Севере противоестественная жара. В Двине купались ночью.*（几天前，我们乘坐"尤莎尔号"轮船来到了梅津市，从这里到阿尔汉格尔斯克仅仅两天的路……整个七月北方异常炎热。人们夜里在德维纳河洗澡。）

句子⑤ *В Двине купались ночью.*（人们夜里在德维纳河洗澡。）在这样的上下文中是可以理解的，因为要么是"我们洗澡"，也就是说，这是一个不完全句；要么是"北方的人们在七月洗澡"，也就是说，是带有习惯意义动词的不定人称句，其中就没有对词序的限制（尽管句子"*В Двине ночью купались.*"本身可以被理解为"人们洗过澡了"）。

还有一个证实不定人称结构中带有主位动词词序重要性的方法：当认为读者对谈及的内容已经知情的时候。但是，正常情况下，这样的句子可能只是故事的继续，而不是故事的开头。所以，"мы"无法充当 незаметно, сели 第二句话中的暗含主体，并且没有必要用"мы"来证实第一句话中的异常的词序。

---

[1] 在维诺格拉多夫看来，在词序中"……包含了并非客观的、讲述者与所发生事件之间的无联系性，而是表达了他自己主观的对他们的同情，积极地参与到他们之中。"——笔者注。

所以，从语言学和文本分析的角度并无法验证维诺格拉多夫所言的、参与到事件中的人物化叙事者。此外，托马舍夫斯基的研究表明，《黑桃皇后》最初是按照第一人称叙事形式而进行构思的。[1]

维诺格拉多夫所言的、参与到事件中的人物化叙事者并不存在，另一原因是：这一叙事者在小说的最后一部分完全消失了。至于非人物化的异故事（heterodiegetic）叙事者，尽管他没有一直出现，但是是存在的，他体现在插入语"*в самом деле*"（"的确"）和其他一些插入语的语义中。有时他甚至用第一人称的形式被称名出来，就像是与读者进行对话一样。

⑦〈…〉*это случилось*〈…〉*за неделю перед той сценой, на которой мы остановились.*（事情发生在〈…〉我们刚才描写的那一幕的一星期之前。）

在否定叙事者的存在之后，我们现在可以提出《黑桃皇后》中第一句话的另外一种理解方式。这一句子并不是第一句话，它和题记是紧密相连的：*А в ненастные дни собирались они часто.*（刮风下雨的天气，他们经常聚集在一起。）因此，动词*играли*（"赌牌"）的第三人称形式的暗含主体就是*они*（"他们"），并且是已经给出的内容，这也决定了第一句话的交际结构，其中带有主位谓语动词。

上述例证表明，自我中心词汇和范畴并不能在词典的详解中得到完全的说明，借助于解释机制，可以发现它们语义中的一些新的层面。

（三）句法零位的主观性

不同的学者采用不同的术语来称名"句法零位"。阿普列相将言语情景中的句法零位称为"一级指示"，在叙事文本中的句法零位称作"回指"和"省略"；彪勒将言语情景中的句法零位称作"直观指示"，将叙事文本中的句法零位称作"想象指示"；梅里丘克和布雷金娜将其称为"句法零位符号"和"句法零位"；帕杜切娃将其称为"幕后"层级。

---

[1] 试比较该故事早期的手稿：*Года четыре тому назад собралось у нас в Петербурге несколько молодых людей, связанных между собою обстоятельствами.* 普希金在自己创作《黑桃皇后》的过程中，有意识地拒绝了叙述者-讲述者，也就是说拒绝了第一人称叙事的形式，并转换为传统的第三人称叙事形式，不过Виноградов当时并没有接触到手稿——笔者注。

句法零位与"我"的联系紧密程度不同，从而表现出不同的主观性，在解释中也不同程度地参照"我"。句法零位的主观性程度可分为如下情形。

（1）有些语言手段语义中包含的认知主体只可以被解释为"我"，例如感叹词、插入语наверное（"可能"），по-видимому（"看来"），конечно（"当然了"）等，这些词汇语义中包含的"不确定性"等认知主体是说话人"我"。这接近于帕杜切娃所言的一级自我中心成分。

（2）对于一些语言手段而言，词汇语义中的认知主体有两种承担者，可能是"我"，也可能是其他主体，例如空间指示：不远处——离王克铭家不远处；旁边—房子旁边；如果它们没有可能指向的上下文，零位被解读为说话人"我"，例如как кажется – как мне кажется – как ему казалось – как казалось – как мне казалось。这接近于帕杜切娃所言的二级自我中心成分。

（3）还有一些语言手段结合了前两种方式。不同的词位（词汇语义变体）要求主体有不同的表现形式。不同的词位中可能存在着句法零位，也可能不存在。例如：послышались голоса（"听得到声音"）——存在意义；ему послышались голоса（"他似乎听得到声音"）——似乎，好像；觉得，印象。

由于句法单位按照不同的层次划分（词组、简单句、复合句），所以，可以在如下层面讨论零位：非述谓性词组中的句法零位；单述谓句中的句法零位；多述谓句中的句法零位，例如复合句和繁化单句中的零位。

传统上，俄语单部句、不完全句和半述谓结构中，零位主体得到较为详细的研究，但是零位也可以出现在其他地方。[1]

首先，在词组中，零位采用类似于"自足化"和"上下文名词化"等概念来解释。及物动词就有"自足化"用法，它们本来要求直接补语，当补语缺席时，述谓通常表示属性意义的生成，表示主体自身形成某一特征、习惯或能力等，例如："他写得很好，译得也很棒"＝"他〈文章〉写得很好，〈文章〉译得也很棒"；自足化用法类似于中心词省略了附属词。上下文名词化可以被理解为泛指人称意义的一种形式（例如汉语中的"的字结构"："吃香的

---

[1] 参见Булыгина Т. В.,Шмелев А. Д. Языковая концептуализация мира (на материале русской грамматики)[M]. М.: Языки Славянской Культуры, 1997;Тестелец Я. Г. Введение в общий синтаксис[M]. М.: РГГУ, 2001.

喝辣的"），这种名词化的体现形式可以是没有中心词的从属词的形式（词组的主要成分本来可以用"食物""东西"等来表示）。

其次，在单述谓句中，零位可能是指示性零位的或者非指示性零位：指示性零位指向参照点"我—这里—现在"，而非指示性零位表达主体不确定性意义和主体概括性意义，并且表明陈述主体和情态主体之间的关系（在不定人称性中表示：相对于陈述主体而言，情态主体被排除、远化；在泛指人称意义中表示情态主体被纳入到陈述主体的结构中）。[1]

最后，在多述谓句中，零位和时序（таксис，广义的时序范畴[2]）范畴相关。时序范畴是表达多述谓单位之间关系的语法手段，即两个述谓单位在情态性、时间和人称（或者主体）等范畴方面的重合/非重合：句法零位表示两个述谓单位的重合（尤其是人称层面，也就是主体的重合）。作为述谓单位在句子和文本中实现语法连贯性手段，时序零位可以被归为回指和省略，但是，在繁化单句的短语结构中（例如，表示属性关系的短语或者副动词短语），句法零位已经不能再被填充。[3]

我们比较感兴趣的是单述谓简单句中主体指示性零位和主体非指示性零位（可以使用术语"语用零位"），因为它们涉及到人称范畴、或者说是作者形象在叙事文本中的功能特征。

人称范畴揭示了被描述事实主体（陈述主体）和描述这一事实的主体（情态主体）之间的关系。与其他的动词范畴不同，人称范畴在句子的谓语和主语中得以表达，人称意义不仅仅可以通过动词的词缀来表达，同时还可以通过名词、代词以及零位来表达。

句法（语法）自我中心手段要么表现出纯粹的"我"，要么通过未表达的手段、表达层面的缺席而揭示相对于"我"的关系。相对于单述谓的陈述结

---

[1] Золотова Г. А., Онипенко Н. К., Сидорова М. Ю. Коммуникативная грамматика русского языка[M]. М.: Наука, 2004: 116–122.

[2] "作为至少两个述谓单位相互作用的语法手段，时序表示它们之间在情态、时间和人称范畴的重合/不重合。"参见 Золотова Г. А., Онипенко Н. К., Сидорова М. Ю. Коммуникативная грамматика русского языка[M]. М.: Наука, 2004: 220–221.

[3] 莱蒙诺索夫时代在副动词中可以出现主语，而现代俄语中，副动词短语中主体成分的缺席表示副动词和主要谓语的主体相同——笔者注.

构,可以划分出如下句法零位的情形。

第一种,在存在着句内位置、并且未被占据:"周围一片寂静"="我周围一片寂静"。

第二种,句内包含句法零位,该句法零位具有一定意义,如果它被填充,那么表述的意思就会发生改变。例如:"宁静致远"≠"我宁静我致远"。

同时,如果上下文没有先行词或者后指词,那么句法零位中空缺的主体通常是情态主体"我"。这主要包括如下几种形式:词汇具有指示意义。例如,包含有空间语义的词汇:旁边(我旁边)——房子旁边;词汇表示人际关系,即所谓的"关系名词",如"丈夫""妻子""哥哥""妹妹""朋友""同龄人"等,在没有定语的情况下,其定语通常是"我的"等。例如在句子"姐姐很激动"中,"姐姐"的指称是不确定的,但是在具体语境中,该称名的主体通常是说话人,也就是说"姐姐=说话人的姐姐"。此外,说话人在此也是默认的:在相应的上下文中,这也可能是听话人或者是上下文中凸现出来的、其他人的姐姐;词汇表示身体内部的生理性感觉和情感性感觉,例如通常情况下,"头疼""牙疼""耳鸣"相当于"我头疼""我牙疼""我耳鸣"等。

第三种,句法零位在句内并没有合法的位置,该位置被排挤到句子所描写的场景的"幕后",即句子之外。例如:"码头传来汽笛声"="我听到了、但是可能不仅仅我听到了码头传来汽笛声"。在某些动词的语义中,主体成分(观察者)存在,但是并不能在句子内部得以表达,只有在文本中通过上下文才能被揭示。

①尽管头晕眼花,尽管累得气喘吁吁,可他们仍兴致勃勃地互相挤压着,仍兴致勃勃地大喊大叫。他们的声音比那音乐更杂乱更声嘶力竭。而此刻一个喇叭突然响起了沉重的哀乐,于是它立刻战胜了同伴。

②大约过了半小时,我们看到村子外面的田野上有许多人扛着铁锹往回走,前排房子也响起了人声。

可见,句法零位和说话人"我"之间联系的紧密程度不同,其主观性和自我中心性表现方式也不一样。

（四）句法零位的功能分类

由于句法零位的性质与代词相近，即与代词"我""你""某人""谁"和"任何人"等具有近义关系，那么可以使用同一类术语来解释句法零位和代词。根据代词指称不同，代词可以分为指示代词、数量代词、复指代词和后指代词。由于指示代词、复指代词和后指代词的功能均是证同，所以可以被归为一类。由此，句法零位（在广义上说）可划分为两种。

第一种，指示性句法零位（"我""这里""现在"），表示情态主体和陈述主体的重合，其功能是证同。

第二种，数量性句法零位（表示不定人称意义和泛指人称意义，以及不定一对象意义），表示陈述主体（句法行为主体，行为者，被陈述对象）并不包括情态主体（不定人称意义、不定对象性），或者包括情态主体（泛指人称意义）。所以，数量句法零位具有包孕功能和排除功能。

尽管句法零位具有不同的语义，但是它们的语用实质相同，即它们与说话人"我"之间直接的联系或者间接的联系。我们研究一个包含有不定人称句的片段。

① *Коврин был погружен в свою интересную работу, но под конец и ему стало скучно и неловко. Чтобы как-нибудь развеять общее дурное настроение, он решил вмешаться и перед вечером постучался к Тане. Его впустили.*（柯甫陵埋头做他有趣的工作，可是最后连他也觉得烦闷，不自在了。为了设法排除普遍的恶劣心情，他决定出头调停。快到傍晚的时候，他就去敲达尼雅的房门。他被请了进去。）

这一片段的出发点是柯甫陵的视角：心理状态属于柯甫陵（"觉得烦闷""不自在"），目的从句表达了他的预期目标。不定人称句"*Его впустили*"（"他被请了进去"）采用男主人公柯甫陵的视角表达了主人公柯甫陵和达尼雅之间的空间关系。

在句子中的时间为现实时间的情况下（过去时的回顾性视角），不定人称的"句法零位"并不是幕后的位置，句法零位为陈述主体在句法结构中预备了一个位置，并且表示情态主体（说话人"我"）与陈述主体之间的特定关系，表达特定的视角。在契诃夫的例证《黑修士》中，过去时形式的不定人称句（"他被请了进去"）融合了作者的"我"，他是认知主体，也是情景的观察者（作者正是从柯甫陵的视角来审视整个情景），并且行为主体（达尼雅）表现为句法零位的形式。

在文艺叙事的框架内，陈述主体和情态主体也可能以第三人称形式重合。这意味着，由于将情态的主体划分为思维主体（例如主人公就可以是思维主体）和言说主体（作者），从而扩大了主体的视角。

自我中心语法手段并不仅仅表现在，说话人"我"并没有通过代词来表示（就像在主语位、以及其他名词性的句法位一样），并且句法零位在情态述谓中属于说话人"我"，还表现在，第三人称语义从属于第一人称。类似于 *подумалось* 的述谓的文本功能在于：甚至在主体通过第三人称显性地表达出来的时候，它们也可以揭示内部视角；与此同时，第三人称被解读为非纯粹第三人称。例如下例中的 *припомниться*。

② ...*на небе не было ни одной звезды, и походило на то, что опять будет дождь.* 〈...〉 *Вот поваленное дерево с высохшими иглами, вот черное пятно от костра.* **Припомнился** *пикник со всеми подробностями* 〈...〉 *Послышался стук экипажа и прервал мысли дьякона.*（天上一颗星也没有，象是又要下雨了。……瞧，这就是一棵倒下来的树和它干枯的针叶。瞧，这就是篝火留下来的一块黑地。不由得想起那次野餐以及当时的种种情形……远处传来马车的辘辘声，打断了助祭的思路。）

其中认知主体（思考者或者是回想者）在这一文本中是助祭，可以表明这一点的还有"瞧，这就是"、感知动词"传来"以及包含有零位主体标记的动词 *припомниться*（"不由得想起"）；上述片段在过去进行时的机制中进行解读，而第三人称被理解为第一人称的形式。

动词 *подуматься*，*припомниться* 的原型用法是第一人称句法形式，而动词 *казаться*（*показаться*）可以允许使用所有的人称聚合体形式。但是，如果这一动词没有第三人称主体形式，它通常被理解为主体是说话人"我"。这不仅仅在现在时形式的插入语位置③，也可以在复合句的述位位置④。

③ *Вот, кажется, точно вздохнуло что-то в белом зале глубоко, печально.*（喏，在白色的大厅里似乎真的有什么在深深地、忧伤地叹息。）

④ *он ей нравился, свадьба была уже назначена на седьмое июля, а между* тем радости не было, ночи спала она плохо, веселье пропало... Из подвального этажа, где была кухня, в открытое окно слышно было, как там спешили, как стучали ножами, как хлопали дверью на блоке; пахло жареной индейкой и маринованными вишнями. *И почему-то казалось*, что так теперь будет всю жизнь, без перемены, без конца!（她喜欢他，婚期已经定在七月七日，可是内心却没有欢欣，夜夜睡不好觉，再也快活不起来……从地下室敞开的窗子里，可以听到里面在忙碌着，菜刀当当作响，安着滑轮的门砰砰有声。那里是厨房，从那儿飘来烤火鸡和醋渍樱桃的气味。不知为什么她觉得生活将永远这样过下去，没有变化，没有尽头！）

  动词"*казаться*"和名词或者代词搭配的用法更为复杂：它既可以被解读为第一人称（内部视点），也可以被解释为纯粹第三人称。

  我们来看一下契诃夫的小说，因为从文艺散文的文学和诗学研究中已经知道，动词"*казаться*"是契诃夫最喜欢使用的动词之一，在《契诃夫最常用动词表》中，该词和 быть, иметь, хотеть, думать, делать 等动词一道，位于前列。

  这一动词的首要特征在于：它的语义融合了直观情态和心理情态，并且在不同的上下文中，直观感知情态成分和心理情态成分之间的相互关系可能发生变化，有时侧重于前者（*Кажется*, что занавеска шевелится），有时侧重于后者（*Кажется*, что он прочитал всех классиков）。

  动词"*казаться*"可以被解读为内部视角述谓（第一人称述谓），它的第二个特征在于语义和人称范畴、时间范畴有着不同的相互关系：在现在时中通常按照第一人称进行解读，在惯例用法中通常按照第三人称进行解读。与此同时，情态主体表现为不带前置词的第三格形式，这既可能出现第一人称代词（*мне*），也可能出现名词，而最经常出现的是第三人称代词（*Ему / Ей казалось, что...*）：

  ⑤ *Он дождался, когда проснулась Таня, и вместе с нею напился кофе, погулял, потом пошел к себе в комнату и сел за работу. Он внимательно читал, делал заметки и изредка поднимал глаза, чтобы взглянуть на открытые окна или на свежие, еще мокрые от росы цветы, стоявшие в вазах на столе, и опять опускал глаза в книгу, и **ему казалось**, что в нем каждая жилочка* дрожит и играет от удовольствия. （他等着达尼雅醒来，然后跟她一块儿喝咖啡，散步，后来就回到自己的房间，坐下来工作。他专心看书，写笔记，有的时候抬起眼睛来，朝敞开的窗子外面，或者朝桌子上花瓶里还挂着露珠的鲜花瞧一眼，就又埋下头去看书，并且他觉得他每一根小血管都由于愉快而在颤抖和跳动似的。）

感觉主体仅可能是主人公柯甫陵，除他之外，没有任何的时间背景，而仅仅有思维的当下时刻。在《决斗》中是另外一种情况。

⑥ Нелюбовь Лаевского к Надежде Федоровне выражалась главным образом в том, что всё, что она говорила и делала, **казалось** ему ложью или похожим на ложь, и всё, что он читал против женщин и любви, **казалось ему**, как нельзя лучше подходило к нему, к Надежде Федоровне и ее мужу. Когда он вернулся домой, она, уже одетая и причесанная, сидела у окна и с озабоченным лицом пила кофе и перелистывала книжку толстого журнала, и он подумал, что питье кофе — не такое уж замечательное событие, чтобы из-за него стоило делать озабоченное лицо, и что напрасно она потратила время на модную прическу, так как нравиться тут некому и не для чего. И в книжке журнала он увидел ложь. Он подумал, что одевается она и причесывается, чтобы казаться красивой, а читает для того, чтобы Казаться умной. （拉耶甫斯基不爱娜杰日达·费多罗芙娜，这主要表现在凡是她所说的话和所做的事，在他看来都象是做假，或者近似做假。凡是他在书报上读到过的斥责女人和爱情的言论，在他看来都好象能够恰当不过地应用到他身上、娜杰日达·费多罗芙娜身上以及她丈夫身上。等他回到家里，她已经穿好衣服，梳好头发，正坐在窗前，带着专心的神情喝咖啡，翻一本厚杂志。他心里就想：喝咖啡并不是什么了不得的大事，犯不上因此做出专心的脸色，而且她也不必浪费时间梳出时髦的发型，因为这儿没有人喜欢这种发型，这是白费心思。在那本杂志上，他也看出了虚伪。他心想，她穿衣服和梳头发都是要显得漂亮，看杂志是要显得聪明。）

在该片段中，"Казаться"在谓语结构中以及在说明从句的主句中出现了两次，其主体均为第三人称代词的第三格形式。"Казаться"在谓语结构中表达了两个意思：表示拉耶甫斯基心理活动（казалось ложью）以及娜杰日达·费多罗芙娜的指责：她想看起来更美和更聪明。相应地，第二种用法要求从品质主体（娜杰日达·费多罗芙娜）一方做出判断。

在同一章随后一段，动词"Казаться"用于述位框架中，它们都是说明从句的主句部分，导入主人公的内部话语或内心思想（="他觉得……"）。

⑦ *На этот раз Лаевскому больше всего не понравилась у Надежды Федоровны ее белая, открытая шея и завитушки волос на затылке, и он вспомнил, что Анне Карениной, когда она разлюбила мужа, не нравились прежде всего его уши, и подумал: "Как это верно! как верно!" Чувствуя слабость и пустоту в голове, он пошел к себе в кабинет, лег на диван и накрыл лицо платком, чтобы не надоедали мухи. Вялые, тягучие мысли все об одном и том же потянулись в его мозгу, как длинный обоз в осенний ненастный вечер, и он впал в сонливое, угнетенное состояние. Ему **казалось**, что он виноват перед Надеждой Федоровной и перед ее мужем и что муж умер по его вине. Ему казалось, что он виноват перед своею жизнью, которую испортил, перед миром высоких идей, знаний и труда, и этот чудесный мир представлялся ему возможным и существующим не здесь, на берегу, где бродят голодные турки и ленивые абхазцы, а там, на севере, где опера, театры, газеты и все виды умственного труда. Честным, умным, возвышенным и чистым можно быть только там, а не здесь. Он обвинял себя в том, что у него нет идеалов и руководящей идеи в жизни, хотя смутно понимал теперь, что это значит. Два года тому назад, когда он полюбил Надежду Федоровну, ему **казалось**, что стоит ему только сойтись с Надеждой Федоровной и уехать с нею на Кавказ, как он будет спасен от пошлости и пустоты жизни; так и теперь он был уверен, что стоит ему только бросить Надежду Федоровну и уехать в Петербург, как он получит всё, что ему нужно.*（这一回娜杰日达·费多罗芙娜惹得拉耶甫斯基最不喜欢的，是她那裸露的白脖子和脑后卷起来的一绺头发。他想起，安娜·卡列尼娜在不爱她丈夫的时候，最不喜欢他的耳朵，就暗自想道："这是多么真实！多么真实啊！"他感到浑身乏力，脑子里空荡荡，就走到书房里，在长沙发上躺下，拿手绢盖上脸，免得苍蝇来打搅他。那些纠缠在同一个问题上的思想，软弱无力，却源源不断在他的脑子里铺展开来，好

比秋天阴雨的傍晚出现的一长串车队。于是他陷进一种睡意蒙眬的抑郁状态里去了。他觉得他对不起娜杰日达·费多罗芙娜，也对不起她的丈夫，觉得她丈夫去世就是由他造成的。他觉得对不起他自己的生活，因为他把它毁掉了。他觉得也对不起那个充满崇高的思想、知识和劳动的世界，在他心目中，那个美妙的世界是可能有的，存在的，然而不是在这儿，这儿只有饥饿的土耳其人和懒散的阿布哈兹人在海岸上徘徊，而是在那边，在北方，那儿有歌剧，有戏院，有报纸，有种种脑力劳动。要做正直、聪明、高尚、纯洁的人，就只能到那边去，而不能待在此地。他责难自己在生活里缺乏理想和指导思想，然而这些东西究竟是什么，他现在却了解得模模糊糊。两年前他爱上娜杰日达·费多罗芙娜，觉得只要跟娜杰日达·费多罗芙娜结合，跟她一起到高加索来，他就会摆脱生活的庸俗和空虚而得救；如今他却相信，只要他丢开娜杰日达·费多罗芙娜，动身到彼得堡去，他所需要的一切就会到手了。）

但是，我们所看到的是作者对拉耶甫斯基思想的转述，可以说明这一点的不仅仅有时间标志（"这一回""两年前"）和比较短语（"好比秋天阴雨的傍晚出现的一长串车队"的想法），同时还有转述的方式——同等成分的连用。

时间范畴在此履行着特殊的功能：自由间接话语表示的是定位于现在的文本片段，也就是说，这些片段传达的是同时的思想，该思想可以转化为读者的现在时形式；相反，保留了时间间隔而被转述的思想，被解读为间接话语（"两年前他觉得"）。

由此可见，只有当作者并没有揭示自己的远化性的时候，也就是说，当情态主体局限于一个主人公、他的一个时间层面的时候，动词"觉得"才能表达内部视角，此时并没有对话性的上下文，并没有表明自己知道其他时间的主人公的其他思想。而在《决斗》中，作者相对于拉耶甫斯基远化，因此，动词"觉得"被解读为"想""认为""想象"等，也就是说，这是以间接引语的形式导入了他人的思想。

在导入位置，动词"觉得"的现在时形式与言语主体的视角相联，例如，与《第六病室》中的叙事者的视角相联。

⑧ *Проводив приятеля, Андрей Ефимыч садится за стол и опять начинает читать. Тишина вечера и потом ночи не нарушается ни одним* звуком, и время, кажется, останавливается и замирает вместе с доктором над книгой, **И кажется**, что ничего не существует, кроме этой книги и лампы с зеленым колпаком. Грубое, мужицкое лицо доктора мало-помалу озаряется улыбкой умиления и восторга перед движениями человеческого ума. （送走了朋友，安德烈·叶菲梅奇坐到桌后，又开始看书。没有一点声音打破这夜晚的寂静。仿佛时间也停住了，跟埋头读书的医生一起屏住了气息。似乎一切已不复存在，除了这书和带绿罩子的灯。医生那张粗俗的脸上渐渐地容光焕发，在人类智慧的进展面前露出了感动和欣喜的微笑。）

在该例中，叙事者使用动词"кажется"的现在时形式，表明了自己隐性地出现于主人公的时空中，与主人公之间是共时关系。处于导入位置的句法零位形式的"觉得"可以被解读为泛指人称的感知主体形式，也可能被解读为多次的感知。

⑨ Был седьмой час вечера – время, когда белая акация и сирень пахнут так сильно, что, кажется, воздух и сами деревья стынут от своего запаха. （那时候是傍晚六点多钟，正是刺槐和丁香的香气非常浓郁，空气和树木本身好像因为浓香而变凉的时候。）

与此同时，叙事者的视角和主人公的视角融合到一起。

⑩ По тропинке, бежавшей по крутому берегу мимо обнаженных корней, он спустился вниз к воде, обеспокоил тут куликов, спугнул двух уток. На угрюмых соснах кое-где еще отсвечивали последние лучи заходящего солнца, но на поверхности реки был уже настоящий вечер. Коврин по лавам перешел на другую сторону. Перед ним теперь лежало широкое поле, покрытое молодою, еще не цветущею рожью. Ни человеческого жилья, ни живой души вдали, **И кажется**, что тропинка, если пойти по ней, приведет в то самое неизвестное загадочное место, куда только что опустилось солнце и где так широко и величаво пламенеет вечерняя заря.

Как здесь просторно, свободно, тихо! — думал Коврин, идя по тропинке. – **И кажется**, весь мир смотрит на меня, притаился и ждет, чтобы я понял его... （他沿着陡峭的岸坡上一条夹在裸露的树根中间的小径向下走去。他走到水边，惊动了那儿的鹬鸟，吓飞了两只鸭子。在那些阴沉的松树上，这儿那

儿还闪着落日的残辉，然而河面上已经是一片苍茫的暮色。柯甫陵顺着一道小桥走到河对岸。在他面前展现一片广阔的田野，上面长满还没开花的嫩黑麦。远处不见人家，也没有一个人影。如果顺着小径走去，似乎就会走到一个没人知道的、神秘的地方，一个太阳正在朝那儿落下去、晚霞正在辉煌地燃烧的地方。

"这儿多么宽广，自由，安静啊！"柯甫陵顺着小径走去，心里想。"似乎整个世界都在看着我，躲在那边等我去了解。……"）

柯甫陵的直接思维话语中的第一个"似乎"是作者的思想，作者表达了任何本应该在当下时刻位于这一地点、并且本应该感觉到这一地方的魅力的人的潜在的思想，其中包括柯甫陵。第二个"似乎"所包含的感知主体是柯甫陵。

契诃夫多次使用代副词"*почему-то*"强调叙事者和人物的共时关系和共同的视角，并且从一个侧面表示叙事者有意识地采用主人公的视角。我们以连接词"*и*"和代副词"*почему-то*"及动词"*казаться*"构成的同样的句法结构为例说明这一点。主体位置的可能体现为句法零位⑪、专有名词（⑫，⑬）和包括第一人称代词在内的代词形式（⑭，⑮，⑯，⑰，⑱）等。

⑪ *Из подвального этажа, где была кухня, в открытое окно слышно было, как там спешили, как стучали ножами, как хлопали дверью на блоке; пахло жареной индейкой и маринованными вишнями.* **И почему-то казалось**, *что так теперь будет всю жизнь, без перемены, без конца!*（从地下室敞开的窗子里，可以听到里面在忙碌着，菜刀当当作响，安着滑轮的门砰砰有声。那里是厨房，从那儿飘来烤火鸡和醋渍樱桃的气味。不知为什么觉得生活将永远这样过下去，没有变化，没有尽头！）

⑫ *Он был всё такой же, как и прошлым летом: бородатый, со всклокоченной головой, всё в том же сюртуке и парусинковых брюках, всё с теми же большими, прекрасными глазами; но вид у него был нездоровый, замученный, он и постарел, и похудел, и всё покашливал.* **И почему-то показался** *он Наде серым, провинциальным.*（他还是去年夏天那副样子：胡子拉碴，披头散发，还是穿着那件常礼服和帆布裤，还是那双大而美丽的眼睛。但是他一脸病容，显得疲惫不堪，他显然老了，瘦了，而且咳嗽不断。不

第三章 叙事文本中自我中心成分的特征

知怎么娜佳觉得他变得平庸而土气了。）

⑬ *...он вошел в спальню раз, мягко звеня шпорами, и взял что-то, потом в другой раз — уже в эполетах и орденах, чуть-чуть прихрамывая от ревматизма, и Софье Львовне **показалось почему-то**, что он ходит и смотрит как хищник.* （他到卧室里来取东西，马刺发出轻微的响声，后来又进来一趟，这一回已经戴上带穗的肩章和勋章了。他两条腿由于害风湿病而有点瘸。不知什么缘故，索菲雅·利沃芙娜觉得他的模样和步法象一头猛兽。）

⑭ *Зинаида Федоровна бросила на стол салфетку и быстро, с жалким, страдальческим лицом, вышла из столовой. Поля, громко рыдая и что-то причитывая, тоже вышла. Суп и рябчик остыли. И **почему-то** теперь вся эта ресторанная роскошь, бывшая на столе, показалась мне скудною, воровскою, похожею на Полю.* （齐娜伊达·费多罗芙娜把食巾往桌上一丢，脸色可怜而痛苦，很快地走出饭厅去了。波丽雅放声大哭，嘴里嘟嘟哝哝，也走了出去。汤和松鸡都凉了。不知什么缘故，这份由饭馆送来放在桌子上的精美菜肴在我的眼睛里显得缺斤短两，贼头贼脑，跟波丽雅一样。）

⑮ *Пришла старуха мать. Увидев его сморщенное лицо и большие глаза, она испугалась, упала на колени пред кроватью и стала целовать его лицо, плечи, руки. И ей тоже **почему-то казалось**, то он худее, слабее и незначительнее всех, и она уже не помнила, что он архиерей, и целовала его, как ребенка, очень близкого, родного.* （他的老母亲来了。她一看见他那起了皱纹的脸、他那双大眼睛，就大吃一惊，在他的床前跪下来，开始吻他的脸、肩膀和两只手。不知什么缘故，她也觉得他比所有的人都瘦、都弱、都无足轻重了。她已经不记得他是个主教，却像吻一个十分贴心的、至亲的孩子那样吻他了。）

⑯ *Побывав у мещанина и возвращаясь к себе домой, он встретил около почты знакомого полицейского надзирателя, который поздоровался и прошел с ним по улице несколько шагов, **И почему-то это показалось ему подозрительным**.* （他在小市民家待了一会儿，然后回家。在邮局附近他遇见一个认识的警官，对方跟他打了招呼，还和他一道走了几步，不知为什么他又

觉得这很可疑。）

⑰ *Он любил дочь; было вероятно, что она рано или поздно выйдет замуж и оставит его, но он старался не думать об этом. Его пугало одиночество, И **почему-то казалось** ему, что если он останется в этом большом доме один, то с ним сделается апоплексический удар, но об этом он не любил говорить прямо.* （他爱他的女儿。固然，他女儿早晚要出嫁，离开他，可是他极力不去想这件事。孤身一人是他所害怕的，不知什么缘故，他觉得，如果他一个人待在这所大房子里，他就会中风，可是这一点他不喜欢照直说出来。）

⑱ *Будут ли они сегодня ужинать? А завтра? И ей **почему-то казалось**, что отец и мальчики сидят теперь без нее голодные и испытывают точно такую же тоску, какая была в первый вечер после похорон матери.* （今天他们能吃上晚饭吗？明天呢？不知怎么她觉得，她走后现在父亲和弟弟只好坐在家里挨饿，就像安葬完母亲的那天晚上一样，心情沉重，感到难以忍受的悲伤。）

这一结构主要功能在于连贯和衔接，表明从客观的描写向主人公内心世界和他的思想世界之间过渡。它既可在第一人称代词和零位表示主体的时候实现，也可通过第三人称的形式实现。将第三人称解读为第一人称形式的条件是将情态述谓在感知时间轴线上固定于特定的点，缺少时间背景和对话性上下文。在这些例证中，连接词 и 并不是并列连接词，而是附加连接词：它并不表达逻辑性的被证实的结论，而是表示情态的更替。"不知怎么""不知为何""不知什么缘故"等加强了思想的主观性，并且表明在述位和潜文本之间并没有逻辑联系，它们还强化了动词"觉得"的自我中心语义，尤其是当它与情态主体的第三人称搭配的时候。

综上所述，自我中心手段是词汇语义、词法学和句法学等学科的连接点：在与情态主体的第三格形式之间发生相互作用的时候，如果缺乏时间背景和主体对话背景，带有返身尾缀的非行动的情态动词，被解释为主人公的内部视角；与此同时，表达情态主体的最为常用的方法要么是人称代词，要么是句法零位形式。

四、自我中心成分与叙事模式的判定

自我中心成分在文学理论研究中有着一定的价值。如上文所述，对自我中心成分用法的解释不仅可以共时地说明不同作家创作的特征，同时也可以历时地说明同一作家在不同创作时期作品风格的变化。作家的创作分期是文学理论研究的一个重要问题，通常以作家特定时期的思想内容等特征为标准来为作家创作分期，但是从创作手法和创作技巧的角度而言，同样可以对作家的创作进行分期：这两种分期实际上分别是内容和形式上的分期。

本节尝试以契诃夫的创作生涯为例，选取不同时期的典型作品，说明契诃夫的创作风格的变化。契诃夫的早期创作中，经常显性地表达出自己的主观性评价，随着创作风格的成熟，他的声音逐渐和人物的声音融为一体，似乎变得"客观化"，而后期创作中"自由间接话语"的出现标志着契诃夫小说艺术的成熟。

国内外学者从不同的视角出发，对契诃夫创作分期做出了不同的划分。朱逸森根据作品的内容、体裁和创作手法方面的特征，将其创作分为三个阶段：契诃夫早期创作是"契洪特阶段"（1880年—1886年），作品的体裁主要是幽默作品，并开始出现新的短篇小说体裁——抒情心理短篇小说；中期（1886年—1892年）的"创作题材比以前丰富，对生活的开掘也比以前深广。但这些作品大多是从道德的角度揭示生活矛盾"[1]；后期（1892年—1903年）是契诃夫"艺术创作活动的顶峰时期"，"晚期的中短篇小说具有巨大的艺术概括力"。可见，上述分期侧重于作品内容方面的特征。

为了准确地描写叙事模式、界定创作分期，需要采用更为基础的、客观的语言学标准，即叙事模式的语言体现。为此，需要揭示文艺文本中声音和视角的来源，以及文本中的主观性因素。"文艺理论和文艺批评并不能离开文本的语言学分析——如果文艺分析之前没有更为'原始的'、同时更为基础的（客观的）语言学分析的话，那么它就是不完整的。"[2]

---

[1] 朱逸森. 契诃夫短篇小说全集[M]. 深圳：海天出版社，1999：6.
[2] Paducheva E. V. The linguistics of narrative: The case of Russian[M]. Saarbrücken: LAP LAMBERT Academic Publishing, 2011:9.

朱逸森的分期对应于契诃夫创作的早期、中期和晚期。本节分析契诃夫上述三个时期作品的语言特征，以语言自我中心成分作为分析工具，研究各个时期作品中叙事模式的变化，并以是否出现自由间接话语这一典型的叙事文本形式作为划分标准，以1894年为界限，将契诃夫创作分为前后两个阶段。

在叙事文本中，由于没有共时的说话人，自我中心成分的参照点可以是叙事文本中的人物或者叙事者。在此过程中，需要指出自我中心成分的类型、解释自我中心成分的参照点以及参照点在不同时期的改变。

（一）早期创作中的主观性分析

契诃夫1880年创作的 *Перед свадьбой*（《婚前》）一文的楔子是早期创作特征的典型体现。

① *Наступила осень, а вместе с нею наступил и великий свадебный сезон. Прекрасная половина рода человеческого стоит уже настороже. Мужчинки то и дело попадаются в роковые сети. Ох уж эти мне еще сети!*（秋天到了，随之而来的还有繁忙的婚季。漂亮的半边天们已经加强了警戒。男人们时不时落入致命的网中。哎呀我也要落网了！）

上例中最后一句话具有鲜明的对话性，这是人物现身与读者进行交流。并且，语言中的称名手段是一级自我中心成分，是现实说话人从自己的视角和社会地位出发，对其他交际参与者（交际对方或者第三者）的称名。本例中"мужчинки"（'男人们'）是隐性的引语形式，该称名主体是小说的主人公"漂亮的半边天"。

② *В кабаке дяди Тихона сидела толпа извозчиков и богомольцев.*（季洪大叔的酒店里坐着一伙马车夫和朝圣的香客。）

这是同一阶段的小说《在秋天》（1883年）开篇的第二句话。文本开篇的段落是文本的"支点"，奠定了全文的人称、时间和空间的基调。亲属词'大叔'是说话人从自己的视角进行的称名，属于一级自我中心成分，在没有限定语的时候，其主体为"我"。所以，'大叔'一词本来适用于第一人称叙事——它表明，这是叙事者如此称呼季洪的。但是，《在秋天》是第三人称叙事，叙事者并没有出现于文本世界，他无法如此称呼酒店老板季洪；小说的主人公是一个没落的地主，嗜酒如命，他称季洪为"乡巴佬""好人"和"亲爱的"等,但是从未将其称作"大叔"。"大叔"是小说中主人公之外的次要人物对季洪的称名方式。

在同一时期创作的小说《站长》(1883年)中,存在着二级自我中心成分以主人公作为主体的情形。

③ *Его помощник, Алеутов, каждое лето ездил куда-то жениться, и бедному Шептунову одному приходилось дежурить. Большое свинство со стороны судьбы! Впрочем, он скучал не каждую ночь. Иногда ночью приходила к нему на станцию из соседнего княжеского имения жена управляющего Назара Кузьмича Куцапетова, Марья Ильинична. Дама эта была не особенно молода, не особенно красива, но, господа, в темноте и столб за городового примешь!* (他的助手阿列乌托夫每年夏天都要到某地去结婚,可怜的谢普土诺夫就只好独自一个人值班。命运之神太可恶了!不过他并不是每天晚上都孤单寂寞的。有时候,总管纳扎尔·库兹米奇·库察彼托夫的妻子玛丽雅·伊里尼希娜晚上从附近的公爵庄园里走到车站上来找他。那个女人已经不特别年轻,也不特别漂亮了,可是,诸位先生,在黑地里你哪怕见到一根电线杆子,也会错当成一个警察的。)

上例中'某地'一词是二级自我中心成分,包含有"不确定在什么地方"的认知意义,其认知主体是作品中的主人公谢普土诺夫。整个句子似乎更像是重复了阿列乌托夫的托词,表明了谢普土诺夫并不知道他的助手究竟去了什么地方。事实上,每年夏天都要结婚并不正常,这是身处事件之中的人物的认知视角,而不是叙事者的认知视角。

在契诃夫早期的创作中,作者通常表现为异叙事者,他在文本世界中并不承担任何功能,没有自己的名字,也没有什么履历和行为等,但是他偶尔参与到叙事过程,与读者一起探讨情节的发展、臧否人物、发表自己的看法。例如呼语"诸位先生"是一级自我中心成分,它是异叙事者对读者的称呼形式,是作者现身与读者进行对话。"命运之神太可恶了!"也是出自异叙事者之口,他站在人物的立场对命运做出的评价。

上述例证表明:在早期的小说中已经出现了以次要人物作为参照点的自我中心成分,俄罗斯学者丘达科夫(А. Чудаков)认为这是中期创作中才出现的特征。事实上,1894年之前的创作可以结合起来,因为这两个阶段的创作都属于经典叙事形式，其中的一级自我中心成分没有以次要人物作为主体。前两个阶段与后期的创作相对立，因为后期创作中出现了自由间接话语。同时，早期和中期的创作之间仍然存在着区别：从第一阶段到第二阶段，异叙事者逐渐隐身，他做出的评价逐渐减少；同时二级自我中心成分参照的主体越来越多地成为人物。

④ *Дело происходило в одно темное, осеннее "послеобеда" в доме князей Приклонских.*（事情发生在秋天的一个阴暗的"下午"，普利克隆斯基公爵家里。）

这是小说《迟迟未开的花朵》（*Цветы запоздалые*，1882）开头的第一句话。"*послеобеда*"（"晌饭后""后晌"）是一个不规范的、带有俗语色彩的口语词，带有人物语气。但是，该词被置入括号中，因此这里是直接引语形式，并不是主人公的话语。这与小说中自我中心成分的用法一致，即一级自我中心成分的参照点是异叙事者，而二级自我中心成分既可以属于叙事者，也可属于其他主人公。

⑤ *Этими снами судьба, по всей вероятности, заплатила им за те ужасы, которые они пережили на следующий день. Судьба не всегда скупа: иногда и она платит вперед.*（大概，那些梦是命运用来补偿她们第二天经历到的恐怖的。命运并不永远吝啬，有的时候甚至还肯预先付给你一点代价呢。）'大概'是一级自我中心成分，其中所包含的不确定性语义的认知主体是叙事者，因为只有他才知道主人公随后的命运，这是叙事者现身而对情节做出的预示，是一种特殊的插笔形式。例句⑥与此类似。

⑥ *Повар побежал к Топоркову. Дома, разумеется, он его не застал...*（厨师就跑出去请托波尔科夫。他在医师家里，不消说，没有找到医师。）一级自我中心成分，主体是叙事者；

⑦ *По лицу Топоркова пробежала светлая тучка, нечто вроде сияния, с которым пишут святых; рот слегка передернула улыбка. По-видимому, он остался очень доволен вознаграждением...*（托波尔科夫的脸上掠过一小块明亮的云，类似人们在圣徒头上所画的光晕。他的嘴微微嘻开，露出笑意。看来，他对这笔报酬很满意。）"看来"是一级自我中心成分，感知主体是叙事者，因为上文中叙事者描写了引起这种感知结果的原因，即"他的嘴微微嘻

开，露出笑意"，然后是他进行的判断。

⑧ *Наконец отворилась из гостиной дверь. Показался сияющий Никифор с большим подносом в руках...*（最后客厅的房门开了。满面春风的尼基佛尔走进来，手里端着大托盘。）"*Наконец*"的意思是"期待中的事情终于发生"，"期待"意义的认知主体是人物。

小说中在描写玛鲁霞的感觉的时候，多次使用了"*почему-то*"（不知为何）一词。这一认知主体自始至终均为人物。

⑨ *Ей почему-то вдруг стало казаться, что он не похож на человека непризнанного, непонятого, что он просто-напросто самый обыкновенный человек.*（〈她对哥哥所抱的幻想开始破灭。〉不知什么缘故，她忽然觉得他不像是那种不为人赏识和不为人理解的人，而纯粹是极普通的人。）

⑩ *Он выражал и ее удивление, и смущение, и тайную радость, в которой почему-то ей стыдно было сознаться и которую хотелось скрыть от себя самой.*（这个问题既表现她的惊讶，也表现她的慌张，更表现她暗中的喜悦，可是不知什么缘故，她又不好意思承认她的喜悦，却要瞒过自己。）

值得注意的是一级自我中心成分 *разумеется*（"不消说"）一词的用法。在大多数的情况下，它的用法类似于契诃夫早期创作中的一级自我中心成分的一般用法，以异叙事者作为主体，例如：

⑪ *Большинство жаждущих исцеления составляли, разумеется, дамы...*（渴望治好病的，不消说，大多数都是女人。）

但是也有例外的情况。例如：

⑫ *На этом диване она желала бы посидеть с ним и потолковать о разных разностях, пожаловаться, посоветовать ему не брать так дорого с больных. С богатых, разумеется, можно и должно брать дорого, но бедным больным нужно делать уступку.*（她很想跟他一块儿坐在那张长沙发上，谈各式各样的事情，诉一诉她的苦处，劝他对病人不要收费太贵。对富人，不消说，倒可以而且应该收费贵，可是对穷病人就得打折扣才对。）

这里一级自我中心成分 "*разумеется*"（"不消说"）的认知主体为女主人公玛鲁霞，似乎破坏了一级自我中心成分的用法，但是实际并非如此。在这一片段中，似乎是重复了玛鲁霞话语的内容。由叙事者的话语转向玛鲁霞话语，正是由于这样使用自我中心成分而造成的。可以印证这一点的还有 "*разные разности*"（"乌七八糟的事情"），这是一个口语词，同样出自人物之口。

这并不奇怪：契诃夫不断尝试将人物的视角纳入叙事过程。不过在早期创作中，这种方法通常有一些外在的表现形式，例如使用言语动词（"说""谈""诉说"等），但是下例中在没有引导词的情况下，出现了一级自我中心成分кажется的人物解释的用法

⑬ *Каждое утро княгине приходилось принимать нотариусов, судебных приставов и кредиторов. Затевался, кажется, конкурс по делам о несостоятельности.*（每天早晨公爵夫人不得不接见公证人、法庭执行吏和债主。似乎，处理破产事务的债权人会议就要举行了。）

经典叙事甚至可以包含有一些自由间接话语的片段。但是，它们通常出现于一定的上下文中，就像是人物的内心独白、或者是转述别人话语等，并且这种上下文是显性的。总体而言，将文艺文本归为某一叙事类型，在一定程度上都带有约定性，重要的是占主导地位的叙事模式的比例。有的叙事形式是自由间接话语和经典叙事中间的类型（例如，契诃夫晚年创作的短篇小说《新娘》《主教》等）。

所以，契诃夫创作早期叙事的特征是：叙事者和主人公几乎具有同等的权力来充当感知主体，而充当言语主体和认知主体的通常是叙事者。与此同时，我们也发现了叙事者开始向人物转移自己的主观性权力，开始从文本中退隐。

（二）中期创作中的主观性分析

契诃夫中期创作从1886年持续到1892年。我们来看一下创作于1892年的《邻居》中自我中心成分的一些用例：

① *Мать истерически зарыдала от горя и стыда; ей, очевидно, хотелось прочесть письмо, но мешала гордость...*（母亲放声大哭，又是伤心又是羞愧。她显然想看这封信，可是她的自尊心不容许她这样做。）插入语 "显然" 是一级自我中心成分，感知主体是主人公，并且 "母亲" 这一称名方式同样体现了主人公的视角。

② *Он улыбался и глядел весело; очевидно, не знал еще, что Зина ушла к Власичу; быть может, ему уже сообщили об этом, но он не верил. Петр Михайлыч почувствовал себя в затруднительном положении.*（他微微地笑，样子很快活。显然，他还不知道齐娜跑到符拉西奇家里去了。很可能他已经听到这个消息，可是不相信。彼得·米海雷奇觉得自己处境尴尬。）

从形式上看，上面两个插入语（"显然"和"很可能"）应当以叙事者作为参照点。但是，整个场景是从彼得·米海雷奇的视角描述的，因为米海雷奇不知道，警察（"他"）是否已经听说这件事情，并且随后的一个句子描写的场景（"彼得·米海雷奇觉得自己处境尴尬。"）是上一个句子描写情景造成的结果。所以，这里的感知主体和认知主体是小说的主人公米海雷奇。

③ *Он чувствовал потребность сделать что-нибудь из ряда вон выходящее, хотя бы потом пришлось каяться всю жизнь.*（他感到有必要做一件泼辣的、非同小可的事，哪怕事后懊悔一辈子也在所不惜。）

上例中具有让步意义的语气词"*хотя бы*"（"哪怕"）的用法比较特殊，这里似乎是引用"他"的话，认知主体是主人公"他"；

④ *...сказал Власич, но руки не подал: очевидно, не решался и ждал, когда ему подадут.*（符拉西奇说，可是没有伸出手来，显然他不敢先伸手而等着对方伸手。）

"显然"的参照点依然是主人公米海雷奇。比较典型的是，类似的用法仅仅出现在描写彼得·米海雷奇感知的情景中。

描述心理状态、表示犹豫不决等意义的自我中心成分，同样以人物作为解释的参照点，并且其主体是主人公。

⑤ *Но все-таки Петр Михайлыч любил Власича, чувствовал присутствие в нем какой-то силы, и почему-то у него никогда не хватало духу ему противоречить.*（可是彼得·米海雷奇仍旧喜爱符拉西奇，感到他身上有一种力量；不知什么缘故，他从来也没有勇气反驳他的话。）

对小说中其他人物的称名都源自彼得·米海雷奇的视角。

⑥ *Мать целый день не выходила из своей комнаты, няня говорила шепотом, тетка каждый день собиралась уехать...*（母亲整天都没走出她的房间。奶妈小声说话，长吁短叹；姑妈每天都准备动身……）称名方式体现了

彼得·米海雷奇和这些人物的关系。此外应当说明的是，这里是小说中对人物的第一次称名，它是全文视角的基础。

在契诃夫早期的创作中，一级自我中心成分经常以异叙事者作为主体，作者表现出较大的主观性和参与度，而在第二个阶段则通常以主人公作为主体，作者的干预程度降低：

⑦ *Он отодвинул от себя тарелку и сказал, что ему пора уже ехать домой, а то будет поздно и, пожалуй, опять пойдет дождь.*（他推开面前的盘子，说他现在该回家，要不然就会太迟，说不定要下雨了。）

上述例证证实了丘达科夫的描述：在契诃夫的中期创作中，所有主观性的权力都转移到主人公身上，体现在语言形式方面，那就是语言自我中心成分以主人公作为参照点。

比较特殊的是例句④中"*подадут*"（"〈将要〉伸手"）一词。这非常类似于援引符拉西奇话语的自由间接话语。在此可以发现类似于后期创作的一个特征：叙事者尝试将自我中心成分的主体转移为其主人公之外的其他次要人物。

（三）后期创作中的主观性分析

契诃夫的后期创作手法变得成熟，其中异叙事者几乎完全消失，主人公的声音逐渐削弱，而次要人物的声音相应增强，话语形式变得更加丰富、自由和灵活。我们以1898年的《在熟人那里》作为后期小说的例证进行分析。

① *Утром пришло письмо.*（早晨来了一封信。）

这是小说开篇第一句话。通常认为，小说的第一句话具有"支点"功能，决定了小说的时间、空间和人称参照点。时间范畴是二级自我中心成分，"来了"的过去时形式将读者置入主人公的时间中。随后的整篇小说，同样是以主人公的视角作为出发点的，但是自我中心成分也能够以其他人物作为主体。

② *Было чуждо и это короткое, игривое письмо, которое, вероятно, сочиняли долго, с напряжением, и когда Татьяна писала, за ее спиной, наверное, стоял ее муж, Сергей Сергеич.*（就连这封简短而调皮的信也是生疏的，她们大概写了很久，很费力，塔契雅娜写信的时候，她的丈夫谢尔盖·谢尔盖伊奇多半站在她的背后。）

插入语"大概"和"多半"属于一级自我中心成分，其主体是小说中的次要人物波德果陵（Подгорин）。

③ *У нее было такое выражение, что хотя вот она говорит и улыбается, но все же она себе на уме...*（她的脸上带着这样的一种神情：虽然眼下她在说话，微笑，可是她心里想着别的。）这是对塔契雅娜话语的引用；

④ *Глядя на него, все ожили, повеселели, точно помолодели; у всех лица засияли надеждой: Кузминки спасены! Ведь это так просто сделать: стоит только придумать что-нибудь, порыться в законах, или Наде выйти за Подгорина... И, очевидно, дело идет на лад...*（大家看着他，也变得活泼起来，高兴起来，仿佛变得年轻了似的。大家都脸色开朗，有了希望：库兹明吉得救了！要知道，这是很好办的：只要翻一翻法律书，找出一个什么办法，或者让娜嘉嫁给波德果陵就成了。……显然，事情已经有了眉目……）一级自我中心成分，主体是"大家"，即所有的次要人物。

⑤ *Она стояла и ждала, что он сойдет вниз или позовет ее к себе и наконец объяснится.*（她站在那儿等着他走下楼来或者招呼她上去，终于吐露他的爱情。）一级自我中心成分，主体是娜嘉。

这样，我们看到，我们起初的解释并不准确：一级自我中心成分的人物解释同时出现在早期、中期和后期的创作中，尽管在早期的小说中类似的用法非常少。

叙事发展历史的特征在于：叙事者的角色逐渐退化，叙事过程中直接注释介绍的角色逐渐降低。20世纪初，叙事者逐渐退场的趋势越来越明显。20世纪末的文艺学研究中，同样出现了将作者从文本中驱逐出去的思想。亨瑞·詹姆斯坚持作者应该从文本中消失，他的口号是："小说应该自己讲述自己"。他将这一叙事形式与经典叙事相对立，其中叙事者讲述他自己知道的故事。亨瑞·詹姆斯在实践中贯彻一个原则，即小说应当似乎是由一个人物讲述出来的，但是该人物却是第三人称。在更早的时候，福楼拜积极倡导这种新型美学形式。他的信条是：作者应当到处出现，但是什么地方也不应当被看到。

俄罗斯文学对叙事形式的研究历史中，同样注意到了整个19-20世纪叙事者角色的退隐过程："19至20世纪的俄罗斯文学之路——从作者主观性向人物主观性的转变之路。"[1]也就是从主观化的叙事者（异叙事者）的经典叙事向自由间接话语转变之路，契诃夫的创作生涯就是一个典型的例证。

俄罗斯学者帕杜切娃认为，叙事模式的发展是为了克服非典型交际情景造成的障碍的结果，也就是从直接引语、间接引语向自由间接话语等复杂的叙事形式发展的过程。在此过程中，作为异叙事者的作者由显到隐，逐渐与内叙事者融为一体。契诃夫的创作同样经历了这一过程。对契诃夫不同阶段作品的语言学分析表明，异叙事者的角色逐渐削弱，主人公和次要人物的重要性依次逐渐上升。早期创作中，异叙事者的声音经常出现，在中期，主人公的主观性逐渐加强，开始与异叙事者对话，同时次要人物的声音开始出现；后期作品中异叙事者逐渐退隐，次要人物的声音占据主要地位。

---

[1] Кожевникова Н. А. Типы повествования в русской литературе XIX–XX вв. [M]. М.: Наука, 1994: 10.

第四章 自由间接话语研究

在描写叙事文本的过程中，必须解决的一个重要问题是：在叙事文本中，谁是说话人的替身。直接引语、间接引语的话语主体容易判断，而自由间接话语则融合了直接引语和间接引语的特征，其形式和内容方面的特殊性，历来是叙事学研究中的一个热点话题。

一、自由间接话语的研究历史和现状

自由间接话语是一种非传统的叙事形式，是对叙事文本进行语言学分析的基础概念之一。"从主人公、作者的视角以自由间接话语的形式转述他人话语，这可以保留被转述话语的特征。对于自由间接话语而言，典型的特征是必须用于叙事形式中，被称作自由间接话语（或非经典叙事）。"[1]自由间接话语可以被视为一种叙事形式，具有语法学和叙事学方面的特征，并且是表达人物内心感受的最为合适的手段。

自由间接话语既属于语言学（语法学和句法学）的概念，同时也是文艺学（语体学和叙事学）的一个概念。这一领域的研究具有争议性，至今仍没有一个统一的、众所公认的定义。这些问题包括：鉴定自由间接话语的决定性因素是什么：语法范畴还是叙事范畴？是否应当提出一个综合性的方法，其中既考虑到语法层面，同时又考虑到叙事层面？

自由间接话语在很长时间被视为纯粹的文学形式。某些现代研究者[2]指

---

[1] Жеребило. Т. В. Словарь лингвистических терминов[Z]. Назрань: Издательство Пилигрим, 2010: 238.

[2] Fludernik M. The Fiction of Language and the Languages of Fiction: the Linguistic Representation of Speech and Consciousness[M]. London: Routledge, 1993; Hodel R. Erlebte Rede in der russischen Literatur. Vom Sentimentalismus zum Sozialistischen Realismus[M]. Frankfurt am Main: Peter Lang, 2001.

出，自由间接话语同样存在于口语文本中。我们并不排除这种可能性，但是在本研究中，我们仅仅研究叙事文本，并且将自由间接话语视为一种叙事形式。本章论述了科学文献中出现这一术语之后的自由间接话语的发展历史，也对自由间接话语做出了自己的解释。我们划分并分析了自由间接话语的主要特征，并且尝试给自由间接话语定义，以便在文艺文本中识别并分析这一叙事形式。

（一）自由间接话语研究的历史

简单而言，自由间接话语的研究历史可以分为3个历史阶段。

1. 19世纪末—20世纪初

19世纪末—20世纪初是自由间接话语概念的形成时期。1887年，德国语言学家托布勒（A.Tobler）首次发现了这一语言现象，但是他并没有使用自由间接话语现象这一术语。托布勒指出，存在着一种特殊的间接话语形式，融合了直接引语和间接引语的部分特征。托布勒认为，它和直接引语的相似性在于词序，而和间接引语的相似性在于所使用的动词的人称形式和时间形式。

1912年至1914年间，自由间接话语的研究迅猛发展，瑞士语言学家巴利（Ch. Bally）和德国同行卡列普基（Th. Kalepky）、勒奇（E. Lerch）等进行激烈的争论。巴利的方法是一种句法—修辞学方法，他采用了术语"style indirect libre"（自由间接语体），至今法语都使用这一术语用来表示自由间接话语。[1]和托布勒类似，巴利根据自由间接话语和直接引语和间接引语的相似性而对自由间接引语下定义，并且将自由间接话语视为间接引语的一种特殊形式，其特征是缺少连接词que。巴利指出，仅仅在一个句子内采用句法分析是不够的，必须要考虑到上下文（一个或者数个段落）。

卡列普基使用的术语是"verschleierte Rede"（幕后话语；幕后音）。他认为，作者借助于自由间接话语的形式、通过人物的声音表达了自己的思想。巴利则对这一观点提出批评。勒奇提出了"eine Rede oder ein Gedanke als Tatsache"（作为事实的话语或者思想）这一术语，他认为，这是受到作者或者叙事者控制的话语。由于这一控制，该话语具有客观性。几年后，德国学者

---

[1] 法语中还使用"discours indirect libre"（自由间接话语)这一术语——笔者注.

洛克（E. Lorck）又引入了术语"erlebte Rede"[1]（作者将自己想象为读者而感受的语言）。

自由间接话语研究的早期阶段提出并且讨论的问题至今仍富有启迪，包括现代研究自由间接话语的核心问题之一的主体问题。此外，为了鉴定自由间接话语，现代的叙事学家和语言学家经常基于托布勒和巴利所提出的原则和方法，从自由间接话语和直接引语、间接引语的相似性入手研究。

2. 1960年—1979年

自由间接话语概念形成过程中的第二个重要阶段出现在叙事学研究的过程中，叙事学研究的发展自身是沿着法国结构主义的渠道进行的。热奈特在自己的著作《辞格III》（1972）中为自由间接话语做出的定义，和"叙事距离"（distance narrative）的概念有着紧密的联系。根据这一观点，自由间接话语是间接引语的一种形式，是异叙事（纯粹的讲述形式；人物和叙事者之间的距离最远）和同叙事（纯粹的话语；人物和叙事者之间的距离最近）之间的过渡形式。在热奈特看来，自由间接话语和间接话语的区别在于自由间接话语没有引导动词，这可以构成双重模糊（double confusion）：首先，在说出话语和未说出话语之间不确定；其次，在人物话语和叙事话语之间不确定。

法国《语言科学百科词典》（*Dictionnaire encyclopedique des sciences du langage*）的作者杜克洛（O.Ducrot）和托多罗夫同样指出了自由间接话语的模糊性。一方面，自由间接话语中的时间和人称和作者话语语相一致；另一方面，在自由间接话语的语义和句法结构中，能够感觉到人物的存在。

自由间接话语主体的问题在自由间接话语研究的早期阶段就已经出现，在叙事学研究中占据了中心位置。那么，自由间接话语的主体是叙事者还是人物？自由间接话语究竟是什么：是人物的思想、感知和没有说出的话语，还是叙事者的说明和注释？由于读者在自由间接话语中听到了两个声音，但是读者却难以分辨出来，所以这是"双声部"的现象。这样，他们的研究中将读者、

---

[1] 术语"erlebte Rede"既受到同时代的Lorck的批评，同时又受到现代语言学家的批评，因为作者并没有经历这些思想或者这些词语；他只是将它们呈现出来。有学者认为，术语"erlebte Rede"具有模糊性和歧义性，并且不能够让人判断出谁(叙事者或者主人公)是'所经历言语'的主体。我们认为，在自由间接话语中，的确并不总是能够毫无疑义地将表述归为叙事者或者主人公。但这种歧义性正是自由间接话语的本质属性之一——笔者注。

读者对文本的理解和感知纳入进来。

在叙事学研究中，还出现了自由间接话语研究的一些新的层面。争论逐渐转移到文艺学领域，即文艺文本中的自由间接话语现象。[1]自由间接话语的主体问题，在这一阶段成为研究的核心问题。

3. 1980年代至今

文体学家班菲尔德于1982年出版的《无法言说的句子》（*Unspeakable Sentences*），标志着自由间接话语的研究进入了一个新的阶段。班菲尔德的思想和先前的研究、包括法国结构主义学家的研究迥然有异。法国结构主义学家主要研究文艺层面，班菲尔德的研究遵循的是严格的语言学路线；她的理论基础是乔姆斯基所提出的生成语法。

班菲尔德扩展了自由间接话语的意义。她用于表示自由间接话语的术语是"被再现的言辞和思想"（represented speech and thought），其中不仅能包含思想，同时还有主观感受范畴。这是对自由间接话语进行解释的一个新的、非常重要的元素，并且具有建设性意义。

法国语言学家本维尼斯特（1959）区分了叙事层面（histoire）和言语层面（discours），这对于班菲尔德而言非常重要。言语层面的特征是同时存在着说话人和听话人，以及具有表达力的语言手段和表达出来的情感；在叙事层面并没有共时的说话人和听话人，也没有叙事者。班菲尔德据此批评了"双声部"理论：由于自由间接话语中的句子并没有叙事者（narratorless sentences），[2]所以，其中不可能出现双声部现象。[3]

班菲尔德还分析了"被经验的言辞"（experienced speech）、"被叙述的独白"（narrated monologue）和直接从法语借来的"自由间接语体"（style indirect libre）等术语。她认为，除了"被表现的言辞和思想"这一称谓，其

---

[1] Бахтин(1929)就已经注意到自由间接话语重要的修辞功能，他所使用的术语是"несобственно прямая речь"（非纯粹直接言语）——笔者注。

[2] Banfield A. Unspeakable Sentences. Narration and Representation in the Language of Fiction[M]. Boston: Routledge & Kegan Paul, 1982: 211.

[3] Banfield A. Unspeakable Sentences. Narration and Representation in the Language of Fiction[M]. Boston: Routledge & Kegan Paul, 1982: 211. 试比较本威尼斯特的论述："Personne ne parle ici; les evenements semblent se raconter eux-memes"（"在此谁都没有说话；事件似乎是在讲述自身"）。

他术语的指称功能都欠充分。和先前的学者不同，班菲尔德将自由间接话语视为一种特殊的、独立的形式，和直接引语的区别在于其中没有说话人，和间接引语的区别在于自由间接话语是独立的句子。自由间接话语具有表达力色彩，但是并没有"我"和"你"之间交际的可能性，并且，也不可能出现代词"你"。[1]

班菲尔德同样研究了叙事时间问题，并且区分出了两种类型的叙述："per se"叙述，在法语中相当于简单过去时形式；表达意识的句子（sentences which represent consciousness，即通常所言的自由间接话语）。"per se"叙述和自由间接话语都属于叙事层面，而不是言语层面。

可见，班菲尔德的语言学概念和法国叙事学家的概念之间存在着原则性的对立。它们的出发点、首要研究对象并不相同。尽管在班菲尔德的概念中存在着某些争议性内容（例如仅仅在句子范围内研究自由间接话语的做法是否正确令人怀疑），班菲尔德对自由间接话语理论的研究作出了显著的贡献。

班菲尔德的思想影响了20世纪末的关于自由间接话语的很多研究，她的概念体系至今仍受到学者的研究和批判。例如，图兰（M. Toolan）认为："班菲尔德论证中的一个主要问题似乎在于一个事实：她的方法和语法是基于句子。"[2]即班菲尔德思想中的一个主要不足是以句子为单位进行研究。此外，图兰还从文学作品中举出了一些无法采用班菲尔德的理论进行分析的例证，并以此否定了班菲尔德的观点。[3]而热奈特认为班菲尔德关于叙事者从叙

---

[1] 试比较 Represented speech and thought is, then, a sentence type which falls outside any framework structured by the communicative relation between I and you. 参见 Banfield A. Unspeakable Sentences. Narration and Representation in the Language of Fiction[M]. Boston: Routledge & Kegan Paul, 1982: 141.

[2] Toolan M. J. Narrative: a Critical Linguistic Introduction[M]. London–New York: Routledge, 1994: 135.

[3] 例如："Lily asked where were her paints" "Clarissa insisted that, concerning Peter Walsh, she was never wrong."(Toolan, 1994: 131)根据句法标准(引导动词的出现), Toolan将类似的句子纳入到间接引语之中。Poncharal认为，这些句子位于间接引语和自由间接话语之间的过渡地带。根据它们对读者造成的影响，它们更类似于自由间接话语。参见 Poncharal B. Linguistique contrastive et traduction. La representation de paroles au discours indirect libre en anglais et en français[M]. Paris: Ophrys, 2003: 54.

述中消失的理论毫无根据，并略带嘲讽地批评班菲尔德："您所言的没有叙事者的故事或许真的存在，但是我已经读了40年的故事，我在任何地方都没有发现它。"[1]

最近几十年对自由间接话语的研究方兴未艾。口头话语中的自由间接话语逐渐成为研究对象，[2]自由间接话语领域的对比研究是一个重要方向，[3]例如，庞切拉（Poncharal）根据表述操作理论，对自由间接话语进行对比分析。弗鲁德妮克（Fludernik）尝试将语言学方法和文艺学方法结合起来，提出了分析自由间接话语的新的方法。

俄罗斯语言学者中帕杜切娃对自由间接话语研究最为深入。她认为，在自由间接话语中，叙事的权力被转移给了人物。这样，自由间接话语涉及到叙事者从叙事中退隐，至少和叙事者角色的弱化相关。帕杜切娃并不赞同"双声部"的理论。她认为，自由间接话语的句法标记包括：非肯定性言语行为（例如疑问句）、呼语、任何以人物作为参照、而不是以叙事者为参照的一级自我中心成分等。[4]在帕杜切娃看来，自由间接话语是多声部的一种形式，是表达移情和嘲讽的手段，也有助于从内心世界来描述人物的特征。

（二）自由间接话语研究的现状

基于自由间接话语的现有研究，尤其是热奈特和帕杜切娃的研究，根据对叙事文本中自由间接话语的研究，我们可以给自由间接话语这一语言现象和文学现象进行定义。自由间接话语的特征是具有一些语法参数和叙事学参数，

---

[1] Genette G. Nouveau discours du recit[M]. Paris: Seuil, 1983: 68; 转引自Poncharal B. Linguistique contrastive et traduction. La representation de paroles au discours indirect libre en anglais et en frangais[M]. Paris: Ophrys, 2003: 54.

[2] Fludernik M. The Fiction of Language and the Languages of Fiction: the Linguistic Representation of Speech and Consciousness[M]. London: Routledge, 1993; Maingueneau D. L'enonciation en linguistique frangaise: embrayeurs, temps, discours rapporte[M]. Paris: Hachette Superieur, 1991.

[3] Kurt S. Erlebte Rede aus linguistischer Sicht: Der Ausdruck von Temporalitat im Franzosischen und Russischen[M]. Bern: Peter Lang, 1999; PPoncharal B. Linguistique contrastive et traduction. La representation de paroles au discours indirect libre en anglais et en frangais[M]. Paris: Ophrys, 2003.

[4] 这里指的是一些只能用于全价言语交际情景中的自我中心成分，它们要求现实的说话人和听话人共同出现——笔者注。

为了鉴别自由间接话语，不能局限于单独的一个句子范围之内，并且必须要考虑到更为广泛的上下文。[1]

从叙事学的视角来看，自由间接话语可以被描述为叙事者退出叙事过程，或者是叙事者声音和人物声音的融合。"双声部"（dual voice）和歧义性（ambiguite）特征在此具有重要意义，它们表现为叙事者和人物声音的交织。[2]这一歧义性在自我异叙事中表现得尤为明显，它要求叙事者和人物的统一。

自由间接话语也是表达主观性的一种手段。具体而言，自由间接话语适合传达人物的思想、内心世界状态、主观感知、情感经历、无法言说的话语[3]以及（在自我异叙事文本中）表达作为主人公的叙事者的上述思想或感受。这样，自由间接话语适合从内心世界来刻画主体（在这一方面，它和内心独白、意识流相似）。

自由间接话语同样具有形式方面的特征。这些特征既可能是普遍的，也可能是某种具体语言中所特有的。根据自由间接话语的经典定义，它是以第三人称过去时的形式做出的叙事，但是，自由间接话语也可能由第一人称说出。为了鉴定自由间接话语，应当考虑到动词的时体系统（例如，法语中表达自由间接话语的规范形式是未完成体动词，而不能使用简单过去时）、动词的假定式（主要是以陈述式的自由间接话语形式；此外，德语中的自由间接话语可能出现条件式；自由间接话语中并不使用过去时形式）和语言的各种指示系统（除了第二人称代词）。自由间接话语的形式特征是没有引号，在大多数情况下，自由间接话语是独立的句子，不能是从句。在自由间接话语中可能出现疑问句、感叹句、停顿（通过书面的省略号表示）。

① 他话音未落便走开了，剩下范妮一个人尽力抑制自己的心情。她是他

---

[1] 许多研究自由间接话语的现代语言学家和文艺学家都指出了这一方面，参见 Poncharal B. Linguistique contrastive et traduction. La representation de paroles au discours indirect libre en anglais et en frangais[M]. Paris: Ophrys, 2003等。

[2] 在这一方面，我们的理解和热奈特相似，参见上文。对于Hodel而言，"言语层级的不确定性"同样体现了自由间接话语的区别性特征——笔者注。

[3] 除了极少数的例外，无法说出的话语背后都隐藏着人物的认知，也就是说，是人物的思想和/或者感知——笔者注.

最亲爱的两个人之一——这当然是对她莫大的安慰。但是那另外一个人！那占第一位的！〈……〉她要是认为克劳福德小姐真的配得上他，那就会——噢！那就会大不相同——她就会感到好受得多！

②她还记得夏天的晚上，太阳还没有落，一有人走过，马驹就会嘶叫，东奔西跑……她的窗子下面有个蜂房，在阳光中蜜蜂盘旋飞舞，有时撞到窗玻璃上，就像金球一样弹了回来。那时多么幸福！多么自由！多少希望！多少幻想！现在她已经把它们消耗得干干净净了，一点也不剩了！

在上面两个例证中，范妮和包法利夫人的自由间接话语直接地传达了人物的情感。在自由间接话语中，包法利夫人表达自己的主观感受以及自己的内心想法。话语的之间存在着联想—情感联系，而不是结构上的联系。

自由间接话语是一种综合性的语法和语义现象，也是一种非传统的叙事形式。随着语言学和叙事学的发展，这一概念的解释方式经历了巨大的变化。即使现在，自由间接话语仍然是饱受争议的对象，是现代语言学和叙事学中值得深入研究的问题之一。为了判定和研究叙事文本中的自由间接话语，必须同时考虑到语法标准（词汇标准和句法标准）和叙事学标准。

近年来对自由间接话语的对比研究表明，自由间接话语是一种普遍的语言现象，存在于许多语言中（可能是所有的语言中）。但是，除了自由间接话语在许多语言中的共同特征之外，还存在着一些形式标记，它们是具体的语言所独有的。在自由间接话语研究的早期阶段已经采用了这种对比的方法，例如巴赫金1929年已经对比研究了德语、法语和俄语中的自由间接话语形式。虽然对比的方法并不新颖，但它的有效性毋庸置疑。

自由间接话语是19世纪末、尤其是20世纪许多文学作品的区别性功能特征，还是一些作家的个人风格的重要特征。

二、叙事形式的划分方法

叙事形式（повествовательная форма）[1]是叙事理论中的基础性概念之

---

[1] 艾亨包姆（Б. М. Эйхенбаум）就已经使用了这一术语，参见 Эйхенбаум Б. М. О литературе[M]. М.: Советский писатель, 1987: 428–436.

一。文艺文本是一种言语作品，作为这种作品，它的首要特征是自己的言语主体。文艺文本结构的完整性和谋篇布局在最终意义上说，是由于文本背后的统一的认知而决定的。

说话人是日常交谈话语的言语主体，但是叙事文本中的言语主体并不一定是作者。此外，日常交谈话语中的说话人并不等同于文艺文本的创作者。首先，理解叙事文本的交际情景是不完整的，作者脱离了自己的表述。读者接触到的仅仅是文本，而和作者之间的联系仅仅局限于文本中所反映的内容。在这种非典型交际情景中，自然语言中的许多重要机制并不适用；例如，文艺文本中"这里"无法通过借助于作者当下时刻的地点来表达行为的发生地点，因为作者和读者并没有共同的当下时刻和共同的视野。所以对于读者而言，作者并不能充当时间—空间定位的参照点，而该参照点是在日常交谈中实现指示指称中所必需的。其次是文学作品的虚构性。在交谈话语中，说话人生活于他所谈及的现实世界；文艺文本的作者创造出了一个类似于现实世界的、虚构的世界，作者不属于他所创造的文本的世界。在现实世界和虚构的文艺世界之间的游戏，是许多文艺手法的根源。

总体而言，作者在自己的作品中表达的评价和意见，仅仅间接地反映了该作家真实的思想。从语言学方面来说，说话人和作者在这方面是类似的：在言语交际中，说话人同样可以撒谎、隐瞒和伪装，但是我们用于识别这些诡计的手段，和对文本进行语义解释的语言规则之间并没有什么关系。

尽管如此，在叙事文本的交际情景中，类似于说话人的并不是作者自己，而是维诺格拉多夫所言的作者形象，更准确地说是叙事者：叙事者才是能够直接体现在文本中的、读者所能接触到的认知主体。他是时间—空间定位体系的中心，这一体系是语言中根深蒂固的、同时也是在任何的叙事文本中经常出现的指示指称体系所必需的参照点。

可以根据叙事者的类型划分出三种主要的叙事形式，它们可以用语言学术语来描写。[1]还存在着其他的叙事形式，其中某些可以用"现代主义"这一术语概括。

---

[1] 参见 Падучева Е.В. Семантические исследования: Семантика времени и вида в русском языке. Семантика нарратива[M]. М.: Школа "Языки Славянской Культуры", 2011: 199–219.

叙事者在文本中的呈现程度和叙事者的语法表现形式紧密相关，也就是说，进行叙述的人（第一人称或者第三人称）的人称表达式。但是，总体而言，存在着说话主体是言语的前提条件，甚至当第一人称在文本中并没有表示出来的时候，任何叙事背后都有第一人称。因此，更为准确的说法应当是"关于第三人的叙述"而不是"从第三人称的角度进行的叙述"。

叙事视角标准和叙事者对所叙述世界的掌握程度相关。无所不知的叙事视角的特点是叙事者是"全知的"，他能够渗透进被描述世界的所有角落和领域，拥有比任何一个人物都要丰富的知识。与此同时，在言语层面，"全知叙事者"可能是被揭示的，也可能是没被揭示的（可能是出现在文本中的，也可能没有出现在文本中）。

受限叙事视角和某一"视点"相连，该视点决定了对叙事信息的选择，将叙事者和人物都不知道的内容置于叙事框架之外。此时叙事者可能显性出现，也可能并不出现。当文本中包含数个视点的时候，受限叙事视角就被突破了。此外，在同一文本框架之内，叙事者可能从全知叙事者的位置转移到某一受限视角。

情态标准要求区分感知主体（认知主体）和言语主体。当叙事层和被叙事层重合或者类似的时候，这些主体是一致的，否则不一致。但是，即使是在言语主体和反映主体（即感知主体）同一的条件下，感知主体之间还可能存在着差异。自传文本的主观（主体）—叙述层就是如此，其中作为叙事者的"我"和作为被叙述内容的"我"之间存在着时间间距。

（一）叙事和抒情

在言语交际情景中存在着说话人和听话人，并且表述是由听话人在说话人在场的情况下进行解释。文艺交际发生于非全价交际情景：从读者的视角来看，这种交际情景的特征是文本脱离了说话人；而作者也没有共时的接受者。在退化的言语情景中，相应地出现了语言表达力的退化。在抒情作品中，非全价交际情景似乎被补充为完全交际情景。换句话说，在叙事和抒情作品之间的区别在于：抒情作品中言语情景似乎是不完备的，而叙事文本则直视现实。

抒情插笔——这是叙事文本的一些片段，需要抒情的交际情景。也就是说，该情景中似乎是存在着听话人。在这方面，接近于抒情作品的是修辞性的插笔。

① 是谁在那星光与月色下/这么晚还骑在马上遛行?/是谁的不知疲倦的马儿/在这无边的草原上飞奔?

这些插笔同样需要存在着接受者——尽管作者本人就可以充当这一接受者。

叙事作品的语言要比抒情作品的语言偏离交谈语言更远。抒情作品的语言在很多结构层面更接近于交谈语言：在第三人称叙事中，言语情景的退化体现在自我中心成分的相应的退化中，而在抒情作品中仅仅发生了解释的改变：自我中心成分语义中次要的、背景的成分（例如说话人的出现；被观察性等）成为了主要的成分。

就原则而言，与叙事文本中叙事者相应的是抒情作品中的抒情主人公，但是，在这两个形象之间实际上存在着差异。

叙事文本中的叙事者并不一定要出现于文本所生成的世界中。在抒情作品中，抒情主人公必须出现于文本世界。因此，抒情文本的内在世界类似于现实世界；实际上，要做到这一点，仅仅需要诗歌的抒情主人公等同于诗歌的作者即可。

叙事文本与交谈话语和抒情作品的主要区别在于接受者。由于抒情作品模拟了交谈情景，它部分地模拟了接受者的存在。如果说在任何形式的文学作品中都存在着类似于说话人的话语发出者（即使是履行退化的认知主体的角色），那么接受者却是另外一回事。可以区分出内在接受者（文本中的一个人物）和外部接受者（读者）。

在叙事文本的主干部分，即描写部分，通常情况下并不存在内在接受者，并且仅仅在抒情性插笔和修辞性插笔中才能出现接受者，并且是外部接受者。同时，抒情文本中通常存在着内部接受者，例如，呼语的对象就是内部接受者。

在阿赫马托娃（А. Ахмамоба）的创作中，经常进行多义性游戏，在这种情况下，令人困惑的是她指的究竟是内在接受者还是外在接受者："当诗歌诉诸'交谈者'，而后者一直到最后都是隐藏的，此时由于不确定性指示造成的情感印象显得更为令人困惑不解。这产生一种错觉：这种呼吁是面向'不确定的他者',相应地,可以简单地面向读者,面向'我'。"[1]

在从交谈语言向文艺作品语言的转化过程中,第二人称的语义以及所有的、需要第二人称的语言成分发生的变化最为明显——呼语、命令式、疑问句;在抒情作品中,言语情境中的缺少的部分通过想象而得以补充,而在(经典)叙事中,它们纯粹是缺席的。

接受者和听话人之间还存在如下区别:听话人是在生成表述的过程中,同步共时感知表述的人。抒情作品和叙事文本不同,所需要的正是听话人。可以认为,叙事文本中语法时间范畴解释方式相对于交谈语言中解释方式的改变,与共时接受者的缺席相关:正是由此,叙事文本中的基础时间是过去时。

此外,第二人称的形式并不一定表示接受者。存在着第二人称代词的泛指人称用法,此时第二人称形式并不表示受话人,而是任何的、泛指的"你"。

② 为了延长这种精神享受,我虽然不时地偷觑着窗口(不能去得太晚,窗口一关,炊事员就不耐烦侍候你了。即使请动了他,他也要在勺子上克扣你一下;以示惩罚),但同时也以同样庄重的口吻说……

第二人称的泛指人称意义与普通的、表示接受者的意义相对立。这两种用法——泛指人称用法以及表示交际对象的用法都体现在叙事文本之中。

我们首先从表示接受者的用法开始。叙事文本中,只有当第二人称代词出现在抒情性插笔或者是修辞性插笔中的时候,才能有表示接受者的用法。

③ 墙根,这是多么美好的地方!"在家靠娘,出门靠墙",这句谚语真是没有一点杂质的智慧。在集体宿舍里,你占据了墙根,你就获得了一半的自由,少了一半的干扰。

在叙事文本的主干部分,只有在特殊的叙事形式中才可能使用第二人称。契诃夫的《第六病室》就是这种例子。

④ 在医院的后院里有一座不大的偏屋,四周长着密密麻麻的牛蒡、荨麻和野生的大麻。〈……〉如果您不怕被荨麻螫痛,那您就沿着一条通向偏屋的羊肠小道走去,让我们看一看里面的情景。打开第一道门,我们来到了外室。〈……〉再往里走,您便进入一间宽敞的大房间,〈……〉满屋子的酸白菜

---

[1] Виноградов В. В. Избранные труды. Поэтика русской литературы[M]. М.: Наука, 1986: 447.

味，灯芯的焦糊味，臭虫味和氨水味，这股浑浊的气味让您产生的最初的印象是，仿佛您进入了一个圈养动物的畜栏。

这里第二人称的形式就像是在交谈话语中一样，表示接受者，并且与日常言语情景不同之处仅仅在于：在被描述场景中，接受者仅仅是想象出来的。这一片段中最重要的语义成分是：叙事者（并且必须是第一人称的叙事者）所出现于其中的言语行为，促使自己的读者将自己想象为所描述情景的直接的参与者；此后，情景就通过假设其中存在着接受者而进行描写。

作者也可以直接现身，故意混淆现实世界和虚构世界之间的界限，与自己作品中的主人公进行对话。

⑤ 我把小说写到这里不知道应该怎样写下去，我犹豫在真实和虚构之间。倘若照真实来写那只不过是你过了一会儿就离开了医院，像狗丢下了一根没有肉的骨头。而这样写读者绝不会满足，照他们看来你应该抱头嚎啕大哭。读者总喜欢刺激，以为书中的人物在一次强烈刺激以后会有激烈的反应。可是我想来想去你当时并没有丝毫异乎寻常的举动。你这种没有异乎寻常的举动就异乎寻常，因而让我莫名其妙。

这样，这一文本中的交际情景在叙事文本中并不常见，读者似乎是场景的虚拟参与者和观察者。这一叙事形式可以被称作抒情形式。这并不是第二人称叙事，因为言语的主体是第一人称的叙事者。第二人称代词表示的是言语接受者——更可能的是外部接受者，因为这是已经进入到医院并且消失的人，很难被称作是人物。正如上文所言，抒情形式的特点是动词形式使用中的言语机制：短篇小说的基础性时间是现在时。试比较同一部短篇小说的随后部分。

⑥ 房间里摆着几张床，床脚钉死在地板上。在床上坐着、躺着的人都穿着蓝色病人服，戴着旧式尖顶帽。这些人是疯子。

下面是抒情性叙事形式的一个例证。

⑦ 过去的一切甜蜜盘据了我的脑海，在"电通"，我们初恋的时候，我写过"你再不睡就对不起我"的留条；在倍开尔路，我们做过通宵的长谈，在街心漫步，一直到深夜二时，我才陪你绕着一条黑黝黝的弄堂送到你门口；在麦克利克路，因为要看画报的校样，隆冬的严寒夜未央，我从温暖的被窝中爬起，你给我披衣穿袜的一种说不出的怜惜；在南洋路，外面下着大雪，没有木柴，我和你用一大叠报纸生起火炉。

上述片段第一句话表明，短篇小说的基础性时间是过去时。

能说明问题的是，在抒情形式的叙事文本中，小孩经常是内部接受者（也就是说第二人称的人物）。试比较周国平的《妞妞》，是父亲针对孩子的视角。

⑧ 自从妈妈怀了你，像完成一个庄严的使命，耐心地孕育着你，肚子一天天骄傲地膨大，我觉得神秘就在我的眼前。你诞生了，世界发生了奇妙的变化，一个有你存在的世界是一个全新的世界，我觉得我已经置身于神秘之中。

在这种上下文中，第二人称的形式是自然而然的：向他人讲述他曾经参与其中或者是曾经见到的事件，但是对方并不明白事件的意义。但是这一原因在很大程度上并不是决定性因素：在叙事者的当下时刻，并不需要任何的已经长大的小孩："你"在叙事者的当下时刻的年龄，同于小说的文本时间。例如：

⑨ 你笔直地在站在台上，台下没有一丝声响，我们都不敢呼吸了，睁大眼睛看着你，而你显得很疲倦，嗓音沙哑地说想不到在这里会有那么多热爱文学、热爱诗歌的朋友。

当一个人物成为叙事者的接受者的时候，交际情景与此类似。

⑩ 看你这么可爱，我常常禁不住要抱起你来，和你说话。那时候，你会盯着我看，眼中闪现两朵仿佛会意的小火花，嘴角微微一动似乎在应答。你是爸爸最得意的作品，我读你读得入迷。

⑪ 他觉得自己就像死过一次似的，很有些看破红尘。人生不过如此嘛！大难临头哭都来不及，谁又顾得了谁？你对别人爱也好恨也好又能持续几日？到头来还不尽是一笔勾销？你一笔勾销了别人又在哪里？你既不知他又何知？如此一想，顿觉无牵无挂，什么话也懒得说了。

叙事文本中第二人称的接受者用法还有另外一种模式，其中"你"是叙事者对自己的称呼（例如，称呼过去的自己），并且叙事者似乎是溶解于接受者之中。这一形式的确可以被称作是第二人称叙事形式。这一叙事形式的著名的例证是朱自清的散文《给亡妇》。

第二人称具有泛指人称意义，但是这种意义在某些上下文中可能消失，因为第二人称代词的形式经常仅仅表示说话人。[1]在叙事文本中，这一主体可以表示叙事者。

⑫ 困难的是，你要学会钻到这个人心里去的本领，就像孙悟空能钻到铁扇公主的肚皮里去一样。

但是，如果说第二人称仅仅是表示说话人，那么为什么不直接使用第一人称？显而易见，第二人称的泛指人称意义保留了与接受者意义（对象意义）的联系：在这一用法的语义中，包含有一个成分："我想，你要把自己放到我的位置，并且想象一下，我关于自己说出的一切，似乎都是发生到你自己身上的。"

⑬ 写小说的人和被描写的人之间不存在什么上当不上当的问题，但这个道理却有相同之处。一则是，没有心理描写，你的文章就不叫小说，而是新闻报道了；并且，写人物的行为却不写行为的动机，有时会使读者莫名其妙。你把人物那最隐秘的心理，那一霎间的闪念写出来，才会使你的小说较有生动，较有情趣。二则，你要是钻到他或她的肚皮里去，你就会发现，那里面隐藏的东西要比他或她外表表现出来的东西丰富得多，有趣得多。老实说，故事多半是从那里开始的，而不是从你眼睛能看到的表情行为上开始的。

上述例证表明：第二人称的形式中，仍然保留有泛指人称的意义：动词所表示的行为，整体而言，仍然属于任意一人，但是首先属于说话人，因为这是在表述的指称空间中占据凸显位置的人。寓言中揭示寓意的情形与此类似：寓意（概括性内容）的客体是叙述中的凸显人物。

（二）经典叙事

作者不仅可以作为叙事者出现在文本中，来论述那些似乎是发生在某一世界中的事件，同时他还可以作为显而易见的、虚构世界的创造者而出现在文本中。

①陈灿〈…〉他是我的朋友，但是跟青芝方面，那是有着更佳妙的关系，这意思是说，他后来跟她演过了美妙但是悲剧的故事的。

叙事文本的一个简化的模式是：叙事者同样充当言语主体——读者接触

---

[1] 王晓阳.第二人称代词"你"的用法及解释[J].俄语语言文学研究,2007(03):37-46.

到的内容可以被理解为叙事者讲述的内容。所以在语言学描写中，可以完全将作者省略掉，并且将叙事文本的交际参与者视为"叙事者—读者"。在叙事交际中，叙事者仍然是整个自我中心成分体系的支配者。

可以认为，在经典叙事中，能够保证文本的结构和谋篇布局完整性的统一的认知，体现在叙事者形象中。在非经典叙事（例如自由间接话语）中，谋篇布局的完整性取决于更复杂的因素。

经典叙事可以划分为两种形式：第一人称叙事形式（Ich-Erzählung）和异故事叙事者形式。

在第一人称叙事中，叙事者可以人物化，即进入到文本世界，成为文本世界中的一个人物，可以完成某些行为；具有哪怕是十分简单的履历；他也可能具有自己的名字。叙事者能够以第一人称形式出现（例如余华的《在细雨中呼喊》），但是也可能以第三人称的形式，例如《当代英雄》中的马克西姆·马克西梅奇）。《当代英雄》中的《贝拉》一节，马克西姆·马西梅奇相对于主要的叙事者"我"而言，是第三人称的形式，并且在小说的主要内容情节部分则表现为第一人称的形式。

② 有一回，毕巧林一再劝说跟他一块儿去打野猪；我推托了好半天：唉呀，野猪对我又算得上什么稀奇呢！

从另一方面来说，外在的叙事者可能并没有人物化，他并没有进入到文本的内部世界，就像是布尔加科夫的小说《大师与玛格丽特》中的叙事者一样，在极少情况下（抒情性或者是修辞性插笔中），叙事者仅仅表现为评价主体或者是对话性反应话语的主体。

③ 亲爱的读者，请随我来！谁对您说人世间没有忠贞、永久的真正爱情？撒这种谎的人，应该把他的烂舌头割掉！我的读者，随我来吧，您只管跟我走，我一定让您见识见识这样的爱情！

在进行评价的时候，很重要的一个方面是进行评价的主体，这通常是说话人，评价体现了说话人的视角。

④ 狗皇帝卡林说出下面这样一段话来：

"听我说，老哥萨克人伊利亚·穆罗梅茨！

你别为弗拉德米尔大公效力。

你为狗皇帝卡林效力吧！"

乌斯宾斯基从民间文学中"固定修饰语"的角度分析了上例，说明了"它们的出现超乎了对具体情境的依存，同时首先证明了作者与被描述对象之间某种特定的关系。"[1]从本书研究的角度来看，这一文本中最后一句话的异常是因为，具有贬义的称名形式"狗皇帝"出自"皇帝卡林"的直接话语，他是这一称名的主体；如果脱离这一上下文，"狗皇帝卡林"所作出的否定性评价被解释为说话人的评价，这时异常就不复存在。

经典叙事的第二类是异故事叙事（homeodiegetic narrative），又称第三人称叙事；叙事者外在于文本世界（例如钱钟书《围城》、霍达的《穆斯林的葬礼》中的叙事者）。因为异故事叙事者并没有称呼自己，他还被称为内隐叙事者，无论是在人物所活动的虚构世界中，还是在作者所活动的现实世界中，都没有完整的存在形式。

契诃夫小说《醋栗》的情节围绕"醋栗"进行，它是通过内在的叙述者陈述的；但是，异故事叙事者同样经常在主观化的言语结构中表现出自己，例如："漂亮的佩拉吉娅那么殷勤，模样儿那么温柔，给他们送来了浴巾和肥皂。"

如果叙事者仅仅以第一人称的形式称呼自己，并且他的话语具有元文本的特征，可以认为这是一个外在的叙事者。

⑤ 让我们把小姐交给命运之神和车夫杰廖希卡的赶车技艺去保护，现在回过头来看看咱们的年轻的新郎吧！

异故事叙事者和人物化叙事者具有一系列差异。异故事叙事者并没有必要在这一世界中占据特定的时间—空间位置：当描写人物所经历的事件的时候，尽管事件似乎是他亲眼所见的，但是他的位置却无关紧要。而人物化叙事者则有这方面的问题：他受限于自己的时空。

叙事规范要求存在着统一的视角：在同一叙事文本范围之内，同一个人物应当以一种统一的方式进行称呼：要么总是第一人称，要么总是第三人称。因为视角是通过选择某一主体来履行说话人的角色的，而说话人在自己的言语过程中并不会发生变化。

在纳博科夫的小说中，一种叙事者类型经常会向另一种叙事者类型转

---

[1] [俄]乌斯宾斯基. 结构诗学[M]. 彭甄译. 北京：中国青年出版社，2004: 21.

化。例如，在小说《普宁》中，叙事者有时是一个抽象的形象，并没有固定的时间—空间位置，有时又转换为一个具体的人物，这种变动破坏了叙事的一些规范，构成了一种文艺手法。例如契诃夫的小说《没意思的故事》的第一段中发生了视角的变化，表现为记录的体裁，从第三人称视角转化为第一人称视角，这可以被视为小说的导入语。

⑥ 在俄罗斯，有一位德高望重的教授尼古拉·斯捷潘诺维奇，是三品文官，勋章获得者。……诸如此类，不胜枚举。所有这些，再加上以外许多也值得一提的事情，就构成了我的所谓名声。

第一人称叙事和第三人称叙事的划分并不是十分准确，它并不是划分叙事形式的本质标准。有学者认为自由间接话语是第三人称叙事的一种类型。自由间接话语确定性的特征是：叙事者完全没有出现或者部分地消失，而主人公（形式上是第三人称，而实质上是第一人称）并没有什么本质性的作用。许多作家的创作有意识地突破了这一局限。例如余华的《死亡叙述》以第一人称形式展开叙述，开篇并无异样。

⑦ 本来我也没准备把卡车往另一个方向开去，所以这一切都是命中注定的。那时候我将卡车开到了一个三岔路口，我看到一个路标朝右指着——千亩荡六十公里。

但是文中第一人称的叙事者最后被杀死。

⑧ 然后我才倒在了地上，我仰脸躺在那里，我的鲜血往四周爬去。我的鲜血很像一棵百年老树隆出地面的根须。我死了。

这也是余华创作惯用的一个技巧，即混淆现实世界和虚拟世界之间的界限。这种视角的变化可以从心理学上得以证实（从一旁审视自己）。在余华的其他创作中（如《第七天》）也可以发现这一技巧。

比较重要的是全知叙事者和受限叙事者之间的对立。全知叙事者并不让我们知道他的知识来源；他描述人物的内心世界状态，同时并不顾忌这些内心状态并无法通过外在观察的形式被发现。他具有无限的可能去改变空间去向，可以返回到过去，或者是提前到达未来——他可以自由地沿着时间轴线前进或者后退（例如余华的小说《鲜血梅花》，叙事视角在时间和空间中跳跃）。一些叙事者根据语用方面的要求，出于真实性的考虑，在上述方面有意识地限制主观性渗透的程度。

这一对立对于异故事叙事者具有重要意义。人物化的叙事者正常情况下应当可以解释的：他要么讲述自己亲身经历的事件，要么是描述他亲眼观察到的事件，并且这一规范通常无法被破坏。而异故事叙事者则可以自由地选择：他可能是全知叙事者，也可能是根据一定语用学条件而出现的叙事者，在自己和文本世界之间设置不同形式的"障碍"，例如"大概""可能""似乎"等，似乎他并不能接触到人物的内心世界。

⑨ 对玛莎而言，他过去的一切显得十分神圣，至少她珍藏着意见就可以思及其人的许多什物。

异故事叙事者可以占据相对于人物而言明确的外在位置，并且通过可以观察到的迹象描述人物的内心状态。试比较叙事者对事件进行的解释。

⑩ 不过，你们也许想知道贝拉这故事的结局吧？——但请留意：第一，我现在写的并不是小说，而是旅行札记；因而，我便不能强迫上尉在他实际上并未讲起来之前就开讲。

在此异故事叙事者表现为旁观者，这就是所谓的记录风格。这通常是一种叙事策略，为读者理解文本事件设置障碍，造成陌生化的效果。

还有一个对立——叙事者和他所描述的世界之间的空间和时间距离。文本时间和事件时间可能一致，也可能不一致。根据这一标准，共时的报道者（编年史、日记等）与回顾性的、总结性的叙事者相对立；总结性的陈述与"就近"观察到场景的描写相对立。例如《黑桃皇后》第三章中的一个段落开头是"格尔曼是个俄罗斯化了的德国人的儿子"，然后描述了德国人之前的生活，随后描写他不同的生活场景。

除了"叙事者是否是人物"这一对立，对于判断叙事形式而言，所有的对立并不具有原则性的特征。外部位置与内部位置的对立，异故事叙事者、他的受限程度、叙事者参与精神活动的程度、对话性程度等因素，都可以在同一文本内发生变化，所以它们并不是决定叙事形式的因素。

整体而言，叙事者的认知保证了经典叙事的结构完整性。在第三人称叙事中，"作者的主观性"也可能存在，但是仅仅局限于抒情性的插笔或者是修辞性的插笔中。在第一人称叙事中，主观性可以出现在叙事的主干层面。

应当指出，即使是在同故事叙事框架内，人物在一定程度上也可以支配自我中心成分。例如，在对风景、内饰等进行描写的过程中，人物经常履行观察者的角色,也可能做出喜好或者厌恶的判断,可以部分地成为指示参照点。经典叙事甚至可以包含有一些自由间接话语的片段。但是,它们应当出现于一定的上下文中,就像是人物的内心独白、或者是转述别人话语等,并且有明显的标记。

(三) 自由间接话语

与经典叙事相对立的叙事形式通常被称作自由间接话语(试比较英语术语free indirect discourse)。叙事者在整个文本中或者是在文本的某些重要部分并不在场,或者是在交际过程中履行着微不足道的角色,例如布尔加科夫的《白卫军》和契诃夫晚期的创作(《新娘》等)。班菲尔德(1982)简要介绍了叙事形式发展的历史。[1] 自由间接话语被视为纯粹的文艺形式,它的出现时间并不早于19世纪。

如果说在经典叙事中,类似于说话人的是叙事者,那么在自由间接话语中,履行这一功能的是人物。人物排挤了叙事者,成为支配自我中心成分的主体。

① 在年轻的吐尔宾一家人不知不觉之中白色的、毛茸茸的12月已和严寒一起降临。啊,我们的闪耀着白雪和幸福之光的枞树爷爷!啊,妈妈,光明的女王,你现在在何方?

在上文中,"我们"指的是年轻的图尔宾一家,而不是叙事者,这是出现在第三人称叙事中的第一人称话语形式,也就是自由间接话语。但是,叙事文本中并不存在纯粹的自由间接话语,叙事者(通常是异故事叙事者)总是会占据着特定的位置。总体而言,将文艺文本归为某一叙事类型,在一定程度上都是大概的。有的叙事形式是自由间接话语和经典叙事中间的类型(例如,契诃夫晚年创作的短篇小说《主教》、《新娘》等)。

詹姆斯·乔伊斯(James Joyce)的短篇小说 *Eveline*(《伊芙琳》)就是自由间接话语的典型例证。女主人公沉浸于对往事的回忆中(One time there used to be a field there),之前并没有经典叙事中所惯有的、叙事者的外在显现

---

[1] Banfield A. Unspeakable Sentences. Narration and Representation in the Language of Fiction[M]. Boston: Routledge & Kegan Paul, 1982.

标志，并且当下时刻的感知和对未来的思索之间并没有明显的界限。但是，叙事者并没完全缺席。例如小说的开头。

② *She sat at the window watching the evening invade the avenue. Her head was leaned against the window curtains, and in her nostrils was the odour of dusty cretonne. She was tired.* （她坐在窗前看着黄昏笼罩在林荫道上。她的头靠在窗帘，在她的鼻孔是提花窗帘布上布满灰尘的气味。她累了。）

自由间接话语的连贯性基于不同人物之间、以及不同人物与叙事者声音之间的复杂的相互一致关系。

如果说经典叙事（第三人称叙事）削弱了语言的表达能力，是语言向退化的言语情景的投射，那么自由间接话语则可以赋予作者一定的、在经典叙事中所丧失的语言能力。

自由间接话语应当与通常所称的"引语"划分开来。在叙事文本中，"引语"的表述整体是通过叙事者表达的，其中包含有嵌入成分，这些嵌入成分应当通过借助于人物来进行解释。试比较。

③ 他们（波兰人）大声说……"米卡先生"对他们提议，想用三千卢布收买他们的名誉，他们是曾经看见他手里有过许多钱的。

在此，是波兰人将德米特里称作"米卡先生"，而不是作者；作者仅仅部分地引用了人物的话语，并且转述了他们话语的内容。

与"引语"相关，同样应当提及"插笔"的概念。它是作者话语的一种特殊形式，贯穿于整个叙事作品，其语言和语气出自叙事者之口。所以，"插笔"应当被视为极端形式的引语。

（四）叙事形式的判定

语言学可以提供一些概念机制，对叙事模式做出相对客观的判定。自我中心成分（egocentric particulars）就是这样的概念之一。

自我中心成分的特殊性在于：如果不参照说话人就无法理解自我中心成分的指称。作为语言主观性的一种体现形式，自我中心成分可以作为鉴定叙事模式的工具。第一，从语义学的角度而言，通过语言学规则可以判断它们的参照点，进而判断话语的主体，这样可以确定话语的形式（直接引语、间接引语、自由直接引语等）以及声音和视角的来源；第二，语言自我中心成分是日常话语、文学作品中最为经常出现的语言单位之一,它们贯穿于任何文学作品、任何作家的创作生涯始终,并且在不同的时期,它们的用法可能不相同,从一个侧面体现了叙事模式的变化。所以,自我中心成分的语义特殊性和高频性,可以从形式上客观地呈现作品的叙事特征。

根据一级自我中心成分和二级自我中心成分的区分,我们可以对主要的叙事形式从语言学上进行定义。

二级自我中心成分并不具有鉴别叙事形式的功能:它可以出现在任何叙事形式中,并且在所有的叙事形式中都允许进行两种解释:人物解释和叙事解释。

下例中的人物是认知主体。

① 阿卡基·阿卡基耶维奇一看事情到了这个地步,决定把外套送到裁缝彼得罗维奇那里去,他就住在沿后边楼梯上去的四层楼上。(暗含的认知主体是人物)

② 大年初一,郑涨钱不知从什么地方弄来一把旧胡琴,带着女儿去邻村唱年糕了。(人物是不知道、陌生的主体)

③ 她曾想尽办法打听他的下落,但是,当然,一无所获。("但是,当然,一无所获"这种悲观的态度可能属于玛格丽特)

下例中暗含认知主体为叙事者。

④ 不对!大师想错了。那天午夜后在医院里大师曾伤心地对伊万说她已经忘记了他。那是他想错了。不可能发生这种事。她当然没有忘记他。(表示确信意义的主体是叙事者,只有他才知道事情的来龙去脉)

⑤ 他以前大概做过机械工人,因为每次他在站定以前总要喊一声:"站住,火车头!"而在往前走以前,先喊一声:"开足马力!"他有一条大黑狗,不知是什么品种,名叫阿拉普卡。每逢它在前边跑得太远,他就对它喊一声:"开倒车!"偶尔他唱歌,在这种时候,他的身子摇晃得很厉害,常常跌交(母狼总以为这是被风吹倒的),他就叫起来:"出轨啦!"

⑥ 可是,该睡觉了:已经六点只差一刻了。确实,已经天亮了。(叙事者参与到与人物的对话中)

表达确信意义的主体通常是叙事者,而表达不知晓意义的主体同样更经常是人物果戈理和纳博科夫在创作中经常拒绝透露情节的发展,这是一种特殊的叙事技巧。

叙事者还可以充当观察主体。

⑦ 显然，这是一头绝顶聪明的鹅。每一次激昂的长篇大论之后，它总要吃惊地后退一步，做出一副对自己的演说十分欣赏的模样……（"显然"是从叙事者的视角看到的）

⑧ 房间两侧的隔板和栅栏后面，探出许多可怕的嘴脸：有的是马脸，有的长一对犄角，有的耳朵很长，有个肥头大脸上该长鼻子的地方却长着一条尾巴，嘴里伸出两根长长的、被啃光了肉的骨头。（叙事者是观察主体）

⑨ 他们从来还没有闹过一整天的别扭。这是破天荒第一次。而这也不是口角。这是公开承认感情完全冷淡了。他到她房里去取证件的时候，怎么能像那样望着她呢？望着她，看见她绝望得心都要碎了，居然能带着那种冷淡而镇静的神情不声不响径自走掉呢？他对她不仅冷淡了，而且憎恨她，因为他迷恋上别的女人，这是显而易见的了。（叙事者是观察主体）

一级自我中心成分需要典型交际情景以及全价的说话人，并且在经典叙事中有如下四种情况：并不使用（例如插入语"瞧""这不"）；意义发生改变（"现在在我面前的两个老师是一男一女。"）；一级自我中心成分超出文本的叙事空间，揭示出外在于该空间的叙事者的存在。例如，在"说到这里，邢老汉透不过气来了。实际上，他也不知道这个'良心'应该怎样讲法。"中，"实际上"这一插入语表明，叙事者显然进入了他所描写的世界；包含有自我中心成分的句子是自由间接引语，此时一级自我中心成分受到第三人称的人物的支配：

⑩ 轮到他唱时，他点了一段《战太平》，本想抒发一下心中的闷气，却唱得少气无力。（试比较："我本想抒发一下心中的闷气"）

⑪ 祖父高兴地跳下桌子，举手又是一拍，结果桌子被他拍得四分五裂。（"又是"——因为在此之前已经发生过："有一天下午，祖父在茶馆里说书，说得兴起一拍桌子，那厚厚的樟木板桌子竟被他拍了个洞。祖父和听众都大吃一惊。"）

同时，有些词仅仅用于叙事文本中（例如"次日""翌日"等），而在日常交谈话语中并不使用。这样，将自我中心成分划分为一级自我中心成分和二级自我中心成分可以使我们区分经典叙事和自由间接话语。

自由间接话语是包含有非直接引语的第三人称叙事形式，也就是说，其中存在着以人物作为参照进行解释的一级自我中心成分，总体而言，所有的（包括一级自我中心成分和二级自我中心成分）主要以人物作为参照进行解释（人物解释）。

一级自我中心成分的主要例证是语法的时范畴。根据定义，现在时表示与言语时刻的一致性；过去时表达在先性，而将来时表示行为发生于随后的某一时刻。在叙事中，时间能够根本性地改变解释方式。

⑫ a. 三姐发现是一根竹签，举起来问："怎么回事?谁使的坏?"小墩子睡得很沉，没醒过来。（直接引语，也就是说是言语机制；过去时表示在先性）

b. 不知什么时候，处长坐到他旁边了。（叙事解释机制；过去时表示"坐到他旁边"这一动作与"不知"的部分同时性）

第一人称叙事和第三人称叙事在自我中心成分用法方面的区别并不是很大。在第一人称叙事中，可以自由地使用参照于言语主体的自我中心成分（其中包括一级自我中心成分）。例如，在例句⑬中完全可以适用"说实话"这一结构，其中存在着"我"；而例句⑭中，这一结构的出现，要求将它归为非纯粹直接引语。

⑬ 说实话，我甚至不明白你为什么突然走了。

⑭ 为什么有人只认价不认货，价越高越买？另一种心理：若廉价买了服装、皮鞋，回来邻居一问，照实说，多寒酸，丢份儿。肯花大钱买高价的，多神气，有气派!

而指向说话人的时间和地点的一级自我中心成分，即指示性自我中心成分，在第一人称叙事中和第三人称叙事中具有同样的可能性，因为叙事者和读者并没有共同的视野和共同的言语时刻。

解释自我中心成分的机制，除了言语机制和叙事解释机制之外，还存在着主从上下文以及和它相应的主从解释机制，借助于这一概念，可以从另一个角度分析乌斯宾斯基的一个例证。[1]

⑮ ... ей так хотелось поскорее, полегче, перелить из себя свое знание

---

[1] Успенский Б. Поэтика композиции[M]. СПб.: Искусство, 2000: 60.

в ребенка, уже боявшегося, что вот-вот тетя рассердится, что она при малейшем невнимании со стороны мальчика вздрагивала, торопилась, горячилась, …（不管她有多少次对自己说，教侄子时不应该激怒，可是几乎每次当她执着教鞭坐下来教法语字母表时，她很想尽快地、轻易地把她自己的知识灌输给小孩。可是他心里害怕，亲眼看到姑母就要发火了。每当孩子有点不用心，她就浑身颤栗，心里着急，怒气冲冲……）

这里主要的认知主体是公爵小姐玛丽亚，乌斯宾斯基认为"姑母"这一称名形式是特殊的，因为正常情况下，一个句子中只存在一个认知中心，而这句话中认知主体转移了两次：从公爵小姐玛丽亚转移到尼古卢什卡，然后再次转移到公爵小姐玛丽亚。问题在于：这是出现在主从上下文中的称名形式，"姑母"的称名主体是孩子，他担心姑母可能会生气。仅仅是由于这一原因，认知主体的双重变换，并不意味着偏离了叙事规范，也不是叙事失误，或者这是一种有意识采用的叙事策略。

《安娜·卡列宁娜》中的一个片段同样发生了参照点的变化，即视角载体的变化。

⑯ 叙事者：她也整整一夜没有睡，一早起就在等候他。基蒂：父母毫无异议地同意了，为她的幸福而感到幸福。她等待着他。她要第一个告诉他她和他的幸福。她准备单独一个人去迎接他，对于这个主意很高兴，可又有点儿畏怯和羞涩，自己也不知道做什么才好。她听到他的脚步声和说话声，就在门外等待mademoiselle Linon走开。mademoiselle Linon走了。叙事者：她不假思索，也不问自己怎样做以及做什么，就走到他面前，做了她刚才所做的事。

"她也整整一夜没有睡"中的"也"是一个自我中心成分，因为"列文整夜都没有睡"这一预设应当属于某人。这一预设只可能属于叙事者，因为基蒂对此并不知情，列文是怎样哄女儿的。然后再次描写了包含有"mademoiselle Linon"的场景，这种重复可以通过新的视角载体来加以证实——即基蒂。但是，最后一个句子的视角载体仍然是叙事者。

对自我中心成分的解释要求一个参照点，该参照点可能发生变化。通常，同一文本内可能发生一种解释机制向另一种解释机制的转化，也就是说，同一文本并不总是属于同一层面。更为重要的是，解释机制的概念可以用来解释包含自我中心成分的片段，而不是将整个叙事文本归属于某一特定的类型。

试比较契诃夫小说《新娘》中的两个片段。

⑰a. 花园里寂静而凉爽，黑糊糊的树影静静地躺在地上。可以听到远处一片青蛙的鼓噪，很远很远，大概在城外了。洋溢着五月的气息，可爱的五月！你深深地呼吸着，不由得会想：不在这儿，而在别处的天空下，在远离城市的地方，在田野和树林里，此刻万物正生机勃勃，春意盎然，大自然如此神秘、美丽、富饶而神圣，却是软弱而有罪的人难以领会的。不知为什么真想哭一场才好。

b. 她（娜佳）高高的个子，漂亮，苗条，此刻在他（萨沙）的身旁更显得健康，衣着华丽。她感觉到这一点，不禁可怜起他来，而且不知为什么很不自在。

在⑰a中是人物娜佳的自由间接话语，这句话是她的心理感受和认知；⑰b中是叙事者审视娜佳的视角。

三、自由间接话语的语用层面

语用学是符号学的一个层面，在语用学视角下研究自由间接话语，可以揭示这一语言形式的隐性特征和功能，说明作者与读者之间的互动以及主人公在思想意识和主观评价等方面的属性。这一形象是在叙事文本中通过接受者对主人公话语和其他交际行为表现出来的。

（一）自由间接话语的误导功能

文艺作品的一个重要功能是美学功能，令读者产生美学感受。文字游戏是美学功能的一种实现途径，同时作者也可能采用不同的叙事形式，引起读者产生误解，这是产生文艺效果的手段之一。令读者产生误解的有词汇的预设、故意隐瞒某些信息等。

① "丈夫打死了妻子！"

"你净是瞎说，伊万·杰米扬内奇！"

文本稍后部分表明，伊万·杰米扬内奇是一个鹦鹉学舌的人，所以，他应当否定自己起初的想法，这里谈的是人，并且，相应地，关于具有真实意义的表述。

佩列文（B.Пегеьим）的《尼卡》也非常有意思。读者阅读几页之后才能发现，小说的女主人公并不是女人（这是通常的一种预期），而是一只猫。文中使用了一些模棱两可的述谓，并且未必可以说一只猫有"像猫一样柔软的身躯"。

文学作品产生迷惑的一种最常见手段是双关。此时句子具有两种意义，首先被理解的意义并不符合事实，但是在特定意义上符合说话人的利益。双关可以出现在任何叙事形式中。对于第一人称叙事而言，特殊的令人误解、使人误入歧途的方法是沉默（缄默不言或者回避），这通常是不可靠叙事者。例如阿加莎·克里斯蒂（A. Christie）的小说《艾克洛德命案》（*The Murder of Roger Ackroyd*）。但是，第三人称叙事为作者提供了更为广阔的、引起读者误解的空间。

契诃夫的小说中，存在着大量的自由间接话语。但是，契诃夫通常并不使用自由间接话语来迷惑读者：读者在人物之前已经知道，什么事情是确实发生的。契诃夫创作中自由间接话语的主要功能是嘲讽（试比较契诃夫的小说《卡什坦卡的故事》和《白额头》）。例外的是契诃夫1894年的短篇小说《洛希尔的提琴》，其中开头的一句话中存在着"善意的欺骗"。

② 这个城镇小得很，还不如一个乡村。住在这个小城里的几乎只有老头子，这些老头子却难得死掉，简直惹人气恼。

"简直惹人气恼"这种遗憾有些不合时宜，令人误解（或者更准确地说，令人不解）的手段基于：读者并没有预料到对自我中心成分"惹人气恼"进行人物解释；其主体并不是叙事者，而是主人公，并且他从事着棺材匠这一非常特殊的职业。

托尔斯泰和契诃夫一样，通常也不喜欢令读者对（文本中虚构的）真实的事态感到迷惑，他通常会让读者明白，这是在人物意识中的想象，而不是真实发生的事件。

③ 列文听着他们的话，明白地看出扣除的这些款项和水管都不是什么实在的事情，他们也并没有生气，大家都是十分可爱可敬的人，在他们中间一切都非常圆满和愉快。他们没有伤害谁，大家都自得其乐。最妙不可言的是列文感到他今天能够看透他们所有的人，从细微的、以前觉察不出的表征知道每个人的心，明白地看出来他们都是好人。那天他们大家都特别对列文表示好感。

这从他们对他说话的态度，从他们大家，连那些他素不相识的人也在内，望着他的时候那种友好的、亲切的神情就可以看出来。

读者可以很清楚地看到，人物的认知状态并没有体现文本同叙事空间的客观现实；也就是说，托尔斯泰使用自由间接话语的目的并不是为了迷惑读者，而是为了直接地向读者呈现出人物的认知状态。并且，在《战争与和平》的一个场景中，当娜塔莎进行歌剧表演的时候，读者并不清楚，叙事者和人物的视角是否已经发生分歧。

④ 她向皇后转过脸来，悲哀地唱着什么，但是沙皇严肃地挥了挥手，就有几个裸露着两腿的男人和裸露着两腿的女人从两旁走出，他们便一同跳起舞来。

纳博科夫是误导读者的大师，例如纳博科夫小说《玛申卡》中的一个片段。

⑤ 就是在加宁16岁时养病的这个房间里孕育了那幸福，那个他一个月后在现实生活中相遇的姑娘的形象。一切都在这个形象的创造中起了一分作用——墙上色泽温柔的画、窗外小鸟的鸣啭、圣像盒中耶稣的棕褐色的脸，甚至洗漱台上的小喷池。这个撇芽般的形象聚集、吸收着那个房间里的一切明媚阳光所生的魅力，当然没有这它是不可能成长的。毕竟这只不过是个少年的预感，一层美妙缥缈的薄雾，但是现在加宁感到从来还没有这样的一种预感如此完完全全地得到过实现。星期二整整一天他从一个广场转悠到又一个广场，从一家咖啡馆转悠到又一家咖啡馆，他的记忆不停地向前飞跃，如4月的云飞过柏林柔和的天空。坐在咖啡馆里的人以为这个目不转睛地死盯着前方的人一定有着某种深沉的悲哀；在街上他毫不在乎地撞在别人身上，有一次一辆疾驶的车子猛地刹闸，差点撞着他，开车人气得直骂。

正常情况下，"现在"被理解为回指形式，是从叙事者视角确定的时间："现在"=加宁养病的时候。实际上，它表示的是人物的现在时形式。读者一直没有注意到时间发生了变化，只有在读到"柏林柔和的天空"，发现地点发生变化之后才发现这一点。

在经典叙事中，当一级自我中心成分进行人物解释的时候，就形成了自由间接话语。在自由间接话语中，典型的一级自我中心成分可以具有人物解释，例如时间范畴。表示事情当下事态的过去时形式——这是叙事者的时间，现在时则是人物的时间。

⑥ 一想起她的儿子,安娜就突然从她所处的绝望境地摆脱出来了。她想起了她这几年来所承担的为儿子而活着的母亲的职责,那职责虽然未免被夸大了,却多少是真实的;她高兴地感觉到在她现在所处的困境中,除了她同丈夫或是同弗龙斯基的关系之外还有另外一个支柱。这个支柱就曾是她的儿子。不管她会陷入怎样的境地,她都不能舍弃她的儿子。尽管她丈夫羞辱她,把她驱逐出去,尽管弗龙斯基对她冷淡,继续过着他独自的生活(她又带着怨恨和责难想起他来),她都不能够舍弃她的儿子。她有生活的目的。因此她应该行动起来,用行动来保障她和她儿子的这种地位,使他不致从她手里被人夺去。她得尽快地趁他还没有被人夺去之前开始行动。她得把她的儿子带走。这就是她现在所要做的唯一的事。她曾需要镇静,她得从这种难堪的境遇中逃脱出来。想到和儿子直接有关的问题,想到立刻要带他到什么地方去,就使她稍稍镇静下来。

人物时间在句子"她曾需要镇静"中就结束了:过去时形式是叙事者时间。

在叙事理论中,肯定情态(陈述式)可以拥有人物解释。肯定情态存在着主体(并且总是暗含主体)。毫无疑问,愿望存在着主体,在愿望式中存在着主体形式。[1]但是陈述情态也包含着主体:众所周知,肯定的人应当对自己的断言承担责任,承担着认知义务。[2]在传统叙事中,陈述句中所包含的认知义务的主体总是由说话人来充当,因为陈述式是一级自我中心成分。同时,在自由间接话语中,陈述式和其他一级自我中心成分一样,可以受到第三人称的支配。

⑦ 他又保持沉默了,又一次站了起来,一副惴惴不安的样子。他比爱玛所预料的更倾心于她!

"他比爱玛所预料的更倾心于她"表达了爱玛的感受,作者很快就会知道,她的感受并不符合于现实。作者用来误导或者迷惑读者的方法是使用自由

---

[1] 参见Плунгян В. А. Общая морфология[M]. М.: УРСС, 2000: 317中的相关论述: 情态标记在不同语言中要么描写主体的视角,要么描写说话人的视角——笔者注.

[2] 参见著名的"穆尔悖论"——笔者注.

间接话语：在这一上下文中，陈述式的主体并不是叙事者，而是拥有犯错权力的人物。

在例句⑧中，文本描述人物的视角，而不是描述"客观现实"，这一事实在语言学层面，表现在最后一个句子：根据二级自我中心成分的一般用法规则，精神状态述谓"显而易见"以人物作为暗含主体。这时，读者起初视为现实的一切，不过是这一人物所意识到的内容。也就是说，所言内容与客观事实之间的分歧原因在于人物成了陈述主体。

⑧ 他们从来还没有闹过一整天的别扭。这是破天荒第一次。而这也不是口角。这是公开承认感情完全冷淡了。他到她房里去取证件的时候，怎么能像那样望着她呢？望着她，看见她绝望得心都要碎了，居然能带着那种冷淡而镇静的神情不声不响径自走掉呢？他对她不仅冷淡了，而且憎恨她，因为他迷恋上别的女人，这是显而易见的了。

可见，肯定情态是另外一种一级自我中心成分，在自由间接话语中，它可以受到第三人称的人物的支配，也就是说，具有人物解释，而不是叙事解释。托尔斯泰本人可能并没有误导读者的想法："显而易见"一词的暗含主体是安娜；也就是说，这是安娜明白的内容，而不是实际上发生的事实，尽管读者很容易忽略这一点。自由间接话语为误导读者提供了广阔的舞台空间。

在非现代主义的叙事形式中，巴赫金所言的多声部现象表现为主人公的认知和叙事者的认知并不重合，或者是人物之间的认识和理解并不重合。在通往现代主义的道路上，存在着一种叙事形式，其中，主人公的认知世界开始于现实世界相竞争。认知世界和现实世界旗鼓相当，有时甚至比现实世界更为重要，这是纳博科夫的主要思想之一。

纳博科夫1930年发表的短篇小说《萧巴之归》就是一个例证。在旅行结婚的途中，萧巴的妻子不幸去世。巨大的痛苦使得萧巴的意识与世界脱节。他的所有感觉全是痛苦，并且意识中再也没有世界的位置。主人公沿着之前和妻子旅途相反的方向旅行。他似乎想通过这种方式将过去的幸福时光铭记在自己的意识之中，"将过去的时光转变为永恒"。他回到了和妻子度过新婚第一夜的宾馆，进入了房间，但是然后就没有什么了：纳博科夫当时还不知道，应该怎么描写那个沉浸在自己意识之中的人，并且因此失去了在现实世界中的存在的意义。《玛申卡》中体现了同一思想。

⑨ 当加宁抬头看着幽静的天空中的房顶架时，他清晰而无情地意识到他和玛丽的恋情已经永远结束了。它持续了仅仅4天——也是他生命中最快乐的4天，但是现在记忆已经枯竭，已经感到腻烦了；玛丽的形象和那行将就木的老诗人的形象一起现在都留在了幽灵之屋里，这屋子本身也已经成了记忆。

在此，就像在纳博科夫的许多其他小说中一样，他相信认知的首要地位，相信人具有生活在自己意识世界的能力，在纳博科夫看来，认知具有将人解放出来的、免于桎梏束缚的强大的力量。[1]

从庸俗的物质主义的视角来看，存在着一个现实，该现实可能按照不同的方式体现在不同的认知中，但是它是存在的，并且仍然有可能提出精神形象与"客观现实"相互关系问题。但纳博科夫创作中，人物的认知状态表现为更为客观的、更为现实的真实。

⑩ 在半明半暗的光线中一切都显得很陌生：早班火车的轰响声，扶手椅中巨大的灰色幽灵，泼洒在地板上的水闪出的微光。这一切比加宁生活于其中的永恒的现实要神秘得多、模糊得多。

这样，在现实世界中存在着竞争者——认知世界（意识世界）。自由间接话语可以非常准确地表达人物的意识世界。还存在着第二个竞争者——虚构的世界。现代主义抹平了同叙述世界和异叙述世界（人物的世界和作者的世界）之间的界限：作者以创世主的身份进入到文本之中，决定了在虚构世界中事件在读者眼中展现的进程。在作者的参与下，读者不能将生成的世界理解为客观现实。

伊恩·麦克尤恩（Ian McEwan）《赎罪》（*Atonement*, 2001）就充分利用了虚构世界的创造者和现实世界的创造者之间的相似性。小说中极为重要的是叙事技巧，即如何将故事呈现给读者。该小说包括三个部分。第一部分中的事件发生于1935年。女主人公是一位名叫布里奥妮的13岁的小女孩，她做了伪证，由此一位高尚的年轻人罗比，在自己的青春大好年华、精力充沛且对生活满怀憧憬的时候，被判5年监禁。布里奥妮的姐姐塞西莉娅也遭遇了厄运。

布里奥妮的出庭作证并不完全是谎言。在节日期间，来了很多客人，她

---

[1] Бойд Б. Владимир Набоков. Русские годы. Биография[M]. СПб: Издательство Симпозиум, 2001: 13.

的表妹、一位15岁的女孩被强奸了。布里奥妮在花园偶遇自己的表妹,在黑夜里她看到了一位离去男人的背影,不过并不能看清这是谁。但是,她猜想这是罗比,因为发生了一系列被误解的事件,这些事件都暗示着一个事实:她成了罗比和表妹之间情爱关系的见证人,但是妹妹却把这件事情视为强奸;她读了罗比留下的便条,其中包含有表示男女性关系的词汇;表妹根据这一便条将罗比称作疯子,这使布里奥妮产生了深刻的印象。罗比被拘捕。第一部分就以这种噩梦般的形式告终。

后来,布里奥妮已经长大成人,并为自己年少时的举动深感懊悔。但是,罗比和塞西莉娅先后死去,只留下布里奥妮一个人永远活在无尽的悔恨之中,无法赎罪。小说的最后部分已是2001年,九十余岁高龄的知名小说家的布里奥妮追忆着少时的时光,感慨万千。她解释说,第二部分中描绘的幸福的结局是一种虚构;实际上罗比已经由于血液感染而死亡,而塞西莉娅被炸弹炸死,所以,他们后来再也没有见面;此外,布里奥妮也没有决定去寻找姐姐并且赎罪。

小说的名字是《赎罪》。赎罪(包括人类向上帝赎罪)的原因是将作家和创造者(创世主)等同。在尾声中,当第一部分中的事件已经过去59年之后,布里奥妮问自己。

⑪ 一位拥有绝对权力,能呼风唤雨、指点江山的上帝般的女小说家,怎么样才能获得赎罪呢?这世上没有一个人,没有一种实体或更高的形式是她能吁求的,是可以与之和解的,或者是会宽恕她的。在她身外,什么也不存在。在她的想象中,她已经划定了界线,规定了条件。上帝也好,小说家也罢,是没有赎罪可言的,即便他们是无神论者亦然。这永远是一项无法完成的任务。这正是要害之所在。奋力尝试是一切的一切。

这样,我们看到了一些破坏叙事体裁之间传统界限的作家误导读者的一种新的形式,这种误导表现在:读者在前期阅读过程中认为是真实的内容,实际上是一种虚构。

(二)语言自我中心成分与文本的隐含意义

文艺文本中语言手段的性状比较特殊。它们意义成分(包括语法意义成分)的现实化过程遵从与文艺篇章的意向——作者在主题、结构和思想等方面表达出来的交际意向。确定这些成分在文艺篇章中的特殊性，可以确定它们语体功能，揭示作者意欲传达的蕴含意义。

文本的蕴含意义是指在文本中没有通过词汇手段表达的意义，但是可以通过推理而得出的意义。蕴含可能是事物—逻辑蕴含、情感蕴含、评价蕴含、功能—语体蕴含以及上下文蕴含（基于词汇在文本中的聚合关系和组合关系）等。推导蕴含意义的条件是存在着预设，词汇的背景意义以及上下文等。

本节将以余华的一些作品为例，研究文本中元文本性的情态算子"如同""好像""似乎""仿佛"等包含有相似性和类似性意义的词汇。这些语言手段被作者用于传达逻辑蕴含，进而可以更确切地理解余华作品的深层意义。

1. 不确信意义的表达

不少研究者指出，余华创作的一个特征是"双重世界"，也就是说他的文艺世界中似乎同时存在着两个世界：现实世界和非现实的"亡灵世界"。[1] 两个世界同时存在并且互不融合（"理想世界"、想象和记忆中的世界与现实世界之间的不相融合）表达了一种特殊的世界观，并且在一定程度上超越了情节，是生成文本隐含意义的重要手段。如果将这两个世界融合在一起，将导致概念上的混乱：文本的文艺内容并不能从真值的角度进行理解，小说并不符合逻辑。例如小说《第七日》开篇就显得非常荒谬。

① 浓雾弥漫之时，我走出了出租屋，在空虚混沌的城市里孑孑而行。我要去的地方名叫殡仪馆，这是它现在的名字，它过去的名字叫火葬场。我得到一个通知，让我早晨九点之前赶到殡仪馆，我的火化时间预约在九点半。

在内容层面（并非在意义层面）产生不合逻辑现象的语言手段包括一些情态标记"好像""似乎""仿佛"以及《第七天》中包含有相似和雷同意义的连接词。"据说""似乎""好像"等语言表达式可以构建表述的情态框架，这些语言表达式中存在着基本的语义单位"我想，……"和"我说，……"。通过这些语义单位，可以对包含有"似乎"的表述进行深入的详解。

---

[1] 参见吴玉珍. 荒诞中的真实: 余华《第七天》中两个世界的叙事策略[J]. 兰州交通大学学报, 2016(02): 21-24; 王彬彬. 余华的疯言疯语[J]. 当代作家评论, 1989(04): 39-45.

现实和非现实世界之间界限之所以变得模糊，是因为作者采用了这些语言手段，它们的语体功能是形成文艺篇章的陌生性，或者乖谬性，文本具有一种朦胧感，包括人物形象和场景的朦胧感。

伪断定词"似乎"只可以用于说话人具有关于事态的直接信息，但是他并不完全相信它的情境中。如果叙事者使用了"似乎"一词，这意味着，在他所拥有的直接的、但是并不充分的信息的基础上，他可以不通过严格的逻辑推论而对事件进行（主观的或者是片面的）解释。例如，表示"不确信评价"的"似乎"在如下表述中的作用就是如此。

② 我们走进这间杂乱的小屋。她似乎没有注意到屋子的杂乱，在床上躺了下来，我坐在床旁的一把椅子里。

"她似乎没有注意到屋子的杂乱"=我认为有这么一回事，但是我不确信；我对这一情况没有把握。

"似乎"的使用是由情景所决定的，此时信息不足，这和感知行为的不由自主性和某些干扰相关（在发生这一事件时候，"我"只是看到了同事的表情，无法判断对方真实的想法），有时是因为在回忆中描述的情景发生的空间或者时间比较久远（言语情景和事件情景并不重合）等因素相关。例如下例中"仿佛"的意思接近于"我认为"。

③ 贵宾区域那边的声音十分响亮，仿佛是舞台上的歌唱者，我们这边的交谈只是舞台下乐池里的伴奏。

在人物的直接话语中，"好像"同样表达了说话人对自己的话语没有把握、话语的理据性不足的语义。

④ 我说："我觉得你很孤独，你好像没有朋友。"

当表述的作者是外在的叙事者，而言语客体（思想客体）是旁观者的时候，由于双方的信息来源不对称，同样会造成言语客体接受信息不足。例如：

⑤ 他似乎是长长出了一口气，仿佛从悲苦里暂时解脱出来。

使用不确信性标志"我觉得""似乎""好像"等，都表明了说话人总体上对自己的判断并没有把握。

⑥ 他们哈哈笑个不停，大概只有我一个人没有笑，后来我注意力集中在自己的工作里，不想去听他们的说话。

⑦ 或许是那边听到了这边的议论，沙发那边一个贵宾高声说："一平米

的墓地怎么住？"

"似乎"在表述中用于表明特定时刻观察者的叙事者的感觉，可被称作"印象词"。说话人拥有直接的、感官的信息，并且知道一些背景知识和社会性的评价标准，根据这以信息，可以比较谨慎地做出某些论断。

⑧〈他第二天没来公司上班，所以公司里笑声朗朗，全是有关他下跪求爱的话题，男男女女都说他们来上班时充满好奇，电梯门打开时想看看他是否仍然跪在那里。〉他没有跪在那里让不少人感到惋惜，似乎生活一下子失去不少乐趣。

通常，跪着求爱是一个单位里比较轰动的事件，他没有跪在那里，无疑削减了事件的轰动性，也使得大家感到失望。这体现了作者嘲讽的态度。

⑨ 我看见这位同事脸上神秘的笑容，似乎在笑我即将重蹈他人覆辙。

在该例证中，"我觉得他们在笑话我，因为他们觉得我是在重复别人的错误"表明：说话人拥有一定的语用预设，知道相关的前期情景，并且将自己的状态与先前的状态相比较。

⑩ 我知道自己和一个熟悉的女人躺在一起，可是她说话的陌生声音让我觉得是和一位素不相识的女人躺在一起。

上例中叙事者的感觉是通过精神状态述谓"觉得"来表达的（我的感觉和实际情况并不吻合："觉得"="我认为，但是我知道，这样的事情没有真正发生"）。表示主观感知的"陌生的""素不相识的"和表示不定对象的数量词"一位"都强化了这种理解。

插入结构"可能""大概""如同"等同样用于缺乏直接信息的情境中，它类似于假设性标记符号。假设性（说话人不知道真实的事态，因为他不拥有直接的信息：感觉信息或者是从别人话语中得到的信息）。

⑪ 这一天，似乎是昨天，似乎是前天，似乎是今天。可以确定的是，这是我在那个世界里的最后一天。

表达假设的判断，基于某种逻辑性的推理。插入语"可能""大概"具有"可能性"的意义，并且表明这里面是存在有问题的。

⑫ 我说："他看上去很累，可能在街上走了一夜。"

⑬ 他瘦成那样了，即便是认识他的人也可能认不出来了。

类似表述中包含有悬而未决的意义成分，这一意义和假设性标记符号

"可能""大概"等插入语之间的联系表现在：现实生活中真实存在的可能性并没有根据现实情境的真实情况进行推论。

在小说不同结构部分中说话人不确定性现象的经常重复。第三人称叙事和第一人称叙事相互交错，其中第一人称叙事中更经常地出现这种不确定现象。

对文本的感知和理解涉及到在听话人基于真值预设而形成文本概念。这意味着，如果某一表述和下文中得到的表述相对立，那么应当反思和调整前一个表述，以与后一个表述保持一致。小说中出现了个性分裂的现象，在这一情景中，要想使得相关内容协调一致，应当根据直接资料得到的信息，而不是根据资料不足条件下获得的信息。叙事者感觉到的是他自己的感觉中的世界，这种感觉代替了客观事实，而不是客观事实本身。

在余华的诗学世界中，真实世界和虚假世界之间并没有严格的界限。不确定评价的意义是"不可靠叙事者"的典型特征。在人物的言语中，这些意义应当在小说结束之后进行重新反思，将它们视为接受者从日常语言逻辑角度所感知到的非真实性、非现实性事态的标记，而不仅仅是作者不确信性的标记。

2. 相似和雷同意义的表达

在余华的小说《第七天》中，现实的"这个世界"和非现实的"那个世界"之间的对立是通过具有对立的词汇单位而建构的。在创建具有不可证实的真实性/虚构性语义的篇章的时候，包含有比较意义的结构也发挥着重大的作用，它们还具有"确信性/不确信性"的情态意义。通过"似乎""好像"表达的比喻和比较，在读者展开文本的过程中被理解为不可信的，也就是说是属于虚构层面的、属于叙事者"我"的谵语。

① 身旁的女人站了起来，她穿着传统寿衣，好像是清朝的风格，走去时两个大袖管摇摇摆摆。

虚构的真实世界和虚构的非现实世界之间的界限逐渐消失，变得无关紧要。"现实/非现实"世界之间浑然一体，这使得读者在心理层面自由地穿梭在两个世界。两个世界之间既有联系，也有区别。

② 在消失般的幽静里，我再次听到那个陌生女人的呼唤声："杨飞——"

我睁开眼睛环顾四周，雨雪稀少了，一个很像是李青的女人从左边向我走来。

类似的片段描写了从真实世界向虚拟世界的过渡，其中共同的是"我"所处的环境"消失般的幽静里""雨雪稀少了"，但是对虚拟世界的描述（"那个陌生女人""一个很像是李青的女人"）却没有充分的信息来源。

小说的末尾几乎否定了全文对真实世界和虚构世界的解释，也就是说与之前形成的解释构成对立。根据这种解释，这一切发生于不存在的"死无葬身之地"，从而在小说的虚构世界中，现实世界层面和非现实世界层面交换了位置。

③ 他惊讶地向我转过身来，疑惑的表情似乎是在向我询问。我对他说，走过去吧，那里树叶会向你招手，石头会向你微笑，河水会向你问候。那里没有贫贱也没有富贵，没有悲伤也没有疼痛，没有仇也没有恨……那里人人死而平等。

他问："那是什么地方？"

我说："死无葬身之地。"

但是，在文本外的、作者生活于其中的世界，两个层面都属于虚构层面，属于文艺构思。混淆两个世界之间的界限，也是作者文艺创作意图的一部分。

总体而言，余华笔下具有假设、想象和比较意义的词汇，通常表示现实世界取代非现实的、可能的层面。换句话说，连接词"似乎""好像"等表明，在现实世界中存在着比较的客体（也就是说，与什么东西相比较）。

④ 我知道自己说错了什么，就像是进入一家宾馆后询问：这里是招待所吗？

包含含有连接词"如，像"的比较，表示相似性以及读者与现实层面的一致性，也就是说被理解为足够可信的。

（5）"你们都火化了？"他疑惑地向我们张望，"你们看上去不像是一盒一盒的骨灰。"

这是从健全思维的角度来看是不可能的、异常的比较。"像是"在此连接了本体"你们"和喻体"一盒一盒的骨灰"，在这种关系中，被比较的对象（"一盒一盒的骨灰"）却是现实层面的事物。所以，如果给出"人像是骨灰"，那么人是在现实世界的层面被理解的，而骨灰则被理解为比较的对象，也就是说，类似于非现实层面的内容。

如果下文中将出现"骨灰被放在骨灰架上"，那么显而易见，要想理解这种类比，那么就必须朝着虚拟世界方向：作为现实（"骨灰"）给出的层面应当被理解为非现实的层面（不是人，而是骨灰）。这样，包含有相似性和雷同性的比较结构（"似乎""如同""好像""像是"等），通常表示非现实层面，而在余华的文艺世界中发生了语义偏移，转向现实层面方向，并且，通常情况下，表示的意思是"实际上"。类似可能成为一种幻想的世界，这是人物感觉到的那些东西。

在小说《第七天》中，所有的一切都似乎相互矛盾，同时又相互贯通一致，事物并不是它们实际上的那种样子。这意味着：生活背叛了主人公，主人公是叙述故事的人——他死了。他与自己内部现实世界（心理世界）的对立，是丧失个性完整性的征兆，是"异化"、意识分化的象征，然后就是死亡。文本中的表述具有歧义性，这并不偶然。这是病态想象所生成的幻影（幻象），它们的斗争可以被解释为一种寓言：是生存的意志和死亡之间的斗争。

这样，在余华的《第七天》中，根据它们的展开程度，表述语义发生了变化。应当说明的是，这种语义变化和重构"理解体系"相关联，这种重构表现为将新的内容附加到已知内容之上。

在这个意义上说，可以认为，算子"似乎""觉得"在小说的文艺篇章中的功能是：生成文本的问题性（异常性，反逻辑性），并且模糊现实层面和非现实层面之间的界限。

本节研究的余华的创作手法不仅仅具有美学感染力，同时还有概念价值和世界观价值。这是文学理论中彼岸性主题的表现，同时与创作主题有着不可断裂的联系。"两个世界"或者"彼岸性"是余华创作的主题之一，它几乎渗透到他创作的所有作品中。除了日常的、受外部条件所决定的精神生活之外，还存在着另一个、自我存在的精神生活。余华通过自己的创作证实了精神生活、"理想的"世界的价值。对于余华而言，"实存"是幻影和烦扰，只有那个人人死而平等的"死无葬身之地"才是幸福所在。

第五章　叙事文本中的事件

在关于述谓、主体、动词体和态等语言特征的描写中，几乎都能发现术语"情景"和"事件"，并且术语"事件"要么没有被定义，认为它是一个不言而喻的概念，要么是从语言表现的角度对其进行描述。但是，事件和记录事件的事实之间是什么关系？本章将分析"事件"的概念，事件和叙事者视角、人物视角之间的关系，并且划分出解释文本过程中事件所具有的特征。

一、文本解释中的"事件"

远非现实生活中所有发生的事情，都可以成为文艺事件。文艺事件具有叙事性。施米德在专著《叙事学》（2003）中，将叙事性（нарративность）理解为具有一定时间结构的、对故事的陈述，在此基础上他展开了对叙事文本的研究。根据普林斯（G. Prince）和范迪克（T. A. Dijk）等学者的相关研究，[1]"事件性"按照几个标准进行定义：

第一，变化过程的相关性。在变化过程中，如果某一变化被视为实质性的，那么该变化的事件性就得以提升，微不足道的变化并不构成事件性。是否可以将某一变化纳入事件范畴，一方面取决于该文化类型中的普通世界图景[2]，另一方面取决于感受该变化的主体（包括叙事者、人物、作者和读者等）的价值体系，这种关联具有相对性。施米德将相关性（功能相关性）以及变化的结果性归为事件性的不可或缺的条件，他认为，仅仅地希望发生改变或者是将它们表现出来、梦见或者在幻觉中看见它们，都是不够的。并且，构成

---

[1] Prince G. A Dictionary of Narratology[Z]. Nebraska: University of Nebraska Press, 1987; Dijk T. A. Van. Studies in the pragmatics of discourse[M]. The Hague: Mouton, 1981: 33.

[2] Лотман Ю. М. Структура художественного текста. Лотман Ю. М. Об искусстве[M]. СПб: Искусство, 1998: 282.

事件的各种变化，应当直到叙事的末尾，都应当有相关性。[1]

只有同一文本中不同片段的内容才可以被视为事件。连贯的文本可以描写一个完整的、能够被切分为不同阶段的事件，或者是几个可以构成更大事件的不同事件，但是文本中也可能不包含任何事件，例如对风景的描写。通常认为，如果对连贯篇章的解释中即使有一个文本事件，那么整个篇章可以被整个划分为不同的事件（其中事件可能相互交叉）。在解释文本过程中，不同指称事件之间的先后顺序，我们可以通过述谓的时间形式、句子的词汇特征和结构特征（例如，在许多语言中，表示"来""去"的动词都意味着"已经发生的"和"即将发生的"事件[2]）等进行判断。

第二，变化的不可预料性。变化的事件性随着它的出乎意料程度而上升。在这方面，事件在一定程度上与悖论相似。悖论（paradox）是"dox"（源自希腊语"Doxa"，世俗，凡俗）的对立形式，前缀"para-"表示"相反的、相对的"，也就是说悖论和普通的想法、正常的期待相反。亚里士多德已经将悖论定义为"和普通观念相反的表述"，同时还表示"和先前预期相反的表述"。[3]在"世俗"的叙事中，事件存在着正常的、合情合理的先后顺序，这也是读者在阅读过程中期待着发生于叙事世界的顺序。但是，文艺文本中的事件也破坏了这一"凡俗"。事件性的主要标准是相关性和不可预期性。

由于事件要求肯定或者否定某一假设或者虚构，所以这里面一方面存在着进行肯定或者进行否定的主体，另一方面也存在着一些出乎意料的事件和已经发生的事件，它们和对象、状态以及过程并不相同。例如，"房子"本身并不可能成为出乎意料的事件，而房子的出现、毁坏和发生火灾等可以成为出乎意料的事件。与此相似，"河水在缓缓流动"描述了一个过程，如果孤立来看（例如作为一个语法例证），它并不包含出乎意料性。但是，在特定的上下文中，同样的句子可以变成一个完整的文本事件，试比较："我们在建设大坝。完成了一天的工作，我们疲惫地睡下了。早上，我们醒来后，看见河水在缓缓流动……"在此，特定的上下文和视角决定了它是一个事件。

---

[1] Шмид B. Нарратология[M]. M.: Школа "Языки Славянской Культуры", 2003: 15.

[2] Fleischman S. The past and the future: are they coming or going?[J]. Proceedings of the annual meeting of the Berkeley linguistics society (BLS). Berkeley (California), 1982(08).

[3] Шмид B. Нарратология[M]. M.: Языки славянской культуры, 2008: 9–16.

第三，一致性。不同变化的事件性取决于：在主体的思维和行动中，它能引起什么样的结果。观察事件的视角应当是前后一致的，这样事件的前因后果才有一致性。

在文本事件中，视角（例如移情焦点）通常是固定不变的，当视角发生变化的时候，我们就转向了另外一个事件，或者是由于篇章重新定向而造成篇章连贯性的中断。固定不变的移情焦点保证了事件被理解为整体事件，也就是一个被融为一体的事件。这样，在对篇章进行解释的时候，在不同的阶段都会出现解释者的定位、解释者"自我"的定位。

第四，单向性。事件性随着变化恢复到初始状态的可能性的减少而增加，反之，如果变化可以很容易地返回到初始状态，这种变化也就不再具有什么意义。即使是一个貌似微不足道的精神事件，在读者或人物"恍然大悟"的时候，他们进入了精神和道德的新状态，并且无法再回到以前的心理状态。

第五，不可重复性。变化应当是一次性的，重复发生的事件丧失了新鲜感，不再具有叙事的价值。

借助于"事件"的概念可以对可接受性（合适性）的语用条件、表述的真值条件进行定义。例如，在谈到一些句子（例如"小王准备摔倒"等句子）句法的可接受程度的时候，可以通过类似的情景是否可能来进行判定。例如"摔倒"行为是不可控的，因此也无法进行准备。从另一方面来说，如果小王在看电影，并且一直到影片的剧终，那么句子"小王看完电影了"描写的是一个真实的事件，此时，可以说表述为真。这样，句子应当描写一个可能事件，这样才能成为可接受的；同时，从对句子的一系列不同的解释中，可以划分出那些受真值条件制约的、符合被描述的事件的解释。有时，语言描述一些已经发生、正在发生或者将要发生的特定的事件，它们履行了语言的指称功能，这一功能确立了现实发生的事件和语言表述之间的联系。

对事件的研究还有另外一种方法，就像是研究言语之外并不存在的内容一样：事件是通过句子或者文本而构建的，或者更准确地说，是通过对事件的解释而构建的。第一种方法更为普遍，它意味着，事件是独自存在的：表述或多或少地与源头事物相似，而第二种方法则使得事件无法单独存在于思维和言语之外。

上述第一种方法是将事件与客体进行类比；在最大程度上表现的时候，

它能够引起对象和事件的地点发生变化。例如，罗素认为："物质的碎片不是一些用来建设世界的砖块。用来建设世界的砖块是事件，而物质的碎片是那些我们发现分别予以注意则很方便的那种结构的成分。"[1]大量的事件共存于时间-空间的一些区域中，并且"事件在空–时的一部分中（尽管很小）无穷的重叠……一片物质不过是发生在空–时中某个轨道（track）上的一切东西，而我们构造的轨道被称为物质的碎片，其构造方式是使它们不相交。"[2]一些研究者并不将事件与客体相类比，而是将事件与阴影相类比：在同一时间、同一地点，不同的事件可能完全相互重叠，但是并不重合，只是产生更加浓密的影子。这样，事件位于时空维度之外，因此和位于确定时空之中的现实客体不同。例如，在讲述一些教育故事的时候，我们同时在叙述并且进行教育，两个行为是平行进行的，发生于同一时空。

但是，无论哪种类比的方法，都不能完全符合我们对"事件"的直观理解。在我们看来，应当划分为以下三种事件。

第一，叙述事件，和它类似的是称名的意向或者描述的意向；两个叙述事件在时空中可以完全重合；

第二，指称事件，和它相似的是具体的名词的指称（外延），此时事件是具体的、占据特定的时空位置的客体，这是叙述事件的原型形式，而叙述事件则对纯粹事件进行解释；如果人们说，两个事件是同时发生并且位于同一地点，那么这意味着，这是两个不同的叙述事件，是从不同的视角观察的同一个指称事件。正如有时我们将不认识的客体可能认为是大象，或者是骆驼，或者同时既是大象又是骆驼，并且只有当后来我们看清楚这是一团雾的时候，我们才发现所说的是同一个指称客体，但是将它解释为不同的对象。

第三，文本事件，这是叙事者对指称事件的描述，文本事件具有自己各种属性，并且这些属性在解释过程中发生"共振"。例如，文本事件可以平稳地描述事件进程，并不返回到事态的起点，也不对事件进行纠正，还可以充满相互矛盾的细节，使得读者在不同的细节中选取一种可能的、自己认可的解释模式，将文本事件理解为不同叙述事件中的一种形式。在此过程中，要求存在

---

[1] 罗素. 逻辑与知识[M]. 北京: 商务印书馆, 1996: 400–401.

[2] 罗素. 逻辑与知识[M]. 北京: 商务印书馆, 1996: 401.

着指称事件，或者是要求读者完全地认识到这些事件并不可能。

在具体的社会环境中，对文本事件解释基于作者和读者之间的一系列规约，例如：仅仅使用接受者认识并理解的词汇，否则需要对使用的词汇作出解释。因此，文本事件的连贯性不仅仅取决于平稳的陈述，同时还取决于遵守这一规约的程度。

叙述事件包含有命题意向成分，而文本事件表现为对文本片段在文本上下文中对的解释。指称事件、叙述事件和文本事件之间的区别，和泽诺·万德勒（Z. Vendler）所区分的事件、事态和事实相一致。[1]

事件具有传信性（evidentiality），它是指一类认知情态，表达"说话人根据可供利用的证据（而不是根据可能性或必要性）对一个命题深信不疑。传信情态给句子增添这样的意义，如'我亲眼所见''我亲耳所闻''（虽然我不在场）我有相关证据''我从某人处获知如此'等，从而造成细微的意义差别"。传信性包括如下几个方面的特征：情景的客观性（和"似乎的"情景相对立）；和回忆的联系程度（通常对于过去发生的事件而言）；和个人的证同之间的关系（"个人知道的"事件）。

传信性表示说话人和文本事件之间的关系，确定了叙事中的陈述规则。传信性和信息来源的清晰与否相关：他人的讲述、梦境、想象或者是个人的感受等，也就是说，传信性在最终意义上表示事件是否具有现实性。在很多语言中，传信性是通过语法形式外在地表达出来的：根据"观察"的不同类型，句子的述谓具有不同的附加性的词法形式。

有时事件与句子中包含的命题相对立，这种对立的根源是传信性：如果说对于命题（命题中在述谓—论元关系框架内给出了新知和已知内容）而言，重要的是包含有知识而并不是知识的来源，那么对于事件而言，知识的来源占据着首要的位置。

在完整的表述中，叙事者的位置选择和传信性相关；以事件参与者人称形式的叙事者并不允许视角发生变化，而以旁观者人称进行讲述的叙事者可以获得不同的信息来源；因此，原则而言，第三人称叙事文本中，事件的更替可以更为自由、更为经常和动态化，而第一人称中事件更替则相对困难（但是，

---

[1] [美]泽诺·万德勒. 哲学中的语言学[M]. 陈嘉映译. 北京：华夏出版社, 2008: 205-248.

第一人称叙事的优势在于可以深入到事件的本质）。在每一个陈述句中，都可以划分出一个认知中心，整个叙事过程的陈述都以此为中心而展开，并且这一中心决定了是否允许从一个事件转向另一个事件，也决定了叙事视角是否可以发生变化。例如，陈述事件的先后顺序是通过"说话人的视角"而确定的，说话人不仅仅遵循自身的、纯粹是自己的知识和材料，同时还要遵循社会文化等方面的规则。提供叙事阶段的初始点位于这一视角的基础之上（叙事者在从一个事件转向另一事件的时候，可以返回到这一出发点），并且不一定要通过具体的客体或者具体的人（指称事件的参与者）表现出来。

事件参与者履行着不同的功能。如果说事件"参与者"和状态的顺序可以与"静态情景"（状态）相提并论，那么状态的变化、其中包括事件，可以被描述为对象、属性和关系的角色的剥离、增加或者是重新分配。这些变化就像事件的其他特征一样，通过一定的视角被审视，该视角也与语言习惯相联系。例如，日本人在观察捕鱼的时候，可能会喊："鱼被捉住了"，而英国人在这种情况下则说："瞧！他捉到了一条鱼！"而根据俄语习惯，可能有两种方式："鱼落网了！"或者"捉住了！"母语为英语的人将事件视为从"没有捉住"到"捉住"的转变，而日本人将事件视为从"没有被捉"到"被捉"的转变（以"消极的"视角看待同样的指称事件）。在日语的习惯用法中，"回避策略"被语法化，可以不用指出为某一事件负责的人（尤其是当该人是说话人、听话人或者是双方都知道的第三人的时候）。[1]

不同的语言习惯提供了对事件进行类似的"非人称化"的不同可能性。例如，关于建筑史的德语文本中关注的重点经常是艺术作品，而不是建筑师，这种情况对于英语文本而言是异常的，尽管有时英语文本也允许通过语法形式将建筑者的名字省略。

当谈到叙述事件的时候，客体在空间和时间中的定位并不和这些客体在真实世界的存在相一致。例如，如果给小孩看一个玩具并告诉他，这是当他睡着的时候圣诞老人送来的，那么对于成年人而言，这一叙述事件是玩具的出现，而对于小孩而言，是圣诞老人的到来，其结果是玩具的出现。但是，在这两种情况下，指称事件是同样的：无论是小孩还是成年人都没见过圣诞老人，

---

[1] Jacobson W. The semantics of spontaneity in Japanese[J]. BLS, 1981(07): 104.

对他们而言，关于事件表述的"基础"是玩具的出现。

这样，无论现实中事件的参与者是否存在，或者参与者是虚构的人物，都可以将事件进行定位。在物理性的时空层面，可以划分出：类似于"这里—那里""从—到"之类的指称点；位于某处或者朝着某一方向："向上""在上面""向下""在下面"等；外形轮廓："庞大的""方形的"等。

前两种区别适用于于空间和时间，而最后一种则仅仅适用于空间。

这些属性和过程与事件之间的对立相联系。例如，在表示过程的句子中，空间和时间之间的对立表现的十分明显，而在关于行为的句子中，作为施动者的人被理解为世界的一部分，这一对立趋于模糊。事件可以被体现为事件属性的外部呈现。指称事件可能是瞬间的或者是持续的；在瞬间事件中，可以区别出不可重复的事件（它们发生于在抽象时间轴上的不同点）以及重复性事件。和事件不一样，过程和状态是均质的：具体过程或者是具体状态的任何一个部分都是这一过程或者状态的随后的"模板"。事件则是非均质的，并且包含有时间的临界点，而过程和状态则并不包含临界点。

在描述事件转换的叙事文本中，应当区分出纯粹的事件部分和背景部分；背景部分可以是预期的或者是预备性的，它不仅仅表达事件参与者的补充性信息，同时还能够加速或者延缓叙述的过程，赋予事件的不同片段以不同的速度和重要程度等。

（一）观察者的叙事视角

在文艺文本中，时间和空间范畴具有两个层面，可以区分出叙事事件的时间和地点，以及文艺事件的时间和地点。

发生于十分久远时空的事件可以被描写为正在发生的，同时叙事文本被接受的时间和空间、即读者在空间和时间的位置也不一致。此时，读者异于事件的观察者，其中包括作者。事件的观察者也可能是作品中的人物之一。因此，除了人物和时空之外，观察者也是文艺文本的一个范畴。

20世纪文艺创作的一个重要原则是作品中要有观察者。"观察者"这一术语在本书中表示对叙事文本中的人物和事件进行评论的人。观察者的位置包括观察者的空间位置和时间位置，他从这一位置对人物和事件作出相应的评价。此时，我们的问题很接近于由乌斯宾斯基所提出的"观察点"问题，还涉及到所有文艺文本中必不可少的作者和接受者问题。观察者是指示的一个特征属性，在叙事研究中占据重要地位。他出现于文本中，他在理解文本时候的在时间和空间方面的"远近"，可以被看作是指示在文本中的投射。

观察者及其时空位置非常重要。"被描述的人，在叙述的上下文中被暗含假设的被描述的人"，又称"直观自我"（perspective ego），即"正在观察的人；被描述的人物所观察到的现象，透视"。这一人物也可以被称为perciver（直观者，观察者），在其他的研究中也采用"说话人"（speaker）（Fillmore, 1972）、"叙事者"（narrator）（Prince, 1987）等术语。

乌斯宾斯基提出根据观察点的确定方法来区分文艺作品结构，其中观察点是展开叙事的出发点。"理解'观察点'有很多可能的方法。观察点可以从'思想—价值层面，从对事件进行描写的人的时间—空间层面（也就是说将他的位置在时间—空间坐标中固定下来），从纯粹语言学意义方面（例如自由间接话语）等。"[1]

在涉及到"视点"的因素中，比较重要的是"人物的时间—空间位置"。"观察点在作品中或多或少地是固定于空间和时间之中的，也就是说我们可以猜测到叙事发生的地点（固定在空间体系或者时间体系中），[2]可以聚焦于叙事者形象。乌斯宾斯基解释道，"艺术家的位置是核心的参照点"，或者说"描写主体（作者）"是核心参照点。[3]作者展示了叙事者可能进行描述的角度：作者的拍摄事件的相机似乎从一个人转移到另外一个人，轮流对他们进行拍照；或者作者好像在依次经过很多房间，依次看到每一个主人公。在描写具有大量活动人物的场景的时候，经常首先提出对整个场景的观察点，也就是对整个场景进行概括描写，似乎是在对场景进行鸟瞰等。[4]

至于时间，乌斯宾斯基认为，作者可以从一个人物的视角或者是从自己的视角进行描写。作者的视角可以和人物的视角重合，也可能是回顾性的视角，似乎是从未来审视场景。乌斯宾斯基引用了维诺格拉多夫论述普希金作品《黑桃皇后》一文中的观点，时间参照点首先是丽莎维塔·伊凡诺夫娜，然后

---

[1] Успенский Б. А. Поэтика композиции[M]. СПб.: Искусство, 2000: 18.

[2] Успенский Б. А. Поэтика композиции[M]. СПб.: Искусство, 2000: 100.

[3] Успенский Б. А. Поэтика композиции[M]. СПб.: Искусство, 2000: 100.

[4] Успенский Б. А. Поэтика композиции[M]. СПб.: Искусство, 2000: 107,108,113.

参照点转移到格尔曼身上。作者的时间和人物感受的时间相一致。

时间和空间的所有观察点都和叙事者的形象相联系，同时，也和作者如何从这一视角选择人物以及其环境相关。这不是人物的评价、理解和感受。这是一个"物理观察点"，也就是说，这里谈的是叙事者出现的物理性观察点以及叙事者对物理世界的视野（从上中下、内外等角度）。

观察者的时间—空间位置可以使得对文艺文本中形象和事件进行不同的理解和解释。这是一个评价性位置。因此，在我们的研究中，读者更像是一个观察者。但是，读者包括作者同时代的人或作者的同胞、和作者说同样的语言并且处于同样的文化中的人等，所以，作者和读者之间可以有相对较远的时间和空间距离。"远近"这一对立可以揭示指示在解释人物和事件中的可能性，在最终意义上能够参与建构内容范畴和文本建构范畴。

（二）叙述事件和文艺事件

顾名思义，叙事学是研究"叙"和"事"的学科。这至少包括两个方面：叙述何事；如何叙事。其中"叙述何事"是一个发生于时空之中的、有行为者参与的事件。"如何叙事"的关系则相对复杂，我们可以将叙事者的叙事行为和被叙事件分开研究，它们分别有自己的时间、空间和行为者。

简单来说，叙述事件是作者在特定时空中讲述故事的事件，是真实发生的写作过程。但是作者的写作行为通常抽象为叙事者的叙事行为。这一行为包括三方面内容：叙事者、时间和空间。

文艺事件是文艺构思的结果，是叙事文本中被描述的事件，它通常是虚构的，或者是现实生活经过艺术加工而形成的。文艺事件主要包括三个内容：人物、文艺时间、文艺空间。

	叙事者	叙事时间	叙事空间
被叙人物	+/−	∅	∅
被叙时间	∅	+/−	∅
被叙空间	∅	∅	+/−

图5-1　叙事事件和文艺事件之间的关系

说明：符号"+"表示重合关系，符号"-"表示非重合关系，符号"∅"表示没有关系。

根据叙事事件和文艺事件之间的相互关系（图5-1），叙事行为可以分为如下情形。

第一，叙事事件外在于文艺事件，它们的构成要素各不重合。通常情况下，由于语言对世界反映的延迟性，文艺事件通常早于叙事事件，或者说，叙事文本中所叙事件要早于叙述事件的发生。

叙事事件和文艺事件可能部分重合。我们以"人"的因素作为划分标准，同时兼顾"时""空"的因素，将它们划分为如下的几种类型：

第二，叙事事件中的人物与文艺事件中的人物相重合。例如，作者以第一人称讲述自己亲身经历的事件。根据叙事时间和文艺时间的相互关系，它又可以以下三种情形。

首先，叙事时间同于文艺时间。例如，主人公以第一人称形式讲述自己正在进行的事件。此时，叙事事件和文艺事件之间是同时关系。（应当说明的是，由于叙事是对已经发生事件的反映过程，叙事要滞后于事件的发展，所以严格意义上的同时并不存在。叙事时间总是晚于文艺时间。）由于同一人物在同一时间内不可能处于不同空间，此时叙事空间和文艺空间同样是重合的。

其次，叙事时间早于文艺时间。例如，主人公以第一人称形式讲述自己将要完成的事件。此时，叙事者似乎是将自己即将进行的事件进行谋划。如果叙事地点同于文艺地点，则类似于在现场亲自布置自己即将进行的行为，类似于在现场彩排；叙事地点也可以不同于文艺地点，作者想象自己在其他的地方从事某些行为。第一人称的科幻作品、畅想未来等，都是这种情形。

最后，叙事时间晚于文艺时间。例如，主人公以第一人称形式讲述自己曾经经历过的事件。叙事者讲述的地点和事件发生地点相一致（例如战斗英雄在曾经的战斗现场描述当年的战斗情形）；也可能不一致，例如位于中国的作者讲述自己年轻时在国外学习工作的经历：第一人称的回忆录是一种典型的情形。

第三，叙事事件中的人物与文艺事件中的人物不重合。此时根据叙事时间和文艺时间的相互关系，也可以分为三种情形。

首先，叙事时间同于文艺时间。叙事者讲述正在亲眼所见的、以旁观者这的身份讲述发生于他人身上的事件。如果地点不同，则类似于"隔岸观火";如果地点相同,则类似于"感同身受"。

其次,叙事时间早于文艺时间。叙事者以旁观者讲述别人即将经历的事件;在文艺学研究中,这也被称作"预叙";地点同样可能相同或者不同。

最后,叙事时间晚于文艺时间。这是最为常见的情形。叙事者讲述已经发生于别人身上的事件。叙事空间和文艺空间可以重合(例如:名胜古迹的讲解员讲述曾经发生于此地的故事);也可能并不重合(例如《阿Q正传》中的店员,讲述过去曾经发生过的事情)。

通常情况下,叙事文本不可能整体体现为上述情形的"纯粹"形式。一部文学作品可能以上面的某一种情形作为主要结构模式,同时间杂着其他形式。例如"预叙""倒叙"是文艺文本中常见的形式,但是很少有全篇采用这种叙事模式的。

(三)事件的主体特征

事件和现象以及过程不同,"总是位于某种人(个人的或者是公共的)的范围内,该范围确定了事件位于其中的关系;事件发生于某一时间和一现实的空间。"[1] 这样,事件和主体紧密相关。主体不仅仅是事件的参与者,同时还是事件的观察者或者解释者。正如现实生活中一样,在文艺文本中,对于事件的每一主体而言,无论是事件的参与者、观察者或者是解释者,它们都是"自己经历的"事件。

根据事件的参与者和见证者(解释者)的数量的不同,事件的数量会增加,对于这些人物而言,同一发生的事件,可能履行不同的功能,并且具有不同的意义。根据观察事件视角的不同,同一个指称事件可能被进行不同的描写和解释。

在文本表现层面,由于对事件的认识不同,同一个故事情节可能有一个、两个或者多个文本事件。叙事文本中"多重式内聚焦"采用几个不同人物的眼光来反复描述某一事件,或在叙述中轮流采用几个人物的视角来表现事件的不同发展阶段。例如在余华的小说《第七天》中,现实世界中的同一件事情在虚拟世界中被重新审视,它们和两个文本事件相一致。

---

[1] Арутюнова Н. Д. Язык и мир человека[M]. М.: Языки русской культуры, 1999: 509.

①谭家鑫一家人继续堵在门口，我看到谭家鑫的眼睛在烟雾里瞪着我，他好像在对我喊叫什么，随即是一声轰然巨响。

②我想起在那个世界里的最后情景，谭家鑫的眼睛在烟雾里瞪着我，对我大声喊叫。

我说："你好像在对我喊叫。"

"我叫你快跑。"他叹了一口气说，"我们谁也没有堵住，就堵住了你。"

如果说在第一个片段中，叙述包含了人物的视角、人物的空间和时间位置、心理位置、思想（评价）位置，那么在第二个片段中叙述的视角发生了明显的变化。主人公似乎是从旁观的观察者的角度被看到的。在这种视角转换的过程中，人称代词的用法、直接引语和间接引语的使用、具有不确定意义词汇的使用等，发挥了巨大的作用。可见，在两个不同的叙述意向的叙述文本之中描述同一个情节，事件就变得十分复杂，同时也更加完整。

在情节层面，当不同的叙述层级（例如叙事者和行为者）的视角体系发生互动的时候，情节性事件可以在篇章层面产生重复。例如帕特里克·聚斯金德（Patrick Süskind）小说《鸽子》中的一个片段。

③守卫就像是一尊斯芬克斯，约纳丹这么认为（因为他曾经在他的一本书里读到过斯芬克斯）。守卫就像是一尊斯芬克斯，他不是通过某种行动，而只是以身体的出场发生作用，他以自己的身体来抵挡潜在的强盗，仅此而已。"你必须从我身边经过，"斯芬克斯对盗墓者说，"我无法阻止你，但是你必须从我身边经过。如果你敢盗墓，众神和法老亡灵的复仇将会落到你的头上！"守卫说："你必须从我身边经过，我无法阻止你，但是如果你胆敢这么做，你就必须开枪把我打死，那么法庭的复仇将会落到你的头上，你会因谋杀罪而被判刑！"[1]

在此作者从异故事叙事者这一叙述层级出发，传达了主人公认知的内容：在叙述中占主导地位的是主人公的时空角度、思想意识（评价）角度以及心理角度。换句话说，这里叙事者实际上是在窥视人物的认知，这跨越了他自己的合法位置。众所周知，这种叙述方式被称作非直接引语，或者是自由间接

---

[1] [德]聚斯金德. 鸽子[M]. 蔡鸿君, 张建国, 陈晓春译. 上海：上海译文出版社, 2006: 34-35.

话语。

在上述片段中还出现了全知的嘲讽叙事者，显然他十分类似于作者。全知的嘲讽叙事者表现在：第一，人物自命不凡、洋洋自得的叙述表明，主人公知道关于斯芬克斯神话传说的来源。第二，作者的位置表现在将守卫与斯芬克斯的不合适的（从作者的角度来看）对比中，从主人公的角度而言，这种对比强调并且提升了他的社会地位。

主人公约纳丹的自高自大表现在充满感情色彩的话语中，叙事者通过将大小迥异的事物进行对比，表达了对主人公的嘲讽。

④尽管如此，约纳丹仍然认为，斯芬克斯和守卫彼此极为相似，因为他们的权力都不是借助器械，而是象征性的。正是因为意识到这种象征性的权力，约纳丹才当了三十年的守卫。这种象征性的权力形成了他全部自豪和自尊，赋予他力量和耐心，给了他比注意力、武器、防弹玻璃更为有效的保护，直至今天，他始终毫无畏惧、毫无疑虑、毫无一丝不满情绪、毫无呆板冷漠的面部表情地站在银行前面的大理石台阶上。[1]

这体现了文艺叙事文本的事件层面具有多层级性特征，也说明了文本事件和叙事事件的差异。

在文本事件的前期阶段，叙事者通过为事件选取特定的视角进行叙述，从而实现了事件的视角化，也就是说从叙事者、人物或作者的视角来叙述事件。在文本事件层面，个别的主体视角要么是平行实现的（叙事者的话语和行为者的话语），要么是相互影响的（间接话语以及非直接话语）。而这也意味着，如果没有视角，就没有事件；不同视角审视下的事件可能并不相同，所以视角从一个主体向另外一个主体转移或变换是文本事件界限的标志。[2]

作为文本事件界限标志的不仅仅是视角的偏移，还可以是叙述客体的变化，此时叙事者或者作者在特定的事件内将注意力集中于该客体。

作者自传性叙述可以作为这样的例证。尽管严格而言，在这种情况下也

---

[1] [德]聚斯金德. 鸽子[M]. 蔡鸿君, 张建国, 陈晓春译. 上海: 上海译文出版社, 2006: 35.
[2] 视角具有多层面性。Б. А. Успенский区分出了视角的四个层面，相应地，即思想意识层面、熟语层面、空间事件特征层面和心理层面。施米德提出了五个层面的视角模式，即：直观层面、思想意识层面、空间层面、时间层面和语言层面。参见 Шмид В. Нарратология[M]. М.: Языки славянской культуры, 2008: 121–127.

没有整体性的、同一个唯一的观察被描述世界的视角，因为由于自传性文本的本质，记忆叙述在叙事者"自我"以及被叙述的"自我"之间变动，这两种"自我"在知识容量以及相对于被描述的世界之间的距离不同（位于该世界之内或者之外）。从叙事者"自我"到被叙述的"自我"之间的转换，经常是隐性的，不被发觉的。

无论对于表示叙事者"自我"还是对于表示被叙述的"自我"而言，在使用第一人称代词的时候，事件的参与者以及事件的解释者是重合的，所以这两个主体在叙述的特定时刻难以被区分开。

由于文艺文本具有自我中心性，文本中所有的元素都和主体（行为者和叙事者）具有特定的关系，而文本自身表现为体现创作者本人创作潜能的、针对文本外在的、潜在的读者。另言之，任何行为、现象和过程，在文艺叙事文本中都具有潜在的事件性。但是，正如上文所言，由于文艺文本的意向性以及与意向性相关的、各个元素的动机性和理据性的影响，不仅发生的变化可以是文艺世界中的事件，同时对改变的愿望、对改变的梦想、梦境、幻觉、归零的变化或者是没有发生的变化等，都可以是文艺世界的事件。

毫无疑问，相关性特征和一致性特征是事件性的必需特征，也就是说，要想成为事件，某一变化应当对人来说有特定的意义："这是里程碑，而有时是人生之路的转折点。这是在生活层面的标记，标明了上升的高度或者是下降的深度。事件必须被铭记。"[1]

在文艺文本中，任何情节、阶段性的行为，如果对主人公或者叙事者而言具有某种意义，那么它们都可以成为事件。例如，在帕特里克·聚斯金德小说《鸽子》中，主人公的过去充满了日常意义上的事件（在战争年代失去了父母、从故乡出逃、在农场非法生活、在军队服役、参加印度支那战役、回归故乡和随后失败的婚姻）等，这些看起来非常重要的日常事件被叙事者采用了类似于编年史的形式，简洁而又客观地、不动声色地呈现出来。

在回顾性的叙事中，过往事件是事实，它们出自全知叙事者（因此是可靠的叙事者）之口，并且在该艺术世界的框架中被视为真实的。这些事实解释了为什么主人公害怕对自己的生活做出任何改变，说明他为什么试图将自己不

---

[1] Арутюнова Н. Д. Язык и мир человека[M]. М.: Языки русской культуры, 1999: 9.

起眼的阁楼变成牢不可破的城堡。

⑧ 约纳丹·诺埃尔从所有这些事件中得出了一个结论：不要相信任何人，只有与他人保持距离，才会有安宁的生活。[1]

故事的核心事件是一只鸽子突然在主人公的阁楼门口，他认为这是外部世界入侵了他封闭而稳定生活。

大多数的研究者将认为事件的必需特征包括无法预见性，或者说事件发生的概率较小。阿鲁秋诺娃在描述事件概念的时候写道，和活动以及行为不同，事件的发生是"突然的，就像是不受或者不完全可以受某人意志的控制，人并不总是能够保证事件的到来或者阻止事件。"[2]

小说《鸽子》中一些句子中包含有时间预叙，它们主要是叙事者以第三人称的视角描述主人公早年的历史，此时并没有采用人物的视角。在叙事者看来，主人公早前生活是灰色的、平淡的，在这样的背景下，包含有预叙的句子得以凸显。

⑨ 当鸽子的事发生的时候，约纳丹·诺埃尔已经五十多岁了，这件事突然之间改变了他的生活。[3]

⑩ 这就是1984年8月一个星期五的早晨，鸽子的事发生之前的情况。[4]

热奈特认为，预叙在西方的叙事传统中并不常见，因为这违背了"读者强烈的预期"[5]。但是，在小说中使用这种叙事方法容易激起读者的期待，因为叙事者既没有告知细节，也没有告知事件的结果，而只是在文本中设置了一个悬念，引起了读者继续阅读的兴趣。此外，时间预叙符合作者所选择的叙述策略，这种策略需要同故事叙事者或者异故事叙事者的全知视角。

这样，对于文艺叙事而言，不可预料性作为事件性的标准，需要明确它和叙事文本中事件的预期可能性之间的关系。这一标准可以适用于特定类型的行为者和叙事者（例如同故事叙事者）。叙述的事实层面"背后的"表现故

---

[1] [德]聚斯金德. 鸽子[M].蔡鸿君, 张建国, 陈晓春译. 上海: 上海译文出版社, 2006: 35.

[2] Арутюнова Н. Д. Язык и мир человека[M]. М.: Языки русской культуры, 1999: 510–511.

[3] [德]聚斯金德. 鸽子[M].蔡鸿君, 张建国, 陈晓春译. 上海: 上海译文出版社, 2006: 1.

[4] [德]聚斯金德. 鸽子[M].蔡鸿君, 张建国, 陈晓春译. 上海: 上海译文出版社, 2006: 5.

[5] Женетт Ж. Фигуры III: Повествовательный дискурс[M]. М.: Издательство имени Сабашниковых. 1998: 100.

事，将其表现为已经发生的故事，而对于事件层面而言，像电影那样直观地展示是完全自然的。

如果说在帕特里克·聚斯金德小说《鸽子》故事的展示中，占主导地位的几乎全部是叙事者，他仅仅在某些部分中融合了行为者的视角，那么在对核心事件进行陈述的时候，已经采用的是零聚焦，此时，叙事者仅仅讲述人物所看到的内容。

⑪ 就在他抬起左脚，大腿已经准备迈出的一刹那，他看见了那只鸽子。它卧在他的门前，距离门槛大约二十厘米，身上披着从窗户射进来的晨曦，两只红色的脚爪撑在血红色的瓷砖地面上，铅灰色的羽毛整洁光滑。[1]

在叙述中使用了大量的视觉感知动词和描写事物颜色、形状和大小的形容词，表明叙事具有感知意义，其视角依然是人物。对鸽子的描写详尽无遗，面面俱到，表示小鸟身体部位的名词（脚爪、羽毛、头）所使用的性质形容词、带有性质意义的名词都描写了鸽子的细节。描写过程中的聚焦中心是鸽子的左眼。这一只瞎了的眼睛，虽然在叙事者看来不值得大惊小怪，但是主人公约纳丹却为此感到胆战心惊甚至绝望：

⑫ 它把头歪向一边，左眼瞅着约纳丹。这只眼睛看上去非常可怕，像一个小小的玻璃球，四周呈棕色，中间有个黑点，它就像一只缝在鸽子脑袋上面的纽扣，既没有睫毛也没有眉毛，不加掩饰地、毫不害羞地朝外突出，目光显得极为坦诚。但是，在这只眼睛里同时也隐隐约约闪现出一丝狡黠的目光。其实它的目光似乎既非坦诚亦非狡黠，而是显得毫无生气，就像照相机的镜头，吞进外界所有的光线，却一点也不露出自己内部的东西。这只眼睛里没有一点光泽，没有一线闪光，没有一丝生命的火花。这是一只视若无睹的眼睛，它注视着约纳丹。[2]

显而易见，叙事者仅仅叙述事件，他的视角在这里仅仅表现在话语层面，但是对事件的感知和印象评价等则属于经历着事件的行为者。由于这种特殊的呈现事件的视角，对鸽子的描写表明了文本情节发生重大变化，读者所接触到的事件是描写，而不是叙述。

---

[1] [德]聚斯金德. 鸽子[M].蔡鸿君，张建国，陈晓春译. 上海：上海译文出版社，2006: 9.
[2] [德]聚斯金德. 鸽子[M].蔡鸿君，张建国，陈晓春译. 上海：上海译文出版社，2006: 9–10.

第五章　叙事文本中的事件 》》》

正如我们所见，文本事件要成为事件，应当以特殊的方式在叙述中区分（标记）出来，以便让文本的读者能够将其识别为事件。为了成为事件，状态的某些变化应当"具有有意义的形式"，其中应当出现"见证行为语义构成的个人因素"，表现为心智性的特征，缺少这一特征则不能成为事件。[1]

只有在和事件发生之前的关系系统、以及在事件发生之后的关系系统进行对比的时候，才可以将事件认为是事件。在对事件进行研究的时候，应当既要考虑到它的前期阶段，又要考虑到它的后期影响，即考虑到事件发生前后的事态。

聚斯金德的小说中，事件的发展初期（鸽子的出现），包含有对主人公在其狭小的阁楼中从容不迫的平静生活的描写，对他而言，经历了童年和青年时期的不幸事件之后，阁楼成了他在动荡不安的世界中庇护所。对主人公从自己的阁楼中逃跑并且搬迁到便宜的公寓中并且随后出现的一系列错误、失败、挫折等的描述构成了事件的后文本，这些事件使得主人公在当天决定自杀。但到了第二天，约纳丹改变了主意，并且回到了家中：他再也不怕什么了。这种变化的原因是夜里的暴风雨——这是大自然中十分经常的、平淡无奇的现象，但是，这一事件在该叙事文本的框架范围内，具有明显的事件属性，因为它改变了主人公的内心的精神世界。

这样，一个事件的尾声变成了另一事件的前奏。并且，描写在此获得了事件属性，在这一例证中，对暴风雨和期待着暴风雨的城市的描写在文本中是通过异故事叙事者（auctorial heterodiegetic narrator）进行的。在这一描写中，占主导地位的是行为动词（"抑制住""转悠""闪电""打雷""聚集""扩展""等待""发作""爆炸"等）。这里还出现了一个鲜活的超现实形象"像一床薄薄的铅灰色的被子盖住了整个城市"，这里是叙事者的视角，此时主人公正处于梦中。棉被般的乌云位于城市的上空，并且最终由于一个巨大的霹雳而破裂。在该小说中，暴风雨履行了行为者的功能，这一因素潜在地包含着从一种状态向另一种状态的演变。在事件的结构中，人物是静态的、承受状态的客体，暴风雨将他从沉睡中惊醒。

---

[1] Тюпа В. И. Нарратология как аналитика повествовательного дискурса[M]. Тверь: Тверской государственный университет, 2001: 26.

⑬ 约纳丹一骨碌从床上坐了起来。他并没意识到这是霹雳，更不用说听出是在打雷。更糟的是：就在他醒来的一刹那，霹雳使他感到极度恐惧，他不知道恐惧的原因，这是对死亡的恐惧。他听见的唯一响声是霹雳的回音，这是多次重复的回音和隆隆远去的雷声。[1]

在上述片段中，同故事叙事者窥视自己主人公的意识、或者准确地说，窥视主人公潜意识的行为，这里并没有采用人物的视角：叙事者论述人物的感受的时候，他所掌握的内容要比人物自己知道的关于自己的事情还要多。

逐渐地，主人公逐渐清醒，他也慢慢地认出了自己所位于的地方。在这种情况下，叙事视角向主人公偏移。

⑭ 这不是他的屋子呀！这绝不是你的屋子！你的屋子的窗户在床脚的上方，而不是挨着天花板那么高的地方。这是……这也不是叔叔家的那间屋子，这是位于夏朗德的父母家的那间儿童寝室——不对，不是那间儿童寝室，这是地窖，对了，地窖，你正在父母家的地窖里，你是个孩子，你只是做了一场梦，梦见你已长大成人，成了巴黎的一个令人讨厌的上了年纪的守卫；但是，你是个孩子，正坐在父母家的地窖里，外面正在打仗，你被俘虏了，被掩埋了，被遗忘了。他们为什么不来？他们为什么不救我？为什么这里死一般的寂静？其他人在哪儿？我的上帝，其他人到底在哪儿？没有其他人，我就无法生活啊！[2]

非直接的作者的叙述逐渐地转为自由间接话语，然后转换为人物的直接的内心独白，表现为人称代词（第二人称和第三人称）、指示代词（"这里"）以及动词的现在时形式等（例如"你正在父母家的地窖里"）等。主人公在此经历的事件不同于以往，是令人记忆深刻的，他想忘掉自己以往灰色的记忆。从结构上而言，这一片段将读者引向小说的开端，过去发生的事情被作者感知为当场眼前发生的事件。

这一经历表明了客观现实事件的意义，这是诉诸读者、并且对主人公的心路历程具有特殊影响的成分，也就是说，它凸显了鸽子入侵对主人公思想的重要影响，所以鸽子入侵对主人公而言具有事件性。深夜里在暴风雨中惊醒的

---

[1] [德]聚斯金德. 鸽子[M].蔡鸿君，张建国，陈晓春译. 上海：上海译文出版社，2006: 75.
[2] [德]聚斯金德. 鸽子[M].蔡鸿君，张建国，陈晓春译. 上海：上海译文出版社，2006: 75–76.

经历意味着鸽子事件的结束，此后主人公改变了自己畏手畏脚、如同惊弓之鸟的性格，他回到自己的阁楼，开始了自己新的生活。

综上所述，关于事件的叙述并不能缺少对事件进行叙述的主体。在将事件进行定义的时候，应当包含有一些与主体因素相关的特征。这里不仅仅指的是行为的参与者（行为者）以及叙述行为的参与者（叙事者），同时还有事件的解释者（抽象的作者以及抽象的读者）。文本事件的完整性表现为它的两位一体的本质，两个事件的不可分割：叙事事件和文本事件。

所以，文本事件——这是文本的一个或者数个章节，其内容是以特殊的形式结构化的（异质的，不均匀的）叙述片段。叙事者或者是行为者赋予这一片段特殊的意义，赋予它以相关性特征。在上述片段以及随后事件上下文的背景下，可以发现这一片段对所叙述的故事发展的影响，即文本的连贯性特征。并且，从语用学的角度而言，由于采用了不同层面的语言手段来突出它相对于文艺交际以及事件参与者（抽象的作者以及抽象的读者）的意义建构作用，这一片段在文本中被突出到一个特殊的位置。

（四）主体视角与事态转变

如上所述，事件的发展具有阶段性，每一阶段的事件是在主体视角下发生的，所以视角和事态的转变之间具有紧密的联系。事件发生于时间之中，具有动态性，是由动词描写的，动词的体范畴描写了事态的发展，也揭示了主体观察事件的视角。

俄罗斯《语言学大百科词典》认为动词体范畴并不属于指示性范畴。"动词体并不和指示性的时间定位相联系，而是和动词体的内部时间结构相联系，和说话人对其作出的解释相联系。"[1]但是，定义中的"说话人的解释"表明，体范畴是潜在的以主体为参照的主观范畴。体概念可以从语用学的角度，借助阿普列相所提出的观察者的概念进行说明。莱辛巴赫所提出的参照点相当于观察者的时间定位，是观察者的当下时刻，所以动词体就是二级指示的一种形式。在体范畴中存在的指示性参数，这一范畴是建立在观察者和说话人

---

[1] Ярцева В. Н. Лингвистический энциклопедический словарь[Z]. М.: Советская энциклопедия, 2008: 83.

一致的基础上的。时序情景的确定性也和"观察"这一因素相联系。[1]

帕杜切娃进一步发展了这一思想。她指出，"在表达延展性空间客体的主语的上下文中（如*дороги, реки, каналы, границы*等），'运动动词的地理学用法'的体学特征具有共性，例如*впадать*（*Енисей впадает в Ледовитый океан*），*вытекать*（*Волхов вытекает из озера Ильмень*），*доходить*（*Лестница доходит до самой воды*），*идти*（*Граница идет по правому берегу руки*），*обрываться*（*У реки дорога обрывается*），*поворачивать*（*Тропинка поворачивает направо*）等，未完成体动词描写的不是空间分布这一事实本身，而更准确的是，描写的是一种道路，可能是思想中想象到的运动物体沿着这条道路运动。换句话说，这些形式的语义需要观察者的存在。"[2]

完成体和未完成体之间的对立经常是主观性的。过去完成时的一个意义是：结果到现在依然存在，结果应当是"在面前的"。这也需要观察者的存在。英语中的现在完成时（Present Perfect）属于一级指示：它表示的行为结果保留到言语时刻。俄语中的完成体动词表现形式初看上去与此类似。例如，当"折断胳膊"这一事件发生于我的童年时期的时候，或者甚至是几年前，如果胳膊已经康复，那么在言语上下文中不能说"*Я ломал руку*"；这一句子不仅肯定了时间发生于过去，还意味着行为的结果状态在言语时刻仍然保留。如果事件结果已经不复存在，更好的表达式是"*Я сломал руку*"，使用未完成体的形式，表示存在意义。这样，对完成体形式的解释可以有完成性的语义成分，并且包含有对言语时刻的指向，因此，俄语中完成体的语义与英语中的现在完成时（Present Perfect）相类似。[3]

阿普列相认为："*Я читал «Войну и мир» в раннем детстве*"和"*Я прочитал «Войну и мир» в раннем детстве*"之间的区别在于说话人是如何理

---

[1] Кравченко А. В. Язык и восприятие. Когнитивные аспекты языковой категоризации[M]. Иркутск: Издательство Иркутского государственного университета, 1996: 37–38.

[2] 参见Падучева Е.В. Наблюдатель как Эксперимент «за кадром»[C] // Слово в тексте и в словаре: сб. ст. к семидесятилетию академика Ю. Д. Апресяна. М.: Языки славянской культуры, 2000: 185.

[3] 这同样适用于英语中的过去完成时(Past Perfect)。实际上，该形式的意义要求存在着观察者的形象，他占据一定的时间位置，并且并不依赖于说话人(在言语机制中)或者叙事者(在叙事机制中)是否履行这一功能——笔者注。

解这一事件的时间的。说话人使用完成体动词将事件时间理解为与自己目前的当下时刻融为一体的时间，也就是说，是和他思考自己的时间融合成为一体的时间，所以行为的效果保留到了当下时刻。在使用未完成体动词的时候（*Он читал этот роман, Он уже ходил за хлебом, Кто открывал окно?*），说话人认为事件时刻不同于他在言语时刻思考自己的时间，具有久远过去时的效果，这种效果是普遍事实意义所特有的效果。[1]更准确地说，这并不是久远过去时，而是抽象过去时：表示发生在过去的行为和言语时刻并不一致。"未完成体的过去时……表示发生、实现在过去的行为，而无论它与现在时刻的关系如何。"[2]

如果将上述例证中的第一人称代词替换为第三人称代词形式，即"*Он читал «Войну и мир» в раннем детстве*"和"*Он прочитал «Войну и мир» в раннем детстве*"，那么在后一个例证中，行为可能直接与说话人的时间相吻合（此时这是一级指示）或者与所谈论的人的时间相一致（其中包括内心独白的情形），并且说话人在当下时刻将自己与该人联想到一起（此时是二级指示）。

时间范畴与言语行为具有直接或间接的联系：时间范畴在一级指示中与言语行为直接一致；在二级指示中与言语行为间接一致。类似地，"*Он пошел в кино*"可能包含有一级指示或者是二级指示：如果指的是说话人的位置的话（试比较：*Где Вася? — Он пошел в кино*），在言语机制中出现的是一级指示，而在叙事解释机制中出现的是二级指示，此时指的是观察者的位置或者是人物的位置（例如：*Иван ждал гостей, но они не пришли. Тогда он пошел в кино. Потом он долго вспоминал об этом*），完成体动词的形式"*пришли*"，"*пошел*"在此与文本时间相一致，也就是说，每次都取决于在某一阶段叙事主人公的当下时间。[3]

---

[1] Апресян Ю. Д. Дейксис в лексике и грамматике и наивная модель мира[C]. Семиотика и информатика. М.: ВИНИТИ, 1986(28).

[2] Виноградов В. В. Русский язык (Грамматическое учение о слове)[M]. М.: Русский язык, 2001: 557–558.

[3] 同时，这一句子也可以在言语机制中生成，并且在这种情况下动词形式的使用取决于说话人的位置，而不是叙事主人公的位置——笔者注.

一级指示参照言语的现实条件，而二级指示参照说话人的言语位置，而不是作为言语发出者的说话人的现实位置。此时，可以通过语言的语法或者说话人的交际策略（其中包括叙事策略）来选择言语位置。

例如，过去完成时形式并不是通过现实或者状态与言语时刻的关系而确定的（这是一级指示条件下的情形），而是通过它与其他行为或者是其他状态之间的关系而确定的，这一行为或者状态与言语行为的现实时间具有直接的相互关系。例如：在句子"当他回来的时候，我已经完成工作了"中，"完成工作了"这一形式所表示的时，相对于"他回来"这一形式表示的时，而后者则与言语行为的时间相一致。"他说过，他长大了将要当一名教师"，"将要当一名教师"所表示的将来时是参照于"说过"所表示过去时的，而过去时则和言语时刻相一致；也可以这样说，"将要当一名教师"的现在时形式并不是和客观现实本身相一致的，而是和它所描写的文本相一致。二级指示在这些情形中是间接地借助于一级指示而实现的。[1]

此外，与言语时刻的一致关系可以借助于引入隐含观察者而实现，说话人将自己置于观察者的位置，并且观察者能够与叙事主人公相一致；观察者是说话人在叙事中的某种代表。这就是对自我中心成分进行解释的言语解释机制和叙事解释机制。叙事时间和文本事件的内在时间顺序保持一致，是由事件的先后顺序而确定的；文本时间和叙事者（观察者、行为者等）的时间相一致。这样，文本时间在时间序列、在叙事时间的框架内确定。

可以说，完成体动词并不是原原本本地描述行为，而是将行为描写为现实的事件。事件以特定方式与交际行为相联系，并且在说话人或者其代表者（例如，叙事者、剧中人物或者是观察者，说话人将自己与他们联想到一

---

[1] 无论是时间形式的绝对用法，还是它们的相对用法〈其中时间定向的出发点并不是言语时刻，而是另外一个时刻〉都是与时间指示相联系的，但是，仅仅在第一种情况下，它才能被称为原型用法。一方面，说话人的现实时刻"在绝对时间定向中，在它的原型表现中"，另一方面，说话人所意指的主体的言语时刻〈思想时刻、感觉时刻、感知时刻〉这是不同的时间起算点。其中有一个时间起算点是原初的，另一个则是派生的。在类似于Он думал, что еще успеет вернуться的情形中，很明显地体现了"二级指示"：说话人似乎是重构了行为相对于初始时间参照点的关系，但是并不是从自己的视角进行的，而是从所谈主体的视角进行的。参见 Бондарко А. В. Время и перцептивность: инварианты и прототипы[С] // Мысли о русском языке: Прошлое, настоящее, будущее. СПб.: Издательство Санкт-Петербургского университета, 2005:75.

起)的视角中有意义的行为。事件的现实性通过所指行为与时间的一致性而确定——在言语机制是说话人的个人时间,在叙事解释机制中是叙事的内在时间顺序(叙事时间)。例如完成体形式的叙事过程中,可以发现对于叙事而言是现实的行为(事件),叙事者根据不同的原因或根据不同的叙事策略将注意力集中于这些时间上面;这样,被描述的事件在时间尺度方面就与作为交际行为的叙事的出发点相一致。

我们通过俄语文学作品中的一些例证来说明。引导直接引语的完成体动词和未完成体动词的交替使用,是一个典型的特征,此时完成体动词与叙事主人公保持一致,而未完成体动词则和叙事的片段性交谈对象相一致。[1]

① — Я очень жалею бедного графа, — говорила гостья 〈...〉 — Что такое? — спросила графиня 〈...〉. — Вот нынешнее воспитание! 〈...〉 — продолжала гостья 〈...〉. — Скажите! — сказала графиня. ("我非常惋惜可怜的伯爵,"一个女客人说道,〈...〉"是怎么回事?"伯爵夫人问道,〈...〉"这就是现在的教育啊!"一位女客说〈...〉"您看,真有其事!"伯爵夫人说道。)

显而易见,完成体动词在此表示进行叙事的视角,而未完成体动词仅仅表示事件本身,该事件并不和叙事者的视角相一致。片段性人物(女客人)的话语的导入先后采用了未完成体形式(表示行为事实本身),而伯爵夫人是主要人物之一,她的话语使用完成体动词导入;在第一种情况下指出了行为事实(说出某些话语),在第二种情况下,行为被体现为事件(对叙事过程而言现实的事件,也就是说对于叙事者的叙事策略而言是现实的事件),并且事件发生的先后顺序表现为事件交替的形式。

完成体动词和未完成体动词的这种交替使用,在所有的该场景中都可以出现。在其他情况下,完成体动词和未完成体动词形式的类似对立,可能不是用于对比片段主人公以及主要主人公,而是用于片段性的、背景性的场景与发生于该背景上的事件之间的对立。试比较在同样的《战争与和平》的场景中,罗斯托夫家准备命名日宴会的描写。

---

[1] 这一现象是叙事文本的典型特征。参见 Успенский Б. Поэтика композиции[M]. СПб.: Искусство, 2000: 128–130.

② — Ну, ну, Митенька, смотри, чтобы все было хорошо. Так, так, — говорил он, с удовольствием оглядывая огромный раздвинутый стол. — Главное — сервировка. То-то... — И он уходил, самодовольно вздыхая, опять в гостиную. — Марья Львовна Карагина с дочерью! — басом доложил огромный графинин выездной лакей, входя в двери гостиной. （"喂，喂，米佳，你要注意，把一切布置停妥。好，好，"——他说道，十分满意地望着摆开的大号餐桌，"餐桌的布置是头件大事。就是这样……"他洋洋自得地松了口气，又走回客厅去了。"玛丽亚·利洛夫娜·卡拉金娜和她的女儿到了！"伯爵夫人的身材魁梧的随从的仆人走进客厅门，用那低沉的嗓音禀告。）

伯爵是《战争与和平》中主要的人物之一，而仆人则是小说中的一个阶段性的人物；但是，在上述情景中，伯爵短暂地在舞台上活动，他的话属于被描写场景的背景，使用未完成体动词形式；而仆人的出现则被体现为一个事件，标志着叙事发展到了一个新的阶段，使用了完成体动词形式。

在上例中，完成体动词表示场景的转换，也就是说不同情节片段的先后顺序，表明了事态发生变化，出现了新的情况。这样，它们描写叙事过程的同步的现实的行为，或者说，对于生成叙事文本的叙事者而言的同步行为。相反，未完成体动词仅仅表示行为事实的本身：与叙事时间无关。完成体动词在此采用的是过去时形式，它们表现了事件的先后顺序。

这种向新的叙事阶段转换的方法，当同一个句子中完成体动词与未完成体动词相邻使用的时候表现得更为明显：句子以完成体动词的形式开始，表示事件进入一个新的阶段，然后则采用未完成体动词的形式，表明事件的后期发展（Вот бабка *придет* и *говорит* 和 Баба *ляжет* и *говорит* 等）。显而易见的是，完成体动词表明了动态的行为或事件的先后顺序，而未完成体动词则用于描写某一静态的事实或场景。完成体动词在此表达概括现在时意义，而并不是将来时意义，此时现在时完成体动词创造典型化的、普遍的场景。[1] 此外，在这种情况下，同一个句子经常首先使用完成体动词导入新的场景，然后使用未

---

[1] 参见Бондарко А. В. Вид и время русского глагола[M]. М.: Едиториал УРСС, 2003: 134–141. 邦达尔科使用的术语是абстрактное настоящее——"抽象现在时"。现在时形式的完成体动词的这一意义至关的表现在和бывало连用的情境中，例如: Он бывало придет и скажет等——笔者注.

完成体动词形式对这一场景进行描述（Жена *подойдет* к гробу и воет, Арина *замолчит* и говорит сыну, *Приедет* и говорит, *Придет* она домой и ходит等）。

可见，完成体动词表达事件的先后顺序，而未完成体动词则描写行为事实本身，与事件的进程无关。也就是说，完成体动词决定了叙事的动态进程，而未完成体动词具有描写性、描述性的静态特征；尤其是未完成以动词能够将行为以静态的形式记录下来，而不是在动态之中（甚至是当用来描写运动的时候，试比较上文中的例证：И он уходил, самодовольно вздыхая, опять в гостиную）。

动词体的选择取决于说话人或叙事者的交际策略（其中包括叙事策略）。有时说话人尽力讲述，此时需要表明行为的先后顺序；有时是为了展示，即将发生的事件以图景的形式展现出来，该图片可以让我们想象，并且表示最为典型的行为，这些行为能够生成类似的图景。原则而言，动词体的变化意味着视角的改变。例如：

③ *Пульхерия Александровна тотчас же вышла встретить его на пороге. Дуня здоровалась с братом.*（普莉赫里娅·亚历山德罗芙娜立刻到门口来迎接他们，杜尼娅向哥哥问好。）

其中完成体动词的形式（*вышла*）表示的是发生在时间层面的事件，而未完成体动词的形式（*здоровалась*）则表示伴随着上述事件的行为。但是，未完成体动词的形式在这里并非表示持续的行为：更准确地说，这是静态的描绘，行为仅仅是被记录，而不是在被描写为正在发生的过程。形象地说，该行为似乎被拍照在照片上，而不是摄制于胶片上；也就是说，表现为静态镜头的形式，而不是动态电影带的形式。正是由此，引导直接引语的动词通常使用未完成体形式：再现直接引语经常并不是直接与叙事的动态过程相联系，它直观地展示了情景，情节以该情景为背景而展开。

与此同时，试比较《罪与罚》中的一些例子，与上文中的例证不同的是，这些动词体的对立取决于叙事的动态过程，而不是用来表示主要叙事和片段叙事之间的对立。

④ *И он стал на колени среди тротуара* ⟨...⟩. *— Перестаньте, прошу вас, что вы делаете? —вскричала встревоженная до крайности Пульхерия Александровна. — Встаньте, встаньте! — смеялась и тревожилась тоже*

Дуня.（于是他在人行道当中跪了下来〈...〉"别这样，我求您，您这是做什么？"惊慌失措的普莉赫里娅·亚历山德罗芙娜高声叫喊。"请您起来，请起来吧！"杜尼娅笑着说。）

⑤ — Так не оставишь меня, Соня? — говорил он, чуть не с надеждой смотря на нее. — Нет, нет; никогда и нигде! — вскрикнула Соня, — за тобой пойду, всюду пойду! （"这么说，你会离开我吗，索尼娅？"他怀着希望看着她说。"不，不；我永远不离开你，随便在哪里也不离开你！"索尼娅喊叫，"我跟着你走，随便去哪里，我都跟着你！"）

⑥ Соня стояла как бы ошеломленная, но вдруг вскричала: — Ты был голоден! ты... чтобы матери помочь? да? — Нет, Соня, нет, — бормотал он, отвернувшись и свесив голову, — не был я так голоден... （索尼娅仿佛惊呆了，突然高声叫喊："你挨过饿！你……是为了帮助母亲？对吗？""不，索尼娅，不是的，"他含糊不清地说，转过脸去，低下了头，"我虽然挨饿也还不到这种程度……"）

⑦ — Я догадался тогда, Соня — продолжал он восторженно, — что власть дается только тому, кто посмеет наклониться и взять ее 〈...〉. — О, молчите, молчите! — вскрикнула Соня, всплеснув руками. — От Бога вы отошли, и вас Бог поразил, дьяволу предал!.. （"我领会到，索尼娅，"他异常兴奋地接着说下去，"权力只会给予敢于觊觎并夺取它的人。这里只有一个条件，仅仅一个条件：只要敢作敢为……""噢，您别说了，别说了！"索尼娅惊呼，"您不信上帝了，上帝惩罚了您，把您交给魔鬼了！……"）

⑧ — А жить-то, жить-то как будешь? Жить-то с чем будешь? — восклицала Соня. — Разве это теперь возможно? Ну как ты с матерью будешь говорить? 〈...〉. О Господи! — вскрикнула она, — ведь он уже это все знает сам! （"那你怎么活下去，怎么活下去呢？今后你靠什么活下去？"索尼娅大声说。"难道现在这可能吗？嗯，你怎么跟母亲说话呢？……噢，上帝啊！"她高声呼喊，"这一切他已经都知道了！"）

在上述例句中，完成体动词形式描述的事件与叙事的进程相一致，而被未完成体动词所导入的人物的言语，似乎是被从叙事进程剥离出来，并且具有静态性特征，是对场景的描写。

通常认为，完成体动词表示行为的完成性、终结性（即状态的结束）。此外，也有学者认为完成体动词所表示行为或者状态的完整性，涵盖行为—状态的整体、表示行为的开端和结尾的结合。但是这种说法并不完全准确，因为在用完成体动词表示的时候，行为或状态就其本身而言是可以持续的：可以说，在这种情况下完成体动词强调的是过程的镜头化，此时，行为被划分为数个先后相继的片段，并且行为在某一片段界限内完成。[1]例如我们可以说"当他跑完前五公里的时候，他的头上冒汗了"，此时我们还表示"这个人在继续跑"。显然，行为的完整性取决于现实的或者是想象的说话人和观察者位置，也就是说，取决于言语的组织结构。这里指的是总结性的、从特定位置确定的总结性的情景。

更准确地说，完成体动词并不是表示行为—状态的完结或者终止，而是表明从说话人（或者是其代表者）的位置来看，行为—状态在相应的言语时刻已经发生。这样，在每一时刻、每一阶段，在被描写的行为或者状态与说话人（观察者）的位置之间，都需要存在着某一种想象出来的障碍。完成体动词事实上将说话人与他所称名的行为隔离开来，它为所称名的行为设置了一个界限，即完成体动词表达的行为具有一定的程度，该动作在该阶段已经完成和实现的程度（这也适用于状态的描述）。完成体动词形式表达的过程整体位于观察者的视野之中；这一过程似乎是从外部视角进行观察。过程的"完整性"特征、"行为发生于特定时间段之内"以及由此造成的外部观察者所看到过程的有限视角之间，存在着内在的联系。[2]如果说未完成体动词可以表达过程，那么完成体动词可以表示行为的结果，该结果是以说话人的视角而体现出来的（一级指示），或者与这一视角相一致（二级指示）。

---

[1]　存在着一些所谓的界限动词, 其完成体动词的形式表示无法持续的行为，例如: лечь、встать、сесть、надеть、умереть、упасть等。但是，它们属于一些个别的情况。相应地，例如，不能说: *Он уже надел пальто и продолжает его надевать, 但同时可以说: Цены уже очень повысились и продолжают повышаться; 等。参见Гловинская М. Я. Семантические типы видовых противопоставлений русского глагола[M]. М.: Наука, 1982: 9.

[2]　试比较："完成体表示达到界限，并且因此将行为体现为不可分割的整体形势，而未完成体动词则相对于达到界限的这一特征以及完整性特征则是中性的。"(Маслов Ю. Вид глагольный[C] // Избранные труды (аспектология, общее языкознание). М.: Языки славянской культуры, 2004: 500.

这样，行为的结果表示向新的状态的转换，即情景的变化，这种变化在说话人或者是他的代表者（行为者或者是观察者，他们承担了说话人的功能）看来，是已经实现的行为。如果说未完成体动词表示泛泛的行为，那么完成体则表示行为发生于特定情境中，这一"情景"是"说话人和听话人的相对位置"。在特定情境中行为的出现，事实上也就是事件。

完成体形式描写的事件类似于艺术家审视描绘对象的直接的视角。此时，艺术家将自己与被描绘的世界隔离开来，并且位于所描绘的现实之外。相应地，他也从该观察者的视角进行描写：在他和他所描述的世界之间存在着一个想象的障碍。[1]在采用直接视角进行描述的时候，艺术家描述他自己看到的内容；在采用完成体形式进行描写的时候，说话人（或者其代表者）描述自己心智视野所能涵盖的内容。前者指的是空间视野；后者指的是时间视野，或时间视角。在造型艺术中，直接视角整体上最接近于指示：和指示相似，指示表达式是与说话人（或者其代表者）的位置相一致，视角的表达和艺术家（或者是观众）的位置相一致。

所以，完成体不仅仅表示动作，同时表明该动作是一个事件，也就是说，是一个以现实视角进行描述的行为，在这种情况下，行为的现实性类似于指示。换句话说，完成体描述现实的行为，而未完成体动词描述泛泛的行为，行为本身。

同样试比较托尔斯泰对狩猎的描写。

⑨ *Он видел, как Карай взял волка, и остановил лошадь* 〈...〉（他看见[行为—状态]卡拉伊捉住豺狼，就把马儿勒住[断定事件]〈...〉）

"*остановил*"描述的是一个镜头化的、受到时间界限限制的行为，即相对于说话人的行为。完成体动词的形式要求行为发生于某一具体时刻，并且与此同时行为的时间是相对于交际行为而确定的，该行为是在说话人或者是叙事者的视野中被呈现出来的；与此同时，*видел*的形式并不要求时间具有确定性，在此也没有体现出说话人的视角。

⑩ — *Что же, ты думаешь, он мне ответил?* 〈...〉 *Да... Вот что мне отвечали!*

---

[1] Успенский Б. Поэтика композиции[M]. СПб.: Искусство, 2000: 223.

（[库图佐夫]"……你想，他对我回答了什么话呢？……是的，他就是这样回答我的！"）

"*Отвечали*"的复数形式是不定人称的形式，并不表达相对于所描述行为的态度和关系，将其体现为一个客观的行为；这并不是一个镜头化的行为，而是一个概括性的行为（并没有受到时间界限限制的行为）。句子"*вот что мне отвечали*"表达的意思接近于"这就是当时的答案"，说话人似乎并没有对所完成的事实进行评价，但是希望交谈对方自己做出判断；[1]而"вот что мне ответили"表达了说话人对回答行为的态度。

同样地，从完成体向未完成体转换可能表示超出了叙事的界限，试比较陀思妥耶夫斯基在《罪与罚》中的描写。

⑪ Это заметили все.（Потом об этом *вспоминали*.）（大家都看到了。[后来大家都记起了这一点。]）

动词"*вспоминали*"并不是事件进程中的构成部分，因为它与事件的顺序没有任何关系。也可以说，它表明了作品的形式"框架"，是异叙事者的现身。[2]

由于完成体动词表示事件发展到一个新的阶段，而未完成体动词表示行为或者状态的本身，那么在同一个句子中使用数个完成体动词通常表示事件或状态在时间轴线的先后更替（例如：*Когда я вошел, я увидел вора*），相应地，使用未完成体动词的形式既可以表示共时的行为—状态（例如：*Когда я входил, я видел вора*），也可以表示先后相继的行为或状态（例如：*Он входил, выходил, прислушивался*等。）[3]

所以，俄语中在否定的时候，通常并不使用完成体动词，而是使用未完

---

[1] 试比较: Ты представляешь, что он мне отвечал?等——笔者注.

[2] 关于文艺文本的各种"框架"，参见Успенский Б. Поэтика композиции[M]. СПб.: Искусство, 2000: 229-243.

[3] 邦达尔科举出一些例证，完成体动词表达同时性意义: 这里说的是使用具有делимитативного и начинательного способов действия意义的动词: Мы посидели, поговорили, посмеялись; 以及这种形式的动词表达结果状态意义: Он постарел, располнел и обрюзг; 参见Гловинская М. Я. Семантические типы видовых противопоставлений русского глагола[M]. М.: Наука, 1982: 23. 事实上，这里表达的与其说是共时性意义，还不如说是对情景的整体描写(同一个场景的不同方面)，此时行为之间相互互为补充。

成体动词。未完成体动词的形式在类似的情况下是中性的、无标记的形式，而使用完成体动词的形式则带有标记。

试比较：*Он выпил кофе, но еще не завтракал, Он уже проснулся, но еще не вставал*等。"*выпил*""*проснулся*" 的形式将所描写的行为表现为已经完成的事件，该事件与说话人的视野相一致。同时，在 "*не завтракал*""*не вставал*" 等形式中，谈的是泛泛的行为，是行为本身（而不是作为事件的行为）。在最后一种情况下，否定的是行为这一事实本身，而与说话人无关，因为说话人本可以赋予行为以完成的事件的地位。

这样，在使用完成体动词的时候，说话人（或者是其代表者）是言语中涉及到的因素，他表明了对所表明事实的评价；而在使用未完成体动词的时候，相反，他根本没有表达出自己的态度。[1]

在否定结构中使用未完成体动词的形式，可以和否定结构中第二格的用法相类比。在句子*Ты взял книгу? — Я не брал книги*中，动词*брал*的意要比*взял*更为宽泛，因为前者属于泛泛的、与说话人无关普遍的行为，而不是具体的事件：*не брал*可以表示"根本就没有拿"，*не делал*可以表示"一次都没有做"等。类似地，在句子*Я не брал книги*中，名词二格的形式可以表示泛泛的书，而不是具体的一本书；*не брал книги*可以表示"没有拿任何一本书"。相反，直接客体的第四格的形式在否定结构中是用来表示确定性的（*Я не брал книгу*的意思是"我没有拿这本书"）。[2]因此，在类似的结构中，表示行为客

---

[1] 通常认为，对*Взял ты книгу?*的否定回答，*Я не брал книги*是否定事实本身，而采用*Я не взял книгу*(优于*книги*)来回答的话，则表示行为已经发生，但是并没有产生预期的结果。更准确地说：在第一种情况下否定的是行为，在第二种情况下否定的是事件(例如：*Я был там, но не взял книгу*;或者：*Я не взял книгу, а предпочел, чтобы мне вернули деньги*.

试比较：*Кто выполнил это задание? Миша?* (预设：任务已经被某人完成)——*Нет, Миша его не выполнял*(从米沙的角度对行为事实进行否定)。这里谈的是事情的事实层面；否定的是"米沙完成了这一行为"的事实。

Нет, Миша его не выполнил(这意味着："该行为不是由米沙完成的")这里指的是米沙的参与；否定的事实是：这一行为是由米沙完成的(这件事情正是由米沙完成的)——笔者注.

[2] 在类似的情况下，指的是某种确定的客体，因此，我们总能够在相应的词汇之前加上指示代词，同时并不改变表述的意义(试比较：*Я не вижу корову* 和 *Я не вижу эту корову*)。与此同时，在否定的时候，第二格形式既可以表示确定的客体，也可能表示不确定的客体：试比较：*Я не вижу этой коровы*("我没有看见这头牛")和*Я не вижу никакой коровы*("我什么牛都没有看见")——笔者注.

体的第二格的形式通常和未完成体动词连用。

疑问句中完成体和未完成体也可能出现类似的交替。试比较：*Один брат пошел в армию, другой подумал: зачем идти в армию?* 在这里，谈论的是行为事实本身（行为是否合适），而与说话人无关。作为一种特殊的检验方式，我们可以在句子中加入 *вообще*（*зачем вообще идти в армию?*），这并不改变表述自身的意思。

如上所述，未完成体动词的形式在通常情况下并不和第二格形式的、表示部分意义名词连用。例如可以说：*Я поел каши*，但是不能说 *Я ел каши*。同样，下列句子通常被认为是错误的：*Я ел немного каши*，**Я пил кружку пива*，相反可以说：*Я поел（съел）немного каши, Я выпил кружку пива* 等。事实上，正如上文所言，完成体动词要求相应行为具有界限，即实现到一定程度的行为。这要求说话人（或者是他的代表者、观察者）将自己置于所描写的过程之外。相反，在使用未完成体动词的时候，行为并没有界限的限制，该界限能够确定表示部分意义的直接补语。

根据帕杜切娃的表述，"完成体……仅仅将观察者的回顾性地点（即视角、视野）记录下来，观察者从最终状态的角度审视事件。"[1]如果这种最终状态属于现在的（已经经历的）时刻，那么可以自然而然地将它与观察者（假设的）观察时间点相一致。完成体的主要意义（初始意义）是表达发生于过去的事件。同时，这种回顾性的视角可以从现在或者是将来的时间点进行审视，这种情况下就产生了"现在过去时"或者是"将来过去时"的效果。

同时，未完成体的主要意义是表达发生于现在的事件，典型的用法是采用共时视角进行描写。这种描写可以适用于过去时或者是将来时，这样就产生了"过去现在时"或者是"将来现在时"的效果。

如果完成体形式需要所表示的行为或者状态存在时间界限，那么未完成体形式则相反，并不表达任何的界限。相应地，完成体形式实际上表示的是向新状态的转换，也就是说是事件的更替，而未完成体动词本身则并不表示类似的转换。因此，产生了持续时间效果，深入到过程之中，说话人或者是其代表

---

[1] Падучева Е.В. Семантические исследования: Семантика времени и вида в русском языке. Семантика нарратива[M]. М.: Школа "Языки Славянской Культуры", 2011: 295.

者位于所表示的时间之内，这种用法是未完成体形式的典型用法。这通常被认为是未完成体的主要意义。例如杜尔诺沃（Н. Н. Дурново）认为，未完成体动词描写"在言说时刻持续的动作"，而完成体动词"表示行为的终结或者是中断"；同样，根据伊萨琴科（А. В. Исаченко）的观点，在使用未完成体的时候说话人位于过程自身之中，而在使用完成体的时候他位于过程之外，观察过程的整体。需要表示行为的进行和发展的时候，无法使用完成体动词。完成体动词不能表达行为的变化，它们表达的似乎是瞬间完成的行为。相应地，未完成体动词通常描述过程、表达持续的行为（而不是完整的行为）。

进而言之，未完成体动词事实上也可以具有指示意义，用于表示事件与说话人或者是他的代表者之间的联系。与此同时，完成体和未完成体表达的是相反的指示关系。实际上，在使用完成体动词的时候，正如我们在上文所见，实际上将所描写事件的时间纳入到说话人（或说话人的替身）的个人时间之中。与此同时，未完成体表示相反的现象：将说话人（或者其代表者）进行描写时候的时间位置纳入到被描写的时间之中。当描写地理空间的时候，比较重要的并不是时间坐标，而是空间坐标（不是说话人相对于描写对象的时间界限，而是空间界限），而未完成体动词表示不存在这种界限；并且，这里谈的不是位于被描写的时间之内或者被描写的时间之外的观察者的位置，而是表示位于被描写的空间之内或者之外的观察者的位置。试比较：

"Отмель врéзалась в море."——描写情景需要一个观察者或者其代表者的位置，该场景是从观察者的视角给出，并且他与被描写的事实之间存在一定的距离，他位于所描写的空间之外，就像一个正在描述图画内容的人；该画面被呈现为已经被实现的行为。但是，一个从外在的、完全是异化的视角来描写地形地表的人也可以这样说，他将该地形地表视作某种在他面前展开的图画。

"Лодка врезáлась в берег."——说话人或者是其代表者是发生事件的见证者：这里描写的是正在实现的行为。说话人位于过程之内：描写是从内在于过程的视角而进行的。

如果完成体类似于直接视角，此时画家将自己与被描写的世界隔离开来，位于被描写的客观事实之外的观察者的位置，那么未完成体动词则相反，此时画家想象自己位于所描写的图景之中，似乎将自己置于被描写的空间之内：他描写自己周围的世界，而不是从某一个异化的立场和视角进行描述；他占据的是内在于描写情景的位置。[1]

原则上说，完成体描述的是相对于交际行为的行为或者状态，而未完成体动词则描述行为或者状态的本身。这一行为或者状态，在某些情况下可以表达与完成体相对立的意义，表示的不是说话人（或者是他的代表者）相对于所标写的行为或者状态的外在的位置，而是内在的位置。即便如此，相对于未完成体而言，完成体与指示之间有着更为稳定的联系。相对而言，未完成体动词可以表示行为的自身，和说话人无关。

未完成体形式的意义，在某些和说话人不一致的情况下，可以非常接近于完成体的相应形式：无论哪一个都可以表示同一个现实情景，它们之间的区别仅仅在于体现这一情景的方式。例如：*Я читал эту книгу* 和 *Я прочитал （прочел） эту книгу* 等；在上述每一个句子中，既可以表示行为的总结性的结果，同时也可以表示结果显现程度的完成性，也就是说，描写的是完成体内在的那些特征。区别仅仅在于：未完成体的形式并不显性地指出向新状态的转换，它并不表示事件的更替，即所称名的行为并不被体现为现实的事件。

所以，未完成体动词可以划分出延续意义和固定意义这两种意义。它们也被称为持续—现实意义（актуально-длительное значение）、普遍事实意义（общефактическое значение）和过程意义（процессное значение）、概括—现实意义（обобщенно-фактическое значение）。第一种情况下，说话人或者是他的代表位于所称名的过程或者状态之中；第二种情况指的是一个陈述：行为或者状态已经发生，与说话人的位置无关。完成体表示已经完成的限度范围之内的行为，是在特定时刻之前完成的。未完成体与完成体的对立可以通过不同形式来实现。一方面是泛泛的行为，就其自身的行为与已经完成的行为是相互对立的；另一方面是有时间界限的行为，事实上与持续的、延展的、延伸的行为相对立。

描写可以被视为不同片段的连续。从一个片段向另外一个片段的转换通过完成体动词来表示；这些动词描写是叙事过程中同时的事件（是否是事件，这需要在交际框架、其中包括叙事策略框架内进行判定），并转向一个新的状态。这样，完成体动词决定了叙事的动态性；作为和交际活动相应的叙事，它

---

[1] Успенский Б. Поэтика композиции[M]. СПб.: Искусство, 2000: 223–224.

们表达的是叙事时间，该叙事时间确定了叙事的内在时间进程。在展示由统一的情节而连贯起来的动态画面的时候，情况与此类似，这些画面是先后相继发生的事件。

构成叙事的不同的片段相应地表现为微场景，在这些微场景内部，叙事时间似乎是停止的。如果在叙述前后相继的情节的时候，将被描写的时间纳入到说话人的时间或者是观察者的时间，那么，在重构不同片段本身的时候，相反，则是从该时间中脱离。这些片段通过未完成体动词来描写，因为未完成体动词具有描写性特征。上文已经指出，选择完成体或者未完成体的形式取决于说话人或叙事者的交际策略（其中包括叙事策略）：有时他侧重讲述，表示事件的先后相继性，有时他侧重展示，类似于以直观图片的形式展示发生的事件。

体现为微场景的不同的片段可以表现为静态或者动态的形式。在第一种情况下，可以发现某种行为或者事件的事实本身；在第二种情况下，行为被体现为进行过程中的形式——作为持续的、继续的行为；这两种意义都是通过未完成体动词来表达的。以同样的方式，也可以描述重复性的行为。在第一种情况下，描写发生于时间之外；在第二种情况下，它具有自己的特殊的时间，并不和叙事过程的整体时间相一致。如果场景被展示为动态的形式，那么行为的延续性、持续性是相对于说话人或者是代表说话人的观察者而体现的，观察者以此位于被描写的过程的内部。

这样就产生了一个复杂的、多维的结构，此时，说话人一方面限制了叙事的整体时间，该时间表达了时间的先后顺序，从另一方面而言，相对于被描述的事件呈放射性地共同扩展。在第一种和第二种情况下，说话人分别表现为积极因素和消极因素。可以说，在第一种情况下，他类似于作为时间创造者的上帝；在第二种情况下，他类似于一个具有消极时间关系的人。这种历时描写和共时描写之间的交替，相应地符合于被描写客体的内在位置和外在位置之间的交替。

二、叙事文本中时体形式的解释

由于时间范畴是一个一级指示范畴，它的叙事解释机制并不能像是二级指示范畴那样归结为简单的投射，也就是不能归结为指称层面的偏移。叙事解释机制中过去时和现在时之间的对立具有不同于言语机制的意义。

（一）叙事现在时

叙事现在时传统上被称作历史现在时（praesens historicum），它用于叙述过去事件的过程中。文本中可以通过显性的方式表达出事件发生于过去，但是这并不是叙事现在时的主要特征。目前普遍认为，以叙事现在时形式所描写的行为，似乎是发生在说话人视野之中的。但是，这一特征反映了动词的未完成体语义（持续—现实意义），而没有反映时间形式的语义。"亲眼见证视角"实际上是未完成体动词的语义特征；但是在动词的语义合适的时候，它出现于未完成体动词的现在时或者过去时的语义中，见例句①；在动词语义不合适的时候，它并不出现在现在时的形式中，见例句②。

① По базарной площади идет полицейский надзиратель Очумелов.

② В конце XIX века появляются первые механические часы.

如果将例句①中的现在时替换为过去时，那么在句子 *По базарной площади шел полицейский надзиратель Очумелов* 中，我们同样将会感觉到叙事者的存在，他亲眼观察着发生的事件，就像是在句子②那样。因此，主要的问题是叙事现在时和叙事过去时之间的区别。

现在时形式在叙事文本中的这种用法保留了基础的现在时的特征（与此相对的是更为常见的、以过去时作为主要时间形式的叙事文本）。

③ *Онегин выстрелил ... . Пробили*

　Часы урочные: поэт

　Роняет молча пистолет,

　На грудь кладет тихонько руку

　И падает.

　叶甫盖尼已经射击……

>   这一声是末日的钟响，
>   诗人无言地松开手枪，
>   他以手轻轻地抚着前胸，
>   倒下了。

叙事过去时和叙事现在时之间的区别是：过去时中存在着不同体的形式的语法对立，而叙事现在时并没有显性地表达这一区别。未完成体动词形式有时使用的是未完成体意义（例如在未完成体的语义中），参见例句①，有时使用的是事件意义（例如在完成体动词的意义中）。

在叙事现在时被理解为未完成体意义的上下文中，现在时与过去时的区别涉及到的并不是叙事者审视情景的视角——这一视角是通过体和两种时间形式来确定的，这种视角是同一个，而是叙事者和读者之间的关系：现在时似乎将读者纳入到对话之中，也就是说将读者纳入到叙事者本身所位于的时间和空间之中；而过去时形式则将叙事者分离开——同时也将他所描写的情景与读者分离开。

未完成体动词的现在时形式可以被理解为完成体的意义，其证据还有：一系列的未完成体动词在叙事现在时中的用法可以被解释为表达事件的先后顺序，也就是说，被理解为一系列的完成体动词。

这种解释可以通过这些形式与指示成分的不同搭配形式而得以证实。例如，现在时形式似乎要求典型交际情景，也就是说要求说话人和共时的受话人（听话人），可以和语气词"вот"搭配使用，而过去时形式则不可以：

④〈...〉*вот стою*（*стоял）*я на площадке*.（我于是站在小广场上。）

也就是说，叙事现在时产生了一个伪典型交际场景，将受话人纳入到与叙事者的直接交际过程，同时这一形式具有一定的修辞色彩，所以叙事现在时形式并不同于过去时形式。

这样，我们可以揭示时间形式对立中的常体意义：在言语机制中，过去时形式相对于现在时形式而言，表达情景同时远离说话人和听话人；而在叙事解释机制中，将叙事者和情景与读者区分开。这种远化就是常体意义。

邦达尔科（А.В.Бондарко）表明，除了叙事现在时的叙事用法（"文艺"

叙事现在时）之外，还存在着言语机制的叙事现在时[1]，如下。

⑤ *Иду* я вчера по Кузнецкому, вдруг сзади *раздается* свисток.（昨天我正走在库兹涅茨基大街，突然身后传来喇叭声。）

叙事现在时的这两种用法在很多方面都表现出差别。

叙事解释机制中叙事现在时的用法是主要的关注对象。在对叙事现在时的现有解释中，并没有提及解释机制。与此同时，如果将现在时的这一用法与其他的上下文进行对比的话，叙事现在时的实质会明显地表现出来。在其他的上下文中，现在时并不是在言语机制中进行解释的，也就是说并不是借助于说话人和言语时刻而进行解释的。

叙事现在时——这是一种文本性的意义；它不可能出现在单独使用的未完成体现在时形式的时体中。通常，在前文中，具有叙事现在时意义的形式，在某种程度上确立了一个时刻，相对于该时刻，叙事现在时形式的时间得以确定。例如，在例句③中，这一时刻是通过完成体动词过去时的形式выстрелил而给出的。

不仅仅现在时形式具有叙事（叙述）用法，将来时和过去时的形式也有叙事用法。但是，与叙事现在时相关的是特殊的语义问题，它要比叙事过去时和叙事将来时更为复杂。

首先，由于俄语中并没有完成体动词的现在时形式，在叙事现在时中并没有完成体与未完成体的区别。所以，这种时体形式的特殊性不仅仅是时间的语义，同时还有体的语义，这是叙事过去时和叙事将来时所不具备的。

其次，现在时形式有许多不同的其他的非纯粹意义：不是言语意义，也就是说，并不是现在时表示与言语时刻同时性的意义，而是区别于叙事意义。

除了上文指出的叙事现在时和叙事过去时之间的区别之外，我们还能指出将叙事文本中中性的完成体过去时形式替换为有表达力的未完成体现在时形式的集中特殊效果。

当完成体形式并不构成句子的述位的时候，并不能用叙事现在时来替代完成体过去时。在例句⑥a中，不能替换为现在时形式，因为这里存在着一个因素：我被送往医院这一事实已经是上文已知的内容：

---

[1] Бондарко А. В. Вид и время русского глагола[M]. М.: Едиториал УРСС, 2003: 164.

⑥ a. *А в больницу меня привезли с брюшным тифом.*
（我患了肠伤寒，被送进了医院。）

在其他的词序中，可能进行相应的替换：*Привозят меня в больницу с брюшным тифом.*（我患了肠伤寒，正被送往医院。）试比较叙事现在时的典型上下文：

⑥ b. *Пробираюсь вдоль забора и вдруг слышу голоса.*
（我悄悄地沿着篱笆走过去，突然间听到谈话声。）

叙事现在时可以替换完成体过去时的唯一条件是：对情景的描述是下文事件发展的背景。例如，在例句⑦中，在同一个叙事者的背景下，不能使用叙事现在时，因为使用叙事现在时则意味着叙事者是跟随着人物的，而在叙事中，旅客已经从视野中消失。

⑦ *Через две остановки злополучный пассажир сошел с трамвая.*（过了两站，倒霉的乘客下车了。）

但是，使用叙事现在时可以构成某种悬念，以及对情节继续发展的期待，所以叙事现在时具有较强的表达力。试比较同一部小说中的例证：
Порылся в кармане и достает двугривенный — мы ждем, что будет дальше.
（在口袋翻了一阵并拿出了二十戈比——我们等着看，接下来会发生什么。）

上文所述叙事现在时的背景功能值得注意，因为可以将这一功能同未完成体动词表达背景信息的普遍功能联系起来。也就是说，叙事现在时的这种文本功能可以通过纯粹的形式化的状语来解释，叙事现在时通过未完成体动词形式来表达事件意义。这样，可以证实前文中所揭示的这一形式的常体意义。

哲学家已经指出了时间参照点两种方法之间的对立。在一种情况下，在不同事件之间的参照点（可以被称作客观参照点）仅仅是确立了"早于某事"或者"晚于某事"的关系，相互关系是不变的；在另外一种可以称作是主观参照点的情况下，在时间轴线上具有现在时的参照点，根据这一参照点来区别过去与将来，此时所有时间都是变化的：刚刚时刻还是将来时，而现在它已经成为了过去。由此，言语机制并不便于叙述位于时间轴线的先后相继的事件。例如，在电视体育报道中，其中表述似乎应当被纳入到言语情境中，因为说话人具有共时的受话人，并且具有共同的视野，但是那里经常会从言语机制转移到叙事解释机制，原因仅仅在于言语机制中，现在时刻应当在某一时间是固定不变的，所以言语时间并不利于陈述先后相继的事件。试比较：

⑧ a. *Кузнецов ... упустил мяч за боковую.* [言语过去时]

　　b. *Мяч покидает пределы поля.* [叙事现在时]

　　c. *Сейчас спартаковцы вводят его в игру.* [当下现在时]

在言语机制中的语法时，也就是脱离了说话人现在时的时间，是参照于时间轴线并且时间轴包含有现在时间点，该时间点是由言语时刻给出的，并且将所有的事件划分为现在事件和未来事件。叙事时，也就是叙事者—观察者的时间，是基于客观的时间参照点的；观察者的现在时刻（文本时间的当下时刻），与说话人的现在时不同，并不破坏时间轴线，也就是说，对时间的"主要的"进程并没有什么影响。因此，相对于言语机制来说，叙事解释机制更适用于表述先后相继的事件。

事实上，时间形式的言语意义几乎完全局限于单独的、仅仅涉及到一个情景的表述范围之内。在交谈篇章中，一旦日常言语"从交谈话语转化为叙事"，那么语法时马上就改变了自己的解释。重要的是，只有在存在两个或两个以上动词的时候，才可能使用动词的叙事用法。

1. 叙事现在时描写过去事件

叙事现在时通常被定义为现在时形式的一种用法，这种用法"叙述发生于过去的事件"。[1]与此同时，产生了两种不同的表达方式。库兹涅佐夫（П. С. Кузнецов）等认为，在使用叙事现在时的时候，说话人似乎是被转移到了过去。而维诺格拉多夫等认为，说话人将过去时间转换为现在时间，也就是说，事件被描述为发生于言语时刻的事件。[2]

在叙事现在时的"文艺性"用法中，这一对立消失了。现在时范畴和过去时范畴本身是在将情景与言语时刻相对比的时候才出现的。同时，叙事文本

---

[1]　Бондарко А. В. Время и перцептивность: инварианты и прототипы[C] // Мысли о русском языке: Прошлое, настоящее, будущее. СПб.: Издательство Санкт-Петербургского университета, 2005:426.

[2]　参见这两种表达方式的对比: Бондарко А. В. Вид и время русского глагола[M]. М.: Едиториал УРСС, 2003; Гловинская М. Я. Гловинская. Две загадки praesens historicum[C] // Русистика. Славистика. Индоевропеистика. Сб. статей к 60-летию А. А. Зализняка. М.: Индрик М, 1996: 451-458.

中叙事现在时的主要意义是：它并不将情景与言语时刻保持一致[1]，并且在这方面，叙事现在时类似于叙事文本中的过去时和将来时，同时也类似于主从上下文中的所有的时间形式。"文艺性的"叙事现在时见例句①。

① *По базарной площади идет полицейский надзиратель Очумелов.*（警官奥楚蔑洛夫穿过市集的广场。）

关于叙事现在时的"文艺性"用法，"……在此'我'并不在场。……与'我'、与言语时刻都并没有真实的联系，也没有现实的相互关系。"[2]（也就是说，作为说话人的'我'并不在场；在叙述过去事件的过程中，"我"已经不是说话人。）[3]

占主导地位的观点是：叙事现在时将指示中心（也就是言语时刻）转移到过去，转移到事件时刻[4]。但是，叙事者是叙事文本中说话人的替身，并且在基础时间为过去时的叙事文本中，叙事者同样以共时的视角"看到"事件。那么，叙事现在时和叙事过去时之间的区别何在？见例句②。

② *По базарной площади шел полицейский надзиратель Очумелов.*

为了描写叙事现在时和叙事过去时之间的区别，应当注意到听话人（读者、接受者）这一因素：叙事过去时确立了情景和接受者之间的时间间距和空间间距，而叙事现在时则类似于叙事者邀请接受者一起就近观察情景。[5]

Ю. С. Маслов认为，叙事现在时的各种形式叙述发生在过去的事件，但是被描述为与当下时刻同时的事件。但是，在他所举出的例证 В 1725 году Петр I умирает, 中，应当承认，1725年被描述为与当下时刻同时的年代，但是，这显然不是实际情况。

---

[1]　叙事文本中不能采用言语时刻这一概念，参见Плунгян В. А. Общая морфология[M]. М.: УРСС, 2000: 266等。

[2]　Бондарко А. В. Вид и время русского глагола[M]. М.: Едиториал УРСС, 2003: 146.

[3]　对叙事现在时的各种解释的详细综述，参见Dickey S. V. Parameters of Slavic aspect. A cognitive approach. Stanford (California), 2000: 126–154.

[4]　在这种情况下出现了一种悖论：现在时的形式意味着，说话人"似乎"被转移到过去——笔者注。

[5]　参见Гловинская М. Я. Две загадки praesens historicum[C] // Русистика. Славистика. Индоевропеистика. Сб. статей к 60-летию А. А. Зализняка. М.: Индрик М, 1996: 456; Падучева Е.В. Семантические исследования: Семантика времени и вида в русском языке. Семантика нарратива[M]. М.: Школа "Языки Славянской Культуры", 2011: 287–290.

2. 叙事现在时表示文本时间

这样，叙事现在时将该情景与某一时刻相一致，该时刻是文本中确定下来的时刻。在特殊的上下文（传记现在时，即биографическое настоящее[1]）中，该时刻可以以日期的形式被确定下来。从另一方面说，叙事现在时的形式也为下文的引用提供了时刻。在任何情况下，叙事现在时都是文本时间；它不可能出现于孤立的表述中。

① a. *Я иду по Кузнецкому*；[言语现在时：可以在移动电话中这样说话。]

　　b. *Иван идет по Кузнецкому*. [言语现在时：说话人是伊万行为的观察者；在言语机制中与此相同。]

② *Иван идет по Кузнецкому. Вдруг сзади раздается свисток.* [叙事现在时]

在①a和①b中，现在时的形式是言语现在时，而在②中，句子是同样的，但是在下一句话的上下文中，被理解为导入的时刻，所以，在②中，动词的现在是形式在同一个句子①b中，被理解为叙事现在时（当存在着代替者的时候，在名词性回指中，名词词组成为先行词，方式与此类似。）

句子③可以允许进行两种解释，这取决于随后的上下文：在③a中是当下现在时，在③b中是叙事现在时：

③ *В Москве открывается выставка Пикассо*；

　　a. *В Москве открывается выставка Пикассо. Я обязательно пойду.*

　　b. *В Москве открывается выставка Пикассо. На нее устремляются толпы людей.*

保证导入时间时刻的句子，应当具有特定的交际结构。例如，在④中，④a中的第一个句子可以是文本时刻的导入，而句子④b并不能。

④ a. *Привезли меня в больницу. Лежу на койке.*

　　b. *В больницу меня привезли с брюшным тифом.*

3. 叙事现在时与叙事过去时的异同

通过上下文，可以区分叙事现在时的两种体的意义：过程意义（似乎是未完成体动词的意义，参见例句②；以及事件意义（似乎是完成体的意义，参见例句④）。

---

[1] Бондарко А. В. Вид и время русского глагола[M]. М.: Едиториал УРСС, 2003: 71.

将表示过程意义的叙事现在时（也就是叙事现在时）与叙事过去时的未完成体形式进行对比。在这两种形式之间存在着如下在搭配上的差异，它们都是从时间的语义中派生出来的。

叙事现在时可以和"вот"搭配，而叙事现在时则不可：

① *Вот едет могучий Олег со двора; Вот выезжал Олег из двора.*

② *И вот стою на площадке; И вот стоял на площадке.*

这一区别可以用"邻近的—远距的"之间的对立进行解释：叙事者在任何情形下，无论是在现在时或者是过去时的情况下，都是共时的观察者。区别在于：现在时形式似乎是邀请接受者参与到情境中，同时创造出共同的视野，而过去时形式则将接受者与事件现场隔离开。例句③似乎可以被认为是对上述论断的否定。

③ *Вот, тяжело ступая по коридору, дневальные несли одну из восьмиведерных параш.*

但是这种用法是由于这篇小说的自由间接话语的特征所确定的，在这种文体中，破坏了传统叙事的许多规范。将"*несли*"替换为"*несут*"更为规范。

叙事现在时可以自由地用于表示发生于完成体动词所表示的行为之后的行为，而过去时的未完成体动词不能适用于这一语境。

④ a. *Он схватил меня за руку и тянет;*

　　b. *Он схватил меня за руку и тянул.*

④ b. 可以被替换为：

⑤ *Он схватил меня за руку и стал тянуть*（或者*потянул*）.

类似地：

⑥ a. *Снимает шапку и крестится;*

　　b. *Снял шапку и крестился.*

在叙事现在时和叙事过去时之间的这一本质区别，原因在于：在叙事现在时的上下文中，未完成体动词的形式获得了"初始性"的意义，这一意义是俄语中的过去时未完成体动词所不具备的：过去时未完成体形式强调的是事件的中间状态。

"在叙事文本语境中，说话人在叙事现在时中，用现在时的形式替换掉了过去时的形式。"[1]例句④，⑥表明，这并非如此："初始形式"的文本（也就是说在将过去时替换为现在时之前）可能并不存在。

4. 叙事现在时和完成体

一些搭配方面的特征可以说明叙事现在时的事件意义，这似乎是完成体的意义。表示叙事现在时事件意义的动词链表明先后相继的事件，这是完成体动词的特征。

① *…выступает холодный пот. Он кладет ножницы и начинает тереть себе кулаком нос.*

叙事现在时和类似于неожиданно, внезапно, моментально, вдруг的副词搭配，只有完成体动词才可以和它们搭配，而未完成体动词则不可能；所以，②a和②b是正确的，而②c则并不正确。

② a. *Неожиданно из-за отдаленного кустарника выползает луна;* [叙事现在时]

　b. *Неожиданно из-за отдаленного кустарника выползла луна;* [完成体动词]

　c. *Неожиданно из-за отдаленного кустарника выползала луна.* [未完成体动词过去时]

反向运动动词体现了表示事件意义的叙事现在时和完成体在体学方面的相似性。例如，在③a中使用了叙事现在时的形式，观察者所位于的时刻是我还位于朋友家的时候，就像是使用完成体的时候；而往返动词在言语机制的过去时中以及在未完成体的条件下，将观察者返回到起始位置，参见③b。

③ a. *Захожу я к приятелю* [在观察时刻，我在朋友那里];

　b. *Я зашел к приятелю*[一种理解方式是：在观察时刻，我在朋友那里];

　c. *Я заходил к приятелю* [⊃ '并且离开了'].

但是，在叙事现在时和完成体之间仍然存在着区别。例如，叙事现在时不可能在только что的上下文中使用，尽管完成体动词完全适用于这一上下文（上文提及叙事现在时的初始阶段意义）：

---

[1] Зализняк А. А., Шмелев А. Д. Лекции по русской аспектологии[M]. М.: Языки русской культуры, 2000: 28.

④ *Только что кончился（*кончается）математический съезд.*

在"*уже*"的上下文中，不能对叙事现在时理解为事件意义：

⑤ *Уже кончается математический съезд* = 'вот-вот кончится'而不是 'уже кончился'。

5. 叙事现在时和时间状语

在具有指示意义的时间状语的上下文中使用叙事现在时的例证。

① a. *Иду <u>вчера</u> по Гостиному двору, — вдруг он!;*

　　b. *Поднимаюсь <u>недавно</u> по лестнице в гостинице «Красная»;*

　　c. *<u>Много лет назад</u> появляются первые механические часы, и с тех пор идет постоянное состязание в усовершенствовании прибора.*

副词"*вчера*"和"*недавно*"表明句子在言语机制中进行解释。因此，自然而然地，在上述例证中经常能遇见第一人称主体：

② *Ложимся <u>вчера</u> спать, я спрашиваю: — Вова, а сколько рекорд?*

　　Прихожу <u>вчера</u> в контору за справкой. Швейцар отворяет дверь.

　　Получаю <u>вчера</u> письмо ваше, читаю и недоумеваю.

　　Приезжаю <u>недавно</u> в отпуск, а она замужем.

句子的导入性结构使得副词вчера和недавно之间的联系并不紧密，并且它们就像是后附词一样，位于句子第一个重读词汇后面的位置。不过，例句③a、b表明，第三人称主体也是适用的。

③ a. *Наш сосед радиотехник Лёнька Шалыт заходит <u>вчера</u> после дежурства вздремнуть. Батюшки мои, в жилище полметра воды!*

　　b. *…а мясник говорит <u>вчера</u> жене: вижу я, говорит, что вы с вашим мужем не больше, как жулики.*

④ *Прихожу я в контору за справкой.*

与此同时，情景远离现在时刻应当与情景的重要性相比，试比较⑤a和比较奇怪的⑤b。

⑤ a. *Приезжаю я в прошлом году в Нью-Йорк;*

　　b. *Иду я в прошлом году по Кузнецкому.*

这样，在包含有时间状语的句子中，叙事现在时表达与时间状语时刻的同时性。

在言语上下文中解释叙事现在时的过程中，包含有语义成分"说话人想象自己位于过去，而事件似乎是发生在他的视野中"。[1]但是，在这种情况下，应该怎样解释句子①a *Иду вчера по Гостиному двору, — вдруг он!?* 其中副词"*вчера*"确定无疑地要求存在有说话人，他是今天在思考自己的，也就是说正是在当下时刻，而不是在情景所属于的过去。

可以认为，①a之所以产生直观性效果，发挥重要作用的并不是说话人，而是进入到未完成体语义中的观察者，在这种情况下，未完成体具有过程性意义。作为时间指示主体的说话人位于现在时刻，而作为观察主体的说话人位于情景发生的过去时刻。在交谈叙事现在时中，过去行为和现在时形式之间的在范畴层面并不一致，从而产生一种句法修辞效果，是过去时的形象性现在体现形式。除了说话人，没有其他人可以成为这一修辞效果的载体。所以，言语机制的叙事现在时是一种隐喻性的现在时。

直观性的思想完全不是叙事现在时的所有用法。例如，在⑥中就不存在这种直观性：

⑥ *К концу XII века колесные часы уже существовали. В 1232 году Данте упоминает о колесных часах с боем. В 1288 году устанавливают башенные часы в Westminster Hall в Лондоне. С XIV в. башенные колесные часы появляются в различных городах.*

综上所述，叙事现在时作为一种文本时间，将事件与文本中确定的时刻联系到一起，而在导入性的用法中（在不存在时间状语的情况下），自己导入了这一时间。

（二）叙事将来时

在叙事解释机制中，时间并不是从言语时刻开始计算的，而是从文本时间的当下时刻而开始计算的。当下时刻可以被作为人物的现在时刻。

① *Он[Тиверзин] вышел ⟨...⟩ и зашагал вперед, не оборачиваясь. Его окружали осенняя сырость, ночь, темнота. ⟨...⟩ Этот мир был ему сейчас*

---

[1] Гловинская М. Я. Две загадки praesens historicum[J]. Русистика. Славистика. Индоевропеистика. Сб. статей к 60-летию А. А. Зализняка[C] // М.: 1996: 454.

ненавистнее, чем когда-либо.（他[季韦尔辛]头也不回地大步向前走去。秋夜的潮气和黑暗包围了他。〈…〉对这样的世界，如今他比任何时候都更加憎恨。）

俄语中потом（然后，随后）, отныне（从今，今后）, впоследствии（后来，此后）等时间副词都是自我中心成分。它们都能够和将来时形式的动词搭配使用，但是它们的性状并不相同：与потом, отныне搭配的动词可以对将来时形式进行叙事解释和言语解释；而与впоследствии搭配的动词仅仅允许进行叙事解释。

例如потом一词既允许进行叙事解释、文本解释，同样允许借助于言语时刻进行言语解释。

② a. Вы рисуйте. Я потом, что непонятно, объясню.[言语将来时];

b. Потом он убьет двух агентов спецслужб и сбежит.[叙事将来时].

尽管отныне一词具有书面语色彩，仍然允许在叙事解释机制以及在言语机制中对动词的将来时形式进行解释：

③ a. Отныне деньги будут мне ненавистны. [可能是言语将来时];

b. 〈…〉 которого отныне будет боготворить. [叙事将来时].

而впоследствии一词将某一事件与随后的事件联系起来，它仅仅允许进行叙事解释：时间的计算并不是从言语时刻开始，而是从上文中确定下来的时间开始。参见国家语料库中的一些例证。

④ Боевики обещали[e₁] их отпустить, но впоследствии отказались[e₂] это сделать.

例句④中各事件之间的先后关系可以表示如下：

$e_1 \to tm$（文本的当下时刻）$\to e_2 \to mp$（言语时刻）

上例中отказались的过去时形式将事件表现为早于言语时刻发生。如果впоследствии导入将来时的形式，那么事件相对于言语时刻并没有相互关系——言语时刻并不参与对句子的解释。正是由此，⑤和⑥才表现出区别：在⑤中，将来时可以被替换为过去时。

⑤ Эдвард Дженнер 〈…〉 стал[e₁] прародителем новой науки, которую впоследствии назовут[e₂] иммунологией[назовут ≈ назвали].

在例句⑥中，попытается的将来时形式在言语机制中被解释为相对于言语时刻的将来时，而впоследствии应当指向相对于这一将来时刻更早的时刻。

⑥ *Ясно, что деньги, которые ближайшее окружение Ельцина попытается собрать таким образом, впоследствии пойдут на предвыборную кампанию.*

（三）叙事过去时

叙事过去时是叙事时间中最为普遍的形式。如上文所言，作为特殊的时间形式，叙事过去时不久前才成为语言学和叙事学的研究的象。例如，在类似于①的句子中，在①a和①b中未完成体的сидеть，可以发现体的意义区别（在①a中是现实—持续意义，在①b中是普遍事实意义），但是表示的并不是时间意义。与此同时，在①b中是言语时间，而在①a中是叙事时间：

① a. *Старая графиня сидела в своей уборной перед зеркалом. Три девушки окружали ее.*

b. *Кто сидел на моем маленьком стульчике?*

叙事解释机制中使用未完成体是一个比较常见的现象，例如：

② *Было уже часов десять вечера, и над садом светила полная луна. В доме Шуминых только что кончилась всенощная, которую заказывала бабушка Марфа Михайловна, и теперь Наде — она вышла в сад на минутку — видно было, как в зале накрывали на стол для закуски, как в своем пышном шелковом платье суетилась бабушка; отец Андрей, соборный протоиерей, говорил о чем-то с матерью Нади, Ниной Ивановной, и теперь мать при вечернем освещении сквозь окно почему-то казалась очень молодой; возле стоял сын отца Андрея, Андрей Андреич, и внимательно слушал.* （已是晚上十点多钟，一轮满月照耀着花园。舒明家里刚做完晚祷，那是祖母玛芙拉·米哈伊洛夫娜吩咐做的。之后，娜佳跑到花园里，这时她看到，大厅里已摆好桌子，放上冷盘；祖母穿着华丽的丝绸连衣裙正忙碌着；教堂大司祭安德烈神父跟娜佳的母亲尼娜·伊凡诺夫娜在说话。隔着窗子望过去，此刻母亲在傍晚的灯光下不知怎么显得十分年轻；安德烈神父的儿子安德烈·安德列伊奇站在一旁，注意地听着他们的谈话。）

显而易见，在叙事解释机制中，未完成体动词过去时形式并不表达事件早于参照点。这样，在叙事解释机制中对未完成体过去时形式进行解释的时候，有几个特殊的地方：第一，时间的计算并不参照于言语时刻，而是参照于文本的当下时刻；可以说，这是叙事者的当下时刻或者是人物的当下时刻；第二，未完成体过去时的形式表达的并不是早于参照点的关系，而是同时性。

在从言语机制向叙事解释机制转换的时候，发生变化的仅仅是时间的解释；在叙事文本中，体的语义与言语机制中一样：在①a中，体具有现实—持续意义：未完成体动词的语义需要叙事者，他是所发生事件的共时观察者。至于完成体形式，那么它是相对于文本的当下时刻而进行解释的，同样也可以相对于言语时刻进行解释。完成体在从言语机制向叙事解释机制转换的时候，其解释并不发生变化：发生变化的仅仅是参照点。完成体形式的链条表明先后相继的事件（надел шляпу и вышел），而未完成体形式的链条则表示同时发生的事件。

三、句法解释机制中时体的解释

时间的叙事解释机制（回指解释机制）和句法解释机制之间的区别，类似于回指代词和反身代词之间的区别。

（一）从句和主句的时间关系

下例中，s表示言语时刻（说话人的当下时刻），e_1表示主句中动词描述的情景的时刻，e_2表示从句动词描述的场景的时刻。从句中动词时间形式的解释如下。

① *Я не знал$_1$, что меня встретят$_2$.*

叙事解释机制：$e_1 \rightarrow e_2 \rightarrow s$

言语解释机制：$e_1 \rightarrow s \rightarrow e_2$

② *Он обещал$_1$, что будет писать$_2$.*

叙事解释机制：$e_1 \rightarrow e_2 \rightarrow s$

言语解释机制：$e_1 \rightarrow s \rightarrow e_2$

③ *Иван скажет₁, что ты заставил его ждать₂.*

叙事解释机制：$s \rightarrow e_2 \rightarrow e_1$

言语解释机制：$e_2 \rightarrow s \rightarrow e_1$

在例句①中，在句法解释机制中，将来时动词所表示的情景，实际上属于过去：встретят = 'уже встретили。对将来时的指示性理解是比较困难的，尽管并不排除这种解释：встретят应当被解释为"应该碰面"。对于例句②而言，相反，将来时形式更为自然的解释为指示解释。在例句③中，在指示解释机制中，话题谈论的是伊万将要对已经发生过的时间说些什么；而在句法解释机制中，话题谈论的是在将来还即将要发生的事件；试比较这种上下文。

④ [*Иди, а то*] *Иван скажет, что ты заставил его ждать.*

应当说明的是，在自我中心成分的普遍规律性用法的背景下，对时间形式的句法解释应当被视为例外情形：作为一级指示范畴，并且由此并不具有叙事投射的解释方式，时间范畴并不应当具有句法解释机制，因为从原则上说，可能进行句法投射实现叙事投射的保证。俄语中时间的相对用法，也就是说不存在时间的一致关系，这是主从上下文发展状态不足的证据。

在叙事上下文中，言语时刻并不参与对时间形式的解释，并且在从句中对时间的主从解释是唯一的解释形式。

⑤ *Побледневшая Маргарита, раскрыв рот, глядела вниз и видела, как исчезают в каком-то боковом ходу швейцарской и виселица и гроб.*（玛格丽特则脸色煞白，瞠目结舌。她看到，下面大门厅里的绞刑架和小棺材自动进入了一个旁门，消失了。）

⑥ *Даже в наступавших грозовых сумерках видно было, как исчезало ее временное ведьмино косоглазие и жестокость и буйность черт.*（尽管是在暴风雨前的昏暗光线下，还是看得很清楚：那种暂时的、魔女特有的斜眼、魔鬼的残忍和桀骜不驯的神情，统统从她脸上消失，这张脸上又显出生气，变得温柔、可爱了。）

在这里，现在时和过去时形式是同义的。但是，在以过去时为主要时间的叙事文本中，从句中更倾向于过去时的解释：

⑦ *Он[Томский] вспомнил, что от старой графини таили смерть ее ровесниц, и закусил себе губу.*（他[托姆斯基]自知失言了，因为对于老伯爵夫

人必须讳言她同庚女友之死，所以他只得咬咬嘴唇。）

（二）主句中的时间形式的解释

对于主句中的将来时而言，叙事上下文具有异域风情。仅仅可能有言语上下文。在例句①中，在对从句进行言语解释的时候，意思是：伊万将要讲述已经发生过的事情，而在主从解释机制中，意思是：讲述即将于将来发生的事情。例如，在这种上下文中：[Иди, а то] Иван скажет, что ты заставил его ждать.

① Иван скажет₁, что ты заставил₂ его ждать.[主句中动词形式为将来时]
主从解释机制：言语时刻晚于e_2，e_2晚于e_1。
言语机制：e_2晚于言语时刻，言语时刻晚于e_1。

例句①再次表明：在主从解释机制中，事件发生时间是相对于主句时间的，而相对于言语时刻的关系并不确定。

现在需要研究一下主句中时间为现在时的情形。它并没有太大意义，因为在这种情况下主从解释和指示解释是重合的。参见例句②：

② Иван считает₁, что мать будет огорчена₂. [主句中是现在时，从句中动词为将来时]

主从解释机制：言语时刻与e_1重合，并且均早于e_2。这相当于言语解释机制，其中言语时刻与e_1重合，并且均早于e_2。

其他的时间副词也可以采用三种对话机制、叙事解释机制和主从解释机制和解释机制进行解释。例如副词"不久前"。句子③显得有些异常，因为对于"不久前"而言，实际上更习惯的解释方式是言语解释机制，所以在句子③中，它应当被理解为"在言语时刻之前不久"，也就是说是在作者书写这篇文章的时间之前不久。但是，作者所指的时间是"第二年3月"之前不久。

③第二年3月，贺龙按照预定计划到成都，并视察正在建设中的大西南钢铁基地攀枝花。这是毛泽东不久前交给他的任务。

如果将"不久前"替换为"在那之前不久"，那么这就是在叙事解释机制中进行解释，也就是说相对于文本中确定下来的言语时刻进行解释："那"指向"第二年3月"这一时间状语，并且以此"之前不久"获得了表述本身内部的时间参照点。

这样，虽然时间形式的叙事解释机制和主从解释机制这两种非言语机制之间存在着很多差异，它们仍然有显而易见的相似性：无论在哪种情况下，都与语法时间的相对用法有关系。时间表现为文本上下文中、甚至是句法形式给出的特定参照点的同时性、在先性或者是在后性关系。

第六章 言语行为理论与叙事文本研究

直接引语和间接引语是文本中表达他人话语的两种主要手段。它们具有不同的形式特征。直接引语向间接引语过程中，很重要的一点是选择间接引语的引导语，因为引导语揭示了说话人言语行为的类型。由于说话人言语行为的类型可能并不典型，在将直接引语转化为间接引语的过程中就可能面临较大的难点，同时这也从反面说明了自由间接话语的优势。

一、言语行为理论

巴赫金在对文艺文本的研究中发现，语言学家显然错过了语言中的一些基本性的、前提性的内容，因为他们研究从上下文中抽取出来的句子，也就是说他们忽视了表述，而句子正是用于表述之中。语言语用学中一个非常重要的章节就是言语行为理论（Speech act theory），这一理论从表述的言外之力角度出发研究表述。

言语行为理论最初是由牛津学派的哲学家约翰·奥斯汀在20世纪50年代提出的，他首先让人们注意到：做出一个表述不仅仅能表示传达信息，同时还可以实施许多其他的行为。奥斯汀区分了描述句（constative）和施为句（performance），其中施为句奠定了言语行为理论的基础。在交际的过程中，人们并不仅仅是说出句子，而是使用这些句子用于完成一些行为，例如请求、建议、提问、命令、警告、承诺或表达感谢等。根据言语行为理论，说话者在说话时可能同时实施三种行为：言说行为、表意行为和取效行为。在言语行为中使用了句子；但是句子和言语行为的本质上完全不同。

奥斯汀把施为句分为显性施为句和隐性施为句。说话人要通过话语实施某一行为时，如果他用了施为动词作为一个陈述句的主动词，并且用了这个动词的现在时、第一人称和主动态，那么他用的就是显性施为句。隐性施为句中没有一个表示要实施的言语行为的动词。我们可以说"走开!"来表示"我命令你走开。"

施为句是一种陈述句结构,但是具有一个显而易见的属性:使用了该句子的表述,并不是描写相应的行为,而是相当于实施这一行为本身。例如,表述"我答应两点钟来你这儿"本身就是一个承诺;表述"请您来早一点"本身就是一个请求;"建议你去看医生"本身就是一个建议;而"我宣布大会开幕!""感谢您的支持和帮助!"等,分别是相应的宣告性行为和致谢性言语行为。

一些动词具有施为性,也就是具有施为用法,如"答应""感谢"等是施为动词,而"想""遗憾"并不是,例如"我想两点钟去图书馆"并不能通过表述自身这一事实而变成真实的。

对于所有的施为动词来说,除了施为用法,还有描述用法。试比较:"我答应明天十点钟去你那里"和"他答应过我,明天十点钟来我这里"。通常,包含有第一人称现在时陈述式的句子具有施为用法。此外,在特定的上下文中,非第一人称的施为动词也可以有施为用法,例如:"院长请你去他那里一趟"和"由本站开往到济南方面去的D35次列车已经请旅客们进站了"等。

根据奥斯汀的观点,表述可以用来影响听话人(例如可以恐吓、羞辱听话人),即表达一定的言后之力。这里的标准是:表意行为的内容可以通过词汇方式外在地表达出来,有相应的以言行事动词表达特定的言外之意。每一种以言行事行为都有特定的条件,以保证该言语行为顺利达到相应目的,这就是言语行为的成功条件。在语言学研究中,表述的言后之力层面逐渐被视为表意行为的一种特殊类型。言语行为理论的主要研究对象是以言行事(illocutionary force),而不是言后之力或者取效行为。

奥斯汀之后,塞尔和利奇等学者都对言语行为理论做出补充或者质疑。本部分暂且局限于奥斯汀的思想。言语行为过程中,说话人的言外行为涉及到说话人自己的内心意愿,但是该意愿在话语中可能没有显性表达出来,显而易见的是,"我在说服你""我在羞辱你"或者"我在威胁你"并不是相应的言语行为,仅仅通过说这些话并不能完成相应的"说服""羞辱"和"威胁"等言语行为,而说话人在说出"你做这事合情合理""你这个瘪三""小心你的脑袋"等话语的时候,所实施的言语行为正是"说服""羞辱"和"威胁"。

在日常交际中，这种隐性意义可以由听话人根据交际情景来理解，也可能无法理解相应的言语行为，这会导致交际失败。在叙事文本中并没有现实的说话人和交际情景，叙事者面临着将直接话语形式通过间接引语的形式转述说话人的话语的任务，在此过程中，叙事者必须选择相应的引导语来揭示说话人言语行为的类型，而说话人言语行为类型的模糊就成为转述他人话语过程中的一个问题。

二、叙事学视角下的他人话语

他人话语是被引入到作者的叙述中或者是讲述人话语中的表述。作者转述他人话语、引入他人话语的句子通常被称作作者话语，或叙事话语。

叙事学通常将表达他人话语的转述语分为四种形式。首先是直接引语和间接引语。直接引语和间接引语之间的区别，类似于叙事学研究中showing（展示）和telling（讲述）之间的区别。直接是指它们一字不动保持了意识活动本来的语言形态，从而避免了叙事者的介入；根据是否带有作者的引导词，直接引语可以分为直接话语和狭义的直接引语，其中直接话语是将说话人话语置于引号之中、没有作者引导词的形式；如果不带引号，则成为通常所言的自由直接引语。间接引语是说话人从自己的视角对说话人话语的引用，可以分为一般间接引语和自由间接引语。间接是指它们或多或少地使用了叙事者的表达方式，采用了叙事者为基准的人称以及时间形式。

不只是小说才存在叙事，远在小说产生之前的史诗、戏剧也存在叙事。柏拉图分析史诗的时候就区别出mimesis和diegesis，前者叫做完全模仿，诗人"竭力造成不是他在讲话的错觉"，[1]这种方法类似于戏剧或散文叙事作品里的直接引语，叙事者完全隐蔽在人物话语和行动中；后者叫做纯粹叙事，诗人"以自己的名义讲话，而不想使我们相信讲话的不是他"。[2]叙事者站在局外人的立场，把人物的话语和行动复述出来。到19世纪末20世纪初这一问题再次出现在英美文评中。亨瑞·詹姆斯用showing（展示）和telling（讲

---

[1] [法]热奈特:叙事的界限[C]//叙述学研究.北京:中国社会科学出版社.1989.
[2] [法]热奈特:叙事的界限[C]//叙述学研究.北京:中国社会科学出版社.1989.

述)这两个词来表示。布斯(Booth)的名著《小说修辞学》开篇首谈的就是探究showing和telling的真正含义。直接引语是一种例示(demonstration),一种复制(reproduce);间接引语是一种重述(paraphrase),一种描述(describe)。[1]托多罗夫和热奈特等学者也谈到相同的话题。

(一)他人话语在文本中的表达

本部分我们主要研究他人话语在文本中的三种表达方式:直接话语、直接引语和间接引语。

1. 直接话语

直接话语是不用任何引语,直接将他人话语以其原本的形式通过直接记录纳入到文本中,话语前后用引号区分开来,没有任何引述语。这种手法在形式方面没有叙事者(作者)的参与,具有纯粹"白描"的特点。

① 离地五尺,就挂下几只篮子来,别人可不知道里面装的是什么,只听得上下在讲话:

"古貌林!"

"好杜有图!"

"古鲁几里……"

"O.K!"

飞车向奇肱国疾飞而去。

上面的对话完全保留了他人话语的特点,能够最大限度地表现说话人的个人语言特征。同时,在直接话语中,他人话语中的指示成分、人称等主观内容都没有改变。例如:

② "嚄,阿Q,你回来了!"

"回来了。"

"发财发财,你是——在……"

"上城去了!"

用直接话语的形式总是可以表达他人话语。直接话语可以被看作是受到叙事者干涉程度最轻的转述方式,无论他人话语的内容如何,只要说话人发出

---

[1] Booth W. C. 小说修辞学[M]. 华明等译. 北京:北京大学出版社. 1986: 3.

声音，直接话语的形式总是可以完全模仿其原本的特征，这在一定程度上类似于词类中的拟声词。拟声词虽然缺乏一定的概念意义，但是通过对声音的模仿而存在，直接话语的特点也在于这种原本模拟。说话人的主观情态没有受到叙事者的影响，包括作者话语在内的叙事者声音即使在形式上都不存在。

在此应当指出的是：完全模仿既不可能，也无必要。无论是戏剧还是叙事作品中的直接话语或者直接引语，依然存在一个隐含的叙事者，他不现身并不等于不存在。[1]

2. 直接引语

直接引语和间接引语是叙事文本中转达他人话语的主要手段。

直接引语"直接记录"人物语言（因此说话的人物在转述语中自称为"我"），就是以直接表述的形式转述他人的话语，它是在典型交际环境中针对听话人而进行的表述。和直接话语相类似的是，他人话语也需要用引号前后分开，以和作者话语区分。但是，他人话语必须和作者话语语结合在一起才能构成直接引语的形式，两者缺一不可。例如：

③ "你借此还可以支持生活么？"（他人话语）我一面准备走，一面问。（作者话语）

④ "哼，"她低下头去了，久之，才又懒懒的问，"你给了钱么？"

上述例证中包含有直接引语，因为其中有人物的话，以及作者（叙事者）话语，其中后者是以第一人称（或者第三人称）的形式建构的，并借此引入了人物的话语。直接引语是他人话语真实原始的引述。在直接引语中，说话人是话语组织的核心指向（如人称），并借以表达主观情态。所有的主观情态成分以说话人为参照。

在此应当指出的是，文学叙事中的任何形式的转述语，哪怕是加了引号的语句，更不用说引述不明的语句，都具有双重性质，一方面是人物语言的直录，是独立于叙事者控制之外的对象；另一方面它们是被叙述的对象，服从于

---

[1] 原则上，无论讲述者是否提到自身，对于叙述状况并没有什么不同。只是这些语言表达构成叙事文本，就存在叙述者，一个叙述主体。从语法观点来看，这总是一个"第一人称"。事实上，"第三人称叙事"这一术语是悖理的: 叙述者并不是一个"他"或者"她"。充其量叙述者不过可以叙述关于另外某个人，一个"他"或者"她"（这个人也可能附带地或偶然地也成为叙述者)的情况。参见米克·巴尔. 叙述学: 叙事理论导论(第二版)[M]. 谭君强译. 北京: 中国社会科学出版社, 2003: 23.

叙事结构的总体要求，因此在叙事者的控制范围之内。

上文已经指出：直接引语形式中必须包括两个部分：他人话语和作者话语。作者话语出现表明了转述人对他人话语类型和内容一定的判断和理解。作者话语是对他人话语进行引入，两者前后有一定的照应关系，显示了转述人对他人话语一种控制或者适应，或者是对他人话语场景的描述。

⑤羿的心不觉跳了一跳，赶紧勒住马。

"阿呀？鸡么？我只道是一只鹁鸪。"他惶恐地说。

在上面的直接引语中，"他惶恐地说"是叙事者的话语，叙事者以第三人称称呼说话人，并且描述了其惶恐的神态。"说"是叙事者对他人话语言语行为类型的一种判断，认为这是一种陈述性的话语。

作者话语中经常采用的动词还有"问、骂、讲、告诉、叮念、解释、惊呼、称、答、想、写、认为、叹道、叮嘱、建议"等表示行为方式的动词，这是作者对言语行为类型的判断。

⑥……并大声叮嘱道："这是送到上头去的呵！要做得干净、细致、体面呀！"……

⑦——"你是百姓的代表吗？"大员中的一个问道。

——"他们叫我上来的。"他眼睛看着铺在舱底上的豹皮的艾叶一般的花纹，回答说。

⑧"奇怪。——子君，你怎么今天这样儿了？"我忍不住问。

作者话语表明了作者实际上已经开始接触到他人话语的内容，并以这种形式留下了作者在场的痕迹：他似乎在交际现场，聆听说话人的话语，同时判断说话人的意向，并且用词汇形式将这一判断记录下来。作者话语中的引导词具有一定的主观性。试比较：

⑨——"你是百姓的代表吗？"大员中的一个训斥道。

这一例证表明，即使说话人的意向是单一的，但是也可以受到不同的解读，其中包括叙事者的不同解读。

3. 间接引语

在间接引语中，作者（叙事者）从第三人称旁观者的立场或视角去描述一个事件，完成的是表述性言语行为。与之相适应，他人话语中的主客体通常全部都变为第三人称的形式。间接引语则是直接引语的替代形式，是他人话语非逐字的、近似的转述。

在间接引语中，他人话语表述的句法组织、即用从属联系的手段来构成他人话语的表述，伴随有一系列结构和修辞方面的变化。这一切都是受作者话语的主导地位和作者的积极性所制约的；这时，作者不是简单地转述他人的话语，而是要根据自己的目的和意图去改造它。

间接引语由叙事者把人物的语言用自己的口气说出来（因此说话的人物就称为"他"）。在间接引语中通常改变他人话语的个人言语风格。间接引语中发生的根本变化表现在原先报道内容的情态方面。例如，标准规范不允许将命令式和其他具有命令意义的形式直接移植到间接引语中；同时，使用呼语也相当于情态方面的变化；呼语或者去除，或者变成主体，或者移入到作者语中。

间接引语的主客体方面主要考虑言语主体、受话人和言语对象的安排来组织，它是针对说话人的，而不是针对原先报道体所属的那个人。

父亲答应孩子们："我把这本书送给你们。"（由说话人组织的表述形式）

父亲答应孩子们说，他要把那本书送给他们。（由作者组织的间接引语形式，这时，动作主体对作者来说已经变成了第三人称。对事物的称名是言语主体的一种功能。）

他人话语转述语类型的变化在文学发展中具有重大意义。间接式转述方式被叙述语境控制，有可能朝二个方向变化。一种是在语义水平上接受信息，即只传达意义，排斥语调色彩因素，因而使叙述语境浸润渗透人物语言。另一种则是尽量保持转述语的语调色彩因素，尽可能保留惯用语和富于特征的词汇语气，有时甚至把直接引语和间接引语混合使用。这时，叙述语境对转述语的渗透控制就少得多。

4. 直接引语和间接引语的异同

由于他人话语的内容和结构差异，它们在文本中的表达方式受到文本的叙述语境的制约。

通常，直接引语都是"照录"说话人物的"原话"，是各种人物的口语，比较生动活泼，富有表情色彩，结构中通常使用呼语、插入语、语气词、感叹词和其他一些为口语所特有的语句或者短语。在这种情况下，直接引语几乎无法从直接引语变成间接引语。

《三国演义》第三十二回曹操破冀州执审配审问：

① 操曰："昨孤至城下，何城中弩箭之多耶？"配曰："恨少，恨少。"操曰："卿忠于袁氏，不容不如此。今肯降吾否？"配曰："不降，不降。"

这儿乎完全无法变成间接引语的形式。

② 赵大夫上上下下把卢大夫打量了一番。"老天爷，你可真是真人不露相呀！还跟我装整个一个不知道呢！"

如果勉强改成间接间接引语的形式。

③ 赵大夫上上下下把卢大夫打量了一番。他惊叫起来，他说赵大夫是故意假装，存心把事情瞒住他。

可以说，同样的内容已变成完全不同的叙述，不仅是主体意识的表现程度，语句的内涵和质地也完全不同。赵大夫平时是斯文君子，在激动时却用了完全口语化（"老天爷""整个一个"）的语调，在间接语式中，无法反映语句的这种口语化特征，叙事者的冷静分析语调控制了一切。

三、言语行为理论视角下的间接引语

作者话语不但显示了叙事者在文本中的存在，从言语行为理论来看，作者话语中的引导词的功能在于揭示相应的言语行为类型。如上文所述，说话人的同一个言语行为可能具有不同的意向，作者在转述的时候只能选取其一；更重要的是，如果说话人言语行为类型的归属不定，那么作者在选择引导语的时候就表现出了明显的主观性。

（一）言语行为理论及其不足

在1962年出版的《如何以言行事》中，奥斯汀认为并非所有的可分真假的陈述句都是"描写"的，因此奥斯汀把有真假之分的陈述句叫叙事句，将那些既无真假之分又不是用来描述或陈述的句子叫施为句。施为句就是具有行事能力的句子，这些句子一般都含有许诺、道歉等的动词。施为句的主语是说话人，表达以上功能的言语行为动词用一般现在时的形式。因此施为动词和非施为动词组成的句子有区别，施为句的特点是说话本身就是做某事、不使用语言说出来就不能做某事。[1]

从施为式与叙事式的区分转向言语行为中的说话行为与施事行为的区分，使奥斯汀从特殊的言语行为理论转向了一般的言语行为理论，但塞尔对施事行为的研究也只是局限在对施事行为动词的孤立研究上。然而除了如承诺、警告、命令等施事行为动词外，还有许多其他动词也可用在言语中使言语具有施事行为功能，一个动词在不同的语境中可有不同的功能，在同一语境中也可具有多种功能。此外，即使没有动词的话语，也一样具有施事行为功能。例如"什么？"可以用来表示惊讶、谴责和疑问等，因此话语具有言语行为的潜势。

言语行为的以言行事功能和以言行事动词的接近引起了一些学者的非议。Leech将这种接近称之为"以言行事混淆"（illocutionary fallacy），其中有一种情况就是"施为混淆"，根据Leech的观点，相对于相应的施为动词来说，现实语句的以言行事功能是极其灵活多变的，并且很不确定。[2]叙事者对说话人话语的解读通过作者话语（引导语）表达出来，它也有一定的主观性和相对性。试比较如下两个例证。

① "你是百姓的代表吗？"大员中的一个问道。
② "你是百姓的代表吗？"大员中的一个训斥道。

另外，语用学研究表明，间接言语行为具有多义性，这种言语行为类型更难于判定，在此，作者话语的主观性就更为凸显。正如利奇所指出的，奥斯汀所谓的叙事句包含有多种多样的言外之力功能。例如，句子"枪已经上膛！"这句话可以用在具有不同的言语行为类型中，例如：

③ a. 我告诉你，枪已经上膛。
　　b. 我警告你，枪已经上膛。
　　c. 我敢肯定，枪已经上膛。
　　d. 我注意到，枪已经上膛。

所以，在采用直接引语或者间接引语的方式对他人话语"枪已经上

---

[1] 张家骅等. 俄罗斯当代语义学[M]. 北京：商务印书馆，2005: 571–573.
[2] Leech G. N. Principles of pragmatics[M]. London: Longman, 1983: 175.

膛！"进行转述的时候，作者就面临着对该言语行为类型的判定，并进而决定在引述语中采用什么样的谓语动词进行转述。

（二）言语行为理论对引语形式的解释

奥斯汀发现，所谓的叙事句也可以看作是隐性施为句。例如，"猫在垫子上"这句话实际上相当于"我告诉你猫在垫子上"。这说明叙事句也在实施着言语行为。因此，在奥斯汀看来，所有的句子都是施为句。倘若如此，每一施为句都可以找到相应的施为动词。如果类似的、作为施为句的他人话语出现在直接引语中，对直接引语造成的影响表现在：作为引述语的作者话语可能出现分歧或者模糊。作者话语要么是该言语行为类型的上位概念，要么只是揭示这些言语行为类型的某一方面。

在许多直接引语中，作者话语中最常用的言说动词为"说""道"等内容含混、言外之力类型不明确的动词。它们在对言语行为进行描述的同时，也反映了叙事者对言语行为类型的含混态度。

① 伊都茫然，只得又说："什么？"

② 他忽然愤怒了。从愤怒里又发了杀机，圆睁着眼睛，大声向使女们叱咤道——

"拿我的射日弓来！和三枝箭！"

③ "那么，你就是摇篮里睡着的小宝贝了。瞧，多可爱！"苏小姐说。

上述例证中，说话人分别完成了询问、命令、感叹等言语行为，但是引述语中只是使用了"说""道"等意义空泛的言说动词。作为各个言语动词的共同语义成分，只是言说的方式在一定程度上表明了言语行为的类型。

此外，某些类型的他人话语由于无法找到相应的、表达该言语行为类型的施为动词，所以没有引述语，也就无法用引语的形式进行转述。

帕杜切娃认为，"应当抛弃这种看法：每一种以言行事功能（类型）都有相应的、表达该功能的施为动词。"[1]例如，以言行事功能包括威胁性言语行为，它和允诺性言语行为的区别在于说话人包含有恶意。试比较：我还会来

---

[1] Падучева Е.В. Семантические исследования: Семантика времени и вида в русском языке. Семантика нарратива[M]. М.: Школа "Языки Славянской Культуры", 2011: 229.

找你的！但是，动词"威胁"并不能用于施为用法中。不能通过说"我现在威胁要杀了你！"来完成"威胁"的言语行为，但是，"威胁"可以用来转达谈话的内容，也就是可以用第三人称进行转述。

④ 希拉克威胁说，"塞族今天应当明白，我们不会逆来顺受的"。

动词"自夸""谴责""暗示"和"羞辱"等也没有相应的施为用法。[1] 万德勒（Vendler）首先注意到了这种现象，将其称之为说话人的"以言行事自杀"。[2] 所以，这类动词也只能用在第三人称的叙述中。

类似地，包含有命令式的句子，如："回家！"通常可以用来完成多种不同的言语行为，例如命令、请求、祈祷、建议或允许等。总而言之，这些言语行为功能类型在解释的时候没有共同的内容。例如，"我想让你回家"这样的语义成分包含于请求和命令的语句中，但是并不包含于建议、允许等言语行为中。

由此我们可以认为，由于言语行为类型的不定，在转述这些他人话语时，叙事者难以用一定的言语行为动词来引导相应的句子，这样的句子通常难以用引语形式表达。

可见，远不是所有的言语行为都可以找到合适的、相应的施为动词，因此也就没有合适的引述语来引导句子，从而无法将其变为间接引语形式。例如，并没有一个动词可以揭示类似于"今天的天气多好啊！"之类感叹句的言外之力，也没有和间接言语行为（例如"您能把盐递给我吗？"）相应的施为动词。

维日彼茨卡（А.Вежбицка）通过将句子的语义划分为意义元素的方法来揭示表述的言外之力，通过将这些意义元素重新组合，就可以"组装"出来任何施为语句的施为标志。事实上，言外之力是一个复杂的语义结构。有时该结构有相应的施为动词，在有些情况下没有唯一的动词；但是，经常可以采用将言外之力划分为单独的语义成分的方法，这些单独的语义成分可以表达实施该言语行为的说话人的假设、意欲、愿望。但是，这种方法的说明力相对有限。

---

[1] 关于叙事文本中谴责性言语行为的特征，可参见王晓阳. 叙事文本中的指责性言语行为[J]. 语言文化研究辑刊, 2015(01): 38–48.

[2] [比利时]维索尔伦. 语用学诠释[M]. 钱冠连, 等译. 北京: 清华大学出版社, 1999: 246.

此外，无论他人话语原本是什么类型的言语行为，在转述过程中只是叙事话语的一部分。帕杜切娃认为，叙事文本的规范需要统一的视角：在一个叙事者内（直接话语除外），总的来说，对作品中的同一个人物的称呼应当一致：要么是第一人称，要么是第三人称。这一规则的根据是：视角的选择取决于将某一主体作为说话人，所以，说话人显然不能在自己的言语过程中发生变化。[1]在叙述行为过程中，他人话语是叙事话语的一部分，必然受到叙事视角的制约。在转述他人话语时，其中的称名性部分可以通过视角转换的方法，从叙事者视角加以表达。这表现在话语中的人称、时间和地点等语用性指示成分的变化。

所以，在间接引语中，他人话语都应当适应叙述类型的要求，在句法形式上作出相应的改变。作为从句的一部分，他人话语在间接引语中作为言说动词的补语从句，通常是陈述句的形式；而疑问句、感叹句和祈使句不能直接出现在补语从句中，这都说明了间接引语形式在叙述语境对他人话语的制约。

（三）间接引语中语用成分的保留

他人话语的内容中除了包含有叙实成分之外，还存在有其他一些主观性的、表达说话人命题意向的成分。语气词、感叹词等词类缺乏一定的语义内容，也不能作为句子的成分，所以，它们只能出现在言语层面的话语句中，而不能出现在语言层面的句子中。它们虽然表达说话人一定的意向、情感或思想，但是只能通过叙事者的理解，采用描述的方法揭示其实际的思想，叙事者无法将包含有语气词或感叹词的他人话语纳入到叙事话语中。

这一特征可以从引语的结构特征中得以说明。表示言说行为的动词在直接引语或者间接引语中成为描述词，并且获得了及物性，需要一定的、相当于名词的成分作为补语，通常这部分内容必须承载一部分语义内容。而表达纯粹主观感情的感叹词或者语气词等缺乏内容，只是表示说话时刻的情态，这些成分只可以在即时的交际中被表达出来，而不能被转述。

从直接引语到间接引语的转换中发生一系列修辞性变化，"所有这些修

---

[1]　Падучева Е.В. Семантические исследования: Семантика времени и вида в русском языке. Семантика нарратива[M]. М.: Школа "Языки Славянской Культуры", 2011: 204.

辞性的变化的意图都旨在消除具有主观情态和表情色彩的成分，这些成分包括：语气词、感叹词、强化词和情态词等。"[1]但是，他人话语中的某些表示主观情态和表情色彩的语用性成分可以保留在间接引语中。

他人话语中可能通过语气词、连接词等表现出一定的主观性内容，例如说话人的预设等。这部分内容可以保留在间接引语中，并且可以通过主从投射的方法加以解释，也就是说，将间接引语中的预设成分投射到主句的主体。

① 另外如李冬宝刚才所说，即使她没这些特征，反倒可能更证明她是人，只不过是个一般人。

② 瑞丰说，只要教他吃顿好的，好象即使吃完就杀头也没什么不可以的。

③ 她说，她不怕发胖，但是今天不想再吃了。

④ 倘若我们说，这独笑才是正宗的笑，笑的本体。

⑤ 孙先生常跟我说，女学生像苏小姐才算替中国争面子，人又美，又是博士，这样的人哪里去找呢？

例句①②中，"即使"表示让步，其主体分别是主句的主体"李冬宝"、"瑞丰"；例句③中，"但是"表示转折，其主体是"她"。其他各句情况类似。

上述例句证明，某些词汇中包含有预设成分，它们可以被引用，从而保留在间接引语中。这也说明了在语用学和语义学研究对象之间难以划定明确的界限。虽然预设通常被列为语用学的研究内容，但是包含于词汇语义中的预设通常可以保留。

这种情况可以初步解释为：副词、语气词等在句子中有一定的意义，通常担当一定的句子成分，从形式上来说有存在于间接引语中的可能性。同时，包含于其中的预设成分具有自我中心的性质，可以通过相应的解释方法进行解释。

综上所述，从直接话语、直接引语到间接引语是一个说话人声音逐步消弱、叙事者声音逐步加强的过程。在直接引语和间接引语中，叙事话语可以初步揭示他人话语的言语行为类型。不同类型的言语行为对转述语有一定的影

---

[1] АН СССР. Русская грамматика[M]. М.: Наука, 1980: 576.

响，从而影响到引语的形式。相对于直接话语，作者话语也强化了叙事者在文本中的存在。依附于词汇意义的语用成分可以保留在间接引语中，并通过叙事投射的方法得以解释。

四、阅读契约与文本解读

从言语行为理论来看，无论是共时的直接交际行为还是具有时间间隔的间接交际行为，都是为了达到特定交际意图。它可以表现为受话人（或者读者）完成某些言说行为或者其他形式的行为（肯定或者否定文本中某些思想，也就是说，交际行为完成的标志应当是读者的行为反应或者是话语反应。

随着交际间接性程度的提高，交际行为某些层面的自主性增加，交际各方（本书中指的主要是读者以及隐藏在文本背后的作者）的特殊性程度以及矛盾性程度逐渐加强，他们的动机和意向可能会发生显著的分歧。

如果将交际行为视为一种特殊的文本形式，那么它与报刊文本和文艺文本之间存在着某种相似性。这些文本拥有一些共同的特征，例如外部上下文以及交际情景、交际的前提条件、交际的对象、信息发出者及其目的、信息的接收者以及与其相关的影响效果、交际参与者的知识以及文本的内部组织等。直接交际形式和间接交际形式之间同样由于思想对象的共性而联系在一起。也就是说，在心理层面，表述活动具有和生产活动一样的原则结构，即它是有意向性的，受特定动机激发，并且具有特殊的目的；它是有结果的，所以可以评判所达到的结果与预期目标之间的相符程度；它是有规范性的，也就是说，无论是交际行为的发生还是交际行为的结果，都服从于社会规约。[1]

在《历史—文化背景下的文学传记》（*Литературная биография в историко-культурном контексте*）中，洛特曼研究了读者和作者之间人际关系发生的变化。首先是"文本从作家的个性中独立出来，就像是'将教职及其偶然的不称职的履行者'相互区别一样"；然后是"作者的传记成为自己作品

---

[1] Леонтьев А. А. Психология общения. Тарту: Издательство Тартуского университета, 2004: 47.

的一种永恒的——不可见的或者是显性表达的——伴侣。"[1]从脱离作者而独立地理解文本到结合作者的个性理解文本的过渡，在我们看来，是从读者和作者之间的主体间交际向主客体交际转换过程的鲜明例证，在主客体交际中，"在文学中最重要的不是文学，作家的生平在某些方面比他的创作更为重要"这一思想控制了读者。[2]

以作者的生平作为参照，读者将人物转化为作者生活中的人。例如不少研究者指出了屠格涅夫作品对作家个人生活的映射、余华小说的生平经历对他创作主题的影响等。法国作家法朗士就说过："所有的小说，细想起来都是自传。"福楼拜曾说："包法利夫人就是我。"人们也从《红与黑》中的于连或《巴马修道院》中的法布里斯身上看到了作者司汤达的影子。卢梭的说法更进一步："我的所有作品都是我的自画像。"

将作者的生平、作品紧密结合起来，这使得作者的创作成为一种心理学研究，在此过程中，作者本人和他的人物变成了客体，而这一研究的对象是作者的生平或者是他生活中的"轶事"。作者和读者之间的类似的支配性相互作用体现在吉尔伯特·基思·切斯特顿（Gilbert Keith Chesterton）的一句名言中："好的小说向读者讲述主人公的真实情况，坏的小说则讲述作者的真实情况。"[3]在"坏小说"中作者关注自己的主观情感和态度，并以此支配自己人物的思想和感觉，虽然他是根据体裁的规律在作品中描写人物，尽力隐藏在他们的后面，但是人物只是作者自己思想和感觉的传声筒。

叙事交际是作者和读者之间通过叙事文本而进行的交际。顾名思义，叙事是作者向读者叙述一个或数个事件。叙事是作者和读者之间的一种特殊的交际形式，它发生于交际双方处于异时异地的情景中，并且由于书面交际的间接性，作者和读者通常都会带上面具，再加上叙事文本中的人物，构成了一个复杂的交际系统。"与日常语言交际一样，叙事交流同样涉及信息传递与接受

---

[1] Лотман Ю. М. Два устных рассказа Бунина (К проблеме «Бунин и Достоевский»)[C]// Лотман Ю. М. О русской литературе. С.-Петербург: Искусство-СПБ, 1997: 809.

[2] Лотман Ю. М. Два устных рассказа Бунина (К проблеме «Бунин и Достоевский»)[C]// Лотман Ю. М. О русской литературе. С.-Петербург: Искусство-СПБ, 1997: 814.

[3] Ливергант А. Суета сует. Пятьсот лет английского афоризма[M]. М.: Руссико, 1996: 271.

过程。"[1]文艺信息的发送者和接受者（这种接受者又被巴特称作受述者，即narrataire）构成了叙事层。巴赫金、巴特、热奈特和伊瑟尔等学者都曾研究过这一问题，例如热奈特提出的叙事中"谁在说，谁在看"的问题，实际上就是对叙事层的定义。

文艺文本是一个复杂的、多层面、多层级的结构。叙事文本的重要特征是在不同层面存在着不同级别的交际对象，即在每一叙事层应当存在文艺信息相应的发送者和接受者。故事可能由一个人物叙述，或者是并没有参与行为的一个人物进行叙述。讲述故事的人物（叙事者、讲述者）可以履行主人公的角色，或者是作为发生事件的见证者。

关于叙事层的数量，在叙事学中还没有一致的意见。"文本叙事的书写属性决定了叙事交流的'说者'和'听者'关系无法像日常语境中那样直接发生。就叙事交流总体情形而言，小说的'说者'在最上层，指作者，而'听者'主要指读者。"[2]大多数叙事学家划分出4个必需的叙事层：现实叙事者、现实读者、隐含作者、隐含读者。如果考虑到叙事者、受述者、聚焦者和潜在观察者的话，这一分类将更加复杂，例如美国叙事学家查特曼在《故事与话语》一书中提出的叙事交际模式：[3] 真实作者→隐含作者→（叙述者）→叙事文本→（受述者）→隐含作者→真实读者

确定叙事层的语义特征是叙事学的一个重要问题。逻辑语义学对这一问题无能为力，因为它的规则和文艺交际的特征从根本上说并不一致。逻辑学研究的对象首先是科学语言，其主要问题是真值问题，包括"真""非真"这两个范畴，但是它们和文艺交际并没有实质性的联系。从方法论层面而言，更为合适的是尝试简化对语义的分析，将叙事和阅读过程理解为作者和读者之间的一种交际行为，并且研究叙事的语用特征。

在文艺文本研究中，这一方法首先是由言语行为理论的奠基人之一、美国语言学家约翰·塞尔在论文《虚构话语的逻辑地位》[4]中首先提出的。塞尔

---

[1] 申丹, 王丽亚. 西方叙事学: 经典与后经典[M]. 北京: 北京大学出版社, 2010: 70.
[2] 申丹, 王丽亚. 西方叙事学: 经典与后经典[M]. 北京: 北京大学出版社, 2010: 70.
[3] [美]西摩·查特曼. 故事与话语:小说和电影的叙事结构[M]. 北京: 中国人民大学出版社, 2013: 137.
[4] Searle J. The Logical Status of Fictional Discourse[C] // Expression and Meaning. Studies in the Theory of Speech Acts. Cambridge: Cambridge University Press, 1979: 58-75.

提出了言语行为的主要准则和言语行为的成功条件，根据交际的目的将言语行为分为五种类型，即阐述类、指令类、承诺类、表达类和宣告类。他的研究丰富了先前语言学家（尤其是奥斯汀）的相关研究成果。塞尔从言语行为理论的角度理解文艺叙事，将文艺叙事和标准的以言行事行为进行比较后，他得出一个结论：文艺叙事同样具有特殊的意向，例如向读者传递故事及其意义（阐述性文本）、引起读者特定的情感体验（例如侦探小说是一种疑问性文本，向读者提出一个问题并要求读者一起思考）、要求读者履行一定的行为规范（例如寓言文本或童话文本，通常包含有教益性、训诫性内容）等。根据不同的意向，在文艺交际中，一些规约履行了决定性的角色，而不仅仅是纯粹的告知（即阐述性或者描述性言语行为）行为或者再现性言外行为。[1]在塞尔的概念体系中，存在着两个重要方面：第一，文艺叙事的形成被理解为规则游戏，这一游戏遵从自己一系列规约体系，文艺语用学的任务就是揭示这些规约；第二，这些规约的特殊性在于：它们仅仅适用于文艺交际，这可以将文艺交际从其他各种类型的交际中区分出来，因为文艺交际有着特殊的规则和意向。

  塞尔的思想有助于理解文艺篇章的语义—语用学成分，但是它也有明显的不足。首先，塞尔关注的中心是文艺文本的生成、即文艺虚构（构思）的问题，在这方面他的概念体系有助于使得文艺学摆脱传统逻辑模式的打击，因为传统逻辑模式并不适用于虚构性的文学作品。其次，从言语行为理论的视角来看，塞尔最感兴趣的是言语的生成，而不是言语的接受和理解。但是，交际行为是信息发送者和接受者同时进行的行为，两者缺一不可。如果从交际理论的角度来研究叙事文本，必须既要考虑到作者（以及作者的一系列面具或替身，如"叙事者""理想作者"和"抒情主人公"等），又要考虑到读者，因为读者担负着对表述进行解码的任务，并且在解码过程中同样遵循塞尔提出的规约。

  "阅读契约"有助于解决这一难题。"阅读契约"是从"自传契约"概念中发展出来的，后者是菲力浦·勒热讷（Philippe Lejeune）《自传契约》的核心术语。通常认为，自传性文学作品描写的是作者个人的经历，叙事就是他

---

[1] Searle J. The Logical Status of Fictional Discourse[C] // Expression and Meaning. Studies in the Theory of Speech Acts. Cambridge: Cambridge University Press, 1979: 67.

把自己个人的生活经历呈现于自己的作品中。自传是"边缘性"叙事的一种特殊类型，位于虚构叙事和真实叙事的交界地带，这也决定了这种叙事形式的特征：自传中所述的一切并非都是真实的。同时，自传性叙事的"言后之力"或者是取效行为在很大程度上取决于读者对叙事真实性的信任程度。所以，自传性文学作品的切入角度可以从小说与作者的真实经历的关系出发，分析其共性和差异，若存在差异，则分析这种不同背后的心理动机，作者通过自己个人的感受究竟想向读者表达什么。在这一意义上说，"自传契约"就是作者和读者之间的一种特殊的、无形的"契约"，自传作者要向读者和出版者承担义务，诚实、准确地叙述自己的生平，所表述的内容是真实可信的（也就是塞尔所言的"将以言行事行为和世界联系起来的规则"）；出版者在出版标明为自传类的作品时，也要承担义务，尽可能地对其可信度进行审查；只有作者和出版者承担自己的义务，读者才能相信作者的叙述是真实可信的，把自传视为作者真正的自传来阅读。[1]

自传体裁的特殊性要求：作者、出版商和读者之间的这一契约应当以前言、献辞、致谢和后记等形式显性地表达出来，以调节读者对该叙事文本的阅读行为。同时，完全显而易见的是，非自传叙事文本也有一些将读者和作者联系起来的、可以调节阅读过程的规约。例如，不少文学作品或者影视作品在开头有时会申明"本故事纯属虚构，如有雷同，纯属巧合"，说明作品的虚构性特征，但是总体而言，类似的这些规约通常并不能像在自传叙事中那样显性表达出来。同时，缺少相关的显性表达并不意味着，阅读行为并不受任何契约或规约的调节。

如果深入研究"阅读契约"对于解释叙事交际行为的价值，那么可以发现，阅读契约包含了编码和解码这两种类型的规则：建构叙事的规则以及解构叙事的规则。第一类规则可以被称作"叙事编码"，第二类规则包括"接受编码"或者"接受模式"。叙事编码包括：第一，选择叙事组织形式的一系列规则（指叙事的内在结构：篇章结构布局、人物体系、情节结构的特征等），第二，这一结构的意向基础，也就是"将以言行事行为和世界联系起来的规则"，这些规则确定了这一叙事的表述和客观现实、以及和作者意向之间的关

---

[1] 杨正润. 现代传记学[M]. 南京：南京大学出版社，2009: 38, 456.

系，其中作者也是客观世界的一部分。接受编码包含对叙事内容进行解码的规则，根据这些规则，该文本由读者阅读并称为读者个人经验一部分。例如，在语义层面，幻想叙述是显性表达的虚构作品，它的语用意向可能是纯粹的娱乐（例如唐传奇作品中的《李娃传》、《虬髯客传》和《无双传》等），也可能是隐性的、寓教于乐的严厉的警告（例如，扎米亚京的反乌托邦作品《我们》就分析了极权政治的种种弊端，对可能出现的极权政治提出预警）。如果读者要恰当地理解这种文本，那么他就不能将文本视为真实存在的、或者是正在发生的事件的描写，而是同样地将接受并理解作者的相关意向（激发同情、娱乐等）。在特定的文化环境中，读者也可能同样将文本视为一种指令或者是一种言语行为，其中包含了一些行为规范（例如一些训诫性的、具有教益的、富含生活经验和人生哲理的作品）、以及悬疑类作品（例如经典的侦探作品的意向就是诱发读者查明真相的好奇心）和产生"情感刺激"（惊悚作品、以曲折的情节取胜的作品）等。

在这一阶段可以发现"阅读契约"与叙事类型和体裁理论之间的联系。在体裁理论中，文本的意向（以及读者恰当地解构文本意向的能力）占据着至关重要的位置。"阅读契约"这一概念的重要性还在于，它将两个迥然不同的科学传统融为一体，将两个方法论传统有机地结合起来：一方面是英美的分析哲学以及由此产生的言语行为理论和语用学，另一方面是大陆哲学中的解释学以及由此产生的接受美学。在分析阅读活动的时候，欧陆语言哲学和英美语言哲学的一些概念可以实现"通分"或者"通约"：在解释学中作为理解和解释的基础的"解释学循环"和"传统"的概念，在语用学中被称作"编码"：编码就是沉淀下来的传统，是规则的集合，是创作和阅读的坚实基础。

"阅读契约"理论的最大优势是研究叙事编码和接受编码不相吻合的情形，解释学将这种情况称为"理想读者"和"现实读者"并不一致。但是，这种解释的不足之处在于：第一，它要求存在着某一抽象的、能够正确理解该作品的理想读者，并且隐性地要求所有的文本都包含唯一正确的理解方式。这一视角是一种文艺学理论的形而上学，要求读者在任何的作品中寻找它的思想原型。第二，从美学的角度而言，这一术语体系的基础依然是文艺美学理论，并且在这一意义上使得包含美学效果的"文艺文本"和"非文艺文本"相对立。但是，这两类文本之间并没有泾渭分明的界限，即使在接受美学的框架中也未必能够在它们之间划清界限。第三，在采用"阅读契约"和接受美学理论中的概念讨论文艺叙事的理解和接受问题的时候，我们事实上指的是不同的现象：尽管在两种情况下都是理解文本是否恰当，但是这一行为的"以言行事效果"在不同的理论体系中仍然并不相同。

接受美学和语用学对于接受文本的正确与否这一问题理解并不相同。接受美学理论强调文本自身，不恰当的接受意味着文本没有能力实现自己的"美学任务"；而在语用学视角看来，读者在阅读过程中负有更为重要的责任，理解不当被解释为读者没有能力对作者的意图进行"解码"，没有能力确定这些表述和世界之间的关系（这里再次采用了塞尔的说法）。从认识论的角度来说，所有的这些差异构成了戴维森（D.Davidson）所言的"理论间的不可翻译性"或库恩（T. Kuhn）所言的"无法通约"（incommensurable）。

从语用学的视角而言，为了描写叙事编码和接受编码不相吻合的现象，需要几个不同的理论前提。第一，在接受行为中并不存在着"晦暗不明的""未被编码的"区域：任何一个叙事文本要么和编码相一致，要么破坏这种一致性，类似地，对文本的接受基于某一符合作者意向的接受编码。第二，这意味着同一个叙事文本可以在不同的接受编码的基础上进行理解，即在缺少显性的接受规则的情况下，作者和读者之间的交际可以受到不同规约的调节。基于此，同一文本可以按照不同的契约进行不同的解读。例如司马迁所著的《史记》，根据一个规约，它能够被解读为具有历史价值的文献性文本，但是根据另外的一个契约，它又能够被解读为文艺作品，所以它被誉为"史家之绝唱、无韵之离骚"。由此可见，根据不同的契约，文本表达不同的关于自己本身以及关于自己和世界之间的关系，相应地，对文本的理解以及读者对它的评价也将并不相同。应当说明的是，在这一过程中产生的"戏弄读者"并不一定违反规约，因为欺骗读者、和读者进行游戏可能是作者意向的一部分，而读者实现作者的意图，即"上当受骗"，是文本美学任务的一部分。纳博科夫、余华和王朔等作家的创作中经常模糊现实世界和文本世界之间的界限，这可以视为作者的美学意向和陈述意向之间的游戏，或者是文艺体裁和自传体裁之间的游戏，这种游戏经常会产生一些异乎寻常的美学效果。在这一意义上，对任何约定的描写应当同样包含对未完成义务的限定，例如尽管自传整体而言属于文献性质，通过相应的契约，规定了对事件进行解释的方向、有意或者无意曲解事实或者隐瞒特定的事实等。

在这一方面,不能忽视那些违反阅读契约的情形,例如,英国女作家阿加莎·克里斯蒂创作的非经典性侦探小说中的《罗杰疑案》(*The Murder of Roger Ackroyd*),其中叙事者就是杀手本人。有意思的是,这些元体裁叙事(其中描写的对象是体裁本身、即作者和读者之间的一系列约定)的形式几乎只出现在高度形式化的体裁中,以保证叙事编码和接受编码之间高度的重合。换句话说,类似的破例的主要对象是大众文学作品中的编码。在很大程度上,正是由此,后现代主义为了达到某些美学效果而破坏这些编码的行为,经常被称作是一种文艺方法。对于后现代主义而言,典型的特征是将大众文学和"纯文学"的特征相互混淆。在后现代主义中"纯文学"经常破坏编码,为此需要稳定的编码,而只有形式主义文学才能提供稳定的编码。

"阅读契约"这一概念是一个具有强大分析力的工具,可以用来揭示和描写作者所采用的各种文艺手法以及和读者之间的游戏,也可以用于解释这些游戏的可能性和叙事文本本身的结构特征之间的相互关系。

第七章　叙事文本中的真值问题

虚构是文艺性在结构类型层面的一个标准。虚构文本在现实世界中并没有对等物，而其中包含的对人物、事物、和现象的虚拟称名，虚构文本生成于文艺交际中，并且只能存在于文本框架内。由此，虚构话语具有自我指称性（autoreferentiality）。

通常认为，虚构文本没有真值，也不是逻辑语义学的研究对象。逻辑语义学是数理逻辑的一个分支，研究表述或者是其中的一部分相对于客观现实的关系。逻辑语义学认为，外延（即指称）不确定的表述并没有真值。[1]但是，艺术世界自身是一个封闭的上下文，相对于这一世界而言，任何表述可以都可被证实。这样，可证实性解决了非指称性（虚构性）表述在可能世界哲学框架内的真值问题。

采用可证实性这一标准来区分叙实篇章和虚构篇章，将虚构性问题的焦点从体现特定意图的文本转移到文本意图的主观性源头，即文艺文本的作者。有两个主体参与了虚构游戏：实施叙事行为的表述（文本）的发话人，即作者；以及主动地接受文本的、并不质疑叙述内容的受话人，即读者，他对现实性问题不感兴趣。

虚构性的表现形式之一是所谓的"元虚构游戏"，即尝试揭示作者的专横，尽力暴露文本的艺术性虚构的本质，说明文本仅仅是虚构了客观现实，文本仅仅是其创造者创造性"智慧游戏"的表现形式。[2]元虚构游戏的一个关键点是不同叙事策略之间的更替缺乏理据性。由于艺术中的动机"是假定的和可逆的"，[3]所以也就没有什么艺术性的强制，要求从一种叙事策略转换为另

---

[1] Фреге Г. Мысль: Логическое исследование. Философия, логика, язык[M]. М.: Прогресс, 1987: 25.
[2] Руднев В. П. Прочь от реальности: Исследования по философии текста[M]. М.: Аграф, 2000: 79.
[3] Бахтин М. М. Формальный метод в литературоведении. Бахтин под маской[M]. М.: Лабиринт, 2000: 291.

外一种叙事策略，而这将不可避免地导致虚构技巧的破坏，加大读者理解的难度，延长理解的时间，因为艺术中的理解过程以自身为目的，并且可以被延续。

文本的虚构性和特定的体裁形式相关，但是，这并不排除存在着体裁不确定的领域，此时，在缺乏其他文本信号和文本内信号时，读者只能自己决定，他所接触的是虚构文本或者是叙实文本。由于文艺体裁是一种艺术整体外部组织形式，或者是它的"系统性"经常受到"剥落"，这也意味着，同时受到科学的描写。所以，可以将言语表述（文本）和某种文艺体裁的所属关系，或者说是文本的体裁结构和一定的虚构性之间的关系，视为文艺性的形式标准。

一、科学中的真值问题

通常认为，文学描写的是虚构世界，而科学描写的是现实世界。普希金似乎有一个神奇的水晶球，通过它他好像可以看见、而不是虚构奥涅金的世界；同时科学要求抽象的概念，而这些概念并不是孤立存在的，而是存在于科学家的意识之中。弗拉基米尔·乌斯宾斯基在《数学赞词》中引用了卢金（Н.Н.Лузин）的话："数字的自然序列似乎并不是绝对客观的构造。看来，它是一个数学家的头脑的功能，该数学家在这种情况下正在谈论自然序列。"[1]几何学中的三角形和四边形更不存在于现实世界。所以，科学和文艺作品之间的界限并非十分清晰。

弗拉基米尔·乌斯宾斯基的另外一篇文章《与洛特曼散步以及二级模式化》（*Прогулки с Лотманом и вторичное моделирование*）中，认真地研究了一些涉及到尼古拉一世登基的文献，他注意到，不同文献中对尼古拉一世在获知亚历山大死讯之后的行为的描写并不一致。一些文献中，尼古拉首先对禁卫军发表讲话，然后在宫廷的大教堂中向皇帝康斯坦丁宣誓；而另一些文献则相反，他首先在教堂中宣誓，然后向禁卫军发表讲话。

似乎可以说，我们永远不可能知道这些事件的真实顺序。弗拉基米

---

[1] Успенский В. А. Апология математики[М]. СПб.: Амфора, 2009: 7.

尔·乌斯宾斯基提供了审视事件的另一种视角："我们毫不犹豫地赞同一个观点：未来具有很多变动因素。我们很难同意一种看法：过去事件具有不同的形式。有朝一日过去事件的多样性可能会成为众所公认的真理，就像如今的相对论一样。"[1]

经验不足的读者觉得，过去、将来和现在完全是对称的：对于未来而言，存在着许多变体形式，但是只有一种形式会真正实现；对于过去而言也存在着许多变体，但是只有一种形式已经发生。

但是，无论是哪种形式，都可以看到一种趋势——科学中真理和谬误之间的界限是相对的。正如列文（Ю.И. Левин）所言，"只有相当有限的领域里，真理和谎言才迥然有异"。[2]

二、叙事的外部语用学

（一）从叙事语言学到语言语义学

现实世界及其在认知中的反映——揭示这两个实体之间的邻近性的学科不仅仅有叙事语言学，同时还有语言语义学。也就是说，这里指的是一个事实：自然语言（如俄语、英语和汉语等，但显然不局限于上述语言）倾向于不再区分现实空间中客体的不存在的情形和客体在观察者的视野/意识中不在场的情形。

词汇中存在着常规性的多义性，例如类似于"有""没有""存在""出现""消失"等具有"存现""消失"意义的词汇表达的要么是（不）存在于现实空间中，要么是（不）存在于观察者的视野/意识之中。

① "功名心？谢尔普霍夫斯科伊？社交界？宫廷？"他得不到着落。这一切在以前是有意义的，可是现在没有什么了。

② *И теперь, после исчезновенья Людмилы, он свободен был слушать его.*

---

[1] Успенский В. А. Апология математики[M]. СПб.: Амфора, 2009: 9.
[2] Левин Ю. И. Избранные труды. Поэтика. Семиотика[M]. М.: Языки славянской культуры, 1998: 479.

[его = 过去的声音]（现在柳德米拉已经离去，他可以自自由由地听了。）[柳德米拉根本就没有失踪也没有死去，只是加宁的认知世界中不再有她；加宁不再顾虑她的感受]

句法中的这种多义现象同样出现在包含有否定生格中；主体生格和客体生格表达的要么是客体真的不存在，要么是被观察到的/被意识到的事物不在场。

③ a. 主体生格：*ответа не пришло, желающих не нашлось*；（答复没有到来；没有找到愿意的人；）

b. 客体生格：

Он не писал этого письма.（他没有写这封信。）[创造动词]

Майор не слышал этой фразы.（少校没有听到这句话。）[感知动词]

Он не помнил родной матери.（他不记得生母。）[知晓动词]

Я не получил этого письма.（我没有收到这封信。）[拥有动词]

Бабушка так и не нашла своих очков.（奶奶仍然没有找到自己的眼镜。）[拥有动词]

Он не принес нам своей статьи.（他没给我们带来这篇文章。）[运动动词]

也就是说，语言倾向于将现实世界中和观察者意识中的存在/不存在等同起来，但是语言学将这种等同解释为多义现象。

所以，客体在现实空间中的存在和在意识中的存在之间的界限并不明确，或者说是知晓和观念之间的界限并不明确。但是，尽管现代语言学已经摆脱了1960年代对准确性的崇拜，真理和谎言（或者谬误）之间的界限依然确定不移。

库恩在《科学革命的结构》一书中建立一个区别于逻辑经验主义和批判理性主义的科学观。不同的科学共同体所普遍接受的观念、研究方法、科研目标等，在不同的时期都有所不同，其中包括对真理和谬误的认识也会发生变化。在这方面，关于天体结构认识程度的变迁就是一个十分典型的"范式"更替的典型例证。

托勒密在《至大论》中描述了他所理解的世界构造，这是在无法揭示真值的条件下文本的一种生成模式。可能世界是"西方哲学家和逻辑学家为定义必然性而提出的概念。指无矛盾的可能的事物情况的组合。"[1]德国著名数学家莱布尼茨在其著作《形而上学谈话》中认为，一个事物状态A是可能的，当且仅当，A不包括逻辑矛盾。一个由事物状态A1、A2、A3……形成的组合是可能的，当且仅当从A1、A2、A3……推不出逻辑矛盾。一个可能世界就是由无穷多的具有无限可能性的事物形成的组合。可能世界只能用语言讲述，是一种语言构造。托勒密为数个可能世界创建了不同的叙事，相互矛盾的叙事之间的相互作用和竞争的结果是生成了一个前后一致的、和谐的文本，而叙事内部的和谐是真值的一种形式。

（二）外部语用学的概念

语用学关注的中心是交际过程，即成功交际的条件。柯尔特（K.Korta）和佩里（J.Perry）区分了两种语用学研究。"近语用学"（near-side Pragmatics）"研究那些和确定他所言说内容相关的特定事实的属性"，即说话人如何建构自己的表述。近语用学在更大程度上与语言、语言的规则和规范相联系。"远语用学（far-side Pragmatics）"，描写交际过程与民族、交际情境和文化等之间的联系，主要研究言说之后发生的事情：通过言说行为而实施的言语行为的类型、或者是蕴含意义是什么，即说话人在此过程中表达了什么样的意图。[2]远语用学自1960年代开始一直到1980年代中期都一直占据着统治地位。

这两种语用学研究方法都面对着一个共同的语用学问题：意味何在（What is meant）？即：如何生成在实际使用中的那种表述，以及对表述进行不同理解的可能性。这里的关键概念是"可能"，因为它决定了接受者是否理解表述、对表述的理解程度以及能否正确理解。斯波伯（Sperber D.）和威尔逊（Wilson D.）剖析了表述的作者和接受者之间的关系，有数量准则、质量准则、关联准则、方式准则等四个准则，其中"根据获得认知效果费力最小的原则，尝试不同的可能（歧义性、不同指称和蕴含意义等），以获得相应的信

---

[1] 彭漪涟,马钦荣. 逻辑学大辞典[M]. 上海：上海辞书出版社，2010.
[2] Korta, K., Perry J. Critical Pragmatics. An inquiry into reference and communication[M]. Cambridge: Cambridge University Press, 2011: 9.

息。当预期的关联性被满足后，这一过程即宣告终止。"[1]理解过程就是寻找关联性的过程，这意味着接受者相信自己可以理解表述。作者和读者都应致力于理解对方，这是一场特殊的游戏。该游戏包含有两种交际形式，即信息意向（向听者传递关于某事的信息）以及交际意向（向听者传递关于信息意向的信息）。交际双方均相信：作者做出的表述可以被理解，因为"表述自动地产生预期，而预期促使读者寻求作者所表达的意义"。[2]接受者应当从数个可能的理解方案中挑选出一个自认为合适的、符合作者意图的意义，从而结束理解过程。

这是一个要求作者和接受者都积极地参与其中的双向的过程，被称为"明示—推理交际（Ostensive-inferential Communication）"，每一个明示—推理的交际行为都应当被视为一个寻找最佳关联的过程。为保证理解的单义性，作者做出一个利于交际的明示刺激（ostensive stimulus），如果它能最大程度地减轻读者的理解难度，并且相对于其他各种可能性最为凸显，同时最大限度地考虑到交际双方的特征，那么明示刺激就具有最大关联性。非常重要的一点是："每一个明示刺激都表达自身关联性的预设。"[3]

这首先是对话交际的特征，其中交际双方具有直接的时空联系，说话人可以借助交际情境中的事物向受话人产生明示刺激。叙事的作者和读者之间是间接联系。虽然这并不否定交际行为的语用层面和篇章层面（话语层面），但是，这造成了一个至关重要的因素：文本的生成和阅读过程并非同时同地，并对作者和读者产生不同的影响。在文本生成过程中，作者独自面对着自己讲述给读者的事实。在一定程度上可以说，是事实向他敞开。作者本人成为这一非语言形式文本的接受者，他的任务是根据意识中生成的形象，将这一文本用语言呈现出来。文艺交际与对话交际的区别在于：事实并不向读者产生明示刺激，因为它并不关心理解行为，而读者本人感兴趣的是：在随后的交际行为中

---

[1] Хинтикка Я. Семантика модальных понятий и неопределенность онтологии[C] // Возможные миры. Семантика, онтология, метафизика. М.: Канон+РООИ Реабилитация, 2011: 371-399.

[2] De Rosset L. Commentary: David Lewis. On the Plurality of the Worlds[J]. Humana. Mente Journal of Philosophical Studies, 2011(19): 137-150.

[3] Korta, K., Perry J. Critical Pragmatics. An inquiry into reference and communication[M]. Cambridge: Cambridge University Press, 2011:11.

成为作者，这种交际行为可以用"远语用学"和"近语用学"这两个术语进行描写。

所以，文本语用学（即外部语用学）的任务是研究文本生成的机制，它位于研究交际过程的远语用学和近语用学之前，后者可以被称为内部语用学。

（三）外部语用学的特征

与外部语用学最接近的是指称理论。指称是语言哲学和逻辑语义学中的一个术语，表示"语言表达式所指代的对象"，[1]即在交际过程中被凸显出来的、包含在言语之中的静词或者静词表达式（静词词组）相对于客观事实客体的关系。静词或者静词词组体现了称名过程的结果。但是称名仅仅是文本的组成部分之一，而文本的结构性特征则是叙事，也就是生成关于现实的叙述。因此，外部语用学仅仅是在一定意义上接近于指称，但任务完全不同。

和文本相对的是现实形象。有些现实形象是由于可见性而形成的，但是世界不仅仅是可见的事物，因为人接触到的不是世界本身，而是世界的形象。人对世界的感觉、知识和理解，同样对现实形象产生影响，文本是在这三个组成部分的基础之上而生成的。感觉首先将人与"现在""这里"的现实联系起来，而知识和理解则是抽象的，并且世界的形象不仅仅包括"我知道"和"我理解"的部分，同时还包含"我不知道"和"我不理解"的部分。不知和不解意味着：世界的形象具有不确定性。世界不仅是它真实存在的样子，同时还是它可能成为的样子。

柯尔特和佩里以表述"*Obama lives in Washington, D. C.*"（"奥巴马住在华盛顿特区。"）为例，说明哲学家的各种可能理解方式。有的哲学家根据可能世界理论提出问题：这里指的是哪一位奥巴马，哪一座华盛顿市；有的哲学家将奥巴马理解为一个有血肉之躯的人；有的哲学家则可能怀疑这一表述的真值。而语用学家需要确定"句子'Obama lives in Washington, D. C.'是关于奥巴马和华盛顿市的命题，并且它在'奥巴马居住在华盛顿市'的任何世界中都是真实的"[2]。该例证最为重要的是真值：哲学家难于确定这一表述是否为

---

[1] 彭漪涟,马钦荣. 逻辑学大辞典[M]. 上海：上海辞书出版社, 2010.

[2] Wilson D., Sperber D. Relevance Theory[J]. UCL Working Papers for Linguistics 2002(14): 49.

真，而语用学家默认存在真值，从而在研究表述过程中排除真值问题。因为如果仅仅研究交际的发生过程，其中包括如何实现指称，那么规定一些条件（例如，某一表述为真）之后，可以将注意力集中于交际过程。同时，表述产生了一个可能世界，包含人、事件和评价等。这一世界的任务是充当一个模式，在此基础上可以进行语用学推理。

如上所述，人的经验（对世界的感觉、知识和理解）创造了现实形象，但是上述方法却完全无法解释，如何在现实形象的基础上产生某一表述。这一问题绝非纯粹的哲学或者心理学问题。如果主要研究对象是表述或者文本，语言学同样可以提出该问题。如果就文本而研究文本，那么可以划分出一些文本范畴，建构文本语法，发现文本的优势和不足等。但是，它无助于分析文本和现实形象之间的联系，尽管大多数的文本就是在解决这一问题。毫无疑问，在孤立表述中，确立文本和现实形象之间的关系非常困难，甚至不合理。例如，罗素关于秃头国王的例证，间接地涉及到现实性的问题。"假如我们说：'英国国王是秃头'，这似乎不是关于'英国国王'这个复合意义的陈述，而是关于由此意义所指称的真实的人的陈述。"[1]在这种情况下，罗素最感兴趣的是：这句话在1905年听起来是什么样子。极为重要的是，那时存在着一个法国国王作为指称对象。但是，完全不重要的是：这一句子是在什么样的情境中说出的，也就是说，将重心放在称名上（因为指称究其本质而言具有称名性），而叙事过程却没有受到罗素的关注。罗素举出"英国国王是一个秃头"和"法国国王是一个秃头"这两句话，其目的是为了讨论一个重要的逻辑概念"空名"的指称问题。但是，研究这些表述之前存在一个预设：研究者事先知道，哪些词项是空的，而什么样的不是。[2]换句话说，它们被纳入到某一话语中，在话语中已经知道，什么是真的："法国存在着国王"为假，"英国存在着国王"为真。并且为了研究的纯粹性，这些预设依然是存在的，否则将偏离所提出的指称问题。

---

[1] Yus F. Relevance Theorie[J]. Concise Encyclopedia of Pragmatics. Second Edition. Oxford, 2009: 854-861.

[2] "但它(法国国王)确实至少在其显而易见的意义上没有所指。因而，人们会提出，'法国国王是秃头'这句话应该是毫无意义的；但因为它明显是假的：所以它并非是一句毫无意义的话。"参见罗素. 逻辑与知识[M]. 北京：商务印书馆，1996: 56.

如果放弃上述预设，那么罗素研究的表述不再矛盾。我们再举出一个例证：三八面体是"以八面体的各面为底面，向体外各作一个三侧棱相等的三棱锥而得的几何体"。对几何学知之甚少的人，未必能够判断它的真值。为了使得表述获得真值意义，应当将其纳入某一叙事中，其中对"八面体""三棱锥"等概念进行解释。例如，我们可以在表述之前说明："底面为三角形的棱锥是四面体"。叙事并不能独立于特定的几何学事实，只有在这一事实中，各种事物和形象才能被命名。内部连贯是对叙事提出的一个要求，由于前后并不矛盾，能够自圆其说，读者可以认定自己的预想是正确的（如果读者知道，什么是八面体、或者是见过这一物体）。

三、无法亲知条件下文本的生成

但是，也存在着一些叙事，其中描写别人毫无所知的现实。例如，罗素分析道，太阳系在特定瞬间的质量中心是一个确定的点，我们可以确认一些关于这个点的命题，但是我们并没有直接亲知（acquaintace）这个点，只是通过摹状词（description）才间接地知道它。"亲知什么和间接知道什么之间的区别就是我们直接见到的事物和只能通过指称词组达到的事物之间的区别。"[1]

托勒密在《至大论》中描写了他对宇宙结构的理解。与罗素一样，托勒密并没有亲知宇宙的结构，这是他通过推理和判断而间接地获得的知识。"尽管所有的思维都不得不始于亲知，但思维能够思考关于我们没有亲知的许多事物。"[2]当然，在语用学的框架内对文本进行的"前叙事"研究未必合理，因为作者的每一个表述只有在文本的框架内才有意义，因为文本自身就构建了对现实的认识，其中包括对真假的认识。为了确定"英国的国王是否是一个秃头"，可以看一下他本人或者是他的照片，但是这种方法无法确定地球是否运动。因此，为了确定事实之间的前后一致性，必须创建出一个有自己的内在逻辑叙事。托勒密提出如下问题。

① 古人"看到太阳、月亮和其他的天体都是沿着相互平行的圆周自东向

---

[1] 罗素. 逻辑与知识[M]. 北京: 商务印书馆, 1996: 49.
[2] 罗素. 逻辑与知识[M]. 北京: 商务印书馆, 1996: 50.

西运动。它们似乎从地球下面升起，在升到一定高度之后，再次以相似的形式做圆周运动，然后降落，一直到消失，就像是落到了地球下面。此后，它们在一定时间内保持不动，然后就像是获得了新生一样，再次升起和降落，这些运动的周期基本固定，升起和降落的地点和时刻大致相同。"[1]

这是从地球上看到的天体运行情况。这里的"古人"实际上指的是地球上的任何一个观察者，他并没有考虑宏观的问题，而仅仅指出了星星、太阳和月亮的运行等具体的现象，这是观察者所亲知的内容。运动的是它们，而不是观察者——观察者保持不动，这是观察者看到的样子。并且这里是某种"纯粹的"观察者，他并没有受到后人关于宇宙结构知识的影响（可能正是由此，托勒密将其称为古人）。

语用学为解决这一问题提供了新的视角。语用学的问题之一是：不同表述如何呈现同一个事实，即证同事实。最简单的例子是两个表述：（1）X进入房间；（2）X离开客厅。两个不同的观察者可以分别用上述的两句话来描述X的行为。我们可以说，如果表述（1）为真，那么完全可以生成表述（2），当然，两个表述主体的视角并不一致。所以，如果某一事实被定义为F，经过推理，它可以被定义为F'。

托勒密的论证过程实际上也是将F转化为F'。他提出了一个问题：宇宙应当是什么样子的，才能让地球上的观察者看到相应景象。为了回答这一问题，托勒密想象自己位于另一个可以旁观地球、甚至可以旁观宇宙的位置。此时，地球上的观察者所看到的每一个事实F，应当与旁观宇宙运转的观察者所观察的事实F'相一致，进而事实系统$\{F_2, F_3, ... F_n\}$应当与事实系统$\{F'_2, F'_3, ... F'_n\}$相一致，这两个系统内部的元素之间也不能相互矛盾。此时，第一个系统构成叙事N，而第二个系统构成叙事N'，两个叙事共同构成同一文本T=N∪N'。

不同叙事之间相互关系的主要问题是：任何一对事实$F_k \sim F'_k$之间是什么关系。最简单的是将它们视为蕴含关系，即$F_k \rightarrow F'_k$。但是，随即产生一个新问题：如果它们之间的关系如此直接，为什么世界结构的问题至今仍未彻底解释清楚。与此同时，如果前提F_k为真，那么通过正确的推理可以得到F'_k为

---

[1] Птолемей К. Альмагест, или Математическое сочинение в тринадцати книгах[M]. М.: Наука, 1998: 7.

真。但是，实际上无法确定F'_k是否为真，尽管托勒密及其后继者并没有怀疑这一推论的正确性。

至少有两个原因，决定了$F_k \to F'_k$之间不存在简单的一致关系。第一，任何事实都不是单独被研究的，而是作为相应叙事的一部分。因此，逻辑一致性不仅仅应当产生于一对事实中，同时还还应当存在于包含叙事所有元素的整个集合中。第二，所以，叙事中的一个事实并不是从孤立的事实中引出的，而是从一个整体性的事实集合中引出的。可以说，托勒密整部书都是为了论证①中的内容。新的叙事的生成过程非常复杂，我们举例说明。

1. "地球是球体"论证

托勒密进行数学计算的基础是一些事实，其中的一个事实是：地球是一个球体。但是，他和古代的观察者都没有亲知这一事实，所以他通过推理建构了一个系统，其中"地球是一个球体"是一个事实：

②"对于位于地球表面的所有人来说，太阳、月球和其他的天体并不是同时升起和降落的。对东方的人早一些，对西方的人晚一些……由于时差与相应观察地点之间的距离成正比，所以，完全可以认为地球是一个球体……"[1]

在例句②中，构成叙事N_1的是一些显而易见的事实：不同地点的天文现象发生于不同的时间。N_2是通过推理的形式推导出来的、"地球是一个球体"这一事实。但是，作者并没有就此止步，而是又做出了几个推断：

③"如果说地球表面是凹陷的，那么天体的升起就会对于更为西方的观察者要早一些。如果它是平坦的，那么对于所有位于地球上的人来说，天体都是同时升起和降落的。如果它是三角形的或者是四角形的，或者是其他多边形，那么同样的事情同时会发生在所有的居住于同一直线上的人们身上，但是，这根本就没有发生。"[2]

托勒密创建了事实的一个完整聚合体，其中不同事实之间相互矛盾，每一个事实都尽力呈现在观察者面前。那些被看到的事实就是纯粹的事实，而不是谬误。实际上，在此我们看到的是对不同可能世界的描写，对于这些世界而

---

[1] Птолемей К. Альмагест, или Математическое сочинение в тринадцати книгах[M]. М.: Наука, 1998: 9.

[2] Птолемей К. Альмагест, или Математическое сочинение в тринадцати книгах[M]. М.: Наука, 1998: 9.

言，在可见世界和想象出来的世界之间，本来应当另外的、和"我们的"世界中的不一样一些对应关系。但是，如果在解释"我们的"世界的时候，托勒密是从局部的、可以观察到的现象进行演绎推理，转向宏观的、不可见的世界，那么在解释其他世界的时候，则是从全局转移向可见的局部。这种策略清晰易懂。"西方天文学发展的根本思路是：在已有的实测资料基础上，以数学方法构造模型，再用演绎方法从模型中预言新的天象；如预言的天象被新的观测证实，就表明模型成功，否则就修改模型。"[1]该论证的出发点是某一个可以亲知的内容，创建了想象内容的模式，此时，叙事者者将自己置于现实生活中无法企及的地点。尝试创建可能世界形象，是通过创建原则性模式的形式而实现的，这一模式的结构性特征与"我们的"世界的模式不同。然后应当是返回到一个点，作者本来是可以现实地位于这一点的，如果他是那个可能世界的一部分的话。上述所描述的、作者将自己置于其中的四个点之中，只有一个点是现实的。

除了托勒密所采纳的系统，托勒密还创建了三个其他的叙事，代表着相应的可能世界。在这些可能世界中，地球的不同形状可以改变地球表面上观察者所看到的现象。正如辛提卡所言，"我们并不能看到多于一个可能世界"，而"其他的可能世界可以借助于假设性的或者是非事实性的论断来进行描写。"[2]托勒密所创建的其他三个不同的叙事，都可被看做反事实的论断。如果使用刘易斯的术语，在所有的被描写的可能世界中，观察者是一对"双胞胎"（counterparts），他们在相似的条件中最大程度地相似。他们中的每一个似乎都在讲述自己所见的内容，而读者将他们所见的内容与自己的经验进行对比，进而接受托勒密的观点：地球是球形。

最重要的是：在那个时代这一推论并没有受到任何检验。叙事成为世界观的基础，它构成了人们的世界观，不过世界只能被想象，而无法被看到，想象出来的可能世界成为这一叙事的基础。所有的其他叙事，以及它们所描写的可能世界，被托勒密判定为虚假叙事。

---

[1] 江晓原. 试论科学与正确之关系——以托勒密与哥白尼学说为例[J]. 上海交通大学学报（哲学社会科学版），2005(04): 28.

[2] Хинтикка Я. Семантика модальных понятий и неопределенность онтологии[C] // Возможные миры. Семантика, онтология, метафизика. М.: Канон+РООИ Реабилитация, 2011: 376.

2. "两种运动"的论证

采用同样的方法,托勒密还做出了几个非常重要的论断:地球位于宇宙中心静止不动。假如地球是运动的,那么它可能会与其他天体碰撞。如果天空是一个球形,那么地球肯定位于这一球体的中间,否则(托勒密研究了地球的其他三种可能位置),所见到的、包含天体的天空将会完全是另外一个样子。托勒密认为,每个行星都在一个称为"本轮"的小圆形轨道上匀速转动,本轮中心在称为"均轮"的大圆轨道上绕地球匀速转动,但地球不是在均轮圆心,而是同圆心有一段距离。他用这两种运动的复合来解释行星视运动中的"顺行"、"逆行"、"合"、"留"等现象,每种运动都显得顺理成章。两种运动形式是一个十分复杂的问题。在第一个所引用的片段中,托勒密并没有说到这一点,但是众所周知,如果从地球上看行星,那么就会发现它们在某些时刻的运动是特殊的,甚至可能改变自己运动的方向(所谓的反向运动)。托勒密对这一事实解释如下:

④ "天空中存在着两种形式的第一运动。其中一个将所有的东西从东方吸引到西方,沿着不变的、均衡的、相互平行的环状圆,这些圆被描述为环绕着球体的两个极点,它们使所有的星球匀速运动……另一种运动的结果造成了天体的球体同时进行共同的运动,沿着与前一运动相反的方向,并且围绕着与第一旋转运动轴线不相重合的其他极点。"[1]

这一论断自圆其说。至此,托勒密成功地建构了一个体系,与古人所看到的天体运行图景相一致。观察对象和叙事之间的关联性就此确立,作者理解并且描写了宇宙结构,世界似乎围绕着静止的地球运动。"两种运动"是托勒密思想体系中最为复杂的部分,他并没有给出其他的可能的描写,因为作者的知识储备中似乎并没有类似内容。世界就是他在文本中描写的样子,托勒密对此感到满意。至此,正如在明示—推理交际中理解"抚慰"听话人一样,在文本的生成过程中托勒密对世界的理解也"抚慰了"作者本人,然后作者抚慰了那些愿意接受其观点的读者。例如,如果说在阅读文本之前,一个人不能理性地解释行星异常的运行,那么托勒密可以向他解释这一内容(信息意向),并

---

[1] Птолемей К. Альмагест, или Математическое сочинение в тринадцати книгах[M]. M.: Наука, 1998: 14.

且使他相信自己是正确的（交际意图）。

至此文本已经生成，"外部语用学"似乎退居次要位置。书写的文本脱离了自己的描写对象，因为文本自身也能激发读者在意识中构建可能世界的形象。叙事是自足存在的，否则文本无法被解读。的确，那些从未见过行星反向运行的人、甚至无法区分行星和恒星的人，也可以阅读托勒密的著作。他们能够阅读文本，了解这一天文现象并且相信托勒密。

四、叙事文本的真值标准

那么，在这种情况下，真值问题怎么处理？当然，从21世纪科学知识的高度，我们可以宣布托勒密的概念体系是一种谬误，并且用现代科学的宇宙观进行批驳。但是，从另一方面来说，"我们判断一种学说是不是科学，不是依据它的结论，而是依据它所用的方法、它所遵循的程序。"[1]值得思考的一个问题是：我们的认识在多大程度上体现了真理，因为那些对天文学知之甚少的人，仅仅把天文学视为一种叙事。这样，真值就是特定叙事内部的一致性，因为我们并不能以旁观者的视角看到宇宙。用奥斯汀的话来说，我们不能想象一只猫在垫子上，在这种情况下，"猫在垫子上"的真值，就是猫在垫子上。

托勒密对行星运动的解释，在很大程度上类似于"当今的法国国王是一个秃头"这一表述，也就是说，他的叙事是一个空名。但是，如果说可以找到一个时间，当时法国国王是秃头，那么对于托勒密的叙事而言，永远也不可能找到这样的时间，因为天文学家已经论证了行星不可能围绕着静止的地球旋转。但是，这两个表述的区别在于：罗素并没有将自己的例证置于叙事中，而托勒密关于行星两种运动形式的表述是我们从叙事中抽取出来的，在叙事中这一表述自圆其说，并非空名。只有将这一表述置于异常的上下文时，它才会变为空名。

只有不同叙事才可构成对立。"托勒密体系是古希腊逻辑演绎思维的产

---

[1] 江晓原. 试论科学与正确之关系——以托勒密与哥白尼学说为例[J]. 上海交通大学学报（哲学社会科学版），2005(04): 30.

物，它准备被证伪，如果有更简单更有效的体系代替它的话。"[1] 新的叙事必须更具说服力，让读者相信：这才是"我们的世界"。哥白尼创立了"日心说"，以另一种方式解释了地球上观察到的现象。

⑤ 我们所感知的任何位移，都是由于被观察对象的运动、观察者的运动、或者两者位移的不一致性引起的……这样，如果我们赋予地球以某种运动，那么这一运动就会被发现是这样的，并且这一运动同样发生于所有的位于地球之外的所有事物中，只不过是朝着相反的方向。[2]

由此，在哥白尼的世界里，随之发生的还有星球的另外一种运动形式，其特征已经不再是星球沿着两个轨道的运动。我们可以看到的不均衡性是因为地球运动和行星运动之间的复杂关系，哥白尼将行星的运动称作是由视觉错误引起的"视差运动"。

⑥ 它们之所以出现并不是因为，一直沿着自己路线向前运动的行星，可能会偏离向不同的方向，而是因为，这仅仅是我们由于地球运动引起的位移所造成的错觉，位移取决于行星轨道的位置和大小的差异。[3]

我们一方面可以比较哥白尼不同叙事之间的差别，另一方面可以比较一下托勒密采用反证法建立的叙事。正如我们所见，托勒密创建了一些可能世界，它们要求观察者改变视觉感知。而与托勒密相比，哥白尼则仅仅"改变了"天体学本身，并没有改变人们所见的事实。哥白尼叙事的复杂性在于：读者必须自己设想一下难以想象的内容——地球的旋转，但是它的简单性在于，运动的类型本身已经没有像托勒密的世界中那样复杂多样。托勒密和哥白尼对宇宙结构的理解是矛盾的，读者只能选择相信托勒密或者哥白尼。

从上文分析可见，研究文本的叙事学方法可以改变某些研究中的陈规。首先，不能不考虑到文本生成的因素，也就是说，文本和我们现实之间、我们的可能世界之间的联系。科学研究中的叙事学方法早就为人所知。其中包括，一些著名的学者，例如利科和怀特等学者将历史视为叙事。但是，如果对于历史学家而言，叙事是认识历史的手段，那么对于文本研究者而言，研究的对象

---

[1] 江晓原. 必须正确才是科学吗?——以托勒密天文学说为例[J]. 科技文萃, 2005(06): 140.

[2] Коперник Н. О вращениях небесных сфер[M]. М.: Наука, 1964: 22.

[3] Коперник Н. О вращениях небесных сфер[M]. М.: Наука, 1964: 293.

就是叙事本身，文本表达了作者和现实之间的特定关系。在此应当补充说明的是：我们并没有涉及到文艺叙事的问题，其中上述过程由于虚构的过程而变得更加复杂。但是，我们所采用的可能世界的思想，有助于我们将文艺叙事和非文艺叙事结合起来。

"外部语用学"的出发点是我们世界或者可能世界的事实。文本研究者将视线投向外部，投向"客观真实的"现实，而不是假设的现实，因为研究者感兴趣的并不是生成文本的内部规律，而是如何将现实形象转变为文本。这一过程本身在一定程度上具有交际性，但是，现实并不能使人产生某种明示的刺激。所以，主要的仍然是推理过程，可以建立现实和叙事之间的相关性。这一相关性的标准是：作为叙事基础的可能世界内部的一致性。

但是，文本并不能被视为这一交际过程的终点。文本一旦生成，它就由多人来阅读，也就是说，激发他们在他们的意识中在明示—推理交际的过程中就已经产生关于现实的新形象。如果这一形象与人的经验相对立，那么就产生了生成新文本的可能性。这一过程几乎可以无限重复。

参考文献

[1] Amrhein P. C. The comprehension of quasi-performative verbs in verbal commitments: New evidence for componential theories of lexical meaning[J]. Journal of Memory and Language, 1992(06).

[2] Banfield A. Unspeakable Sentences. Narration and Representation in the Language of Fiction[M]. Boston: Routledge & Kegan Paul, 1982.

[3] De Rosset L. Commentary: David Lewis. On the Plurality of the Worlds[J]. Humana. Mente Journal of Philosophical Studies, 2011(19).

[4] Dickey S. V. Parameters of Slavic aspect. A cognitive approach. Stanford (California), 2000.

[5] Dijk T. A. van. Text and Context: Explorations in the Semantics and Pragmatics of Discourse[M]. London: Longman, 1977.

[6] Dijk T. A., van. Studies in the pragmatics of discourse[M]. The Hague: Mouton, 1981.

[7] Ehrlich S. Point of View[M]. Boston etc: Routledge & Kegan Paul, 1990.

[8] Fleischman S. The past and the future: are they coming or going?[J]. Proceedings of the annual meeting of the Berkeley linguistics society (BLS). Berkeley (California), 1982(08).

[9] Fludernik M. The Fiction of Language and the Languages of Fiction: the Linguistic Representation of Speech and Consciousness[M]. London: Routledge, 1993.

[10] Genette G. Nouveau discours du recit[M]. Paris: Seuil, 1983.

[11] Goddard C. Semantic analysis: A practical introduction[M]. Oxford, 1998.

[12] Hodel R. Erlebte Rede in der russischen Literatur. Vom Sentimentalismus zum Sozialistischen Realismus[M]. Frankfurt am Main: Peter Lang, 2001.

[13] Jacobson W. The semantics of spontaneity in Japanese[J]. BLS, 1981(07).

[14] Korta K., Perry J. Critical Pragmatics. An inquiry into reference and communication[M]. Cambridge: Cambridge University Press, 2011.

[15] Kurt S. Erlebte Rede aus linguistischer Sicht: Der Ausdruck von Temporalitat im Franzosischen und Russischen[M]. Bern: Peter Lang, 1999.

[16] Leech G. N. Principles of pragmatics[M]. London: Longman, 1983.

[17] Lyons J. Semantics[M]. London etc: Cambridge University press, 1977.

[18] Maingueneau D. L'enonciation en linguistique frangaise: embrayeurs, temps, discours rapporte[M]. Paris: Hachette Superieur, 1991.

[19] Paducheva E. V. The linguistics of narrative: The case of Russian[M]. Saarbrücken: LAP LAMBERT Academic Publishing, 2011.

[20] Poncharal B. Linguistique contrastive et traduction. La representation de paroles au discours indirect libre en anglais et en frangais[M]. Paris: Ophrys, 2003.

[21] Prince G. A Dictionary of Narratology[Z]. Nebraska: University of Nebraska Press, 1987.

[22] Reichenbach H. Elements of symbolic logic[M]. N. Y: The MacMillan Co, 1947.

[23] Russell B. An inquiry into meaning and truth[M]. London: George Allen & Unwin, 1940.

[24] Searle J. The Logical Status of Fictional Discourse[C] // Expression and Meaning. Studies in the Theory of Speech Acts. Cambridge: Cambridge University Press, 1979.

[25] Toolan M. J. Narrative: a Critical Linguistic Introduction[M]. London-New York: Routledge, 1994.

[26] Vendler Z. Illocutionary suicide[C] // Issues in the philosophy of language. London: Yale univ. press, 1976.

[27] Wierzbicka A. Cross-cultural pragmatics. The semantics of human interaction[M]. Berlin: NY- Mouton de Gruyter, 1991.

[28] Wierzbicka A. Lingua mentalis[M]. Sydney: Academic Press, 1980.

[29] Wilson D., Sperber D. Relevance Theory[J]. UCL Working Papers for

Linguistics 2002(14).

[30] Yus F. Relevance Theory[J]. Concise Encyclopedia of Pragmatics. Second Edition. Oxford, 2009.

[31] Александрова О. В. Единство прагматики и лингвопоэтики в изучении текста художественной литературы[J]. Проблемы семантики и прагматики: сб. науч. тр. Калининград: Калин. ун-т, 1996.

[32] АН СССР. Русская грамматика[M]. М.: Наука, 1980.

[33] Апресян Ю. Д. Дейксис в лексике и грамматике и наивная модель мира[C]. // Избранные труды, т. II. М.: Языки русской культуры, 1995.

[34] Апресян Ю. Д. Понятийный аппарат системной лексикографии[C] // Исследования по семантике и лексикографии. TI. М.: Языки славянских культур, 2009.

[35] Арутюнова Н. Д. Дискурс[Z]. БЭС: Языкознание. М.: Большая Российская энциклопедия, 2000.

[36] Арутюнова Н. Д. Типы языковых значений: Оценка. Событие. Факт[M]. М.: Наука, 1988.

[37] Арутюнова Н. Д. Язык и мир человека[M]. М.: Языки русской культуры, 1999: 1.

[38] Бабенко Л. Г., Казарин Ю. В. Лингвистический анализ художественного текста. Теория и практика[M]. М.: Флинта: Наука, 2003.

[39] Баранов А. Г. Функционально-прагматическая концепция текста[M]. Ростов н/Д: Издательство Ростовского университета, 1993.

[40] Бахтин М. М. Вопросы литературы и эстетики[M]. М.: Художественная литература, 1975.

[41] Бахтин М. М. Формальный метод в литературоведении. Бахтин под маской[M]. М.: Лабиринт, 2000.

[42] Бахтин М. М. Эстетика словесного творчества[M]. СПб.: Невский простор, 2002.

[43] Бахтин М. М. Проблема речевых жанров. Социальная психолингвистика: Хрестоматия[M]. М.: Лабиринт, 2007.

[44] Бахтиозина М. Г. Семантические составляющие образа автора в литературно-художественном тексте: монография[M]. М.: КДУ, 2009.

[45] Бахтин М. М. Антрополингвистика: Избранные труды[M]. М.: Лабиринт, 2010.

[46] Бахтиозина М. Г. Формирование и декодирование образа автора в процессе коммуникации "автор-читатель"[J]. Вестник Московского университета. Сер, 19. Лингвистика и межкультурная коммуникация, 2011(04).

[47] Бенвенист Э. Общая лингвистика[M]. М.: УРСС, 2010.

[48] Бергельсон М. Б. Прагматическая и социокультурная мотивированность языковой формы[D]. М.: МГУ, 2006.

[49] Бойд Б. Владимир Набоков. Русские годы. Биография[M]. СПб: Издательство Симпозиум, 2001.

[50] Бондарко А. В. Вид и время русского глагола[M]. М.: Едиториал УРСС, 2003.

[51] Бондарко А. В. Время и перцептивность: инварианты и прототипы[C]// Мысли о русском языке: Прошлое, настоящее, будущее. СПб.: Издательство Санкт-Петербургского университета, 2005.

[52] Борисенко В. А. Дейксис в речевом акте[C] // Личность, речь и юридическая практика. Ростов н/Д: ДЮИ, 2003.

[53] Булыгина Т. В., Шмелев А. Д. Языковая концептуализация мира (на материале русской грамматики)[M]. М.: Школа "Языки Славянской Культуры", 1997.

[54] Бюлер К. Указательное поле языка и указательные слова[C] // Теория языка. Репрезентативная функция языка[M]. М.: Прогресс, 1993.

[55] Валгина Н. С. Теория текста: учебное пособие[M]. М.: Логос, 2003.

[56] Виноградов В. А. Дейксис[Z]. Лингвистический энциклопедический словарь. М.: Советская энциклопедия, 1990.

[57] Виноградов В. В. Стиль «Пиковой дамы»[C] // Временник Пушкинской комиссии. М. -Л.: Издательство АН СССР, 1936(02).

[58] Виноградов В. В. О теории художественной речи[M]. М.: Высшая

школа, 1971.

[59] Виноградов В. В. Избранные труды. Поэтика русской литературы[M]. М.: Наука, 1986.

[60] Виноградов В. В. Русский язык (Грамматическое учение о слове)[M]. М.: Русский язык, 2001.

[61] Винокур Г. О. Филологические исследования[M]. М.: Наука, 1990.

[62] Винокур Т. Г. Говорящий и слушающий: варианты речевого поведения[M]. М.: Наука, 2007.

[63] Владимирова Т. Е. Речевое общение в межкультурном личностном взаимодействии[D]. М.: МГУ, 2007.

[64] Вольф Е. М. Грамматика и семантика местоимений[M]. М.: Наука, 1974.

[65] Гадамер Г. -Г. Актуальность прекрасного[M]. М.: Искусство, 1991.

[66] Гальперин И. Р. Текст как объект лингвистического исследования[M]. М.: КомКнига, 2007.

[67] Гаспаров Б. М. Литературные лейтмотивы: Очерки по русской литературе XX века[M]. М.: Наука, 1995.

[68] Гловинская М. Я. Две загадки praesens historicum[C] // Русистика. Славистика. Индоевропеистика. Сб. статей к 60-летию А. А. Зализняка. М.: Индрик, 1996.

[69] Гловинская М. Я. Семантические типы видовых противопоставлений русского глагола[M]. М.: Наука, 1982.

[70] Говорова В. Ф. Прагматическая функция научного текста[J]. Актуальные проблемы прагмалингвистики в контексте межкультурной коммуникации: материалы Всерос. науч. конф., 7 - 8 дек., 2006 г. Тольятти: ТГУ, 2006.

[71] Гончарова Е. А., Шишкина И. П. Интерпретация текста[M]. М.: Высшая школа, 2005.

[72] Грайс П. Логика и речевое общение[C] // Новое в зарубеж. лингвистике. Вып. 16. М.: Прогресс, 1985.

[73] Даль В. Толковый словарь живого великорусского языка. Т3[Z], М.: Изд. книгопродавца-типографа, 1994.

[74] Дридзе Т. М. Текстовая деятельность в структуре социальной коммуникации[M]. М.: Наука, 1984.

[75] Дымарский М. Я. Проблемы текстообразования и художественный текст. На материале русской прозы XIX и XX веков[M]. М.: ЛКИ, 2006.

[76] Женетт Ж. Фигуры III: Повествовательный дискурс[M]. М.: Издательство имени Сабашниковых. 1998.

[77] Жеребило. Т. В. Словарь лингвистических терминов[Z]. Назрань: Издательство Пилигрим, 2010.

[78] Жолковский А. К. Блуждающие сны[M]. М.: Большая Российская энциклопедия, 1992.

[79] Зализняк А. А., Шмелев А. Д. Лекции по русской аспектологии[M]. М.: Языки русской культуры, 2000.

[80] Золотова, Г. А. Говорящее лицо и структура текста[C] // Язык – система. Язык – текст. Язык – способность. М.: МАКС Пресс, 1995.

[81] Золотова Г. А., Онипенко Н. К., Сидорова М. Ю. Коммуникативная грамматика русского языка[M]. М.: Наука, 2004.

[82] Золян С. Т. Семантика и структура поэтического текста[M]. М.: УРСС, 2014.

[83] Ильин И. М. Постмодернизм от истоков до конца столетия: эволюция научного мифа[M]. М.: Интрада, 1998.

[84] Кайда Л. Г. Стилистика текста: от теории композиции – к декодированию: учеб. пособие[M]. М.: Флинта: Наука, 2005.

[85] Караулов Ю. Н., Гинзбург Е. Л. Модели лексического строя языковой личности мастера слова[J]. Изменяющийся языковой мир: материалы Междунар. науч. конф. Нояб., 2001 г. Пермь, 2001.

[86] Кобозева И. М. Лингво-прагматический аспект анализа языка СМИ[C] // Язык СМИ как объект междисциплинарного исследования: Учебное пособие[M]. М.: Издательство МГУ, 2003.

[87] Кожевникова Н. А. Типы повествования в русской литературе XIX-XX вв. [M]. М.: Наука, 1994.

[88] Комаров А. С. Автор и персонаж в субъект-субъектном пространстве художественной прозы[C] // Филологические науки в МГИМО: Сб. науч. трудов. М.: Издательство МГИМО-Университет, 2012.

[89] Коперник Николай. О вращениях небесных сфер[M]. М.: Наука, 1964.

[90] Кравченко А. В. Язык и восприятие. Когнитивные аспекты языковой категоризации[M]. Иркутск: Издательство Иркутского государственного университета, 1996.

[91] Кундера М. Нарушенные завещания: Эссе[M]. СПб: Азбука-классика, 2008.

[92] Лайонз, Дж. Дейктические категории[C] // Введение в теоретическую лингвистику. М.: Прогресс, 1978.

[93] Левин Ю. И. Избранные труды. Поэтика. Семиотика[M]. М.: Школа "Языки Славянской Культуры", 1998.

[94] Леонтьев А. А. Психология общения. Тарту: Издательство Тартуского университета, 2004.

[95] Ливергант. А. Суета сует. Пятьсот лет английского афоризма[M]. М.: Руссико, 1996.

[96] Лотман Ю. М. Два устных рассказа Бунина (К проблеме «Бунин и Достоевский»)[C]// Лотман Ю. М. О русской литературе. С.-Петербург: Искусство-СПБ, 1997.

[97] Лотман Ю. М. Автокоммуникация: "Я" и "Другой" как адресаты (О двух моделях коммуникации в системе культуры)[C] // Семиосфера. СПб: Искусство, 2000.

[98] Лотман Ю. М. Структура художественного текста. Лотман Ю. М. Об искусстве[M]. СПб: Искусство, 1998.

[99] Лотман Ю. М. Структура художественного текста[M]. М.: Советская энциклопедия, 1970.

[100] Лотман Ю. М. Типологическая характеристика реализма позднего

Пушкина[С]. // В школе поэтического слова: Пушкин. Лермонтов. Гоголь[М]. М.: Просвещение, 1988.

[101] Лукин В. А. Художественный текст: Основы лингвистической теории. Аналитический минимум[М]. М.: Ось-89, 2009.

[102] Матвеева Т. В. Функциональные стили в аспекте текстовых категорий. Свердловск: Издательство Уральского государственного университета, 1990.

[103] Михальская А. К. Русский Сократ. Лекции по сравнительно-исторической риторике[М]. М.: Издательский центр Academia, 1996.

[104] Падучева Е.В. Пресуппозиция[Z]. Лингвистический энциклопедический словарь. М.: Советская энциклопедия, 1990.

[105] Падучева, Е. В. Дейксис: общетеоретические и прагматические аспекты[С] // Языковая деятельность в аспекте лингвистической прагматики. М.: Институт научной информации по общественным наукам, 1994.

[106] Падучева Е.В. В. В. Виноградов и наука о языке художественной прозы[J]. Известия ОЛЯ. Серия лит-ры и языка. 1995(03).

[107] Падучева Е.В. Наблюдатель как Экспериент «за кадром»[С] // Слово в тексте и в словаре: сб. ст. к семидесятилетию академика Ю. Д. Апресяна. М.: Языки славянской культуры, 2000.

[108] Падучева Е.В. Динамические модели в семантике лексики[М]. М.: Школа "Языки Славянской Культуры", 2004.

[109] Падучева Е.В. Высказывание и его соотнесенность с действительностью. М.: Языки славянских культур, 2009.

[110] Падучева Е.В. Семантические исследования: Семантика времени и вида в русском языке. Семантика нарратива[М]. М.: Школа "Языки Славянской Культуры", 2011.

[111] Падучева Е.В. Неопределенно-личное предложение и его подразумеваемый субъект[J]. Вопросы языкознания, 2012(01): 41.

[112] Пирс Ч. С. Логические основания теории знаков[М]. Санкт-Петербург: АЛЕТЕЙЯ, 2000.

[113] Плунгян В. А. Общая морфология[M]. М.: УРСС, 2008.

[114] Попова Е. А. Человек как основополагающая величина современного языкознания[J]. Филологические науки, 2002(03).

[115] Птолемей К. Альмагест, или Математическое сочинение в тринадцати книгах[M]. М.: Наука, 1998.

[116] Разлогова Е. Э. «Пиковая дама» в зеркале французских переводов[J]. Вопросы языкознания, 2012(06).

[117] Руднев В. П. Прочь от реальности: Исследования по философии текста[M]. М.: Аграф, 2000.

[118] Сигал К. Я. Сочинительные конструкции в тексте: опыт теоретико-экспериментального исследования (на материале простого предложения)[M]. М.: Гуманитарий, 2004.

[119] Силантьев И. В. Поэтика мотива[M]. М.: Школа "Языки Славянской Культуры", 2004.

[120] Сребрянская, Н. А. Статус дейктических проекций в художественном тексте[J]. Вестник ВГУ, Серия «Лингвистика и межкультурная коммуникация», 2005(1).

[121] Степанов Ю. С. В трехмерном пространстве языка: Семиотические проблемы лингвистики, философии, искусства[M]. М.: Наука, 1985.

[122] Степанов Ю: Эмиль Бенвенист и лингвистика на пути преобразований[C]. // Бенвенист Э. Общая лингвистика. М.: Наука, 1974.

[123] Столнейкер Р. С. Прагматика[C] // Новое в зарубежной лингвистике. Вып. 16: Лингвистическая прагматика. М.: Прогресс, 1985.

[124] Талми Л. Отношение грамматики к познанию[J]. Вестник МГУ. Серия «Филология», 1999(04).

[125] Теньер Л. Анафора. Анафорические слова[C] // Основы структурного синтаксиса. М.: Прогресс, 1988.

[126] Тестелец Я. Г. Введение в общий синтаксис[M]. М.: РГГУ, 2001.

[127] Тюпа В. И. Нарратология как аналитика повествовательного дискурса[M]. Тверь: Тверской государственный университет, 2001.

[128] Тюпа В. И. Этос нарративной интриги[J]. Вестник РГГУ. Сер. История. Филология. Культурология. Востоковедение, 2015(02).

[129] Успенский Б. А. Ego loquens: Язык и коммуникационное пространство[M]. М.: РГГУ, 2007.

[130] Успенский Б. А. Поэтика композиции[M]. СПб.: Искусство, 2000.

[131] Успенский В. А. Апология математики[M]. СПб.: Амфора, 2009.

[132] Франк С. Л. Реальность и человек: Метафизика человеческого бытия[M]. М.: Аст, 2007.

[133] Фреге Г. Мысль: Логическое исследование. Философия, логика, язык[M]. М.: Прогресс, 1987.

[134] Хинтикка Я. Семантика модальных понятий и неопределенность онтологии[C]. // Возможные миры. Семантика, онтология, метафизика. М.: Канон+РООИ Реабилитация, 2011.

[135] Цветкова О. Л. От интерпретации к пониманию: коммуникативное поле современности[J]. Вестник Вятского государственного гуманитарного университета, 2015(07).

[136] Шартье Р. Письменная культура и общество[M]. М.: Новое издательство, 2006.

[137] Шмид В. Нарратология[M]. М.: Школа "Языки Славянской Культуры", 2003.

[138] Эйхенбаум Б. М. О литературе[M]. М.: Советский писатель, 1987.

[139] Эко У. Роль читателя. Исследования по семиотике текста[M]. СПб: Симпозиум, 2007.

[140] Якобсон Р. Избранные работы. М.: Прогресс, 1985.

[141] Ярцева В. Н. Лингвистический энциклопедический словарь[Z]. М.: Советская энциклопедия, 2008.

[142] ЯуссХ. -Р. История литературы как провокация литературоведения[J]. // Новое литературное обозрение, 1995(02).

[143] 布斯. 小说修辞学[M]. 华明等译. 北京: 北京大学出版社. 1986.

[144] 海德格尔. 世界图像的时代. 林中路[M]. 孙周兴译. 上海: 上海译文出版

社, 2008.

[145] 胡亚敏. 叙事学[M]. 武汉: 华中师范大学出版社, 2004.

[146] 胡亚敏. 西方文论关键词与当代中国[M]. 北京: 中国社会科学出版社, 2015.

[147] 江晓原. 必须正确才是科学吗?——以托勒密天文学说为例[J]. 科技文萃, 2005(06).

[148] 江晓原. 试论科学与正确之关系——以托勒密与哥白尼学说为例[J]. 上海交通大学学报(哲学社会科学版), 2005(04).

[149] 聚斯金德. 鸽子[M]. 蔡鸿君, 张建国, 陈晓春译. 上海: 上海译文出版社, 2006.

[150] 乐黛云. 世界诗学大辞典[M]. 沈阳: 春风文艺出版社, 1993.

[151] 李洪儒, 王晶. 说话人意义及其结构的研究维度——语言主观意义研究(一)[J]. 外语教学, 2011(05).

[152] 李洪儒. 试论语词层级上的说话人形象——语言哲学系列探索之一[J]. 外语学刊, 2005(05).

[153] 罗素. 逻辑与知识[M]. 北京: 商务印书馆, 1996.

[154] 米克·巴尔. 叙述学: 叙事理论导论[M]. 谭君强译. 北京: 中国社会科学出版社, 2003.

[155] 彭漪涟, 马钦荣. 逻辑学大辞典[M]. 上海: 上海辞书出版社, 2010.

[156] 普洛普. 民间故事形态学[M]. 贾放译. 北京: 中华书局, 2006.

[157] 热奈特: 叙事的界限[C]//叙述学研究. 北京: 中国社会科学出版社. 1989.

[158] 申丹, 王丽亚. 西方叙事学: 经典与后经典[M]. 北京: 北京大学出版社, 2010.

[159] 施定. 近20余年中国叙事学研究述评[J]. 学术研究, 2003(08).

[160] 王彬彬. 余华的疯言疯语[J]. 当代作家评论, 1989(04).

[161] 王晓阳. 第二人称代词"你"的用法及解释[J]. 俄语语言文学研究, 2007(03).

[162] 王晓阳. "现在"的空间认知意义研究[J]. 语言文化研究辑刊, 2014(01).

[163] 王晓阳. 叙事文本中的指责性言语行为[J]. 语言文化研究辑刊, 2015(01).

[164] 王晓阳. 文本理论视域下的外语实践能力培养[J]. 东方教育, 2015(06).

[165] 王晓阳. 《城堡》的电影性特征: 主人公视角的建构功能[J]. 名作欣赏, 2016(09).

[166] 王燕. 作者形象的复合结构假说——兼与隐含作者的对话[J]. 中国俄语教学, 2015(04).

[167] 维索尔伦. 语用学诠释[M]. 钱冠连等译. 北京: 清华大学出版社, 1999.

[168] 维特根斯坦. 贺绍甲译. 逻辑哲学论[M]. 北京: 商务印书馆, 1996.

[169] 乌斯宾斯基. 结构诗学[M]. 彭甄译. 北京: 中国青年出版社, 2004.

[170] 吴玉珍. 荒诞中的真实: 余华《第七天》中两个世界的叙事策略[J]. 兰州交通大学学报, 2016(02).

[171] 西摩·查特曼. 故事与话语: 小说和电影的叙事结构[M]. 北京: 中国人民大学出版社, 2013.

[172] 徐岱. 小说叙事学[M]. 北京: 商务印书馆, 2010.

[173] 杨义. 中国叙事学[M]. 北京: 人民出版社, 1997.

[174] 杨正润. 现代传记学[M]. 南京: 南京大学出版社, 2009.

[175] 泽诺·万德勒. 哲学中的语言学[M]. 陈嘉映译. 北京: 华夏出版社, 2008.

[176] 张家骅. 新时代俄语通论(下)[M]. 北京: 商务印书馆, 2006.

[177] 张家骅等. 俄罗斯当代语义学[M]. 北京: 商务印书馆, 2005.

[178] 张清源. 现代汉语常用词词典[M]. 成都: 四川人民出版社, 1992.

[179] 赵爱国. 20世纪俄罗斯语言学遗产[M]. 北京: 北京大学出版社, 2012.

[180] 周发祥. 西方文论与中国文学[M]. 南京: 江苏教育出版社, 1997.

[181] 周淑娟. 俄语空间名词数范畴语义中的观察者[J]. 中国俄语教学, 2015(04).

[182] 周淑娟. 俄语空间客体分布动词语法语义中的观察者[J]. 解放军外国语学院学报, 2016(04).

[183] 朱立元. 艺术美学辞典[M]. 上海: 上海辞书出版社, 2012.

[184] 朱逸森. 契诃夫短篇小说全集[M]. 深圳: 海天出版社, 1999.

[185] 邹贤敏. 西方现代艺术词典[M]. 成都: 四川文艺出版社, 1989.